U0479428

走向世界的中国作家

# 蝙蝠

赵本夫 著

文化发展出版社
Cultural Development Press

## 图书在版编目(CIP)数据

蝙蝠/赵本夫著.—北京:文化发展出版社,2020.5
ISBN 978-7-5142-2785-7

Ⅰ.①蝙… Ⅱ.①赵… Ⅲ.①中篇小说-小说集-中国-当代②短篇小说-小说集-中国-当代 Ⅳ.①I247.7

中国版本图书馆CIP数据核字(2020)第065096号

# 蝙蝠 BIANFU

赵本夫 著

| 出 版 人: | 武　赫 |
| --- | --- |
| 策划编辑: | 肖贵平 |
| 责任编辑: | 孙　烨 |
| 责任校对: | 岳智勇 |
| 责任印制: | 杨　骏 |
| 封面设计: | 郭　阳 |
| 排版设计: | 辰征·文化 |

| 出版发行: | 文化发展出版社(北京市翠微路2号　邮编:100036) |
| --- | --- |
| 网　　址: | www.wenhuafazhan.com |
| 经　　销: | 各地新华书店 |
| 印　　刷: | 天津嘉恒印务有限公司 |
| 开　　本: | 889mm×1194mm　1/32 |
| 字　　数: | 225千字 |
| 印　　张: | 11 |
| 版　　次: | 2020年8月第1版　2020年8月第1次印刷 |
| 定　　价: | 49.80元 |
| ISBN: | 978-7-5142-2785-7 |

◆ 如发现任何质量问题请与我社发行部联系。发行部电话:010-88275710

# "走向世界的中国作家"文库编辑委员会

## 主　编
野　莽

## 成　员
（以姓氏笔画为序）

王池英（美）　　立松升一（日）　　吕　华
安博兰（法）　　许金龙　　　　　　周大新
贾平四　　　　　野　莽

# 不仅是为了纪念
## ——"走向世界的中国作家"文库总序

**野莽**

在一切都趋于商业化的今天,真正的文学已经不再具有二十世纪八十年代的神话般的魅力,所有以经济利益为目标的文化团队与个体,像日光灯下的脱衣舞者表演到了最后,无须让好看的羽衣霓裳作任何的掩饰,因为再好看的东西也莫过于货币的图案。所谓的文学书籍虽然也仍在零星地出版着,却多半只是在文学的旗帜下,以新奇重大的事件,冠以惊心动魄的书名,摆在书店的入口处,引诱对文学一知半解的人。

这套文库的出版者则能打破业内对于经济利益的最高追求,尝试着出版一套既是典藏也是桥梁的书,为此做好了经受些许经济风险的准备。我告诉他们,风险不止于此,还得准备接受来自作者的误会,此项计划在实施的过程中不免会遭遇意外。

受邀担任这套文库的主编对我而言,简单得就好比将多年前已备好的课复诵一遍,依照出版者的原始设计,一是把新时期以来中国作家被翻译到国外的,重要和发生影响的长篇以下的小说,以母语的形式再次集中出版,作为中国当代文学的经典收藏;二是精选这些作家尚未出境的新作,出版之后推荐给国外的翻译家和出版家。入选作家的年龄不限,年代不限,在国内文学圈中的排名不限,作品的风格和流派不限,陆续而分期分批地进入文库,每位作者的每本容量为十五万字左右。就我过去的阅读积累，我可以闭上眼睛念出一大片在国内外已被认知的作品及其作者的名字，以及这些作者还未被翻译的本世纪的新作。

有了这个文库，除为国内的文学读者提供怀旧、收藏和跟踪阅读的机会，也的确还能为世界文学的交流起到一定的媒介作用，尤其国外的翻译出版者，可以省去很多在汪洋大海中盲目打捞的精力和时间。为此我向这个大型文库的编委会提议，在编辑出版家外增加国内的著名作家、著名翻译家，以及国外的汉学家、翻译家和出版家，希望大家共同关心和参与文库的遴选工作，荟萃各方专家的智慧，尽可能少地遗漏一些重要的作家和作品，这个方法自然比所谓的慧眼独具要科学和公正得多。

遗漏总会有的，但或许是因为其他障碍所致，譬如出版社的版权专有，作家的版税标准，等等。为了实现文库的预期目的，在全书的编辑出版过程中，出版者会力所能及地逐步解决那些障碍，在此我对他们的倾情付出表示敬意。

2018年5月12日改于竹影居

# 目 录

绝　唱 / 1

老　槐 / 15

空　穴 / 31

天下无贼 / 49

鞋匠与市长 / 65

即将消失的村庄 / 75

斩　首 / 87

临　界 / 98

走出蓝水河 / 116

营　生 / 179

陆地的围困 / 211

蝙　蝠 / 297

"中国作家"赵本夫 / 333

赵本夫主要作品目录 / 339

# 绝　唱

　　一园翠竹，约八亩许。园内枝叶扶疏，绿荫映罩，地面上松松地长着一簇簇青草，开着红的、黄的、紫的、白的各种野花，招引得蜂蜂蝶蝶在竹园里飘飞穿行。

　　园主人姓尚，官称尚爷，七十多岁，圆脸，白净，没有胡须，年轻时像竹园一样风流，娶过三个女人。早年间，他做过一家地主的账房，会背一些诗文，尤爱柳永词，高兴时还研墨挥毫写一写。尚爷一生无所长，不善理家，嗜好听戏、养鸟，且精。后来，他因为和这家地主的贴身丫头私通，被辞去账房职务。尚爷二话没说，一年的工钱没要，买下那丫头，领回家做了二房。他家有十几亩薄地，原有一个妻子。两个女人相处很和睦，共同爱着一个男人，种地兼管生孩子。尚爷很放心，依旧是听戏、养鸟，养鸟、听戏。他喜欢女人，从来不打骂她们。尚爷会大红拳，手重。他说："女人不禁打，一打骨头就碎了。"

　　有一年，从河南来了个野戏班子，尚爷天天跟着听。戏班子挪一村，他跟一村，一个多月后，跟到徐州府，距家已有近二百里地了。他迷上了戏。这个戏班子是唱豫剧的，一个武生，一个闺门旦，唱得特别好。尚爷喜欢他们，更喜欢那个唱闺门旦的姑娘。那姑娘老在前排看见他，心也动了。唱野戏很苦，四海漂流，没有定所，而且常受人欺负。姑娘早就不想唱戏了。她知道，前排那个白脸后生是奔她来的。他爱她，她也爱他，有这样一个痴心汉子，一辈子也值了，正是精诚所至，金石为开。一个在台上唱戏，一个在台下听戏，两个眉来眼去，姑娘连戏词都忘了，回到后台就挨打。尚爷跟到后台，一把扯住姑娘的胳膊："走吧，跟我走吧，我不会亏待你！"姑娘抹抹泪，当真就跟他来了。当时，尚爷手里还提着鸟笼子，很像个阔少。领班的不敢拦阻，只好眼睁睁看着他们去了。

这时候，前台的戏还正唱着。

尚爷领着那姑娘，出了徐州府，沿黄河故道一路西行。天黑得伸手不见五指，荒草野洼，连个人影儿也不见。姑娘牵着他的衣襟，吓得直打哆嗦。尚爷安慰她说："别怕，你看这个！"路旁有一棵对把粗的柳树，尚爷一手提鸟笼子，一手抓住小柳树，只一拧，"咔嚓！"树身断了。姑娘高兴了："唷！你这么大的劲儿？"尚爷说："你唱一段吧？""谁听呀？""我听。"姑娘唱起来："花木兰，羞答答……"

"站住！"

背后突然大喝一声。姑娘戛然声止，又尖叫着，扑到尚爷身上。尚爷以为是遇上了拦路打劫的。他回头看看，十几步开外，一个后生仔一手擎火把，一手持钢刀，正一步步向他逼来。

尚爷把姑娘拉到背后，又把鸟笼子递给她，撩起长袍掖在腰间，迎上去。两人相距有十步远，尚爷突然撸下头上的礼帽，一扬手："噗！"一团黑影飞过去，那人以为是暗器，一拧身子，同时举起钢刀相迎，却没有金石之声。就在这一眨巴眼的工夫，尚爷一个箭步跟上，飞起一脚，"当啷！"钢刀泛着寒光抛落到一丈开外的草丛里。那人丢下火把，亮开架势打来。尚爷弓步出手，只一招，对手就倒了。尚爷正要上前按住，不料那人一个后滚翻，从地上闪开。轻捷！尚爷心里叫一声好，一个燕子抄水，凌空扑去，就势抓住那人的脖颈，脚下一绊，又把他放倒在地上。尚爷脚下踩着个硬东西，伸手一摸，正是踢飞的那把刀。他一把抓起来，按住那人的肩胛，扭头向姑娘说:"杀了吧?"

"啊……不不不!我不要你杀人!我不要……"那姑娘已瘫在地上,一迭声叫着。

尚爷转回头,松开手,又把刀丢在地上:"你走吧!"他刚站起身,那人却在地上绝叫一声:"不!你还是杀了我吧!"尚爷一愣,又拾起刀:"好,我成全你。"正要举刀,那唱闺门旦的姑娘却发了疯似的扑过来,拦腰抱住尚爷:"别别别!……你不能杀他呀!"

尚爷犹豫着又站起来。

"你是……关山?!"姑娘扑到那人身上,哽咽起来。

关山是谁?她认识?……关山躺在地上,动也不动,任凭姑娘推搡哭叫,死了一般,毫无反应。

尚爷如堕五里雾中,走开几步,捡起那人先前丢掉的火把,"噗噗"连吹几口,又冒出火苗来,亮堂堂一片。他拿回来弯腰照了照。咯噔!尚爷傻了,关山就是那个野戏班里的武生!他一下子明白过来:这武生也爱着闺门旦呢!他是卸了装追来的。怪不得身子那么轻捷,只是不禁打,没真功。这么说,他是讨姑娘来了。

尚爷惭愧了,一抱拳:"对不住,我不知道……"他要把姑娘送还。可是姑娘又不肯,关山只一个劲地要求:"杀了我吧!杀了……"

这事有点麻烦。尚爷也坐下了。三人都坐在草地上,似乎在商量杀不杀的事。商量了半天,没结果。尚爷火了:"我看你也没出息!为个女人让我杀你。我不能杀你!我经眼的角色多啦。据我看,你能唱出好戏来!唱、做、念、打,无一样不出众,十年以后,肯定会成名流。我杀你是罪过!懂吗,我不能杀你!"

关山坐在草地上,半天没吭声。闺门旦又嘤嘤地哭起来:"我不是……不想嫁你……可我怕苦……学不……出来……"

关山叹了一口气，站起来，喉头哽塞着向尚爷说："请你……好生待承她！"转脸要走，尚爷心头一热，一把拉住："关山，实在对不住。你要不嫌弃，咱磕个头吧？老实说，我是个戏迷，我喜欢你的戏，也佩服你的人品！"

关山想了想，这事也无法怨人家，谁叫咱是个穷戏子哩？连个女人也养不起！这人倒豪爽，也是个识家，高山流水，知音难觅哩。好！

两人重新报了姓名，说出生辰年庚，聚沙为炉，插草为香，两个头磕下去，成了把兄弟。尚爷年长五岁，为兄；关山小五岁，为弟。姑娘破涕为笑了。

分手时，关山把那把刀送了尚爷："路上做个帮手吧！"尚爷无以为赠，把鸟笼子给了他，里头养着一只百灵："我养了十年啦。送你。这是百灵十三口，叫得正欢。望你专心学戏，也做个百灵十三口！"

关山挥泪洒别，独自去了。尚爷兀自站着未动，手捧钢刀，心里一阵酸痛，觉得很对不起他。

尚爷把姑娘领回家，续成三房。再细看那把刀，倒吸一口气："这是一把宝刀哩！"闺门旦告诉他："在戏班里时，我见过这把刀。关山说是家传，平日摸都不让人摸的。"尚爷更惭愧了。姑娘，宝刀，两大爱，都送给自己了。有心胸！

关山自别了尚爷，刻意求进，十年以后，果然风靡舞台。苏、鲁、豫、皖四省交界之地，没个不知道关十三的。关十三的名号和他养的那只百灵十三口有关。百灵十三口，是说它能学十三种禽鸟的叫声，如喜鹊噪枝、公鸡打鸣、母鸡下蛋、麻雀嬉戏、燕子哺乳、黄鹂鸣柳等。百灵叫百口，是泛说，褒言，其实叫不了那么多。一般讲，百灵十三口就是上品了。关山精心养那只百灵，也时时记着尚爷的鼓励，竭力把戏路拓宽，不管演主角还是配角，都一丝不苟。一般人看戏，眼睛老盯住主角。其实行家看戏，不仅看主角，还看配角，老爱从配角身上找毛病。逢到关山演配角时，一招一式都有讲究，都有韵味。但又绝不喧宾夺主。好的配角能把主角抬起来，差的配角能把主角砸下去，这里有功夫，也有戏德。主角好，配角也好，这台戏就演圆了。所以，演员都爱和关山做搭档。他抬大家，大家抬他，关十三的名字越叫越响。

关山的戏路宽，生、旦、净、末，都行。但他最拿手的戏还是"单刀会"。那是祖上的戏，关山演得很虔诚。每次开戏前，他都要净手焚香，对空叩拜。关山本是赤红脸，大高个，一上装，活似关羽再生。武功自不必说了，单是唱腔就令人叫绝了。他唱大红脸，有膛音，露天野台，三里外都能听到："大江东去浪千叠，引数十人驾着这小舟一叶。又不比九重龙凤阙，可正是千丈虎狼穴。大丈夫心别，我觑这单刀会，似赛村社……"高腔大嗓，豪气冲天。常常是关十三余音未绝，那掌声、喊好声便山呼海啸般响起来。

其间喊得最响的，又常是尚爷。关山只要到黄河故道一带演戏，尚爷是场场必到。一是为听戏，他完全为之倾倒了；二是为了照应关山，怕人欺负他。有一次，关山从前台回到后台，还没卸装，过来几个地痞，说要和"关二爷"较较武功。尚爷一步挡开，抱拳微笑说："哪儿不周全，各位有话好说。"一头说，一头亲热地拉住前头那人的手，一使劲："嘎嘣"一声，把他手腕上的骨头捏碎了。那家伙锐叫一声，在地上翻滚起来。其余几个大惊失色："你是关十三什么人？""把兄弟兼保镖！"几个人都喘了，架起那人就走，尚爷从怀里掏出几块钢洋扔过去："看好病再来！"

事后，这几个人一打听，才知他是尚爷，故道两岸谁不知他的名气？要面子，爱管闲事，还会武功，光师兄弟就二百多。咂咂舌头算了。至此，关十三在这一带演戏，从没有人再敢刁难。

到新中国成立后，关十三不大到这一带来了。他所在的野戏班

绝唱 5

成了河南一个大城市的市剧团，他当了业务团长。剧团每天在城市剧场演出，难得到乡下来一趟。只在合作化一片红和人民公社成立的时候，应邀来演出过两次。那两次，尚爷都去了，是关十三请去的。不知为什么，尚爷有些惆怅，看完戏也没有喊好。不是演得不好，不是。连他自己也说不上为什么。关山看尚爷不高兴，猜出一点什么，安慰他说："大哥，在家住够了，就到我那里去玩几天，我陪你。"后来，尚爷接到关山的信，果然去过两趟。不过，也就两趟。一次住了十天，一次住了七天。其实，第二趟还是为了给他送百灵才去的。头一趟去，他发现那只百灵十三口不叫了。那只百灵在尚爷手上玩了十年，在关十三手里玩了近二十年，老了。一只百灵活三十年。老辈人说，从光腚玩鸟，谁一辈子也玩不了三只百灵，这话有道理。尚爷这次送去的百灵是十四口，比那一只还好。关山爱如性命，练功时挂在练功房，唱戏时挂在后台，从来不离身子。关山当上了团长，还是照常演戏，拳不离手，曲不离口，他不能一天不看见百灵，也不能一天不唱戏。

可惜，十年动乱时，那只百灵十四口被人从笼子掏出来，摔死了。那只鸟只活了八年，正叫好口。关山疼得直吸溜嘴，泪珠子扑嗒扑嗒往下掉。之后，他被下放到环卫所当淘粪工，十年没唱戏，嗓子也倒了。后来重回剧团，一张嘴，没音！憋得脸红脖子粗，才哑哑地有一点微响，关十三气得一跺脚，昏倒后台。

他还当团长，可是再不能登台演戏了。他老是郁郁不乐的，就给尚爷写了一封信。尚爷去了，又带去第三只百灵，是十二口。关山很喜欢。这一趟，尚爷一住就是一个月，每天陪他走走玩玩，有时也喝点酒。关山因为唱戏，一辈子烟酒不沾，现在开始喝酒了，是尚爷劝他喝的。他喝了，但也只喝一点。他还想恢复嗓子。尚爷理解他的心情，就跟他说："十三，行！我看你能行。还能恢复，只是别急，悠着来。"

但这次尚爷说的不是心里话。他看关山已是五十大几的人了，丢过十年功，再恢复不易。可他又不忍心直说，就讲了假话。人总该有点希望。

尚爷有眼力，关山的嗓子到底毁了。虽有百灵做伴，心里还是苦凄。他一辈子献身舞台，成家很晚，只有一个女儿，在外地工作，老伴前些年也死了。平日，他就一个人在家。关山老得很快。

这几年，尚爷的日子倒挺惬意。三个女人共给他生了十七个孩子，其中五个女儿都出了嫁，十二个儿子也都成了亲，真叫子孙满堂。新中国成立初贯彻婚姻法，三个妻子离掉俩，只留一个结发原配，另两个其实是离婚不离家，还住一个院。尚爷爱上哪屋上哪屋。外人谁也不问。后来，原配和丫头都死了，只剩一个闰门旦。尚爷又和她复了婚。这样过日子毕竟方便一些。尚爷家人口多，一家伙分了百多亩地。儿孙们搞联营，种田的种田，跑生意的跑生意，两部汽车，两台大拖拉机，日子过得轰轰烈烈的。邻居都说尚爷治家有方。尚爷一背手走了："屁！我才不操那份闲心。"他让孩子们为他辟出一块地，正好八亩，栽上湘竹，搭了个茅草屋，在野地里看起竹园来了。他对儿孙们说："卖了竹子，钱是你们的。我只要这个窝。"他图清静，家里一摊子都交给闰门旦了。

关山又来了信，说已经退休。尚爷立刻回信一封，让他到这里来同住。关山真的来了。

现在，他们就同住一个茅草屋，品茶、下棋、玩百灵，或者到竹园里走一走，真是神仙一样。但尚爷很注意，从来不说唱戏的事。

关山来时，把那只百灵十二口也带来了。这只鸟性子烈，爱学新口，可是老学不上来，就气得在笼子里乱扑腾。因为火气大，老爱烂眼、长尾疮。尚爷有办法。到附近田里捉一种本地叫"舌头栗子"的

绝唱 7

东西。这种小动物形同壁虎,一般不知道它的好处。其实,是一种极珍贵的药材,美称"鸟中参"。捉活的剥皮捣碎,能治百鸟百病,神得很。但在喂百灵以前,一定要洗手,百灵爱干净。

两个老人为捉一只"舌头栗子",常常在田埂上扑倒几次,弄得一脸一身都是土,终于捉到一只,于是哈哈大笑起来。那只百灵十二口再也不得病了,水灵灵地挂在竹园里,一天到晚地叫。看见什么鸟,学什么鸟,渐渐,能叫到十三口、十四口了。他们也就倍加喜欢。

这一天,不知从哪里飞来一只竹鸡,色灰黄,样子像笋鸡或鹧鸪。这种鸟一般生活在山区,性凶好斗,冷不丁叫起来,能吓人一跳。这只竹鸡不知是在山区住够了,还是和谁闹别扭,孤零零飞到这里来了。它正在空中飞行,突然发现下面一片竹林,就一抖翅扎了进来。

百灵挂在一簇竹梢上,好奇地打量着这位新来的朋友,不时吹起悦耳的口哨,表示欢迎。竹鸡飞飞跳跳,落到笼子旁边一根逸出的竹枝上,竹枝儿一颤悠,站住了。两只鸟相距有三尺远近,互相歪起头看看。竹鸡突然大叫起来:"嘎嘎嘎嘎!……"百灵惊得在笼子里翻跳了几下,才落到横架上站稳,心想,这家伙是个怪脾气!其实才不是,竹鸡也是表示友好,只是嗓门大了点。它惭愧地摇了摇尾巴,表示歉意。百灵立刻懂了,人家没什么歹意,就是这么叫。这是一种完全陌生的叫声。虽然凶猛,却别有一番山野味。百灵对它产生了浓厚的兴趣。它对竹鸡又吹了一个口哨:"嘟嘟!……"——辛苦!

这时候,尚爷和关山正在竹园边树荫下下棋,竹鸡一阵凶猛的叫声,他们同时都听到了,对视了一眼,又同时站起来。这种鸟叫没听到过!两个老人都激动了。平原地区鸟少,这对百灵学口有很大限制,能出现一种新的鸟,就意味着会有一种新的鸟叫,百灵如能学上来,将会成为百灵十五口——十五口!不得了!那将是百灵上上品,稀世珍禽了!尚爷玩了一辈子鸟,也见过无数玩百灵的人,没有谁的百灵能叫十五口。关十三更没见过。一对老朋友都激动得脸红气喘了，虽然一句话没说，却都知道对方在想什么。他们玩鸟一辈子，没想晚年终于要达到那个奇妙的境界了！

那么，当务之急，是不要惊了那只鸟，要稳住它，让它在竹园落户。他们不敢径直走进竹园子，尚爷在前，关十三在后，弯下腰轻轻分开竹丛，猫一样悄无声息地往竹园里迂回前进。那只竹鸡又叫起来："嘎嘎嘎嘎！……"几只麻雀被它惊飞了："扑棱——"

他们的心在怦怦乱跳，手也有些哆嗦。干脆，尚爷和关山把身子匍匐下来，趴在地上一寸寸地往前爬动。若不是他们那老迈的身躯和一双布满皱纹的脸，真叫人以为那是两个顽皮的孩子，在做什么诡秘的游戏。

他们在竹丛的缝隙间缓缓爬动着，野花野草都被压在身下，手脸沾满了泥土、草叶和花瓣，谁也顾不上擦一擦，只是神态紧张地盯住前方，从竹丛间往上搜寻……渐渐近了，快要接近挂百灵的笼子了……看见笼子了！百灵正在里头欢跃。现在离笼子还有十几步远，不能再靠近了！尚爷小心地往后摆了摆手，关十三贴着他的脚后跟，立刻趴下不敢动了。他们开始寻找那只新来的鸟。可是，湘竹的细枝太稠密了，密匝匝地挡住了视线，什么也看不见。"嘎嘎嘎嘎！……"那只鸟又叫起来，分外清晰，分外响亮！两个老人吓得大气不敢喘。急忙又把头往下低了低，唯恐被那只鸟发现。如此沉默了几分钟，没什么动静，就是说，那只鸟还在。关十三忍不住又往前爬了几下，和尚爷并肩靠齐了。尚爷神色严肃地盯了他一眼，关十三忙讨好地笑了笑。

一阵微风掠过，整个竹林发出一阵轻轻的涛声，面前的湘竹摇动起来。一蓬枝叶闪了闪，露出那只鸟的形体，两人眼睛一亮，同时看到了。风一拂动，那只鸟兴奋起来，不停地在竹枝上腾动着身子，甚

绝唱　9

是矫健！尚爷定睛看了一阵，不认得，平原上没这种鸟。他回头看看关山。关山正眯起眼打量，似乎在回忆，突然兴奋地把嘴凑上去，压低了嗓门说："竹鸡！山里鸟。"尚爷信然，点点头。关山过去唱野戏，跑的地方多，因为养百灵的缘故，所以特别留意鸟。他还是十三年前在大别山见过的，现在猝然想起来了。

"嘎嘎嘎嘎！……"竹鸡又对着百灵叫起来，像是挑逗。百灵站在横梁上，歪起头看住它，一动不动，似乎在揣摩它是怎么叫的。"嘎嘎嘎嘎！……"竹鸡越发叫得欢了。百灵把头转正了，嗉囊鼓了几鼓，一张嘴："呀！"却突然卡了壳，发音不对，而且没有连声。竹鸡骤然又叫起来："嘎嘎嘎嘎！……嘎嘎！"……叫着、跳着，像是疯笑一般。它在嘲笑百灵，就像山里的野小子在嘲笑没见过大山的平原小姑娘。百灵羞窘得低下了头。竹鸡还在疯笑，没完没了地疯笑，一会儿飞起，围着百灵的笼子绕一圈，一会儿又落在那根竹枝上，它简直是得意极了。

尚爷和关山匍匐在草丛里，不安地对视了一眼。他们没想到竹鸡这么爱挑衅。这只百灵是急性子，一时学不上来，怕会气坏，那就糟啦！百灵学口，有时会出现这种情况，一张嘴学不上来，憋住一口气，从此再不叫了，连以往会叫的也不叫了，此谓"叫落"。"叫落"的时间一长，嗓子也就坏了。这很像演员唱戏，嗓子一倒，任你是什么好角色，也成了舞台弃物。百灵"叫落"一久，这只百灵也就废了。两个老人真是紧张极了。午后的斜阳钻进竹林，斑斑驳驳的，并没有力度。可他们多皱的额上却沁出了汗珠子。

然而，不管他们心里怎样担心，最不愿出现的情况还是出现了。百灵在竹鸡无情的嘲笑中，由羞惭而变得愤怒了！它缓缓抬起头，定定地盯住三尺以外的竹鸡。竹鸡还在叫："嘎嘎嘎！……"百灵的嗉子一鼓一鼓的，两眼要喷出血来。它不跳，不动，不叫，就那么沉默着……

尚爷和关山也沉默着，两只肘吃力地撑着地面，连喘气也粗了。可他们仍然不敢动。时间在一分一秒地过去，天色开始暗下来。因为一直在注视着那只可怜的百灵，竹鸡什么时候飞走的都不知道。百灵还保持着原来的姿势，望着前面，望着那早已不存在的竹鸡。

尚爷悲哀地叹了一口气，转回头轻轻地向关山说："完啦，百灵完啦。"关山没有吭声。

"起来吧，天晚了，把百灵提回屋里去。"尚爷说着，艰难地爬起身。关山也随后爬了起来。在地上趴伏了半天，浑身的筋骨像散了架。他们一前一后走向百灵。尚爷把湘竹弯了弯，摘下鸟笼，正要转回身，百灵却突然在笼子里乱窜起来，翅膀和头重重地撞在笼子上，还是不停地乱窜。怪事！平常收笼从来没这样过。尚爷疑惑地看了关山一眼。关山伸手接过笼子，又重新挂在竹梢上："它不愿意走！还放这儿吧。"果然，百灵不飞也不撞了，依然蹲在横梁上，又出起神来。尚爷不明白，怎么关山一下子就猜准了它的心事！

那么，就只好这样了。只是晚间把百灵挂在竹园里，怕遇到伤害，必须守夜才行。但若不这么办，看来百灵愣飞愣撞，今夜非气死不可。他们第一次感到，这只小动物竟是如此执拗！他们都有些感动了。关山似乎更感动一些，"这么着吧，大哥，我守上半夜，你守下半夜。""行吧。"

他们轮流着守了一夜。时值初秋，晚间的风很凉。尽管他们都披着大衣，天明还是都受了寒。

第二天一早，尚爷就对前来送饭的儿子说："三天以内，不许任何人进入竹园！送饭来，也别喊叫，放屋里就行了。"老子的事，儿子们向来不打听。但回去一说，一家四五十口人还是大感不解了，不知两个老人要在竹园里搞什么名堂。

尚爷有尚爷的考虑。他对百灵还抱着最后一点希望。现在，这

绝唱　11

只百灵显然是"叫落"了，要回嗓不容易。但他不甘心就这么把它废了！百灵"叫落"有时也有例外。就是在沉默了多少天以后，突然学出了新口，一下子叫出声来，于是一切都恢复正常，而这只百灵也就进入一个新的等级，从而身价倍增。百灵到了十三口以后，每再增加一口，都是极难的。而从十四口增加到十五口，就更难！老实说，这只百灵回嗓的可能性，如果按常例算，仅有万分之一。就是说，极小极小。但尚爷凭着对这只鸟秉性的熟悉和昨晚的神态，却有一种预感：它能叫出来！现在最要紧的是保持竹园的安静，企望那只竹鸡重新飞回来，在百灵面前多叫几遍。这样虽然会加剧百灵的苦恼，但却增加了它熟悉对方叫声的机会。

又是整整一天，竹鸡没有来。百灵除了偶尔喝一点水，什么也不吃，仍然站在横梁上发呆。

第三天过去了，竹鸡仍没有来。百灵干脆不吃也不喝，形体明显地憔悴了。一股风吹来，它都要在横梁上打个栽，尚爷不时悄悄靠上去，在十几步远的地方看一看，心里也像那只百灵一样憋闷得慌。他可怜这小小的生命。心想，何必这么认真？叫不出来就叫不出来，算啦。你也是出过力的鸟，你已经是出类拔萃的百灵了。就是从此哑了，尚爷还会养着你，还会爱惜你，放心！尚爷一辈子说话算话，还不行吗？可是百灵还是固执地站在横梁上，身子都打战了。

关十三似乎从来就没有离开过竹园。他也像那只百灵一样，不吃也不喝，只是匍匐在十几步开外的草丛里，眼巴巴地看着百灵，似乎在等待着什么。可有时候，他布满血丝的双眼又十分空茫，看似看着百灵，其实又什么也没看。谁知他在想什么呢？尚爷见了，不时摇头叹息，这倒好！百灵呆了，人也呆了！

第四天早上，百灵几乎在横梁上站不住了。可正在这时，那只失踪了三天的竹鸡，不知到哪里转了一圈，又突然回来了。而一回来，就飞到那根逸出的竹枝上,"嘎嘎"地叫起来,好像在嘲弄百灵,怎么,你到底没学上来吧?

谁也没有料到,奇迹也正在这时候出现了!百灵突然一抖精神,对着竹鸡大叫起来:"嘎嘎嘎嘎!……"竹鸡反倒被吓了一跳,愣住了。尚爷和关十三更是愣住了!百灵不仅学得极像,而且更洪亮、更圆润!在十几步远的竹丛间,尚爷激动得抓耳挠腮,而关十三的泪水却唰唰地流出来。叫出来了,叫出来啦!百灵十五口,稀世珍禽,谁见过这样有志气的鸟吗?没有!他觉得心里特别畅快,憋了三天——不!憋了十几年的闷气,似乎都被百灵吐出来了!

两个老人几乎同时起步,像发了疯一样,蹒跚着扑上去。竹鸡吓得怪叫一声,"嗖"一下飞跑了。而那只百灵却站在高高的横梁上,向着竹鸡飞去的方向,继续昂首大叫:"嘎嘎嘎嘎!……嘎嘎嘎嘎!……嘎嘎嘎!……"它几乎是一刻不停地叫着。它如痴如醉了!它疯了!它傻了!"嘎嘎嘎嘎!……嘎嘎!……"关十三还在围着鸟笼子拊掌大笑,尚爷的脸色却陡然变了!一个尘封的记忆在脑子里闪了一下:这叫"绝口",又叫"绝唱",就是说,它会一直叫下去,一直到叫死!年轻时,尚爷只听老辈人讲过,却从来没有见过。据传说,只有世上最优秀最有志气的百灵才会这样。莫非,我真要经验一回了!

果然,百灵越叫声音越小。关十三也感到了事情的不妙,直直地看着尚爷。他急得伸手要摘笼子,尚爷一把按住:"别动,晚了!"的确,是晚了。百灵几天不吃不喝,已经心力交瘁,它在用生命的全部力量,歌唱着它的志气,宣告着它登上一个百灵世界最辉煌的阶梯!

终于,它拼尽全力,叫出最后一串声音:"嘎嘎嘎嘎!……"一头从横梁栽下来,翻个滚,死了。它死得这么突然,这么痛快,这么悲壮!……

尚爷和关十三为百灵做了一只很精致的木匣，然后将它安葬在竹园中心。这是一座小小的禽冢，周围是湘竹、青草和鲜花。百灵没有了。可是百灵那最后的叫声，却一直在竹园里游荡。

　　一个多月以后，关十三突然也去世了。他病得很急，死得也很快。临死前，他握住尚爷的手，老泪止不住地流淌："我……还不如……那只……百灵……"

　　尚爷居然一滴泪也没有掉。他理解他，却没法安慰他，只是神色庄重地摇了摇头："十三，别难过。我不会叫你孤独的。"

　　安葬那天，来了许多祭奠的人。根据关十三的遗嘱，没有通知他所待过的那个剧团和唯一的女儿，倒是当地的艺人来了不少。他们都尊敬这位艺术前辈。有的还自动带来了笙、箫、唢呐之类吹打乐器。

　　尚爷把一切丧事所必需的事情安排就绪，让儿孙们在外面照应着，一个人进了屋。过了片刻工夫，有人突然发现，尚爷在屋里自杀了！他脖子上割开一个豁口，血还在汩汩地流。身子旁边，卧着一把钢刀。那还是当年关十三送他的。他在桌子上留下一张纸条："我陪十三去了。"

　　一切都这么意外，一切都毫不意外。闰门旦和儿孙们痛哭一场，闻讯而来的人们唏嘘着，帮着把尚爷和关十三埋葬了。他们的坟都在竹园里，相距只有三步，中间是那座小小的禽冢。

　　一园翠竹，约八亩许……

# 老　槐

　　天还黑漆漆的，老槐就醒了。

　　老槐醒了就吸烟。老槐当然要吸烟，这是几十年的习惯了。过去老伴活着时还有人劝他少吸点，眼下没人劝了。其实过去劝也是白劝，老伴知道的，但黎明醒来时，老两口说什么呢？无非说些吸烟不吸烟的事。老伴说你坐起就吸烟也不嫌嘴臭，老槐说又不给你亲嘴。老伴说吸烟不长寿，老槐说我十四岁就给自己打了棺材。老伴说省点钱给孩子们，老槐说娘们！自从老伴死后，黎明就显得格外冷清，老槐只能吸闷烟，听鸡打鸣，再不就是听儿子那屋里动静。这不是想听不想听的事，而是你非听不可。那屋有动静传来，老槐耳朵不背，还能不听？儿子和媳妇屋里常在黎明时有动静，不是床腿嘎嗒嘎嗒响，就是小狗子吱哇吱哇叫。他当然知道他们在干啥。小狗子这小娘们奶子太大，老槐一直这么认为。奶子太大就会叫唤，就骚。

　　老槐今天醒来特别兴奋，只吸三袋烟就下床了，他不再听小狗子的呻吟声。她早晚得把儿子折腾死，他早就厌烦了她的声音。他今天有极其重要的事要干。老槐下床拉亮电灯就往床底下摸，摸了好一阵终于摸出一根小铁棍；这正是他要找的物件。他把小铁棍放到灯底下看了看，锈了。有些生锈了。上头蒙一层灰黄的锈斑，他用袖口擦了擦，掉一层铁屑。老槐有些感慨，铁棍老不用就会锈，铁棍塞床底下已有几年了，几年不用还能不锈？这是很明白的道理。铁棍是敲钟用的。就是以前上工或者开会敲钟用的。钟不是真的钟，而是一块犁铧头，敲起来比钟还响，一村人都能听到。那时老槐一天敲几次，小铁

老　槐　15

棍也是滑溜溜的，敲过了往袖筒里一塞，上工开会拾粪赶集上店走亲戚，走哪带哪。铁棍是他的玩意儿，就像他的烟袋一样从不离身。但现在它锈了。老槐翻来覆去地看，然后又从床底下找出一只破鞋，包在小铁棍上来回使劲打磨，他必须把它弄光溜了。

老槐从没当过干部，却当了几十年的敲钟人。老槐其实还有点讨厌当官的，讨厌那个指手画脚的熊样。老槐不喜欢干活，就是那种老实巴交在田里死干的那种活。年轻时喜欢到处跑，当兵、做生意、摸鱼捞虾，只是什么名堂也没干出来，最后只好仍然侍弄土地。好在老槐也并不讨厌土地，他只是讨厌一天到晚在地里干。他还是喜欢东张张西望望，和人说些天下事什么的。比如他就最喜欢开会。老槐当敲钟人纯粹就是因为这个。

开会实在是个很快活的事，不用干活，还能听天下事。新中国成立几十年，村里每次开会，老槐永远都是第一个到场。庄稼人开会不当一回事，喜欢磨磨蹭蹭，再不就是带一堆活顺便做，男人拧绳子，女人纳鞋底，一边交头接耳说笑，会场乱哄哄的。老槐不。老槐搬个小板凳坐在最前头，只端个烟袋，眯起眼仔细听，什么活也不做。开会就是开会，开会就要有个开会的样子。会场太乱了，村干部老讲，不要说话了不要说话了！没人听，还有人笑。老槐便不耐烦，猛站起来转身朝人群吼：闭上嘴，鸡巴拧的！会场立时静下来。没人敢得罪老槐。老槐曾把一个人用铡刀劈成两片。村里人不怎么怕干部，却怕老槐。连干部也不敢轻易得罪他。但干部鬼得很，老槐喜欢开会，就让他专门负责敲钟，既重用了他，又免去了自己的麻烦。啥时开会，只要给老槐说一声就行了："老槐叔，后晌开会，你敲敲钟。"包管误不了事。开始敲钟是没报酬的，后来给记工分，一举数得，老槐很乐意。你想，当全村人什么都还不知道的时候，老槐却早就知道要开会了。而且啥时敲完全由他掌握，吸一袋烟也行，吸两袋烟也行，掖好烟袋,拿出小铁棍突然就敲起来:"当当当当!……"在寂静的村子里骤然弄出一片辉煌的声音,大家全部从家里探出头来打听,那实在是件很快活的事。

昨晚村长冷不丁跑来,说老槐爷明天早饭后开会,你敲敲钟。老槐乍一听愣了一下,不相信似的,然后恶狠狠地说:"狗日的你早该说开会啦!"

可不。从大队改成村,几年了就几乎没开过会。这是老槐最恼火的事。当然老槐恼火的事还有很多,比如乱摊派,比如粮价低,比如小狗子的奶子,还有什么社改乡、大队改村,胡鸡巴折腾。但在老槐看来,不开会毕竟是最让他想不通的。倒不是因为不开会冷落了他的小铁棍和悬在树底下的犁铧头,也不是因为他感到有什么问题需要开会解决,而是他认为开会本身就是一件极为重要的事。至于开会解决什么问题,当干部的讲什么话,都无关紧要。你可以讲国际形势,可以讲计划生育,可以讲积肥造田,也可以讲打狗养猪,随便。或者就像老村长那样讲话,什么都讲不清连他自己都不知道讲什么,只见他肚子一挺一挺的很来劲,来劲就行。老村长就爱开会,老槐就比较赞赏。当干部怎么能不开会呢?你想想一个村那么多人,居然几年不开会,没人讲话,也没人听讲话,这像个什么样子!老槐每次见到老村长,都要愤愤然一番。老村长就很感动,说老槐兄弟你还记得我开会的事。老槐说咋不记得你讲话咕噜咕噜的,老村长就很惭愧,说是哩是哩,咱肚里不是没词嘛。老槐就很宽容的样子说啥词不词的有个声音就行,老百姓又不计较。然后老槐骂一阵子新村长,说如今的年轻人再不懂开会是多么重要了。可是不会开会怎么能当好干部呢?这道理也是极明白的。

村长终于要开会了,这使老槐很高兴。

等他一切收拾停当打扮整齐,天已大亮。老槐站在院子里,看儿

老槐　17

子媳妇还没起床,心想狗日的们刚才折腾累了大概在睡回笼觉,可是开会不能耽误。就响亮地咳了几声冲窗户吼:"该起床做饭啦,一会儿村里要开会!"

喊声惊动了小狗子,不一会儿小狗子从窗棂眼望望外头说:"大,你喊啥,吓人一跳?"

"开会!"

"开啥会?"

"我哪知道开啥会!"

"关你啥事?"

"我得敲钟!"

"想敲就敲呗。"

"我得吃饭!"

"哧哧哧!……"

小狗子隔窗棂笑起来。小狗子上身赤着,老槐能看到她白生生的胸脯,忙一转脸去了灶屋。他记得昨晚还有剩馍馍。看来等不及小狗子做饭了。他对小狗子的嘻嘻哈哈向来没有办法。小狗子能干,里外全靠她张罗,还办个养鸡场,几百只鸡呢。平日里也孝敬,就是爱没大没小和他顶撞。老槐不和她理论,去灶屋拿了一个干馍,就出院门去。他本想直奔门前槐树底下敲钟的,猛想还是太早,大伙都没吃早饭。可他又不愿再回院去,说不定小狗子会跑出来撒尿。是的,一泡晨尿也该撒了。老槐就曾撞上过,她随便披一件衣裳,敞皮露肉地就往厕所跑。老槐气得跺脚,说你们就不能买个便盆放屋里!小狗子在厕所里应道,臊气烘烘谁往屋里放?还要拾进拾出的我嫌烦!从此老槐晨起就特别当心,生怕碰上她。小狗子好像并不在乎,依然披件衣裳慌慌张张往外跑。看见老槐还笑笑说憋不住了憋不住了。老槐总是转脸躲开,他当然不能说憋不住了就去尿,这话题无法继续。可他心里嘀咕,女人憋尿到底不如男人。

　　老槐蹲在院外的老槐树底下，手托干馍啃得咔嚓咔嚓响，瞄着他的几畦子黄瓜长得欢实，心里怪舒心。儿子媳妇都不让他种黄瓜，嫌麻烦，说还不如买着吃。儿子是乡里兽医，手里很有钱，小狗子也有钱，大把大把的票子。他们说大，你歇着吧。老槐说我要种黄瓜卖了打酒喝。小狗子说给你钱，打酒能花多少。老槐说我不要你们的钱我要种黄瓜。小狗子说黄瓜不值钱种啥种。老槐说我种着玩你们管得着吗？小狗子说种吧种吧哪天我把鸡都放出来给你啄了。老槐说你敢，打断你的狗腿。小狗子就哧哧笑，笑得浑身的肉乱哆嗦。老槐就很生气，怎么能这样笑呢？笑得叫人心里乱乱的。骚货。小狗子时常叫他想起那个大车店的秧子。那个秧子就爱撩人，撩得人光想和她斗气，斗得有滋有味的。

　　今天的会开得很红火。几年不开会了，大伙都觉稀罕。老槐敲完钟，提个小板凳第一个到会场，连村长都还没来。老槐不管别人，独自坐在村委会那个土台子前头，吸着烟心里很踊跃。开会了，日他娘又要开会了。老槐并不指望大伙来得那么快，他想一个人慢慢享受这个过程。你想啊，这真是很美妙的，大伙又要坐到一起开会了。这几年各人干各人的，见面都难了。一个村的人见面都难，这就是很严重的问题，仅仅为了让大伙见见面也应当开会。今天大伙来得出人意料地快，而且没人带活计。到得早一点的纷纷向老槐打听开什么会。到会最早的当然是一群老头老太。一个个笑眯眯的像娶孙子媳妇。弯腰老皮笑嘻嘻坐老槐旁边搭话，说老槐你今儿又是头一个？老槐挪开一点转脸说狗话哪次开会我不是第一个？老槐最不喜欢的人就是老皮。不喜欢他的原因是因为他有一口松木棺材。老皮被老槐冲一顿，怪没趣转脸和一旁的张老太说话去了。张老太也是老槐不怎么喜欢的一个人，不喜欢她的原因是因为这人没立场，见啥人说啥话。比如，老槐

老　槐　　19

和老皮比谁的棺材最好,她就从来没个一定的态度。老槐说自然是我的棺材好,那是最好的柏木做的,如今连柏木都见不到了,这样的棺材还不好?张老太就说那是那是,柏木稀罕,沉甸甸的一拍响。弯腰老皮给张老太说柏木算啥?死沉!到时候往地里抬能把人压死,还是我的松木棺材好。那是真正的哈尔滨红松,木质又好又轻,抬也好抬,你说呢?张老太就连连点头,说松木稀罕,咱本地没有,本地没有的当然是最好的。张老太主要是被弯腰老皮的什么哈尔滨蒙住了,她不知道哈尔滨是个什么东西,哈尔滨红松这名称就显得气派,她不知道别人是否听说过,反正她是没听说过,就像砀山酥梨、符离集烧鸡一样,大约也是全中国有名的。有一次老槐经过张老太门口,正好听到弯腰老皮在她家偷说他的棺材怎么怎么的。老槐就很记恨。

　　老槐侧耳细听了一阵子,弯腰老皮和张老太在说别的事,没说棺材。没说就好。哪天我要请一些人,大伙当众说说清楚,究竟谁的棺材最好,这事不能算完。

　　终于要开会了。村长是个二十几岁的年轻人,文乎乎的有些秀才气。讲话嗓音不高,不像老村长那样粗喉咙大嗓门。但今天会场秩序特别好,一千多人静静地翘首望着台上,没谁说话也没人干杂活。秀才讲话很清楚,每一句都听得清。老槐很赞赏,肚里有墨水就是不一样,于是老槐就忍不住喊了一声:"好!"声音极大,把秀才吓了一跳。会场上有人笑起来,却没人吃惊。大伙都知道老槐开会向来是要随时发表意见的。上头讲得好,他就大声喝彩,讲得不顺耳,他会随口大骂:"放屁!""胡说!"等等。当他发表意见时,并不在乎讲话人和会场其他人的态度。在老槐看来,开会就像唱戏一样是个热闹事,为什么不能随时喊好或者拍巴掌呢?老槐开会讨厌别人小声嘀咕,但他自己却喜欢即兴插嘴。这不一样。别人说话是扯闲篇干扰开会,老槐插嘴是和会议内容密切相关的。看来秀才还不太适应老槐这种打断讲话突然喊好的方式。他冲老槐苦笑了一下，继续讲话。内容是介绍村办企业的情况，说企业发展势头很好，产品销路也好，等等。这个内容秀才讲了有十几分钟，老槐就鼓了三次掌，也就他一个人鼓掌："呱呱呱呱呱！……"单调而热烈。大伙都在静听，没人再发笑。倒是秀才有些发窘，这算怎么回事呢？只他一个人鼓掌，就显得整个会场反应漠然，那么就不如不鼓掌。其实大伙还是挺关心村办企业发展情况的，都在伸长脖子等下文，秀才讲了上头这些话是仅仅通报情况呢，还是另外有事要商量，大伙都急着要听下文，没人理会老槐鼓掌不鼓掌的事。如果真有人计较说老槐你别乱打岔，他会跳起来和你理论一番，那样会更误事。秀才果然又往下讲，说企业发展虽然好，但资金不足，号召大家自愿投股，年底可以分红。这话一出口，底下就议论开了，会场嗡嗡响，群众反应热烈。弯腰老皮当场站起来说："我投一千块！"又有人站起来表示要投股，秀才抬抬手示意大家静下来，笑着说，大伙别急着表态，可以回家从容商量一下，商量好了三天内到村委会交钱。然后就宣布散会了。

这会开的！

这会总共开了不过大半个钟点，大家已纷纷起来离开会场，老槐还愣坐在那里发呆，嘴巴张得老大。怎么能这样开会？这叫开会吗？往常老村长起码要开大半晌的。秀才几句话就把大伙打发了，还说他肚里有词呢，有屁！老村长光"咕噜咕噜"就能凑合两个钟点。好不容易开个会硬让这小子糟蹋了！

老槐不过瘾。

不过瘾也得散会。老槐只好起立，拾起小板凳往回走，走得无精打采。他原准备开大半天的，这么早就回去干啥呢？走近前头路口，一抬头看见弯腰老皮张老太还有几个老东西在那里说笑，老皮有些眉飞色舞的样子，好像还在说投股不投股的事，老槐就有些恼火。

这老杂种刚才在会上就存心出风头，村里有钱人多啦，我家小狗子就比你有钱，轮得上你带什么鸟头！老槐一直怀疑他故意在张老太面前逞能。这二年他和张老太来往甚密，在她家一坐就是半夜，说这说那的。张老太从年轻守寡，两个女儿已出嫁多年，差不多都要娶儿媳妇了，不大有人来看她。张老太一个人发闷，很欢迎老皮去她那里，有时候还煮鸡蛋给他吃。看来指望张老太公正评说谁的棺材好是没指望了。张老太是个傻瓜，从年轻时就是个傻女人，她懂个啥！

　　老槐不愿和他们搭腔，转弯避开十字路口径直回家去。小狗子早已到家，腰里系条碎花围裙正给鸡伴食，胸前鼓凸凸直晃荡。邪门，越是不愿意看到那地方越是看到那地方，两只眼不听使唤似的。小狗子说："大！锅里有饭热着呢，你快吃吧。你儿子吃罢去兽医站了。"老槐闷声说："不吃了！"转身又去了院外，蹲在黄瓜地里抽一阵子烟，心里还是烦。就提个水桶从手压井里汲水，一桶桶往瓜垄里浇。清亮亮的水哗哗流淌着，老槐渐渐愉快起来。黄瓜秧已经上架，开始开花了，左一朵右一朵黄灿灿的。大车店那个秧子就最爱扯一截黄瓜秧野草秧什么的吊头上，几朵黄花灿灿地垂下来，一走路浪里浪荡的。那时老槐才二十来岁，推独轮车做生意，赶早赶晚都要在秧子店里歇息。秧子迎上来："老槐，知道你要来留着床呢。"老槐用指头弹弹她的胸脯："不留我去你屋里睡。"秧子打开他的手笑嘻嘻说："就怕你没那胆！"老槐弯腰抄起她双腿就往屋里抱你看我敢不敢！秧子蹬腿直叫唤你个愣种快放了我！住店的客人都跑出来看，大声喝彩说老槐别放她！秧子被他摸得浑身发痒笑得快岔气了，央他说老槐别闹了我亲你一口行了吧？老槐就停住了说你亲吧，秧子就抱住他脖子在他腮上"叭"地亲出个响来。老槐这才放下秧子，说秧子往后你别说我敢不敢了我啥都敢。秧子说你敢把前村花牛杀了我就服你。老槐说花牛是谁，秧子说花牛是个二鬼子，仗着日本人的势力到处欺负人。老槐说花牛是个汉奸？秧子说没错。他欺负你了？常来找碴。老槐说你放心你该早说。当天夜里，老槐提上大车店里一把铡刀去了前村，找到花牛一铡刀劈成两半。老槐提着鲜血淋漓的铡刀回到大车店，秧子吓得直发抖，说天爷这咋办你真把他杀了，老槐说杀了就杀了我不杀也会有人杀他。秧子说日本人找来咋办，老槐说日本人才不会心疼他呢，你要害怕就跟我走我娶你，我家离这里百多里地，日本人找不到的。秧子说我舍不得这个店。老槐一跺脚娘们！回屋睡去了。那晚秧子拨开老槐的门钻进他被窝里，秧子说你来吧我要报答你。老槐一脚把她踹下床去："滚！"秧子就哭了，说老槐兄弟我真的不能嫁给你我还有老娘，老娘说我要不养她她就嫁人，这么大岁数了再让她嫁人人家不笑死。老槐心里咯噔一下，像被人咬了一口。老槐三岁时死了爹，娘倒是没嫁人，却整天和一些男人鬼混。老槐小时候不懂，渐大，就仇恨那些男人，也仇恨娘。十四岁，老槐刨倒林上的柏树，给娘打一口棺材放院里。也给自己打一口棺材，放门外。里外两口棺材一摆，再没有男人敢登门。一个十四岁的恶狠狠的少年什么都敢干。老槐娘半年后上吊自杀。老槐一声没哭把娘埋了。从此老槐成了一个人物。娘要嫁人，这是个麻烦事。老槐对秧子说你别哭了，我不逼你。秧子说要么你来当大车店的掌柜，老槐说倒插门？秧子说别这么说，不一样吗？老槐摇摇头。秧子又哭了，秧子真喜欢他。

　　老槐走了，推着他的独轮车。

　　老槐还是常来，赶早赶晚都住这里。老槐不怎么会赚钱，他只是喜欢推着他的独轮车到处走走。无论走到哪里，心里都放不下秧子。她的蜂腰隆胸，她的戴着野花野草的浪里浪荡的样子，老让他心神不定。每次住店，老槐总要无故找碴儿或者弄点什么事情出来，秧子也老是和他过不去。两人像冤家斗个不停。

　　冬夜，老槐睡不着，躺在床上把墙擂得咚咚响。

　　咚咚咚！咚咚！……

隔墙住着秧子。

秧子每次都把他安排在隔墙。一道木板墙，喘气都听得到。秧子爱撒尿，一夜好几次，秧子的便盆老是叮叮咚咚的。老槐说你给我换个房间，秧子说这房间咋啦？老槐说我睡不着。秧子说你咋睡不着，我就睡得安稳。老槐说你的尿真多，秧子说你这人下流，不能不听？老槐说我不能不听，秧子说我不能不尿。老槐说你给我换房，秧子说不换。秧子提把茶壶又住便盆里倒水，叮叮咚咚的。老槐浑身起火，大吼一声不睡啦！秧子你起来给我做饭我要赶路！秧子捂住嘴哧哧笑，说缸里有面井里有水院里有柴想吃啥自己做。老槐说我住店给你店钱，吃饭给你饭钱，你该给我做饭。秧子说天冷你自己做吧我再睡一会儿。老槐气呼呼起床，从井里打两筲水，一筲倒锅里，一筲倒面缸里。缸是大竖缸，里头有二百斤面，老槐洗洗拌草棍在缸里搅，拌一个面疙瘩有百多斤，抱起来放锅里点火就煮。面疙瘩太大，半截露出水面，锅盖不能盖只能敞锅煮。老槐看着他的杰作，独自笑了。院里芝麻秸烧了半垛还在烧，中间又添一次水。秧子不放心，看他老在烧火就起床跑来，一见这样子就叫起来，说老槐你这是做的啥饭？老槐得意扬扬说搅疙瘩汤。秧子说你作践人，有这样搅疙瘩汤的吗？一个疙瘩百多斤！老槐乜她一眼说我只会这样搅疙瘩，你咋不起来做饭？秧子操起一棍子就扑上去打你个坏种你糟蹋我的面我的柴火你别躲你别躲呀！老槐拦腰抱住秧子按在灶间一阵狂吻，秧子用棍子敲他脑袋响，老槐撕开秧子棉袄把头拱进去一阵热烘烘的体香让他醉了，秧子扔了棍子说声你抱我去我屋！那时才四更天外头还黑蒙蒙的。老槐抱起秧子去了她的卧室丢在床上就解衣裳，秧子说你轻点我是头一回。老槐吃一惊你是头一回？他有点不信，秧子二十几岁了虽说没嫁人平日却常和男人搂搂抱抱一副浪样。老槐不信说你骗我揍扁你！秧子说你以为我名声不好真有什么事全是假的我得应付那些住店的男人。老槐其实也是头一回，他并不知道头一回和不是头一回有什么不同。他手忙脚乱地和秧子睡了真的遇到严重的障碍，若不是秧子咬紧牙迎合他真的不能成功。事毕，秧子从身下抽出一条白毛巾扔给老槐你看看你个杂种！老槐愣了老槐看到一朵红花。秧子转脸抽泣起来，说老槐你别走了你来当大车店的掌柜，一个女子太难了。老槐喘息良久终于说好我来我回家收拾收拾就来。

　　后来多少年过去了，老槐还在后悔，当时干吗要回家呢，一个穷家有啥好收拾的？老槐回家的路上碰上八路军和日本人打仗。老槐爱看热闹，看着看着抄一根棍子打将上去。在一条漫河里，八路军一群士兵正和日本人肉搏。老槐冲进去连连打翻七八个，打西瓜一样打得脑袋开花。战斗结束，老槐才发现腚上挨了一刺刀。八路军战士看他摔倒在地，就把他和其他伤兵一同抬走了。治好伤，老槐稀里糊涂当了兵。好像带兵的说他是个英雄，老槐有些不好意思。既然是英雄就不好回去了，打完仗再去秧子那里吧。老槐换上军装打了二年仗，受过几次伤。日本人投降当晚，他当了逃兵。他太想秧子了。那会儿部队已离家上千里。老槐像个鬼似的找回故乡又寻到大车店时，大车店已被炸平，秧子早嫁人走了。

　　老槐在废墟上坐了一夜。天明两眼肿得像红灯笼。

　　老槐后悔了一辈子。

　　小狗子一天不见影，傍黑买回来一台彩电，往老槐屋里一放，说大，你晚上睡不着觉就看电视，就算有人陪你了。老槐说我不看放你们屋里吧，小狗子说俺屋有台黑白的凑合看你就别谦让了。老槐说我睡得着觉。小狗子说行了行了嘴硬，要不赶明儿我给你找个老伴，说着笑起来。老槐气得哼一声，一抬头又看见她胸前一对宝贝在涌动，心想他们该要个孩子，可惜了一对好奶子。

　　老槐其实爱看电视。以前电视机在小狗子屋里，他不好常去，儿子

老　槐

不在家有诸多不便,电视机又是小狗子陪嫁来的,就不好说放我屋里。这下好了,老槐嘴上不说,心里怪舒坦。这娘们骚归骚,知道疼人。

　　老槐晚上不再烦闷,吃过饭就搬个小板凳坐电视机旁,像开会一样认真,也随时发表意见。从广告、新闻联播、电视剧到体育节目、文艺晚会,有什么看什么。一会儿喊好,一会儿拍巴掌,一会儿骂放屁,一个人看得热火朝天,小狗子贴门缝偷听,捂住嘴哧哧笑。

　　忽然有一天,张老太忸怩着来约他去家里坐坐,说弯腰老皮也去了在等他。老槐脸一黑说啥事?张老太说也没多大的事。老槐说我不去老皮在我就不去,张老太说老皮不能不去他求你去呢想给你说道说道。老槐就很生气说有啥说道你对他说,往下少吹他的哈尔滨红松,那算个什么鸟木头用指甲都掐得动,我的柏木让他试试我跟他没完!哪天都抬出来让大伙分个高低!张老太闹个没趣讪讪地走了,老槐冲她背后吐一口呸你还想当说合呢你也是那块料!

　　老槐从没把张老太当一回事,村里也没多少人把她当一回事。张老太年轻时几乎是任人耍弄。那时张老太还叫曼曼,有后生说曼曼你真俊让我亲亲你,曼曼说你骗我的我知道我不俊,后生说你咋不俊圆圆脸圆圆奶圆圆腚可俊了,曼曼就低头转身把自己看了一遍说真的到处都圆圆的,后生趁机就把她拉到墙角抵住了乱摸,曼曼就笑得一脸满足,后生要干啥就干啥。又有后生说曼曼后晌在沟南高粱地等你,曼曼眨巴眨巴眼说有事吗?后生说我要和你睡觉。曼曼就红了脸说我不理你又耍我,后生说你不去我就在高粱秆上吊死,曼曼忙说别别你别上吊我去就是了。后晌曼曼果然赴约。事后才猛然想起高粱秆上是吊不死人的。曼曼就是心眼太软,没个主见。老槐也曾带她去过几次高粱地,曼曼倒是心甘情愿的。有一回还是曼曼主动找他,说老槐哥后晌我去沟南高粱地割草你去不?那时她看老槐老是发闷,想让他解解闷儿。老槐并不喜欢她,但每次都是找曼曼解闷,高粱棵按倒了咬牙切齿一阵子发疯然后一泄如注软苶苶歪到一旁酣然大睡什么脾气也没有了。老槐从小没爹娘，曼曼很可怜他；老槐自小走南闯北，曼曼又很崇拜他。曼曼说老槐哥你娶我吧，老槐翻翻眼说我才不娶你。曼曼也没怎么难过，后来就嫁给了瘸子张三。曼曼嫁给张三以后还是经常应邀和别的男人睡觉，她总感到无法拒绝任何邀请她的人，她乐意帮助任何人。张三常揍她，晚上关在屋里揍。但白天就不行，曼曼比张三跑得快，曼曼一边跑还一边笑说你这人真是的。曼曼嫁给张三以后，老槐就没再找过她，他主要是看不起张三。后来老槐握把刀子去找过张三，说瘸子你要再揍曼曼我就宰了你。张三吃一惊，说曼曼是我老婆。老槐说放屁曼曼是大伙的老婆！张三张张嘴看看他的刀从此不敢再打曼曼。曼曼就很开心，说张三我还是最疼你和别的男人只是玩儿。村里女人并不怎么恨曼曼，她们知道她就那样有点傻，自己男人只不过捡她便宜，男人总要偷鸡摸狗的。男人知道自己女人不管还是喜欢偷偷约曼曼出去，这事就是要偷偷摸摸。偷偷摸摸才有情趣，如果曼曼脱了裤子天天躺大街上，就不会有男人动她。世界上什么事该怎么做都有个讲究。

老槐第二天知道，张老太喊他去不是说棺材的事，是她和老皮合伙住了，想请他去凑个热闹，有点祝贺的意思。村里好多老头老太都去了，弄几个菜还喝了酒。这不叫结婚，因为没去乡里领结婚证。反正村里干部也不管，老了就找个伴同居。听说还喝醉了几个，一群老东西居然嬉闹了半夜。年轻人没谁去，年轻人有年轻人的事要做。老槐听说后有点闷闷不乐的。连着几天没出门，也不再一天三遍地看他的柏木棺材。他忽然很讨厌棺材，也忽然觉得和弯腰老皮的棺材之争没任何意义。

第四天开始，老槐早早起床就收拾屋子，里里外外打扫得干干净净，弄得一头一脸都是灰。小狗子吃一惊，说大，你怎么啦不过年不

老槐　27

过节的？老槐瞪她一眼说不过年不过节就不能收拾屋子？小狗子疑惑地看着他还是不太明白。其实老槐也不太明白，干吗心血来潮似的打扫屋子。于是无端地有些发窘，就不敢直视小狗子，大咳一声洗脸去了。

日子还是那么过，并没有什么特别的事情发生。老槐有时候去张老太那里串串门，老皮总是很殷勤地敬烟倒茶，绝口不再提他的哈尔滨红松。老槐当然也不会再说他的柏木棺。一场官司也就从此消解。老槐晚上还是爱看电视。每天儿子回来都很晚，小狗子在院子里不停地忙来忙去。听到她的脚步声，老槐心里就很安稳，那是一种浓浓的充满温暖的气息。小狗子忙完了就在屋里洗澡，这是老规矩了，一年四季都要洗。小狗子洗澡不怎么避老槐，有时窗帘也不挂的，赤着身子在灯影下冲搓，哗哗啦啦动静很大。老槐就不大敢出门。但他能准确地知道她是什么时候开始脱衣裳什么时候搓腿搓胸什么时候洗澡结束又穿上衣裳的。小狗子洗完澡通常都会端一杯茶到老槐屋里陪他看一会儿电视，她身上就有一股好闻的香气很纯净地散出来。老槐就拼命瞪大了眼直直地看电视画面，决不让一点余光散在外头。小狗子说几句闲话也就走了，老槐这才松一口气放松了目光，电视内容也才渐渐明白。先前电视上放什么，他其实一点也没看进去。

老槐接着看电视，下头好像是打仗的故事。老槐一开始还有点走神，渐渐就被吸引住了。是八路军和日本人在打仗，仗打得极惨烈。一道漫河里躺满了尸首，双方剩下的人还在肉搏，都已经精疲力竭，就看谁能坚持住了。这时从河坡子路上冲下来一个中国青年人，穿着破衣烂衫，却长得十分精壮，手持一根枣木棍直扑下去，一棍一个连连打倒几个日本人。这个中国青年农民的参战，几乎一下子改变了双方力量的对比，真是奇妙极了。几十个满身是血已经东倒西歪的八路军战士突然间如有神助，一时杀声震天，很快消灭了剩余的敌人。战士们把这位青年抬起来欢呼，说他是个英雄。后来这青年人随八路军走了，他成为一名机枪手。机枪手身经百战，立下无数战功。可他老是想逃跑，有一次逃跑已经成功了，却又自己回来了。直到日本人投降那夜站岗时，他才真的逃回故乡。他老是忘不了那个相好的姑娘。那个姑娘叫秧子，开一家大车店和老娘相依为命。那个相好的小伙子说好来找她的，结果一直没来，她并不知道他已经当兵去了。一年后老娘死了。秧子埋了老娘，原说第二天去找那小伙子的，不料当晚来了一伙土匪。他们把她的店洗劫一空，又轮奸了她。临走一把火烧了她的大车店，大车店成为一片废墟。秧子披头散发，愣愣地在废墟前站了很久，然后抓一把灰抹在脸上，慢慢转身去了荒野。从此谁也不知道她去了哪里。小伙子从军队逃回找到这地方时，秧子和她的大车店已经消失了一年多。小伙子向一个过路人打听，说秧子早嫁人了。小伙子蒙蒙地在大车店旧址坐了一夜，从地下扒出一把灰包好揣怀里。后来他回到老家，在门前栽了一棵槐树，槐树下埋了两样东西，一样是从大车店旧址带来的那把灰，一样是他从军队带回的一把匣枪。他讨厌枪，这一生决不愿再看到它。故事差不多就是这样。

　　老槐有点纳闷，这故事不是说我的吗？电视上咋会知道的？只是秧子后来的遭遇老槐并不知道，他一直以为她很平淡地嫁人了，把他忘了，或者至多有点恨他。却不知原来秧子遭了这么大罪！老槐也一直以为自己这辈子很平淡，没想到还有这么多曲折。但关于那把匣枪的事，老槐确实不记得了。他想肯定是人家编上去的，怎么会有枪呢？并且连同一把灰埋在树下，这有点像城里人干的事，黏黏糊糊的，老槐可不是这种人。这么想着，却从门后操起一把铁锹，关上电视出了院门，在大门口的那棵老槐树底下挖起来。夜深人静，月光如水，老槐挖得气喘吁吁。突然，"嘎嘣"一声响，老槐忙弯腰往外掏，一把已锈成铁疙瘩的匣枪已抓在手里。老槐的手有点发抖，他半跪在土堆前，把匣枪上的土又拍又吹，凑着月光再看，一点不错就是

老槐　29

一把匣枪！老槐吓得魂都飞了，他实在弄不清这究竟是怎么回事，就像闹鬼一样。几十年了就从来不记得埋过什么枪，可没埋过咋会又扒出来一把枪呢？老槐双手捧住那块铁疙瘩泪流满面，也许真的埋过，也许？……

# 空　穴

　　又一阵风卷过来，已是满野昏黄。还不到下工时候。抿抿干裂的唇，吞进一抹细沙。一群女人其实是一群姑娘，在寒风凛冽中挖地挖地挖地。铁锹碰到冻土响，先砸破一层壳再往下挖，深翻二尺，少一寸都不行。乔吉的钢钎子往地里一插，叫你胆裂。根生深翻尺寸不够，乔吉一钎子插他腚上，冒出一嘟噜血沫。根生咬咬牙没吭声。对女人，乔吉要客气些，骂一句："操你！"顶多踹一脚。乔吉提个钢钎子这块地转到那块地，转到哪里哪里打战发抖，抖得像满野的旗。

　　谁也记不清已干了多少个日夜。铁姑娘队早已溃不成军，头发散乱，裤管卷起，本应是嫩白的小腿被风鞭裂得冒出血痕。腋下的棉袄扣子挣断一粒或者两粒，张开一道口，冷风便飕飕地钻进怀里取暖。菊掩掩袄襟，一松手风又钻进去。棉袄里只一件衬衣，空空荡荡，浑身发冷，只有拼命挖地，身上才暖一些。出一身虚汗，风一吹皮紧紧的。肚子咕噜又响，晌午分几块红芋喝两碗菜汤早没影了。食堂告急，乔吉说嚷啥嚷！省着吃就是，上级会拨粮食来。白天干一天，夜里加班到半夜，人累得发昏，饿得打晃。菊捂住肚子说我不当队长了。乔吉说咋不当，上级都表扬你了。菊说我要死了，姑娘家都要死了，例假也不来了。乔吉说你别反动，你是铁姑娘。菊说铁姑娘又不是铁，我不当了我想死。乔吉说你饿是不是？菊说，是。姑娘们都饿。乔吉说都饿没办法，我管不了那么多。你夜里下工到河湾来，我给你弄吃的。菊说我不去。乔吉说去不去由你，队长你还得当，上级都表扬你了。菊一直都在想这件事。她拿不定主意去还是不去。后

空　穴　31

来她决定不去了,河湾已成空村,没一户人家住,只后腰带几百头羊驻扎在那里。百多户人家说迁都迁了,房屋都空着,一到夜间黑咕隆咚。菊胆儿小,怕一个人走黑路。菊给自己说不去了,饿就饿,又不是咱一个人饿。

半夜里下工回来的路上,姑娘们都掐腰捂肚子,没人说话,一个跟着一个。菊走在最后头,看到小三子往路旁一蹲,就走过去说你咋样没事吧。小三子说没事我想解手,你们先走吧。菊说我陪你一会儿,小三子说你别陪,陪着我解不出来。菊只好走了。走了一阵回头看,夜里看不清楚,不见小三子跟上来,就喊了一声:"小三子!"小三子远远地应道:"菊姐你先走吧,我不害怕。"小三子胆大是出名的。敢拎条活蛇吓唬大男人,去姐姐家走亲戚,都是夜去夜回。菊说你不怕?小三子说怕啥我不信鬼。菊说要是碰上坏人呢?小三子说我手里抓一把沙土撒他一脸,反正我跑得快。

菊回到村里,到家门口时觉得一步都走不动了,两条腿像灌了铅。门外黑影里忽然走出根生,把菊吓一跳。菊说:"根生你还没睡,吓死我了。"根生从怀里摸出两块红芋说:"菊……姑,送你的。"菊大喜:"你哪里弄的?"根生说:"我从食堂偷来的。"菊把伸出的手又缩回:"不得了!你咋敢偷东西吃?我不要。"根生说:"怕啥?又没人见。"菊说:"没人见也不能偷,你把红芋送回食堂去。要不我报告乔吉。"根生就失望地低头说:"我费了好大劲爬窗户……"菊有点心软了,说:"反正我不吃!"就推门进了院子回屋睡觉去了。根生还站在院门外发愣,气得想把红芋扔掉,扬扬手又不舍得,重新揣怀里也进了院子。钻进庵棚摸黑啃起来。红芋是生的,啃得咔嚓咔嚓响。根生原本家在河湾,并村时一家迁来黄坝的。周围四五个小村的人都迁来了。黄坝村大,一下子挤进几百户也够呛。乔吉说很快就要盖楼,楼上楼下电灯电话,这会儿大家凑合住。

凡黄坝的老户，每家都要腾出点房屋让迁来的人家住，宽敞些的还塞进两家。没谁敢说不同意。大家都想开了。锅灶都拆了，还有什么家，哪会儿上级说把房屋都扒了，你也得乖乖地扒，横竖睡个人，挤就挤点吧。话是这么说，迁来的人家还是有些不安，平白无故住人家屋子总是理不直气不壮的。根生家和菊家有点远亲，也是八竿子打不着的亲戚，根生娘叫根生喊菊姑，就低了一辈。根生和菊同岁，论起来还大几个月，根生不乐意，娘在屋里拧着耳朵嘱咐："住人家屋，还不低一辈？叫姑！听到没有？再说都这么大了，处起来也方便。听到没有？"根生只好同意，可喊起来总拗口。他看见菊就发慌，特别看到菊胸前两坨凸起的地方就更慌。菊倒是没什么戒心，只是觉得平白让人喊姑有些不自在，就说："喊不出口就别喊，我听了怪那个的，还是叫我菊吧。"根生娘说："那可不行，该叫啥就得叫啥，不能乱了辈分。"菊只好由他们，很热情地帮他们一家搭床扫地。根生娘老两口住一间西屋，再放些拉来的破烂家当，塞得满满的。根生就在院子里搭个庵棚住在里头。根生娘说："就当院子里卧条狗，也好看家。"根生笑笑，心里却不自在，心想娘也太轻贱了，我还想当她家女婿呢。话没出口，却存了这份心。

后腰傍晚宰了一头羊，放锅里架起劈柴煮，一笼火烧得屋里暖烘烘的。河湾养了七八百头羊，都是并村时从各家牵来的。入冬后差不多每晚宰一头，煮好，等乔吉来。后腰祖传屠户，宰羊煮肉是拿手戏。煮肉时把整羊砍成几大块扔锅里，放十几味作料，旺火烧熟，文火焖烂，出锅喷香扑鼻。乔吉就爱后腰这份手艺。其实乔吉最爱吃的还不是正儿八经的羊肉，乔吉最爱吃的是羊头羊脑羊肝羊肚，尤爱吃也最大补的是公羊的那个物件：羊鞭。这物件壮阳补肾，特效。往常乔吉一到后腰的肉铺要这物件，后腰就知他今晚要找女人。乔吉知道

空穴　33

瞒不过也就不瞒他，只求他保密。乔吉在朝鲜打过仗，回来时一嘴牙打没了。干部当得硬，天不怕地不怕，上级领导也让他三分。但乔吉就怕后腰。一物降一物。所以并村时给了后腰这个肥差。后腰心里明白，但也不让乔吉难堪，横竖人家是领导，犯不着。再说，乔吉找的女人不是后腰找过的，就是后腰挑剩下的。后腰心里好笑，凭你当这个不入品的小官，钓女人还差些。女人想的是什么？女人想的是过日子，让老小一家人吃好穿好，谁当官都与她无关。别看我是个屠户，钓女人比你行。买肉时高高秤就让她眉开眼笑，割肉时多给个一斤半斤，就让她以为占了天大的便宜，屁股奶子凭你摸，躲躲闪闪嘻嘻笑笑都不会恼，更不会告诉任何人。拎肉回去，烩一棵大白菜，一家人吃得欢天喜地。两回三回下来，便感激不尽了。女人就爱那点小便宜。再去买肉，那裤带也就是两个指头扯一扯的工夫，就会悠然脱落，亦惊亦羞、又怕又喜，慌慌张张、半推半就之间，后腰已把事儿办了。女人整整衣裳、捋捋头发，脸红红的夺门而出。胳膊上的竹篮里，早多了一块肉。有了第一回，还有第二回。而且领教了后腰的手段，这家伙一身腱子肉，力大威猛，野而不粗，狂风暴雨，像一次舒坦的宰杀，惊心动魄之后是无尽的回味。等她心痒痒想着下一回的时候，后腰又看上了另一个女人。乔吉行吗？乔吉只会讲些老百姓不感兴趣女人更不感兴趣的形势大好之类的空话，一次两次还新鲜，再讲就没人听了，后腰的羊肉却是一次吃着香，两次吃着香，三天不吃就馋，一年四季都想的东西。乔吉不行。乔吉找到的女人多是些女光棍、寡妇和为男人的事有求于乔吉的女人，真正有女人味的女人，乔吉是找不到的。乔吉只是个捡破烂的角色。后腰其实瞧不起他。

　　但并村之后，乔吉似乎风光起来了。他的那个隐蔽的小院天天都有女人来，而且多是些姑娘。这让后腰吃惊不小，且异常愤怒。盗亦有道。人家黄花闺女可不能乱搞，乔吉这狗杂种是不是疯了？

乔吉住的小院在河湾西头，靠近村外野地，出院不远就是一道老河湾，河湾村也因此得名。老河湾只在夏秋有些积水，冬天是干着的。沿河湾有很多柳槐杂树，远看像一条林带。乔吉住的小院就在这林子尽头，不到跟前就看不到这里还有人家。小院原本是根生的家，并村搬到黄坝菊家后，小院就空了。但也就空了个把月，乔吉就住进来了。乔吉的家本在黄坝，老婆孩子都住在那里，只乔吉一人住在这小院里。乔吉说我太忙，要住河湾指挥部里。他老婆就茫然地点点头。其实乔吉不必给那个黄脸女人说的。她怕乔吉的皮带。乔吉一摆弄皮带，她就发抖。

这会儿乔吉没摆弄皮带，只摆弄一块熟羊腿，还有些温热。对面灯影下站着一个疲惫而又饥饿的女人，头发有点乱。她贪婪地盯住乔吉床前的小桌，一条熟羊腿和两个白面锅饼放在上头，她舔舔舌头，浑身有点抖抖的。女人三十岁多一点，一张瓜子脸，两眼忽闪着惊讶。身子瘦弱不堪，仿佛一阵风就能把她吹倒。乔吉打量着这女人心想可惜了。先前她可不是这样的。刚嫁过来时水灵灵光彩照人，一走路腰肢子颤悠悠，两个耸起的奶子在衣服里跳荡，撩得人冒火。从她一嫁过来，乔吉就打她的主意。但三番五次不得手，每次都让她骂出门去。今天她终于来了。白天乔吉在村外碰到她说竹子你饿不？竹子看看他没说话，但乔吉看到她眼里一亮。竹子当然饿，三个多月没见粮食了，婆婆已经饿死，七岁的儿子枯瘦如柴，丈夫在二十里外的地方炼铁。乔吉说去不去由你。竹子低了头走开去。但她到底来了。在村里所有的女人中，竹子也许是最自重的女人了。乔吉相信饥饿能摧毁一切尊严。面前的竹子弱不禁风，神情木然，却别有一番让人怜爱的情韵。乔吉突然间发现一个真理，女人就是要饿，饿得纤纤弱弱才好看。竹子的腰更细了，该丰满的地方还依然丰满。乔吉并不急于动手,他知道她会自己脱下来。他只是眯眯地看着她。女人躲闪着他的目光,犹犹豫豫终于动手脱解衣裳。当乔吉把竹子抱到床上时,竹子突然翻身抓起桌上那条足有几斤重的熟肉腿,捧着大口大口地啃起来。那时她眼里没有哀伤没有泪水也没有羞耻感,只有贪婪而忙乱的吞咽。乔吉把她所有的内衣扒光并在她身上怎样疯狂动作,都与她无关,也激不起任何的回应。全身除了疲惫和饥饿,已没有别的要求和感觉。乔吉竭力变换姿势和花样,企图让竹子兴奋起来。他曾很多次偷听过竹子和丈夫做爱时的娇喘和呻吟,正是那丰富的声音使乔吉百折不挠地要得到她。但现在他的一切努力都没有效果。竹子只是专心啃她手里的羊肉,有几次噎得喘不过气来。她看也没看过乔吉一眼,好像根本不知道有个男人正在她身上。乔吉最初捕获的喜悦和激动被她的漠然弄得兴味全无。他感到自己在和一具冷冰冰的尸体交媾,和几个月来经历过的每个女人都一样。这使乔吉大为沮丧。他希望探视每一个女人的神秘,却发现所到之处全是毫无景致的枯干的洞穴。他甚至希望每个女人都为他生一个儿子从而生出一个王国,可是几个月下来,却没有任何一个女人有怀孕的迹象。

女人们都怎么啦?

在很长时间里,乔吉一直认为自己是个无用的男人。这要追溯到很久以前,那时他不过十一二岁,有一次因为偷看邻家女人解手被捉住打了一顿,那家的男人拿出一把刀子训斥他说:"往后再不老实我就把你割了!"后来乔吉就经常做梦有时大白天也突然会感到一阵锐疼,那把雪亮的刀子一挥:"嚓!"一截东西就从裆里掉了下来。这影像反复出现,以致分不清是梦还是非梦,黑夜还是白天,真的还是假的。

"嚓!"不定什么时候,白亮的刀子会在眼前一闪。

乔吉老是惊惊乍乍,蔫头蔫脑,老是习惯地用手捂住裆走路。

后腰看了好笑。后腰那时和乔吉最要好,说乔吉你怎么啦?乔吉先是不好意思,经不住后腰一再盘问才说了实情。后腰一拍腿,嗨!这毛病好治。怕刀子就去玩刀子,怕淌血就去杀人。杀人?乔吉吃一惊。朝鲜不在打仗吗?保家卫国,杀人有功。于是乔吉去了朝鲜。乔吉当的是电话兵,牙齿就是咬电线咬脱落的。虽没天天打仗,却也见惯了刀光血海。

几年后乔吉重新回到村子时,原以为过去的噩梦都已结束。可他背着背包进村看到的第一个女人,竟然是那个被他看过解手的女人。"嚓!"乔吉立刻双手捂裆。那是一个熟悉而又陌生的动作,完全是下意识的。

当晚去肉铺子看望后腰时,乔吉还觉得那里隐隐作痛,老用手摸。后腰说又怎么啦,老毛病还没改?乔吉垂头丧气地摇摇头,说我又看到那女人了。后腰想了想,笑了,说你别怕,我还有办法,咱兄弟俩先喝点酒,算我为你接风。说着手脚麻利拾掇了几样菜,无非羊肉羊肝羊肚羊肠之类。两人喝着酒,后腰举筷指着几个盘子说,猛吃!这东西全是壮阳的,乔吉很感激,又喝酒又吃肉,不一会儿就觉得浑身血肉膨胀,一缕热气从脚底往上蹿,满脸汗津津的,说话间后腰又从锅里捞出一根羊鞭,往乔吉面前一丢:"吃下去!"乔吉疑惑地看了看,这玩意儿好吃?后腰说你只管吃。今夜你就去找那娘们,把她收拾了,保你马到成功。乔吉说她家男人?后腰说她男人死二年了,你只管去!乔吉吃下羊鞭,果然陡觉一股欲望腾地燃起,抹抹嘴大踏步去了。

乔吉敲开那女人的门几乎没费什么事。夜深人静,孩子都已睡了。女人扶住门,看是乔吉,猛吃一惊:"乔……家兄弟,你回来啦?"

"回来了。"

"有事吗?"

"我报仇来了。"

女人记得当年丈夫打他的事,说他已经死了。

"我知道。"

"你要怎样?"

乔吉捉住她光膀子:"我要睡你!"

那女人在月光下愣愣神,咻咻笑了。还有比这事再好的吗?天上掉下个男人!女人三十七八岁,正是如狼似虎的年龄,守着空房难受呢。她夜间从不闩门,睡在床上听院门外的脚步声,盼望哪个男人走进来。但寡妇门前,男人是不大愿多走动的,怕招晦气。男人死了二年,就冷清了二年。除了后腰在肉铺子里把她放倒过一回,就没有哪个男人碰过她。后腰也就那一回,之后就把她撂后脑勺去了。寡妇说我不要你的羊肉,后腰说我才不在乎什么羊肉。你咋不找我?我忙。这人!寡妇又气又委屈。但不敢大吵大闹。她知道后腰不吃这一套。

寡妇被乔吉扛到床上,像扛着一条大软虫,有些发瘆,寡妇看出乔吉不怎么在行,就熟练地为他剥去衣服,百般温存。乔吉渐渐顺过气来,忽然想到自己是吃过羊鞭的,怕她什么。但他其实是头一回,并不太懂男人和女人在一起是怎么回事。之后一切过程都由那女人包办,这样那样,翻云覆雨,居然渐入佳境。寡妇没想到乔吉还是个处子,笨拙得要命,还报仇呢,好笑。寡妇像饿虎捕食到一头羔羊,几乎是生吞活剥了。乔吉虽被她弄得死去活来,却也证明了自己是个完好的男人。乔吉失去了童贞,却获得了自信。这真是一次再生。困扰了多年的噩梦终于结束,从此再不用捂住裆走路了。想要证实你是个男人吗?就去找女人。这真不错,乔吉想。

乔吉从此一发不可收。

小三子也是接到乔吉的邀请偷偷去河湾的。但小三子有点鬼,来到乔吉住的院门外时,并没有贸然闯进去。她早就风闻乔吉勾女人的事,也非常恶心乔吉。但小三子肚子饿,为啥不去吃?又不是他自己的,公家的东西不吃白不吃。她悄悄在院门外听了一阵子。听到里头有人说话,男人肯定是乔吉,女人呢,好像没说话,也就听不出是谁。小三子犹豫着要不要进去。黑影里走出个人来吓小三子一跳:"谁?"后腰说:"我。小三子?"小三子说你吓死我了。后腰走到跟前,低声问,乔吉让你来的?小三子说,是。他说……有吃的。这个王八蛋!后腰骂了一句伸手拉住小三子,你跟我来!小三子才十七岁,身子瘦得很,被后腰扯灯草一样扯进村子,七拐八拐,拐到一个院子里,是后腰住宿和煮羊肉的地方。后腰从一块纱布里拿出一块熟羊肉和几个锅饼,说你拿了快走。往后想吃就到我这里来,千万别去乔吉那里,他没安好心。小三子双手接过,很感激地冲后腰笑笑,转身跑走了,刚跑两步,又听后腰在后头说,小三子你沿村西河沟走,村东有巡逻队,他们刚吃饱上岗。回去任谁也别说,嗯?小三子说我知道,谢你啦后腰叔。后腰说谢啥谢,造孽。

后腰再去乔吉住处的时候,竹子已经走了。后腰说乔吉你也太缺德,引来那么多黄花闺女,你把人家都毁了。乔吉说她们肚子饿,愿意来。后腰说老人都饿死几十口了,你咋不救救他们?乔吉说僧多粥少,我管不了那么多。后腰说你下流,你该挨枪子儿。后腰说这话的时候吃了一惊,他意识到自己有了杀他的念头。乔吉也愣了一下,他看看后腰的脸,灯影下有些狰狞,心里就有些发虚,但随即狡黠地笑了,说后腰你个杂种不要胡说八道,你以为你是什么好东西?你不是也用羊肉勾引女人。后腰说那不一样,羊肉是我自己的。乔吉说我看一样,当心我一根麻绳捆你公安局去。后腰冷笑一声说好哇,进了局子我先把你供出去。乔吉忽然大笑,说后腰你还当真?说着玩呢。后腰白了他一眼走了。走出门又转回脸说:"草料不够,这几天死七八头羊了。"乔吉说:"死了埋上。要不送食堂去。"后腰说:"这么多羊挤在一块,不饿死也得生病死光。我看还是让各家牵走算啦。"乔吉说:"胡说!你反动。"

面前有无数金星闪烁,明明灭灭,萤火虫似的在前引路。大腊月天,哪来的萤火虫呢?菊蒙蒙胧胧着,如在云里雾里。她感到头晕得厉害,就把铁锹当拐拄,脚底板踩锹挖地踩得肿了,一步一挪,走得异常吃力。漫野黑暗中许多马灯在风中摇曳,下工的人们都忙着往家赶,听不到一个人说话,如鬼影般摇摇晃晃。估摸有三更天了,都想尽快躺到被窝里去。

菊刚走到院门外,根生又从黑影里走出来,喊一声:
"哎!"
菊一哆嗦站住了:"你咋老是这样?吓人!"
"我等你哪。"
"不要你等!"
"我说你别那么实心眼,死干。"
"不干行吗?我是队长。"
"咋不行?看不见都耍滑头呢。"
菊说:"我知道。"
根生说:"知道还死干?"
菊说:"上级都表扬了。"
根生说:"表扬管啥用,照样饿肚子。"

菊承认他说得对,表扬管啥用呢。但她没说什么,头晕得厉害,就转过身跟跄着进了院子。根生舔舔唇,心里有些难过,这还是人过的日子吗?

他想我应当干点什么了。

根生并不很清楚应当干点什么，只是游游荡荡去了村外。一进入野外，根生立刻有一种做贼的感觉。他把腰弓了走，左顾右盼，捕捉着黑夜中任何一点可疑的声音，随时准备防卫或者逃遁。根生像一匹灵巧而警惕的猫，在夜色中一会儿跳跃前进，一会儿伏地爬行，不知不觉潜到河湾附近。河湾是他的村子，那里有他的家，现在乔吉就住在他家，说不定早已在暖烘烘的被窝里进入梦乡。根生悄悄接近村头那个隐蔽的院落时，才意识到他是想杀乔吉。他好像早就想杀他了，从腚上被乔吉用钢钎子插个血窟窿那天就想一锨铲死他。但当时只是一时冲动，以为早就忘了。因为乔吉打过很多人，自己腚上被他捅个窟窿并不是特别难堪的事。可现在看来，自己从来就没有忘过，那么想杀他就是蓄谋已久的事。好像村里很多人都有这念头。他相信乔吉早晚得倒霉，不是被张三杀了就是被李四勒死，乔吉不会活得太久。既然大家都想杀他，说明这个人该杀。据说他把这座院子当成引诱女人的窝子，这就更让人认为该杀。

　　根生还是听小三子鬼头鬼脑说乔吉引诱女人什么的。别看小三子才十七岁，其实什么都懂。小三子从小死了娘，就老爱去姐姐家走亲戚，尤爱去二姐家。小三子喜欢二姐，也喜欢二姐夫，七八岁就喜欢。二姐夫是小学教师，对小孩子特别有耐心。小三子每次去，他都要为她买好多吃的，带她玩耍。小三子上了几年小学就是跟二姐夫上的。晚上，小三子和他们挤一个被窝，撒娇。他们当她是小孩子，也就不在意。夜里亲热做爱，有时免不了弄出声音，小三子醒了就在黑暗中瞪大了眼看，先是害怕，后是好奇。却从来不惊扰他们。他们也就一直认为她什么也不知道。后来小三子小学毕业没考上中学，只好回家。可家中的冷清让她受不了，有时半夜爬起来就去二姐家，十几岁的姑娘了，还是要和姐姐姐夫挤一张床。二姐不乐意，小三子就耍脾气，转头就走，只好再把她拉回来。二姐拿她没办法，从小宠惯了的。小三子扑哧又笑了，说二姐我喜欢跟你睡嘛，身子扭成麻花，装得什么都不懂。二姐也就被她骗住了。晚上睡觉,小三子和二姐一头,二姐夫睡另一头。二姐劳累一天早早睡熟了,小三子就把腿伸过去,在二姐身上腿上乱蹭,蹭得二姐夫浑身发痒。二姐夫开始不知是谁的腿,就抱住她的脚抚摸。小三子痒得捂住嘴笑,猛地抽回。二姐夫有点意识到什么了,心里慌慌的,小心翼翼伸过脚寻找那只消失的脚,小三子怕他弄醒了姐姐,又把腿伸过去,由他抚弄,同时用脚指头在他身上抓挠,撩得二姐夫火起,捉住腿就往怀里拉。他已感到这条腿细了点,却特别光滑柔软,和妻子不一样。但他已不能住手。小三子和他僵持着,却终于力气小,被他慢慢拖过被窝那一头去。二姐夫证实了是小三子,心里咚咚直跳。那时小三子已经十五六岁,像个姑娘的身子了,她的圆圆的臀结实而富弹性,她的细细的腰腹如绸缎那样光洁,她的一对小乳盈肥可人。他的手感告诉他小三子就在他怀里,他感到恐惧而新鲜,心里已被这小妖诱得翻江倒海。但他不愿意说破,说破了会极为尴尬。他只是装作什么也不知道,渐渐搂紧了她,并把手伸向该伸的地方。他感到小三子的气息那么清幽,像一朵含香的花蕾。小三子在他怀里蛇一样扭动,喘气声越来越粗。她感到他的手有些可怕,渐渐把她弄疼了。她忽然意识到这游戏只能到此为止,伸手在他胳肢窝挠了一下,又泥鳅一样滑到被窝那头去。天明起床,两人都装得若无其事。好像夜间什么都没发生过。小三子早早吃点饭要回去,说家里忙,要赶回家拾棉花呢。回家几天,心神不宁。隔几天再去,又做这游戏。却始终不让二姐夫动真的。她觉得有点对不住二姐,更主要的是害怕。但她不能控制自己不去。她觉得黑夜中那个神秘的世界既好玩,又刺激。

　　根生隐蔽在一簇树丛中,看着自己的院落,仇恨在嗖嗖往上蹿。他似乎已看到乔吉被他用棍子砸碎了脑袋。乔吉的身子扭了扭,便躺在地上不动了。我杀了人啦,为全村人出了一口恶气,我根生成了众人咂舌的英雄,天明就会传遍全村。说不定被公安局逮去。不对不对,不能让他们逮。应当提着那条带血的棍子去投案,那才气派。一路上碰上熟人就笑笑,说:"乔吉让我杀了。"要说得轻松,而且一定要面带微笑,这是很当紧的。

他决定这么干了。

从哪里翻墙过去呢,根生想了想,好像哪里都不好翻墙。这个院落是他一手经营的,因为靠近野外,院墙垒得特别高大,墙上还栽了很多玻璃碴子铁蒺藜什么的,要进去不那么容易。而且即使进了院子,还是无法进屋子。屋门内闩是他精心设计的,闩槽有暗沟,闩上门从外头拨不开。硬砸门更不可能。门是榆木做的,特别厚重。即使用斧头劈,没个三五十斧头也劈不开。那么大动静还不惊醒他?根生搓搓手,一时不知怎么办好。忽然想到用火烧,对,用火烧!一把火点了这个院落,把乔吉烧死里头,什么痕迹也不留,那才解恨呢。根生摸出火柴,从树丛里摸一把干枝叶,只几步就蹽到院后。乔吉肯定住在堂屋里。堂屋上苫的草全是麦秸,点把火扔上去眨眼就会大火熊熊,扑都扑不灭的。根生半跪在地上,抽火柴就要擦划时,手忽然抖了。这把火烧死乔吉是没问题的,但自己的院落不也烧成灰烬了吗?根生实在舍不得。虽说现时一切都归公了,但庄稼人哪个不盼着有一天重新归来。大伙都在私下里说这日子不会长久。乔吉说要盖大楼什么楼上楼下电灯电话,压根就没人信过。根生还不想毁了自己苦心经营的院落,多少辈人都住在这里,他不能把它毁了。

根生不知道自己怎么离开河湾的。他重新回到黄坝菊家的院子时,背上背了一大捆花生。几百亩花生从秋天刨下就垛在田里,乔吉不让人摘。开始是顾不上,后来是怕大伙吃。如果现在让大伙去摘花生,肯定不会剩下什么,人们实在是太饿了。但那几垛巨大的花生垛,看出来在

空穴 43

日渐缩小。尽管有巡逻队,还是挡不住人们你偷一捆我偷一捆。曾有不少人被当场捉住,也有被巡逻队从家里翻出来,吊起来打得皮开肉绽。没用。活下去比什么都重要。这些天巡逻队似乎不像从前那样卖力了,不知吃饱了去哪里睡觉了。根生去偷花生的时候,没见巡逻队的影,只见到另一个花生垛前有两个黑影也在偷花生,开始双方都住了手贴地不动。但相持一阵子之后才发现大家都是来偷花生的,于是互不干涉,背起一捆花生各走各的路。

　　根生背得气喘吁吁,用脚踹开门,忽然发现菊站在院子里。根生吓一跳,生怕菊会叫起来。但菊没说什么,反上前搭把手,帮根生把花生卸到庵棚里。菊说你太胆大了。根生用手背往脸上抹一把汗,说这年头饿死胆小的,撑死胆大的,不偷白不偷。菊说你打算怎么办,根生说还能怎么办,我们边摘边吃呗。我真是饿坏了,你不饿?菊说咋不饿,就是心里直打鼓。根生说别打鼓了,快坐下吃吧。两人就坐下剥花生吃,菊说你把门闩上没有,根生说我忘了,你等着,起身出庵棚,到大门后正要闩门时,忽然听到院外的路上杂沓的脚步声。忙从门缝里往外瞅,一道手电光晃过来又晃过去,根生心里一紧,伸手摸住顶门棍。再看时,巡逻队已经走了,看来他们并没发现什么,不过是例行公事。等巡逻队走远了,根生才悄悄把门闩好,又用顶门棍顶上,这才返回庵棚。他没敢给菊说看见巡逻队的事,怕她害怕。现在他有了一种自豪感,他可以为菊做点什么并被她接受了。最起码是和菊平等了。

　　菊实在饿得受不住了。一直在不停地吃,花生还带着风干的泥土,但顾不上了。根生边剥着吃,边偷眼瞅菊,只是一个模糊的身影。没敢点灯,外头月牙儿一点淡光照进来。两人坐得很近。根生能闻到菊的气息,他还没和菊挨得这么近过。菊说,根生下回别偷了,就这一回,好吗?根生说怕啥都在偷,今夜我就碰上两个。菊说我不信。根生说菊,你这人太实心眼,看你都瘦成什么样了。菊心里一热,好一阵没说话。她真的搞不清怎么对怎么错了。乔吉错了吗?可乔吉干的是公家事。人家是干部,上级都支持他,而且到处都这么干,你能说他错吗?根生错?可根生说的都是实情。菊无法判断,心里乱得很。菊丢下花生秧,说根生你吃吧我要睡了,我觉得身上发热难受。根生说你睡吧,我把花生摘好,分给几个老人都吃点。菊离开庵棚时又说,别忘了把花生秧子烧了,别让人搜出来。根生说你放心菊。菊说你该叫我姑。根生说我就想叫你菊,你比我还小几个月呢。菊似乎感到一点什么,但菊不会开玩笑,不知道怎么往下说,就转过头走了。

乔吉到县里开了几天会,回来时有点不对劲,不像以前那么神气了。接着就有了种种传闻,说食堂要解散,各家的房子还给各家。但传了一些日子没有动静,倒是从外头运来一些大米白菜,据说是从江南调来的。没谁多追究。这没什么意义。

食堂还在开伙。

深翻土地一天也没歇工。

乔吉好多天没叫女人去吃羊肉了。不是他不想,而是有些力不从心。几乎一个冬天,他发现自己的努力没任何结果,居然没一个女人怀孕。这叫他十分沮丧和恼火。他知道村里所有的男人和女人都在恶狠狠地看他的笑话。你乔吉不是很厉害吗?你乔吉想和哪个女人睡就和哪个女人睡,可你是个无用的男人,你操个孩子出来让大伙瞧瞧。当然没人这么说。但乔吉从人们的沉默中能感受到无言的愤怒和鄙视。没一个男人正眼瞧他。以前他一直以为是怕他,现在他感到是不屑一顾。连女人在床上时也没人正眼看过他一眼。所有的人都像看小丑一样看他手忙脚乱。

乔吉不甘心。

乔吉需要成就感。

空 穴

菊被乔吉挑中帮后腰照料那几百头羊，是根生被派去江南运大米和白菜之后。这完全是一种巧合。上级说每个村都要抽两个人去县里集中，然后一块去江南筹集粮食。根生和另一个年龄稍长的人就被派去了。这当然是一个美差，起码可以不干活并且天天有饭吃了。人人都想争着去的，并不是乔吉有意要把根生支派走好打菊的主意。天地良心，乔吉根本不知道根生在偷偷喜欢菊的事。

后腰脾气越来越大。后腰对乔吉说见天死几头羊，还有不少要下羔，我忙不过来，你还是赶紧把羊还给各家。乔吉说你又反动了，这是上级指示。后腰说你别吓唬我，我胆小。乔吉就笑了，说后腰你别不识相，我对你算够朋友了。后腰说我不欠你什么，你别给我卖情，你让别人来放羊吧，我去挖地。乔吉皱皱眉，说咱俩别抬杠了，这样吧，我给你派个帮手来。

第二天菊来河湾向后腰报到时，后腰吃一惊，说菊你咋来啦？菊不太明白他的话，说让我来帮你。后腰没再说什么。

根据后腰的分派，菊只管照管那些小羊羔和生过羊羔的母羊。其余粗重杂活，大群羊赶出赶进都是后腰自己干，连母羊生羔都由他来张罗。这活儿太脏，而且让个姑娘家弄这事有些那个。但菊是个实心眼，有空闲就帮后腰赶羊出圈，一点也不怕累不怕脏。在她看来，这比挖地轻闲多了。有时母羊生羔，菊也跟着搭把手，并不觉得害羞，这有什么呢？这当然没什么。后腰叹口气，心想这姑娘还混沌未开的样子，别看这么大个头。由她去吧。她似乎还不知道自己面临的危险。我算个什么人呢？操闲心。

后腰还是每天宰一头羊，晚上煮一锅肉。不用后腰操心，乔吉自会把肉打发掉。光是一帮巡逻队员就足可吃一头整羊了。乔吉倒是有些日子没喊女人了，每晚只管自己吃饱了，抹嘴就去睡觉。后腰想这小子立地成佛了。

不过十几天的工夫,菊已气色大变。姑娘是一畦菜,浇浇水就水灵灵的。菊不那么累了,且每天都能吃上饱饭,面色红扑扑的,干起活来像个小子。她似乎没有任何戒备和防范,更没有什么忐忑。干完活就睡觉。菊睡在后腰隔壁的一座小院里,和后腰住的院有小门通连,原是一家人分开住的。大院住年轻人,小院住一双老人。现在菊和一群带羊羔的母羊住一起。住在小院,菊有种云里雾里的感觉。刚从冰天雪地累得半死饿得半死的人群中脱离出来,好像突然到了另一个世界。这个世界如此安静、温暖,还有足够吃的东西,多么好。菊本来胆子很小,但现在有这么多弱小的羊羔在身边,菊就不感到孤独,且生出要保护它们的欲望。她为那些羊羔和母羊铺上柔软的草,把圈打扫得干干净净,一忙就是半夜。一头羊羔刚生下来不久母羊就死了,菊把它放进自己的被窝,用自己的身体为它取暖。没人让这么做。后腰嘲笑她说,你真憨,管它呢死就死了。菊很吃惊,咦,咋能不管呢,乔吉让我来就是帮你管的哎。后腰叹口气,心想这姑娘真是个实心眼,傻得透气了。

菊是个容易满足的人。她很感激乔吉让她到这里来。

当某一天夜里,乔吉钻进她的被窝时,也就说了一句,菊你真能干。

菊哆嗦着缩成一团,却没有喊。

春节过后,菊的肚子已经显形了。

那时食堂早已解散,各家也都回各家去住了。乔吉也被撤职。根生把菊带到江南去了,定居在一个偏远的渔村。临走时,根生找到乔吉,当街揪住他的衣领,甩了一个大嘴巴子,说,乔吉你等着,有一天我会回来杀了你!那时围观的人很多,后腰也在一旁。后腰是从他的肉铺子里闻讯赶来的,手里提一把刀。他很想根生抢过那把刀去,很多人都想根生抢过那把刀去把乔吉捅了。但根生没看见。

空 穴 47

菊在江南那个偏远的小渔村生下一个男孩。这也是黄坝村的女人在之后的三年间生出的唯一的孩子。她和根生相濡以沫，生活得很好。根生一直没忘了回故乡去把乔吉捅了。他不能不想起他。因为他们身边有个乔吉的儿子。根生一看见那孩子就想到乔吉。但根生太忙，日子竟一年年拖下来。他想也许乔吉早被人杀过了，因为想杀他的人不是他一个。这么想着，心里就好过一些。而且那孩子一年年长大，根生不想让他知道他的身世。

　　三十年后的一天，根生终于耐不住思乡的煎熬回到故乡。他想趁还走得动的时候给早已过世的母亲上上坟。结果他吃惊地发现乔吉居然还活着。只是他已经疯了。住在野地里的一个茅草庵里，蓬头垢面，像个野人样吃生食喝冷水。根生站到他面前时，他一点也不认得，而且也只是抬头看了他一眼，又低头摆弄一根绳子。那根绳子有几尺长，是用布条结起来的，看样子也有些年头了。绳子正像他的胡子一样乱糟糟的，有几处是重新结上的。

　　乔吉老了。根生想。根生摸摸自己的胡子，长长地叹一口气。临离开他时，根生从怀里掏出一百块钱丢在他面前。

　　他不知道他会不会花钱。也不知道自己为什么这么做。

## 天下无贼

傻根要回家了。

傻根已经五年没回家了。

傻根出来做工时才十六岁，现在已是二十一岁的大小伙子。

村上同来的几十个人，每年冬天都要回去过年，大约两个月的假期，把当年挣来的钱带回去，看看老婆孩子，看看老人。但傻根从没回去过。傻根是个孤儿，来回几千里路，回去做什么？再说大伙都走了，也没人看工地。那些砖瓦、木料、钢筋堆了一个很大的场子。傻根就一个人住在料场，一天转悠几遍，然后睡觉。夜里起来解手，摸黑再转悠一遍，左手捏个手电棒子，右手提个木棍。傻根提个木棍主要是防狼，不是防贼的。这里是大沙漠，几百里路没人烟，就附近有个油田，新发现的。他们就是为新油田盖房子的。

傻根夜间时常碰到狼，三五一群，跑到料场里躲风寒。看到傻根走来，就站住了，几点绿光闪烁，傻根握住木棍冲上去，大喊一声："快跑啊！"

狼就跑走了。

它们主要怕他手里的电棒子。

有几天夜间看不到狼，傻根会感到寂寞。就提上木棍跳到料场外的沙丘上，拿手电棒子往远处的夜空照几下，大喊几声："都来啊！"不大会就汇集一群狼来，有几十匹之多，高高低低站在对面的沙丘上，一丛绿光闪烁。它们和傻根已经很熟了。傻根先用手电棒子照照狼群，然后响亮地咳一声，说："现在开会！"狼们就专注地看着他。

"嗯,开会!"

"嗯,张三李四,嗯,王二麻子!"

"嗯!……"

开完会,傻根照例放电影,就是把手电棒子捏亮了往天上照,一时画个圆一时画个弧一时交叉乱画。整个大漠奇静。只见天空白光闪闪,神出鬼没。狼们就肃然无声,只把头昂起追踪电光,却怎么也追不上。正看得眼花缭乱,突然一道白光从天空落下,如一根长大的棍子打在左边的沙丘上,那棍子打个滚,倏然消失。傻根就很得意,挥挥棍子大喊一声:"快跑啊!"就转身跑走了。狼们都没跑,仍然站在沙丘上,有些疑疑惑惑的样子。

但现在傻根要回家了。

傻根要回家,带工的副村长觉得很突然。他一直干得很安心。别人每年冬天回家,他理也不理的,到底没什么牵挂。可是去年腊月村上人回家时,傻根似乎有点心动,当时他扯扯副村长的袖口,说大叔我多大啦?有些吞吞吐吐的。副村长没听明白,说什么多大啦?傻根就松了手抱住膀子笑,笑得有点狡黠,说我问你我今年几岁。副村长有点不耐烦,当时正收拾东西,说你问这干什么,干部给你记着呢。傻根却站着不走,很固执的样子。副村长只好直起腰,说好吧好吧我给你算算,就扳起指头算,说你来那年是十六岁,在沙漠待了五年,应当是二十一岁了。傻根说噢,二十一岁,噢,就有些怪怪的。

那时副村长并没有意识到他想回家。傻根自小由村里人拉扯大,睡过所有人家的被窝,吃过所有女人的奶子,一切都不用操心,连年龄也由村干部给记着。傻根也就养成无心无肺的性情。那次忽然打探年龄,副村长以为不过是随便问问,就没往别处想。

副村长没有想到,傻根有心思了。

去年秋末的一天，傻根去了一趟油田小镇，其实就是一条街，其实一条街也算不上，就是有几家小商店，这是方圆几百里最热闹的去处了。那天他在街上闲荡，迎面看到几个穿着鲜艳的女子从身边擦过，然后看到一个少妇坐在商店门前的台阶上奶孩子，少妇半敞开怀，胸脯白花花一片。傻根像被电击了一下，脑袋里嗡嗡响，他慌乱地张望了几眼，便赶紧回来了。就是从那天开始，傻根有了心思。

这一个冬天，他过得有些焦躁。

春节过后不久，村上的民工都回来了。傻根对副村长说，我要回家。副村长说回家做什么，好好的。傻根说回家盖房子娶媳妇！说这话的时候，口气很硬，完全没有商量的余地。副村长先是愣了一阵，接着哈哈大笑，往傻根肩上捶了一拳头，说中中！这么大的个子，还不该娶媳妇吗？啥时动身？傻根也笑了，说赶明儿就走。

头一天，傻根已把五年的工钱从油田小镇取了回来。他的钱一直由油田储蓄所代管的，一共有六万多块，这是一笔很大的钱了。傻根提在手里很高兴，沉甸甸的像几块小砖头。当傻根提着钱走出储蓄所时，小镇上许多人都吃惊地看着他，直到他晃晃荡荡走出小街。

这天晚上，同村来的民工都来看他，说傻根你不能这么把钱带在身上。傻根说咋的？同村人说路上很乱，几千里路，碰上劫贼，弄不好把命都丢了。傻根不信，说怎么会，我从小就没碰到过贼。副村长说还是从邮局汇吧，这样保险。傻根说要多少汇费？副村长很随便地说要六七百块吧。副村长其实也没汇过钱，每年回家也都是随身带走工钱。但因为是大家结伴回家，并不担心安全问题。傻根笑起来，说我还是带身上。大家都有些着急，说傻根不是吓唬你，路上不太平，汽车上火车上常有抢东西的，这么走非出事不可，傻根还是不信。傻根的确从小没见过劫贼。老家的村子在河南一个偏远的山区，一辈辈封在大山里，民风淳朴，道不拾遗。有人在山道上看到一摊牛粪，可

天下无贼

是没带粪筐,就捡片薄石围牛粪画个圈,然后走了。过几天想起去捡,牛粪肯定还在。因为别人看到那个圈,就知道这牛粪有主了。这样的地方怎么会有劫贼?傻根在大沙漠待了五年,同样没碰到过贼。村里人说路上有贼,傻根怎么也不信,说你们走吧,我要睡觉了。

大伙只好摇摇头走了,说傻根还是傻,这家伙只一根筋。

第二天,傻根跟一辆大货车离开大沙漠。副村长派个民工陪着,说要把他送到三百里外的小火车站。傻根就很生气,也不理他。心想六万块钱还不如一块砖头沉,怕我拿不回去?就扭转头看车外的沙丘。正有七八头狼追着货车跑,一直追了十几里路,傻根站起身冲它们挥挥手。狼群终于站住,在一座大沙丘上抬起头嚎了一阵子。渐渐消失了。傻根朝其他搭车的人看看,很骄傲的样子。

傻根装钱的帆布包挂在脖子上,包里还装了几件单衣裳和一个搪瓷缸子,塞得鼓鼓囊囊的。货车上六七个搭车的,都看他。同村的民工就有些紧张,附在傻根耳朵上小声说当心。傻根装作没听见,便冲那些人笑笑,一副无可奈何的样子。他们也笑笑,但没人吱声。只有一个瘦瘦的年轻人在打盹,汽车颠得他脑袋一晃一晃的。同村的民工早就注意到他了,他觉得这家伙最可疑。傻根头一天取款时,油田小镇很多人都知道,尾随来完全可能,就用肘碰碰傻根,朝那人抬抬嘴巴。傻根朝那人看看,心想这有什么看头,人家在睡觉。不觉打个哈欠,自己也打起盹来。

护送的民工不敢打盹,用手搓搓脸硬撑着。不大会儿,搭车的六七个人都打起盹来。先前打盹的瘦瘦的年轻人却醒了,坐在角落里抽烟,专注地望着车外一望无际的大沙漠。汽车颠得厉害,一座座沙丘往后去了。从一大早动身,到太阳转西还没跑出大沙漠。这期间,护送的民工一直在研究那个瘦子。他发现他瘦瘦的脸上起码有三处刀疤。便在心里冷笑,他相信这个刀疤脸不是什么好东西。

傍晚时，大货车终于吼叫着冲出沙漠。进入戈壁公路，车速明显加快，又跑了个把小时，终于到达小火车站。小火车站十分简陋，只有一个卖票的窗口，没有候车室，等车都在站台上。同来的六七个人都买了票，包括刀疤脸也在等车。傻根买好票，对跟来的民工说，你该走了吧，待会车就来了，不会有事的。民工还想作最后的努力，说傻根这会还不晚，你把钱交给我，天明从这里寄走，你人到家，钱也差不多到家了。傻根真是有点火了，说你傻不傻？汇费要几百块，能买一头牛，我干吗要花这冤枉钱？就紧紧抱住帆布包。傻根的声音像吵架，所有的人都转头。民工就有些窘，赶忙说你小点声，当心露了马脚。傻根气得笑起来，声音更大说什么露了马脚！我就不喜欢你们这些小男人，嘀嘀咕咕。我这钱不是偷的捡的，是我在大沙漠干了五年的工钱，露了马脚又怎的？哈！怕人抢？喂喂——傻根把脸转向站台上几十个等车的人，放开嗓门喊，说你们谁是劫贼？站出来让他瞧瞧？几十个人面面相觑，没人搭理。有人笑笑，把脸转向一旁去。傻根得意地回头说，咋样？你看没有劫贼吧？人家笑话你呢，快回去吧。这时傻根有些怜悯那个民工了。要说呢，他也是一番好意，又是副村长派来的。可是村里人啥时学得这么小心眼？咱们村上人向来不这样的，谁也不提防谁，全村几十户人家就没有买锁的。这好，出来几年都变了，到处防贼，自己吓唬自己。

　　终于，那个民工很无奈地走了。走的时候很难过，他想傻根完了。这家伙没法让他开窍。

　　这是一趟过路车，傻根随大伙拥上去时，心情格外好。车厢里很空，几十个人随便坐。他到处看看，便捡一处靠窗的位置坐下了。一同来的那个刀疤脸随后坐他对面，也靠窗。傻根冲他笑笑，那人没理，掏出一本杂志看，封面是个半裸的女人。傻根不识字，就伸过头去，也想看看那个封面。对方赶紧翻过去，很严厉地瞪了他一眼，仿佛那是他老婆。傻根忙讨好地笑笑。女人，他想。

这时一对男女走过来。男人三十岁上下，高大魁梧，一脸大胡子，女子二十六七岁，有一张好看的圆圆脸。看光景像一对夫妻。女子友好地笑笑挨傻根坐下了。男子则坐对面，和刀疤脸挨着。刀疤脸打量他们一眼，便合上杂志，扭转头望窗外。傻根闻到一股好闻的香气，顿时不安起来。列车已缓缓启动，傻根的脑袋里也吭吭响，慌乱中又有些高兴。一路上有个年轻女人坐身旁，无论如何是一件愉快的事。

不时有人往这边窥探。

先前大家忙着放行李找座位，这时都安顿下来。火车已经正常运行，心情都有些悠然。这个车厢里所有的人都知道那个傻乎乎的小子身上带了许多钱，不免为他担心。这趟车向来不安全，时有偷窃和抢劫发生，不少人吃过亏。当然也有人暗自高兴，傻小子钱在明处，遇上抢劫者，肯定会瞄上他，自己可以安全了。

当那一对大胡子男女靠傻根坐下时，一些人兴奋起来。车厢里空位不少，干吗要挤在一起呢？看来要有什么事发生了。大家开始窃窃私语，说你看那男人有些匪气呢，那女子挨傻小子那么近，一对大奶子要耸他脸上了。有人装着上厕所，经过旁边看一眼，回来报告点消息。一车厢目光如探照灯，围住傻根晃来晃去。所有的人都在等待一场好戏开演。


大家的猜测没错，这一对男女确实是贼。

男子叫王薄，大学毕业，学美术的。女子叫王丽，大专毕业，学建筑设计的。他们并不是夫妻，只是一对搭档。两人有个共同的爱好，就是旅游。他们就是旅游途中认识的。两人原都有工作，后来都辞了，现在就是四处漂流。

两人并不时常作案，一年也就二三次，够花了就住手。要动手就瞄住大钱,比如老板、港商、厅级干部,后来也偷处级干部。因为有一次在一座省城听人闲聊,说现在全中国最掌实权的就是处级干部,厅、局级干部其实只是原则领导,不管那么细。下头市、县到省里办事,比如上个项目要点指标什么的,光厅局长点头没用,还得去实际负责操作的处长那里,这层关节打不通,厅长批了也没用,拖住不办,让你干着急。县处级干部就更有实权,掌管上百万人一个县,一路诸侯,大到干预办案,小到提拔干部,想腐败是很容易的。后来两人看报纸,专门研究反腐报道,果然发现揪出来不少处级干部。揪出来的厅局级干部就很少,科级以下也少。据说是往上难查,往下不够档次,处级干部既够分量又好查处。王薄王丽就很感慨,说看起来九十年代就该处级干部倒霉。有回在宾馆碰到一个处长,贼溜溜乱瞅女人,王丽就恶心,然后去钓他,果然一钓一个准。睡到半夜,王丽悄悄打开门放王薄进来,王薄把处长拍醒,说处长咱们谈谈,处长惊得张口结舌。王薄摸摸大胡子,说你别怕我没带刀子,你睡了我女朋友,得赔点钱。王丽把他的保险箱提过来,说你自己打开吧。处长说我这钱是有大用途的,王薄说咱们这事也很重要。处长一脸汗水,抖抖地打开保险箱,有五万块,说你们要多少?王薄说要两万吧,给你留三万。两人就拿两万元走了。出了门王丽说你这人没出息,手太轻。王薄说算了,他也不容易,回去说不定把官撤了。

　　这两人做贼并不以敛钱为目的,有了钱就花。有时还寄些钱给希望工程。某省希望工程办公室收到一万元捐款,署名"星月",登报寻找叫"星月"的好心人。他俩看到了大笑,说咱们也成好心人了。两人最喜欢的事是旅游,数年内走遍了全国的名山大川。他们是贼,可他们爱山水。

　　当初王薄就是因为没钱旅游才做贼的。旅游是为了寻找灵感,可是跑了几年也没找到,越跑越没有感觉。王丽就取笑他,说艺术是圣女，你太脏，找不到的。王薄咂咂嘴，不吱声。

　　这次他们来大沙漠实在是因为没什么地方好去了，没想到来到大沙漠一待就是几个月。他们以车站小镇为基地，不断往沙漠深处走，有两次遇上沙暴差点送命，还有几次碰上狼群差点被狼吃了。王丽吓坏了，老是闹着要走。王薄说要走你走，我还要住些日子。王丽只好陪着。王薄被大沙漠镇住了，这是他自己都没有想到的。

　　大沙漠并没有任何风景，大沙漠里只有沙丘，光溜溜的沙丘，百里千里都是沙丘。站在大沙丘上极目远眺，沙丘一个接一个，重重叠叠，无边无际，在阳光下光波粼粼，一如浩瀚的大海。而在阴霾的天气里，大漠则雾气缭绕，隐现的沙丘如几百里连营，你甚至能听到隐隐的号角和厮杀，让人森然惊心。相比之下，他所见到的那些百媚千娇的山水，就显得轻浮和机巧了。

　　王薄在大沙漠里流连，翻过一座沙丘又一座沙丘，喘吁吁不得要领。他真是弄不明白，这单调得不能再单调的大沙漠何以如此震撼人的心魄？但后来他突然明白了，大沙漠的全部魅力就是固执，固执地构筑沙丘，固执地重复自己，无论狂风、沙暴还是岁月，都无法改变它。

　　回到小镇休息几日，两人谁也没再提起沙漠。过去每游一处山水，回来总爱戏谑一番，现在沙漠却成了禁忌，王薄变得沉默寡言。几天后他终于开口，说："我要回去画画了。"王丽幽幽地看着他，很久没搭话，半夜里突然说："咱们该分手了。"

　　他们终于决定告别大沙漠。

　　在车站看到傻根完全是个意外，两个人全愣住了。

　　这个从沙漠走出来的傻小子，居然固执地认为世界上没有贼！就像大沙漠一样固执。

　　那一瞬间，王丽突然有点感动。

　　她扯扯王薄的衣袖小声说："这小子……特像我弟弟，傻里傻气的。"王丽时常给弟弟寄钱,可弟弟不知她是贼。

王薄转头看着她,目光怪怪的,没吱声。

上车后,王丽说:"坐哪儿?"

王薄说:"随你。"

这是一趟慢车,差不多个把小时就停一次,每停一次就上来许多人。座位上早就坐满,过道上挤了不少人,大包小包竹筐扁担,横七竖八。幽暗的灯光下弥漫着热烘烘的气味,不时有人大声争吵。一个看上去有点瘸腿的老人在过道上挤来挤去,老是找不到一个可以立足的地方,急得骂骂咧咧。傻根看到了,站起身正要招呼让座,被身旁的王丽一把拉回座位上,低声说:"少管闲事!"傻根又乖乖地坐下了。他有些不太明白这女子什么意思,仿佛他是她的什么人。但他似乎乐意服从她,就重新坐好,仍是东张西望。这时他看到王丽挤到过道上,靠近那个瘸腿老人说了一句什么,老人一愣,慌慌地往另一车厢去了。等她回来坐好,傻根本想问她说了什么,却憋住了没问。就有些纳闷。

傻根一直处在兴奋中,每次停车,他都要打开窗户往外看,黑黢黢的村庄小镇越来越多,就有一种重返人间的亲切感。小站稀疏昏暗的灯光,举着菜篮在窗口叫卖的女人,都让他感到新奇无比。几年待在大沙漠里,恍若隔世,他想对每一个人都笑笑,对每一个人说我挣了六万块钱,要回家盖房子娶媳妇啦!傻根的心窝窝里像注着蜜,想让所有的人和他分享。

这时王丽好像受不住车厢里混浊的气味,熏得想呕吐,猛起身扑向窗口,半个身子压在傻根身上。傻根立刻感到她软乎乎的身子,窘得手足无措。可是王丽突然尖叫一声:"哎哟!"又反弹回来,原来是对面的瘦子站起伸懒腰踩了她的脚。王丽气恼地瞪他一眼:"干什么你!"瘦子阴阴地往下瞅瞅,慢吞吞说:"对不起,一不当心。"王薄冲王丽挤挤眼,呵呵笑起来。王丽生气地说:"你还笑!"

王薄觉得有趣极了。先前王丽制止傻子让座,并把那个瘸腿老人赶走,是王丽看出瘸子是个扒手。他骂骂咧咧是装样子的。这种小伎俩骗得了傻根,却骗不了王丽。王丽把他赶走,是不想让他在这个车厢里作案,准确地说是不想让傻根发现真有贼,她宁愿让那个傻小子相信天下无贼。他知道王丽有时候很聪明,有时候又很傻,她被傻小子一句话感动了,于是要充当保护神的角色。可是这可能吗?王丽被瘦子踩了一脚,又是瘦子疑心王丽要下手,也是从中作梗的意思。螳螂捕蝉,黄雀在后。因此王薄笑起来。

其实王薄早已看出这个刀疤脸是个角色,只是一时还不能确定是什么角色,小偷还是劫匪?但有一点可以肯定,他的注意力同样在傻小子的帆布包上,他不会允许任何人碰它。王薄在心里说,你也别碰,大家都别碰。

他决定成全王丽。

这是一个美丽的梦。

夜已经深了。车厢里人大都沉沉睡去,连过道上站着的人也在打盹。不时有人撞在别人身上,邻近被撞醒的人一下醒过来,转头看看,又继续打盹。大家都显得格外宽容。也有几个人没睡,仍在注视着傻根这边。他们是些悠闲的旅人,有足够的耐心等待什么事情发生。

王丽已经睡着了,头靠在傻根宽厚的肩膀上,像一只温顺的猫。傻根先前还试图挪开一点,可是挪一点,王丽的脑袋就跟一点。后来就几乎侧卧在傻根身上。傻根靠窗,已经挪不动了,就冲王薄看,小心翼翼地说:"要不咱俩换换?"其实傻根感觉挺好,肩上搭个年轻女子是个福气,可他又怕人家不乐意。王薄很宽容地笑笑,说:"不用,让她睡吧。"口气就像是赏赐。傻根就有些受宠若惊,重新坐稳了,用肩膀和半个身子托住王丽,动也不敢动,唯恐弄醒了她。他不能辜负了人家的信任。如此坚持了个把小时，傻根很累了，也开始发困，就渐渐打起盹来，和王丽耳鬓厮磨，睡得又香又甜。

王薄没敢睡。

王薄不睡是因为身旁的刀疤脸没睡。

王薄试图和他聊聊，就问："先生到哪去？"

"前头。"刀疤脸爱搭不理的样子，继续抽他的烟，地板上已扔了一片烟头。这家伙显得百无聊赖，不时翻看那本有半裸女人的杂志，光线不太好，看不清字，就只看封面和插图。一时又丢下，继续抽烟。刀疤脸精神好得很。王薄相信他在等待时机。他在心里想，你不会有机会的。他决心和他较较劲儿。尽管他觉得这事有点荒唐。荒唐就荒唐吧，人生在世，大约总会做点荒唐事的。

此后的三天三夜，车上人上上下下，最早一块上车的人大部分都下车走了，唯独傻根和他周围的几个人没谁下车。他们谁也不知道对方要去哪里，就这么死死随着。

王薄和王丽早已达成默契，两人轮流睡觉，不管傻根临时下车买东西还是上厕所。总有一人跟在后头。傻根已在他们严密监控之下。一次傻根下车买吃的，一群人围住一个食品车，傻根掏出钱买烧鸡，不知道一只手伸进他的帆布包。王丽看得清清楚楚，那人挤出人群正要离开，王丽高跟鞋一歪踩在那人身上，转眼间又从他裤袋里把钱掏了出来。傻根买烧鸡出来，王丽迎上去说看你把衣领都挤开了，不冷吗？就上去为他扣衣领整衣裳拉正了帆布包偷偷把钱塞了进去。傻根站得像根冰棍心里却热乎乎的，眼泪几乎流出来，自从离开老家的村子，已经几年没有女人为他这样拉拉拽拽整衣裳了，就热热地叫了一声："姐，你真好！"王丽说："快上车吧，车要开了。"傻根在前头往车上跑，王丽的眼睛湿润了。这一声"姐"叫得她心里热热的血往上涌。

在这三天三夜里，刀疤脸一直有些漫不经心。还时常抽空打个盹，他不可能老是不睡觉。但只要傻根一动地方，他就会立刻醒来。他并没有急急忙忙跟着傻根，可是傻根下车买东西上厕所，却一直都在他的视野里。刚才在车下发生的一切，傻根浑然不觉，刀疤脸却从窗口都看到了。可他依然不露声色，掏出一支烟又抽起来。

这天傍晚，车到北京站。

傻根要转车到郑州，王丽热情地帮他买票。傻根和他们已经很熟了。傻根说姐太麻烦你了，王丽说你别乱跑就站在这里别动，对王薄说你看好他我去买票，就急匆匆去了。北京火车站很热闹，傻根的眼睛有些不够用，东看看西看看，有人聚堆说话，他也凑上去听听；看人扛个牌子接站，就上去摸摸牌子。王薄将他扯回来，说你别乱跑过会儿跑丢了！傻根就笑笑站住了仍是东张西望。王薄一边看住傻根，一边也在东张西望。看了几圈，没发现那个刀疤脸瘦子，心里便有些得意，估计这家伙看看无法下手，只好走了。王薄和王丽说好在北京下车的，他要去中国美术馆看看画展，离开画界几年，他想知道画界有什么变化。现在刀疤脸走了，就没人知道傻根身上带有钱，让他一人回去也可以放心了。

过了很久，王丽终于捏着车票回来，圆圆脸上汗津津的，头发凌乱。王薄打趣说遭抢啦？王丽说你倒清闲，买票差点挤死人，快上车吧时间要到了。拉起傻根就往站里跑，看王薄还站着就说你愣着干什么，快走啊！王薄疑惑说干什么？王丽说上火车啊去郑州。王薄说不是说好在北京下车的吗？王丽说我买了三张票，干脆送他到家。王薄说你疯啦？王丽说我没疯，你不去拉倒我自己去，扯起傻根转身就走。王薄眼睁睁看他们要进去了，突然喊一声等等我！拎起包追了上去。

他知道他拗不过王丽。

三人上了火车正在寻找铺位，一个小偷就盯上了傻根，手刚伸向他的帆布包，就被王薄一把捉住了。但王薄没有声张，只用力捏捏他的手腕。小偷赶紧溜了，他知道遇上了高人。傻根见王薄和那人拉了拉手，就说你们认识？王薄说认识。傻根说认识怎么没说话？王薄说他是个哑巴，刚才是用手语交谈。王丽捂住嘴笑，傻根却信以为真。

这次他们买的是卧铺票，傻根是第一次坐卧铺，稀罕得什么似的，这里摸摸那里摸摸，说真是不得了，火车上还有床，三下两下蹿到上铺说我就睡上头。王丽睡中铺，王薄睡下铺。安顿好东西，三人坐在王薄的下铺上吃了点东西喝点水，傻根说我要睡觉了，王丽说你去睡吧睡一觉差不多就到郑州了。傻根爬上去躺倒，一会儿就睡着了。王丽松一口气，看着王薄说谢谢你。王薄说干吗要谢我？王丽说这事本来和你无关的，王薄说和你也无关啊，王丽说这是我揽下的事，王薄说分什么你的我的，你的事不也是我的事吗？王丽说到郑州咱们真的该分手了。王薄说你打算去哪里？王丽说先回陕西老家看看我弟弟，我已经五年没见他了。以后呢？以后再说，找个工作干干吧。王薄拉过她的手拍拍，没再说话。两人就这么牵着手，一动不动，心里都有些伤感。突然王丽火烫似的把手抽回，往旁边指了指，王薄转头看去，那个消失的刀疤脸瘦子正临窗站立，不禁吃了一惊，这家伙从哪里又冒出来的？

两人都有些紧张，看来这事没完。

王薄低声说别怕，有我呢。

王丽没吭声，王丽走神了。王丽突然有一种不祥的预感，心里有些发抖，悄声说："这家伙会不会是冲咱们来的？"王薄一经提醒，心里也咯噔一下，说："你怀疑他是公安？"王丽说："没准。"王薄沉吟一下自言自语："不会吧？"他想这怎么可能呢，几年来他和王丽虽然作案多次，但从不固定一个地方，而且间歇很长，也没有引起多大动静，并没听说过悬赏捉拿之类的事，也就一直没有惊慌逃跑有意藏匿，

天下无贼

倒是潇洒从容天南海北地闲荡，他们甚至没有过犯罪的感觉。至于这个刀疤脸瘦子，完全是偶然碰上的，怎么会是冲我们来的呢？

王薄这么说服自己，心里却不踏实，到底做贼心虚。他第一次有了罪犯的感觉。

这时王丽捅捅他："前头要到站了，要不你先走！"

前头是个小站，王薄往外看看，低声说："你呢？"

王丽往上铺看了一眼："我等等再说。"

王薄说："你还惦着这个宝贝啊？"就有些着急。

王丽说："……反正咱们迟早得分手，也许那人不是公安呢。"其实凭一个女人的直觉已让她断定，刀疤脸就是公安人员，而且是冲他们来的。

王丽的直觉没错。

刀疤脸确是公安人员，并且是个侦查英雄，他脸上的刀疤就是无数次和歹徒生死搏斗的见证。其实他身上还有多处刀伤。三年前，他奉命追踪这一对大盗，跑遍了全国各地，后来一直追到大沙漠。他像大海捞针，费尽艰难，虽没抓住他们却一步步逼近。当他在沙漠边缘的小站上猛然发现这一对男女时，他的心几乎要跳出来。他相信终于找到他们了。王薄和王丽的相貌还是三年前那个在宾馆被敲诈的处长提供的。一路上他巧妙地伪装着自己。离开沙漠碰上傻根，他本想顺便做些保护，没想到却撞上这一对大盗。但他们几天几夜的举动又让他疑惑不解。很显然，他们在保护傻小子。刀疤脸素以铁面果敢闻名，这次却变得犹豫不决。他一再拖延对他们的抓捕，连他自己都说不清为什么。挂在腰带里的手铐已让他摸得汗湿，却到底没摘下来。他又对自己说，再等等看，这挺好玩的，一对大盗保护一个傻小子不被人盗。他对自己说，你别乱来这不是看戏，你千山万水追捕了三年好不容易找到，可别让他们溜了，他们随时都有脱逃的可能。但接着他又为自己开脱，你真的确定他们就是你追捕了三年的大盗？天底下长相差不多的人多着呢,还是再等等看。他用种种理由说服自己延缓抓捕,其实他心里清楚,真正的原因是他动了恻隐之心,他觉得这一对男女挺可惜的,他们是大盗可他们在做一件好事,这不仅离奇而且还有点浪漫。他想成全他们。他们所做的事日后判刑时会对他们有利。他知道他在冒险,甚至在违反纪律。可他就是拿不出手铐。

王薄还在犹豫。

王薄觉得这么跑了怪对不住王丽,就说咱们一块逃吧,王丽说一块逃谁都逃不了,目标太大。王薄还在犹豫,王丽说快走,车要停了,什么行李也别带,装着下车买东西,别慌。王薄拍拍她的手,慢慢站起身,伸个懒腰,瞄了刀疤脸一眼,对王丽说我去买点水果,就慢慢往车门走去。车刚缓缓停下王薄就跳了下去。

但这时车上却突然出事了。

王丽对面上铺的一个男子本来一直蒙头睡觉的,就在列车即将停下的一刹那,突然跃起扑到傻根铺上,抓起他的帆布包滑下来就要逃,傻根仍在沉沉大睡,毫无知觉。王丽猝然间愣了一下,立刻明白发生了什么事,尖叫一声扑到那人身上,死死扯住他的衣裳说:"你放下!"这一声喊惊动了刀疤脸也惊动了这个车厢里所有的人,都回过头看。王丽已死死抱住那人的腰,那人一时挣脱不了,拼命用胳膊肘捣击王丽,刀疤脸一个箭步跨来,正要扭住那人时,突然又冲出两个歹徒,原来他们是同伙。那个男子看看挣扎不开,一甩手将帆布包扔给一个同伙,那人接过帆布包三跳两蹦冲下车去。王丽看帆布包已被抢走,撒手就要追,被歹徒一拳打倒在地。刀疤脸面对两个歹徒,毫无惧色,对方已各自亮出刀子,刀疤脸猛往下缩身,一圈扫堂腿将二人打翻在地,被闻讯赶来的两个乘警按住了。刀疤脸已飞身下车,王丽满脸是血也跌跌撞撞追了出去,一边大喊大叫:"抓贼啊!抓!……"样子凶猛得像一头母豹。

两人跳下车时,却见那个携帆布包的歹徒正在几十米外的地方狂奔,

天下无贼 63

背后一个高大的汉子紧追不舍。眼看要追上时，歹徒好像回手一刀，高大汉子跟跄一下猛扑上去将歹徒压在身下，两人就在地上翻滚。这时列车上下无数人在呐喊助威，有几个人跳下车也追上去。刀疤脸最先赶到很快将歹徒制服，他发现被刺伤的高大汉子却是王薄，心里真是为他高兴。这时王丽也赶到了，看王薄一身是血抱住他大哭起来。王薄坐在地上脸色苍白，苦涩地笑笑说："不要紧，肚子上……挨了一刀。"

刀疤脸把歹徒交给几个随后追来的乘警，掏出证件给他们看看，说请你们把这几个歹徒押走，一弯腰背起王薄，对王丽说你在后头扶着，咱们赶快送他去医院！王丽从王薄怀里拿过帆布包，看看几捆钱还在，长舒一口气。她把帆布包交给乘警，怯怯地说："这钱是十六号卧铺那个小伙子的，他吃了安眠药还在睡觉。等他醒来，请你们把钱还给他……还有，别告诉他刚才发生的事，好吗？"

乘警不解："为什么？"

刀疤脸转脸熊他："叫你别说你就别说，别问为什么！"说罢背起王薄大步朝站外跑去。

忽然乘警在后头喊："姑娘，车上还有你的行李呢！"

王丽扭转头，一脸泪水，说："不需要了。"

# 鞋匠与市长

鞋匠在这个巷口补鞋已有四十多年了。刚来时留个小平头，大家叫他小鞋匠，现在满脸皱纹，大家叫他老鞋匠了。

几十年的时间里，不论春夏秋冬、风霜雨雪，鞋匠几乎没有一天不坐在这个巷口，晚上睡觉前，老鞋匠还在路灯下忙碌。晨起早练或者拿牛奶，出门往巷口看，老鞋匠肯定已坐在那里了，感觉他头天晚上就没有回去过。

巷子里的人都和老鞋匠熟，家家户户都找他补过鞋。大家上下班经过巷口，总要和老鞋匠打个招呼。一些离退休的老人没事也常来这里坐一会儿，看看街景，打打牌，扯些闲篇，或者骂骂什么人。话题自然很广泛。老鞋匠很少插话。他不是那种健谈的人，只是低了头听。他手里永远在忙着。

忽然起了一阵风，飞起一些树叶。有人猛醒似的问老鞋匠，说鞋匠你找到三口井没有？大家愣了愣，哄地笑了。老鞋匠吃惊地抬起头，意思说你们还记得这件事呀，就有些窘，说我还没顾上去找。那人说都三十多年了，还没顾上，我看你也是扯淡。老鞋匠就低了头缝鞋，讷讷说，我总归要去找的。大家看出老鞋匠有些不高兴了，好像刚才的话伤了他。有人打圆场说，干脆让市长帮你打听打听算了，市长熟人多，见识广，你一个人哪里去找？老鞋匠说这事和市长没关系，这是我自己的事，我总归要去找的。气氛有点僵，这事再说下去就像揭人家短了。大家又哈哈几句，也就讪讪散去。

但没人相信他真的会去找那个叫三口井的鬼地方。老鞋匠说这话都三十多年了，至今还没动身，就说明他只是嘴硬，说过的话不好收回罢了。

其实巷子里的人还是不了解老鞋匠。老鞋匠并没有打消寻找三口井的念头。他只是有些后悔，不该把这件事告诉别人。当初为什么要告诉别人呢？有时候一个秘密只能属于自己，说出去别人也不懂，只会被人嘲笑。这事说起来的确有些荒唐。很多年前的一个黄昏，鞋匠正在低头补鞋，突然刮来一股风，一张小纸片飞旋着飘来，啪地贴在他额头上。后来的事就从这里开始了。当时他眯起眼拿下纸片，正要随手抛掉，却发现小纸片上有几个字，就不经意地看了一眼，"三口井一号"。鞋匠那会儿正好口渴，看到这几个字就笑了，好像那是一桶清凉的水。他犹豫了一下就没有扔，把纸片放到面前的百宝箱里。当时没有多想，收工时差不多都把它忘了。可是第二天上工时又看见了它，也是脑子闲着无聊，就一边修鞋，一边打量那张小纸片。他不知道"三口井一号"是什么意思，想来想去可能是个地名。但这个城市没有叫三口井的地方，附近郊县也没有，说明这个地方很远。那么三口井在什么地方，是在另一座城市，还是在一座县城或者一个小镇上？为什么叫三口井？是因为历史上那地方有过三口井吗？如果是，三口井现在还有吗？三口井是什么人凿出来的？为什么要凿三口井？还有，什么人写了这张小纸条？是男人还是女人？是写给别人的，还是别人写给自己的？这张小纸条是从哪里飘来的？是从这个城市的某个角落还是一个遥远的地方？这张小纸条是被扔掉的还是不小心丢落的，会不会因为它的失落而耽误什么事情？……总之在后来的日子里，鞋匠没事就琢磨这张小纸片，它激发了他无尽的想象力。他发现这张小小的纸片具有无限想象的空间，就像一个永远不能破解的谜。从此小纸片成了鞋匠生活的一个重要部分，使他原本呆板的生活充满了乐趣。鞋匠常常被自己感动，感动于自己对三口井一个个新奇的猜想。他发现自己除了修补破鞋，还有这等本事。每有一个新的猜想，他都会高兴半天。

小纸片伴随着他在巷口修鞋，伴随着他深夜回家，伴随着他入梦。鞋匠成了一个想象的大师。他越来越相信，三口井一号和他是有缘的，不然怎么会随风飘到自己面前呢。这事有点神秘。他想他应当去寻找那个地方，去看看那个地方。鞋匠常听人说起这个城市的许多风景，说起各地的名山大川，可他都没有兴趣。他只对三口井一号这个地方感兴趣，这个地方是属于他的，他必须找到它。这个念头日复一日地强烈。终于有一天，他把自己的秘密告诉了别人。这个奇怪的念头已经搅得他日夜不安，不说出来会非常难受。那天第一次向别人说起这件事时，鞋匠激动得满脸通红，他希望别人分享他的快乐。可他看到的却是惊讶的表情和嘲弄的大笑。他们一致认为鞋匠走火入魔了，一天到晚低头瞎寻思弄出病来了。有人说鞋匠你赶紧去找，那地方说不定有狗头金；有人说那里可能有个骚娘们在等着你。大家把纸条拿过来，嘻嘻哈哈研究，胡乱猜测一番，完全没个正经相。鞋匠窘在那里，他没想到大伙会这样，当时就后悔了。他知道他们并没恶意，可是他们不懂。鞋匠把纸条要回来，说我总归会去的。

这件事说过去就算了，巷子里没谁把它当回事，只是在几十年间，偶尔还会有人提起，也就是开个玩笑，但这并没有影响大家的关系。鞋匠是个厚道人，巷子里居民把他当成自己人。巷子里姑娘晚上外出归来，远远看到鞋匠，心里就安定了，走进黑黑的巷子也不再害怕。有时居民也向鞋匠讨几枚钉子，借把锤子，老鞋匠从不拒绝。他的修鞋筐是个百宝箱，各种钉子、钳子、剪刀、鞋刀、锤子，什么都有，甚至还有个打气筒。他不修车，但备了一个打气筒，大家可以免费使用。鞋匠有人缘，活儿也干得好，面前永远摆着修不完的鞋子。有等着穿鞋的，坐在小凳子上等一会儿。不等着穿的，拿来丢在鞋摊上，该干啥还干啥去，约个时间再来取。当天修不完的鞋子，鞋匠晚上用小推车推回去，第二天又推回来接着修。大家不急，鞋匠也不急。时光就在这不急不忙中年年流逝，好像谁也没觉得，只看到鞋匠的头发渐渐花白了。

市长也是这里的常客，当然不是为了修鞋子。市长的鞋子几乎都是新的，他不能穿一双破鞋或修过的鞋子接待外宾、出席会议，那会有损于这个城市的形象。市长大多是傍晚的时候来。多半是成功地推辞了一次宴请，悄悄跑到小吃摊上吃一碗馄饨，然后到老鞋匠这里坐一会儿。市长似乎更喜欢这种平民的生活方式。开会或者宴请，前呼后拥，官话套话客气话，累人。坐在老鞋匠这里，淹没在黄昏朦胧的街灯里，和老鞋匠聊一些鸡毛蒜皮，是一种享受。但市长时常会走神，有时突然就不说话了，看着街上的人流、车流、对街的楼房或广告牌，久久不语。每逢这种时候，老鞋匠就不打扰他，由他安静地待一会儿。他知道市长心里装着这个城市太多的事情。鞋匠时常觉得这孩子怪可怜的。

市长的家也在这条巷子里。他本来早就可以搬出去的，不知为什么一直没搬，仍然住在他家的几间老房子里。市长对这条巷子肯定是有感情的，因为他从小在这里长大。那时候市长家里很穷，小时候都是穿哥哥们穿过的衣服鞋子。那些鞋子都是经鞋匠修补过的，他记得那上头的每一块补丁，小时候的市长就接着穿。当然，他得为他改一改，市长的脚还太小。先把鞋子拆开，把鞋底割掉一圈，鞋帮也剪去一圈，然后重新缝好。小时候的市长爱踢足球，鞋子烂得很快，要不了几天就露脚指头。鞋匠就不厌其烦地为他修补，而且常常是不要钱的。市长出生不久，父亲就去世了，母亲领着三个儿子过日子，家里极其艰难。但那个年轻的寡妇坚持让三个儿子都上学。鞋匠只要看到她拎着一双破鞋子走来，就有些心里发慌。他和她几乎没说过什么话，鞋子就是他们的语言。送来一双破鞋子，取走一双修好的鞋，偶尔碰个眼神，寡妇转身就走。其实她比他还要心慌。那时鞋匠会偷偷从后面看她的背影，她的衣服很旧，但从来都很干净。她的腰很细，这么细的腰却要承担这么重的担子，让鞋匠感叹不已。以后市长上学经过巷口，鞋匠看到他的鞋子破了，就主动喊他过来，脱下鞋子缝几针再让他上学去，并且嘱咐说，以后鞋子破了自己来。小时候的市长，最尊敬的人就是鞋匠，他感到他像父亲；最佩服的人也是鞋匠，不管鞋子烂成什么样，到他手里都会焕然一新。市长时常赤着脚，一手拿着鞋底，一手拎着鞋帮来找他，鞋匠从不推辞，也不批评他。他喜欢这个孩子，这个孩子能把球踢到树梢那么高，巷子里所有孩子都不如他。他为这个孩子骄傲。他觉得他能把球踢到这么高也有他一份功劳，因为市长的鞋子是他特制的。市长的那双破球鞋本来是从哥哥们手里传下来的，鞋匠给重新换了底和帮，底用平板车外胎割制而成，帮用平板车内胎缝制，弹性十足，这么结实的鞋子，市长也就穿个把月，他就一次次给他重换底帮，其实是完全重做，已经面目全非。这双鞋子穿了三年。后来家里条件好一点了，母亲才给他买了一双新球鞋。但那双鞋一直没舍得扔，由母亲为他保存着。后来母亲死了，由他自己保存着。

　　市长大学毕业后又回到这座城市，从小职员干起，然后是科长、处长、副市长、市长。以前是骑自行车上班，后来坐小汽车。小汽车停在巷口鞋摊不远处，市长从巷子里走出来，一路和人打着招呼，到巷口向老鞋匠点点头，上车去。他和老鞋匠之间的感情几十年都没有变。老鞋匠目送他上班的目光，像看着自己的儿子。老鞋匠为他高兴。自从他当市长，这个城市每年都发生着巨大的变化。马路变宽了，汽车变新了，楼房变高了，空气变好了，城市变绿了，人们的衣着变鲜亮了，人人红光满面，来来往往的人都像遇着了什么喜事。就连他的鞋摊子也发生了变化。以前摆放的都是些破破烂烂的鞋,发出一种混合着脚臭和汗馊的气味。现在看不到那样的鞋了。至多就是哪里裂开了,缝几针就好,再不就是姑娘们来换高跟鞋底。男人们的皮鞋没人打铁掌了,至多打一块皮掌,美观又大方。偶有人送一双破破烂烂的鞋子,老鞋匠居然如获至宝。这才像个修鞋的样子,这才能显示他的手艺。老鞋匠喜欢破鞋子,越破越好,他的职业就是对付破鞋子。可如今满大街锃亮的皮鞋、美观的休闲鞋,每每让他有些不安,常常让他感到眼前的日子有些不真实。有时候老鞋匠会问市长,不会有啥事吧?市长笑起来,会有啥事啊?老鞋匠看住他,说没事就好,千万别出啥事。市长说你觉得会出啥事?鞋匠放低了声音,人家说眼下当官是个危险的行当。市长说你老放心。鞋匠就很高兴,说我放心。

当然也有让老鞋匠不高兴的事,隔些日子就会有不相识的人,提着烟酒找到老鞋匠,请他向市长转交一些上告信、申诉书之类的材料。不知道他们怎么打听到这个老鞋匠和市长的关系不同一般。老鞋匠当然不肯收,既不收烟酒也不收材料。他说我和市长没关系。但事后他总会告诉市长,说你哪里肯定不对头,老百姓找到一个鞋匠转交材料算咋回事?市长点点头说我知道了。也不知他采取了什么措施,反正这类事渐渐少了。

其实老鞋匠并不像市长那样关心这个城市的事情,他只关心他的鞋子。面前摆放的鞋子不像以前那么破了,也不像以前那么多了。有时候他甚至会有闲着的时候,这让他有点失落,觉得该歇歇手了。他已经在这个巷口坐了几十年,一个人大半辈子坐在同一个地方,需要极大的定力。大多数时候他都是安心的,安心坐在巷口,安心补鞋。可他自己知道,内心也有不安定的时候。每当看到巷子的人进进出出,特别是一些人提着旅行包出差去,老鞋匠总是很羡慕的。他知道他们去过很多地方,他也想出去一趟。他的要求并不高,只想在哪天动身,去寻找那个叫"三口井一号"的地方。只要能找到那个地方,这一生就没有缺憾了。那是积攒了一生的心愿,积攒了一生的思念。随着年岁的增长,那个叫"三口井一号"的地方,就像他的梦中情人,几乎夜夜和他相会。那张小纸片一直被鞋匠藏在箱子里,他不愿意再让人看到,也不想再被人议论。那是他心中的圣土不能被人糟蹋了。在过去的岁月里,他一直珍藏着这个心愿,并没有急着去寻找,是因为他不想过早地看到那个地方,如果过早看到了,就不会再有猜想,那么后半生干什么呢?他要慢慢地充分地去想象它,享受想象的快乐。"三口井一号",这地名实在美妙而神秘,他曾把它想象成一座古镇上的一条古街,古街上有三口古井,古井周围有参天的银杏树,树下常有一些白须飘拂的老人坐在石凳上呷茶谈古,纹枰论道。古井有湿漉漉的井台,幽深的井口,清凉的井水,不时有年轻女子来打水,担着两只桶,桶和她的腰一同闪摇,两只奶子一跳一跳的。他想象那女子是个未嫁的姑娘,或者是个少妇,也许是个寡妇。然后,又沿着每一种可能想象下去,比如长相、年龄、性情、住处、家人……"三口井一号"具有无限的可能性,具有无限的想象空间。三十多年了,老鞋匠仍然无法穷尽它,想象如深山密林中的小径,随便踏上一条,就能没完没了地走下去。市长当然也知道他的这个心愿,知道他要去寻找一个叫"三口井一号"的地方,但市长从来没有问过,就像不知道一样。可有时他会对着低头补鞋的老鞋匠久久打量,似乎要破解这个老人。应当说他对这个老人是了解的,从他少年时鞋匠就进入了他的生活,那时他只知道他是个善良的手很巧的鞋匠,是个雕像一样永远坐在巷口的可亲近的人,是个只知低头干活很少说话甚至有些木讷的人。后来他听说了那张小纸片的事,说实话当时他很震惊也很感动。显然他一直没有真正懂得他。一个人要懂得另一个人,不是一件容易的事。

后来市长才真正体会到，其实一个人要真正弄懂自己同样不是一件容易的事。那是他出事以后才慢慢明白的。在副市长、市长的位子上，他曾顶住了几百次行贿。他曾以为他有足够的定力，可以顶住任何诱惑，可以做一个好市长。但在某一天夜晚，他却接受了不该接受的十万块钱。此前有几次行贿人送来的钱都超过百万，他都顶住了，可这十万块钱却让他栽了跟头。

　　市长出事了。这个城市几乎所有的人都不相信，市长怎么能出事呢？市长在任期间干了那么多大事，干了那么多好事，怎么突然就出事了呢？区区十万块钱算什么？他们甚至认为市长即使受贿起码也应在百万以上，十万块钱太丢份了。十万块钱毁了一个市长，他们由衷地为他惋惜，然后就愤怒地咒骂那个行贿的家伙，那个家伙成了这个城市的公敌。

　　老鞋匠差不多是这座城市最后一个知道这件事的人。出乎意料的是，老鞋匠表现得异常平静。他听说后仍然每天补他的鞋，一句话也不说，只埋头补鞋。那几天几夜，他几乎没有休息。面前堆放的那些鞋子，终于让他补完了。那天补完最后一双鞋，交到主人手上，然后他收拾好鞋摊，推着那辆破旧的手推车离开巷口，离开巷口的时候，他往这条巷子注视了好一阵，还伸了个懒腰，好像这一生的活儿终于干完了。

　　后来这个巷子的人再也没有看到老鞋匠。

　　老鞋匠离开这座城市，去寻找"三口井一号"去了。

　　他到底上路了。他已经等了三十多年，再不上路就走不动了。

　　他是空身去的，身上只背了个小包袱，里头包了几件替换衣裳。他不打算再补鞋了。他已经干了一辈子。他把手推车推进了垃圾堆，然后一身轻松地离开了这座城市。

　　老鞋匠没有任何线索，走一处打听一处。

他到过很多大城市，走过很多小县城，去过很多小乡村。鞋匠走了两年多，走了几千里路，终于某一天在一个遥远的偏僻的山坳里，他打听到了"三口井一号"。他知道他会找到的。

三口井是这座山凹小镇的名字。那天他风尘仆仆走进小镇的时候是在黄昏。小镇不大，只有百十户人家，横竖两条街，街面上铺着青石板，街两旁有很多参天的银杏树。他看到了三口井，三口井有湿漉漉的井台，井口有很多凹口，那是打水的绳子几百年勒出的岁月留痕。他看到一些年轻女子来打水，来来去去，桶都是木桶，很粗。女子个个细腰丰胸，走起路来一摇一颠的，很好看。她们打满水，陆续挑往四处去了。小镇上到处炊烟袅袅，一股股饭的清香弥漫在小镇上，到处一派古雅祥和的景象。这样的场景他曾想到过，果然眼见成真，让鞋匠十分欢喜，也十分熟悉。

但当他按门牌找到"三口井一号"时，却让他吃了一惊，原来他发现这里是座监狱，一座很大的监狱。高墙铁网，戒备森严。老鞋匠打了个冷战，以为自己眼花了。可是擦擦眼再看，还是座监狱。没错。监狱坐落在镇子南端，紧靠着大山，大山下还有一座很大的农场。

老鞋匠盯住监狱大门看了很久。他觉得很沮丧，这个结果不在他的想象之中。他什么都想到过，就是没想到会是一座监狱。

现在他知道了自己的想象力还不够，想了三十多年，还是没有想透。后来他回到镇里，找到一家最便宜的客栈，他觉得很累很累。客栈里已住了一些客人，也都风尘仆仆的样子，多是些老人、妇女和孩子。不用问，他们都是来探监的。老鞋匠忽然心有所悟，什么也没说，住下了。一夜无话。

第二天正好是探监的日子。老鞋匠也随着他们去了。进了大门，在值班室做登记。老鞋匠报出市长的名字，他预感到他会在这里。不知为什么，自从看到这座监狱，他就预感到这里有玄机。果然值班人查了查，说有这个人，你是他什么人？老鞋匠说是他街坊。那人很和气，说你要见他吗？老鞋匠摇摇头，说麻烦你告诉他，有个老鞋匠在外头等他，一直等到他出来。值班人员目送他走出监狱大门，有些不懂。他不知道这个老人究竟是谁。

老鞋匠回到镇里，仍住那家小客栈。一路走来时，他的心态已经很悠然了。他发现很多家这样的小客栈，小客栈是这座山凹小镇的一大景观，仅半条街就有十七家之多。入住的都是些老人、妇女和孩子。他们都是来探监的。他们走了很远的路，鞋子都走坏了。

他在心里想，看来还得重操旧业。

从此，这个小镇子上有了一个鞋匠。

镇上的人说，三口井早该有个鞋匠了。

三口井常有一些远方来探监的人。

他们都是些老人、妇女和孩子。

他们的鞋子都走坏了。

# 即将消失的村庄

溪口村的败落是从房屋开始的。

在经历了无数岁月之后,房屋一年年陈旧、破损、漏风漏雨,最后一座座倒塌。轰隆一声,冒一股尘烟,就意味着这一家从溪口村彻底消失了。每倒塌一座房屋,村长老乔就去看一下,就像每迁走一户人家,他都要去送一下,这是他的职责。

老乔通常都是在第一时间赶到现场。

他的耳朵老是支棱着捕捉声音。村子里太安静了。没有骡马嘶鸣,没有人语喧嚣,没有孩子们打闹。多年来,这些声音他已经不指望了,他唯一能够等待的就是房屋倒塌的声音。

这样的等待是很叫人丧气的。

他不知道哪一座房屋在哪一天倒塌,又不能把危房事先都推倒,因为房主没给他这个权力。那些人离开溪口村时,都忘不了说一句:村长,帮我照看着屋子。好像他就是个看屋的。老乔倒是没有生气,经常去那些空屋子转转,看哪间屋要倒了,就用石灰围着屋子撒一圈白线,以示警诫。接下来就是等待。有时要等几个月,有时要等半年,那屋墙裂开的缝能钻进人去,却硬撑着不倒。有些日子,老乔差不多要把这件事忘了,却突然传来一声沉闷的巨响,吓得猛一哆嗦,然后拔腿就往那里跑。

这天听到响声时,老乔正在家门口整理一小块菜地,他准备在上头种一些辣椒。老乔不抽烟,不喝酒,只喜欢吃辣椒。平时上山干活或者外出开会,兜里总装几枚辣椒,过一会儿就拿出来咬一口,辣得挤巴挤巴眼，剩下一截装兜里。他舍不得一口吃完。过一会儿又拿出来咬一口，再挤巴挤巴眼。

老乔家在村头上，一边整理菜地，一边不时向不远处的小溪张望。小溪在村前的竹林边，其实更正确的说法，应当是竹林在村前的小溪边。因为这条小溪是一条古溪，溪口村就是因它得名的。历史上那头老龟也总是沿这条小溪爬上岸，爬来溪口村，待几天又爬回去，消失在小溪边的竹林里。老乔向小溪张望，当然不是看老龟来了没有。他知道老龟不会来了，它已经三十二年没来了。村里人一直怀疑老龟遭了难，比如让人捉住了养在家里，在龟背上刻几个字什么的，或者干脆卖给城里动物园当玩物。真要那样，老龟可就受委屈了。但溪口村的人坚信老龟不会死，那么大一头龟，甲壳坚硬乌亮，没什么野兽能啃得动。能伤害它的只有人，可是有谁敢杀它吗？那东西起码上千几百岁，已经有灵性了，杀它要遭报应的。

老乔向小溪那里张望，是在等待一个陌生女人的出现。他知道她会出现的，他已经很多次看见她从竹林里走出来，在小溪边洗衣服，还不时唱着什么。每到黄昏时，她总要来小溪里洗澡。老乔一直纳闷，这女人也太爱干净，身上有那么多灰吗？一次老乔悄悄靠近了，躲在一片灌木丛里偷看，发现她居然脱得精光，赤条条躺卧在溪流里，四肢伸展开一动不动，在夕阳的余晖下，透过清澈的流水，能看到白花花一片。这不是洗澡，她在用山水浸泡。老乔想这女人可真会侍弄自己。女人终于泡透了，爬上岸擦净身子，穿好衣服，再从小溪里打一罐子水提上，然后消失在竹林里。

老乔看得耳热心跳。

老乔猜想她住在山上的某个洞穴里。

老乔几次想蹚过小溪尾随去看个究竟，问问这个女人是从哪里来的，怎么会住在山上，是遇难，是流浪，还是个逃犯。可他到底忍住了,他怕惊跑了她。溪口村太需要一点人气,何况那是个年轻的女人,看上去不过三十多岁的样子。在溪口村,三十多岁的人很少了。

这次倒塌的是刘猛家的屋子。

头天夜里下一场雨,很大,已经倒了两处房屋。刘猛家的房子是一天一夜倒塌的第三处房屋了。有时倒塌会非常集中。

老乔来到现场,绕着废墟转一圈,仔细听听,没听到什么可疑的声音,这才摸出一只干辣椒咬一口,抬腿蹲到废墟的一块土疙瘩上,心里想,这小子,把老婆孩子带走,五年了,也没捎个信来。外头比溪口村好,可溪口村有你爹娘的坟,总该回来看看吧。这小子。

这时候,村里看热闹的人也就来了。多是些老人,佝偻着腰,或者拄一根拐,围住了看,脸上木木的,有些茫然,神态像凭吊。

没人说话。

有啥好说呢,人老了就会死,屋旧了就会倒,没人住的老屋毁得更快,倒吧,倒吧,倒掉是早晚的事。他们只是在心里计算,刘猛家这间屋有六十一年了,还是他爹经手盖的。盖这屋那年那头老龟来过。那一次,老龟在溪口村住了九天。溪口村的老人记事的方法有点怪,不说康熙、雍正,不说民国、公元,爱用老龟来去的时间做标记,几百年都是如此。好在以前那头老龟出没很有规律,差不多十年左右来一趟,很准时的。从康熙三年立村,老龟就是溪口村的常客。

老人们散去后,老乔开始在废墟里扒,又摸一根棍子吭哧吭哧撬,弄得一头一脸都是泥汗。直起腰擦脸时,发现刘玉芬正站在一旁,也不说话。老乔说玉芬你怎么啦?刘玉芬说村长我的屋子又漏雨了。老乔说你先回去,过会儿我去帮你修。

刘玉芬点点头走了,走几步又回头,眼神怪怪的。

老乔看着她远去的背影,摇摇头。这个刘玉芬也是命苦,从十七岁嫁过来,十五年没生孩子。男人常打她,半夜里常有她的惨叫声,

即将消失的村庄　　77

却又恋她俊俏,再说山里人讨个女人也不容易,一直闷着气过。刘玉芬都有点傻了,看人老是愣愣的,说话前言不搭后语。前几年男人外出打工,两年后回来和她离了婚,然后又走了。刘玉芬倒也释然,没人打她了,一个人过得很轻松,越发显得年轻了。村里离婚的女人还有几个,都是被外出的男人抛弃的。她们就没那么轻松了,都带着孩子,一个个苦不堪言,好像一下子老了十岁。

老乔从刘猛家的废墟里扒出一张发黄的土地证,他看了看,是五十年前土改时发的,上头有刘猛爹的名字。老乔小心把它折好,揣进怀里。又扒出一只死猫,拎着去了村前的竹林,扒个深坑埋上。这事就算了结了。老乔在小溪边洗洗手脸,坐下歇口气,心里还是有点烦乱。

十年了,村里没建过一座新房,老屋却倒了几十座。溪口村大部分是几十年上百年的老屋了,还会不断倒塌。也许有一天,溪口村会整个消失。历史上,溪口村有过多次灾难,瘟疫、饥饿、匪祸。但那是灾难,灾难过后,人们还会回来,不管逃离多远,还会扶老携幼回到溪口村重建家园。这一次算个什么事呢,那么多人外出发了财,总不能说是灾难吧。可发了财村子却空了,剩下的都是老弱残疾,老屋一座座倒,老人一个个死,他这个村长整日忙着的就是料理后事。

怎么会这样呢,老乔时常回忆,试图理出个头绪来。大约十年前,年轻人开始外出打工,或者做小生意。有的赔了,多数还是挣了钱回来。赔了的人就不服气,说到城市里捡垃圾去。过了年还外出,结果也挣了钱。

那时他们挣了钱回来,第一件事就是张罗造房子。造房子是庄稼人一辈子的事业,房屋是庄稼人的衣胞,是栖息和生活的地方,是养儿育女的场所。其重要性也就仅次于拥有一片土地。原先的房屋早就破旧了,墙体已经开裂,屋顶已经漏雨,修一次又一次。他们的爷爷或者父亲曾做过造新房的梦，想了一辈子也没造起来，现在要由他们来实现了。年轻人从外头回来时有些急迫，也有些炫耀地掏出一沓钱，买砖买瓦买木料。他们不会诉说在外头的艰辛甚至屈辱，他们只让父母妻儿看到他们的风光和能耐。于是一座座新房建起来了，个别的还建了二层小楼，原先的土坯房推倒做了肥料。那是溪口村最热闹的几年，鞭炮声老是响个不停。接着更多的年轻人出去了。那些日子老乔也格外兴奋，村里人多地少，就说去吧去吧，志在四方，志在四方。

但之后，不知从哪一年开始，建房的速度慢了下来，终于完全停止，没人建房子了。他们说真傻。连儿子也这么说。儿子乔小法是第一批出去的，挣了不少钱，原也准备建房的，可到底没建。他说真傻。老乔不懂，就问儿子，说小法你说谁傻呢？小法说建房的人真傻。老乔说建房的人怎么就傻呢？小法笑笑，说你以后就懂了。那口气仿佛他是爹。

年轻人对建房失去了兴趣，对土地也失去了兴趣。再后来，就陆续把老婆孩子也接了出去。谁也不知道他们在外头干什么，只说在某某城市。城市是那么好进的吗？没成亲的年轻人也不急于成亲了。过年回来，有媒人上门，年轻人只淡淡地笑笑，说不急。媒人急了，说你两年前就托我提亲的呀。年轻人便摊开手赶母鸡一样，说您老走好，走好。

乔小法在南方的一座城市里，把老婆孩子接走后，再没回来过。半年前来过一封信，让老乔也去，说这个破村长有啥干头，到我这里来只让你接送孙子上学。老乔没去。但老乔感到了孤独。老伴死了二十多年，他又当爹又当娘还当村长，那时他没觉得孤独，只是觉得累，忙完一天忙到半夜，倒头就睡。现在儿子一家走了，村里年轻人都走了，溪口村的老人们都感到了孤独。但他们不说，也不抱怨，只是沉默着，偶尔向村口唯一通向山外的那个路口张望一阵。老乔看了难受。他真希望他们大骂一通，起码也发出点什么声音。可他们不。一个村子都静悄悄的。

即将消失的村庄　　79

老乔从家里扛个梯子出门。他不能不去，又实在怕去，其实心里又想去。刘玉芬的房屋漏雨，他当然得帮她修。事实上他已经帮她修过好多次了。刘玉芬的房屋一漏雨就来喊他。有一次是在半夜里，老乔慌慌张张扛着梯子随了去，冒着倾盆大雨爬上屋顶，修好下来时已成水人，虽是夏天的夜，也冷得发抖。刘玉芬忙拉他进屋，不由分说扯下他的湿衣裳，拿条干毛巾为他擦拭身上的雨水。老乔虽已近五十岁，身体依然结实得像木头。刘玉芬的手在他结实的肌肉上迷恋地游走，让老乔感到一种遥远的苏醒。他低下头，这才发现刘玉芬也淋得透湿，两个乳房不大却轮廓分明地撑出来，连乳头都清晰可见。老乔的身上在发热，血液在奔腾，他已经很久没闻到女人的气息了。面前这个三十二岁的女人，因为没生过孩子，依然显得那么年轻，她的软软的手在他身上轻柔地抚摸，让他浑身酥软，站立不稳。他抬起手，几乎要搂住她了，却突然一道闪电袭来，老乔一惊，抓起湿衣裳窜出门去，扛着梯子冒雨跑回了家。

后半夜，老乔没有睡着。刘玉芬的影子老在眼前晃动，二十多年干瘪的欲望如烈火样燃烧着他。自从老婆死后，他没有找过任何女人，也从没有过再娶的打算。他在后娘的阴影里长到十几岁，经常遭打骂还在其次，因为过分的打骂会引起爹的干涉，生活中一点一滴的伤害更让他难以忘记。后娘经常会在爹看不见的时候把唾沫吐在他的脸上，几乎每天都要吐几次，他老也擦不净。他不能让儿子受这个委屈。老婆是病死的，那时儿子才三岁。临死前，老乔看出她同样的担心，就握住她的手说，你放心走吧，我不会再娶别的女人，我要自己把儿子拉扯大。老乔兑现了自己的诺言，在家里是一位慈父，在村里是一个木讷而本分的村长。虽然没有太大的本事，村里人还是认可他，不然不会连任多年村长。可现在他真的感到了孤单，感到了村中弥漫的衰败和死亡的气息，也感到了自己的无能和无奈。溪口村不能就这么完了，自己也不能就这么完了。他对自己说，该有个女人了，日子还得过下去。

可是当他扛起梯子走向刘玉芬家的时候，心里还是有些忐忑。这是他在那个雨夜之后，第一次去刘玉芬的家。他知道这次去要有个结果了。他的不安不是因为害怕拒绝，他相信刘玉芬是愿意嫁给他的。她已经多次向他发出信号，比如一个笑容，一个红脸，一个眼神。这些也许不算什么，但以刘玉芬这样平素规矩胆怯的女人，能有这些表示也就够了。老乔作为一个男人，能够感觉到其中的意味。只要他愿意，这个女人就是他的了。老乔的忐忑也正在这里，因为他还不能确定再婚是不是一个正确的选择，自己好像还没有做好心理准备。娶了她，就是重组一个家庭，而原来的那个旧家也就意味着消失了。他想起漂泊远方的儿子、媳妇和孙子，想起死去的结发妻子和曾经的诺言，他有些伤感。

当然，老乔终于还是迈进了刘玉芬的家门，帮她修了房。那天他没有匆忙逃离。他喝着刘玉芬为他沏好的浓茶，习惯性地摸出一只辣椒放进嘴里慢慢嚼。在经过最初的难堪之后，那个女人到底说出了口，她说得十分吃力十分弯曲十分脸红，但老乔还是听懂了。当他确信自己听懂了之后，却吃了一惊。原来这个仍然很年轻的女人并没有打算嫁给他，她说她本来想嫁给他的，可是感觉他老了一点，并且表示歉意。可她愿意并且十分希望和他睡一觉或者睡几觉，她想通过他怀一个孩子，因为她一直不相信自己不能生孩子，她一直怀疑是那个和她离了婚的男人有毛病，她为此受了十几年的冤枉，她要证明自己是一个完整的女人。最后她对老乔说村长你放心，我不会给你添麻烦的，如果真的怀了孕我不会告诉别人是你的孩子，我也不打算把孩子生下来，只要让村里人知道我没毛病就行了，然后就去流产或者引产，然后我就外出打工去，不打算再回溪口村了。

老乔使劲嚼着辣椒,头上冒出一层汗珠子。他盯着这个女人挤巴挤巴眼,什么也没说起身走了。走的时候浑身都在发抖。

三天后,刘玉芬离开溪口村,外出打工去了。她对老乔很失望。她甚至没说让老乔替她看屋子。

就在刘玉芬离开溪口村的当天,老乔就上山了。

老乔上山的时候,不再有好奇和喜悦,变得有点凶神恶煞。他准备赶走那个女人,不管她是谁。这是溪口村的领地,不经过允许,居然堂而皇之地住在山上,也太不把村长当回事了。他已经不在乎什么人气,什么三十多岁的女人了。溪口村连自己的年轻人都留不住,你还能指望留住一个外来人吗?溪口村该败就败,活该。

刘玉芬让他气昏了头。那女人忸怩半天,原来只是想让他当一回人种,就像公猪公羊一样。村长管给人看屋,管给人修房子,管给人养老送终,还管给人当人种吗?这太作践人了。可老乔只在心里窝囊,怒气没能撒出来,他必须找个人发泄自己,那就只能是山上那个莫名其妙的女人。

山上的树木已经郁郁葱葱,足可以藏得千军万马。这是老乔带领全村老弱残疾花费十几年时间恢复栽植的。以前山上都是原始森林,后来毁林开荒,一大半的森林砍光了种粮食,粮食还是不够吃,溪水也变浊了。当初砍树的时候,村里人就心疼得咬牙,可他们没办法。这十几年,年轻人几乎走光,也不再有人生孩子,再加上老人不断死亡,村里人口减去大半,老乔索性退耕还林。老人们都支持,每日气喘吁吁上山栽树,这是他们唯一的精神寄托和排遣孤独的方式了。十几年的时间,山又绿了,溪又清了。

山上的洞穴很多,老乔都熟悉,却不知那个女人住在哪个洞里。他拨开树丛,找了几个洞没有找到,就在山上大喊大叫喂女人你出来喂女人你在哪里。喊叫声在峡谷里荡来荡去,显得极有气势。其实那个女人听到了，不仅听到了，而且循着喊声发现了他。那会儿她距他并不太远，正坐在洞口的一块岩石上看书。她知道他在找她，她从他的行动和喊声里，看出此人来者不善，可她不怕。等他喊累了，她才慢吞吞合上书站起来，大声说喂男人你喊什么喊。

当老乔拨开树丛来到她面前时，发现这个穿着一身栗色休闲装的女人，其实已近四十岁了，并不像她赤裸的身体那样显得年轻。可这并不影响她光彩照人。她染着一头棕色头发，体态丰腴，皮肤白净，只是面孔有山风熏染的痕迹。她像一只妖媚的狐灼灼地看着他。老乔忽然有点胆怯，说你是什么人，女人说我是城里人怎么啦。老乔突然没头没脑怒道谁发明了城市？女人笑了，说你先告诉我谁发明了乡村。老乔一愣，说谁让你到我们这里来的，女人说我自己想来就来了。老乔说你是吃饱了撑的吧，女人说你弄错了，现在城里人时兴不吃东西，都饿着呢。老乔瞪大了眼说为啥，女人说城里人没胃口，吃什么都不好吃什么都不想吃城里人都得了厌食症。老乔说那你就是闲着没事干，女人说你又错了，我是干得太累了才躲到这里来的。老乔根本就不相信她是个能干活的人，说你不会是个逃犯吧，女人咯咯笑了说你这人太没眼光，说不定我是个老板呢，在你这里投资三千万建个度假村怎么样？老乔说你口气不小，三千万你抢银行啊。女人摇摇头，说算了不谈这个了，咱们交个朋友吧，老乔说男人和女人也能交朋友？女人说是的就是男人和女人那种朋友，老乔说你别耍我了我这几天脾气不好。女人说看出来了你好像有什么事不开心，不过我看你挺像个男人的。老乔说啥话怎么我像个男人我就是男人。女人笑了说我不是那个意思，我是说你很性感。老乔不懂说你说啥感，女人说就是说你很瘦很结实很有骨感，时下城里的男人都长一身女人肉恶心死了。老乔似懂非懂，少了耐性，说你少废话，你明天必须离开这里。女人说为啥，老乔说不为啥就是要你走。女人说听口气你好像是个村长，老乔说我就是村长。女人突然大笑起来，老乔盯住了看，说有啥好笑的。女人止住了笑，说怪不得这么盛气凌人，你知不知道，城里有许多关于村长的段子呢。老乔说啥叫段子，女人说就是故事，下流故事。老乔不吭声。女人说就是说村长像个恶霸，在村里想睡哪个女人就睡哪个女人，这类故事很多。老乔说放屁，那是你们城里人编派的。女人又一阵大笑，说揭到你痛处了吧，你也是这样的村长吗？老乔浑身又抖起来，突然吼道，是，我就是这样的村长想睡谁睡谁，只要在我的地盘上。女人突然害怕起来，说你不会想睡我吧？老乔的脸狰狞起来，说你以为我不敢睡你，伸手抓住女人的衣裳猛一扯，上头的扣子全飞了，两个雪白滚圆的奶子跳出来，女人也不掩怀，伸手一个耳光打在老乔脸上说你还真敢，你这个流氓你几次偷看我洗澡以为我不知道啊。老乔面红耳赤，一下抱住了她就往洞里拖。女人一边拼命挣扎一边大喊大叫。老乔此刻已像一头野兽，索性弯腰将她抱起，扔在洞子里一堆干草和树叶铺成的地铺上。女人爬起来就往外逃，大喊救命，被老乔扯住胳膊拉回又扔在草铺上，一手死死按住她，一手飞快脱解自己的衣裤。女人不停地挣扎又踢又咬，老乔的手上胳膊上流出血来。老乔不吭一声，撕扯完自己的衣裳又撕扯她的裤子，直到把两个人都撕扯得精光。女人疯狂地大叫着喊快来人啊有人强奸，老乔说你叫破喉咙也没用，这山上没人，说着狠狠地扑了上去，女人像被一块岩石压住了，顿时面如红云泪流满面，任由老乔摆布。后来女人就虚脱了一样浑身酥软惺忪着眼说，你杀了我吧你不杀我我就会杀了你。老乔也不吭气只专心他的事情欲死欲仙，尽情发泄积攒了几十年的怒火欲火。在后来的几个小时里，老乔一连要了她三次，直到精疲力竭，女人就不停地呻吟说村长村长我会杀了你。当老乔终于罢手穿上衣裳跟跄走向洞口时，女人在后头用微弱的声音说村长你是个杂种你会后悔的。

84　蝙　蝠

事实上老乔回到家就后悔了。他意识到自己犯了罪,那个女人不会善罢甘休,他不知道自己怎么会变成畜生的。他上山时只是想赶走她,真的没想占人家便宜,怎么说着说着就撕破人家衣裳呢。老乔想得脑壳疼了也没想明白,昏昏沉沉睡了一夜。

第二天,老乔又爬上山去,他想向她认个错,求得她的宽恕。当他找到地方时,却发现那个女人已经走了。

洞子里收拾得很干净,像是用树枝打扫过的,只有干草和树叶做成的床铺还在,厚厚的软软的。洞子里依然飘浮着那个女人的气息,那是一种淡淡的温暖的气味。老乔坐在床铺上,忽然捂住脸哭起来。

在此后的日子里,老乔一直胆战心惊。他知道警察会来抓他,夜里一阵山风吹来,他也会吓得激灵坐起身。

那一天,老乔远远看到两个穿制服的人从山道上走来,顿时心里一惊,到底还是来了。他努力让自己平静下来,急忙回屋换一身干净的衣裳,环顾一遍破破烂烂的家,锁上门走了出去。两个穿制服的人走近了,老乔却发现是两个邮递员。因为山区偏远,邮递员一个月才来一次。以前是一个人,现在外出的人多了,就增加了一个人。两个邮递员背着大包小包的东西走近村口,已有许多老人围上。老乔松一口气。里头也有他的邮件,一件是邮包,是儿子寄来的,一看笔迹就知道。另一件是一个大信封,上头写着溪口村村长收,落款是南方一座大城市,却没有详细地址。老乔心有所动,急忙回家拆开,里头并没有信,只有一沓折叠整齐的大报纸,足有十几张,是那座城市的晚报。老乔有些纳闷,把报纸翻来覆去地看,忽然发现一篇叫《回归原始》的文章,被人用红笔画了个圈,大概是寄件人特别的提示。老乔是小学文化,当干部多年又认一些字,看报没有问题。这篇文章的作者署名麦子,文章的大体内容是写她回归大自然的一段经历,说她独自去一个人迹罕至的山区,在一个洞穴里生活了一个多月,那里如

即将消失的村庄　　85

何山高林密飞鸟成群，如何溪流清澈空气新鲜。她在那里如何放松自己，修养身心，如何引诱一个强壮的山里男人，体验了一次简单而原始的性爱。她说自己如何从内心里感激那个山里男人，因为他让她获得了一种彻骨而纯粹的快感，又说自己很对不起那个山里男人，因为她欺骗了他。老乔看完，沉默了许久。他不知道应该恨这个女人，还是应当感激她。当他读完第三遍之后，老乔终于决定，还是应当感激她。虽然上了她的当，但到底免除了一次牢狱之灾。

后来，那十几张报纸就成了老乔闲时的消遣。他仔细阅读报纸上的每一篇文章，内容五花八门，什么都有，老乔觉得很新鲜。其实那上头还有一条不起眼的消息，也许会让他更感兴趣，就是在一张报纸的夹缝里，有一条短新闻，说这座城市的动物园里，一只千年老龟趁黑夜逃逸了。可惜老乔没注意到。对麦子的那篇文章，老乔几乎每天晚上都要看一遍，看完就躲进被窝里，呻吟着叫唤麦子麦子麦子。那时，山风正呼啸着掠过窗外，溪口村又一座老屋倒塌了。

# 斩　　首

已是仲秋，夜晚有些凉了。路边的草丛里，有虫子在喊："冷啊——冷啊——"

囚车一直往北走。

马队夹着囚车过来的时候，虫子立刻敛声，它们不知道发生了什么事。尽管没有人喊马嘶，扑扑通通的声音还是显得动静很大。那声音沉闷、急促，还有些慌张，愈显出夜的深邃和寂静。

匪首马祥坐在囚车里，看不清身体的轮廓，只是黑乎乎一团。其实他披着一件棉袄，却敞着怀。马祥心里很热。

这是一条古驿道，因为年久失修，坑坑洼洼的不好走。囚车每颠一下，那团黑影就滚动一下，东倒西歪的。马祥突然凶恶地叫起来："慢一点，老子要散架啦！"老刘忙从后头赶来，低声吆喝赶车的士兵："扶住车把，稳住！"

囚车一直往北走。

囚车过去后，路边草丛里虫子又喊起来："冷啊——冷啊——"

匪首马祥依然牛气。甚至比被捉住前还牛气。囚车要载他进京，赶秋斩。这是他没想到的。

当了二十多年土匪，天天都想到过死，这没什么好怕的。他设想过各种死法，比如抢劫失手被人打死，仇家跟踪暗杀，被同伙投毒或者背后捅一刀，抓住被绞死，用棍子打死，用石头砸死，按在水里淹死，枪决，刀劈，千刀万剐，油炸火烧，总之不得好死。但没想过死在什么地方，那好像不是什么问题。既然是太湖土匪，大约也就死在太湖一带，大不了弄到苏州、无锡，规格就不低了。可现在要去的地方是京城，天子脚下，说不定还能进金銮殿，见皇上一面，得个御批。然后押出午门，最不济也要到菜市口。那可是大英雄和大清朝臣砍头的地方。当土匪当到这个份儿上，不仅可以，而且很可以了。

什么叫正果？这就叫正果。

但马祥也有不满意的地方，就是一路押解他总赶夜路，白天反倒睡觉。这让他不爽。好像这是件见不得人的事。让沿途百姓看看热闹不是很好吗？既显着官家威风，又显着他马祥气派。站在囚车里，脚上有镣，脖子上有枷，背后插一根亡命牌，上有"斩首"二字，面不改色，让大伙见识见识什么叫好汉，起码可以说道几十年。

马祥想不明白。

马祥为此和官兵闹了几天，大骂老刘是个蠢猪。老刘是这一队官兵的头儿，不知是个什么鸟官。可他好脾气，任马祥怎么骂，就是不生气，还一路小心伺候，都是他亲自端吃端喝。马祥知道他们不敢把他怎么样，进京赶秋斩，不能拉个死人去。马祥叫骂没用，干脆绝食。这下老刘慌了，苦劝马祥说，兄弟你得吃饭，饿死了我可担不起。还解释说事关重大，你是朝廷钦犯，白天走路怕人劫了，我就是个死罪。我家上有老娘下有妻子什么什么的。马祥就不好说什么了。马祥也是个孝子，可惜老娘上吊死了。

还是出事了。

那夜三更天，马队走到一片野洼，突然发现前头站着一排人，黑暗中一动不动，堵在走道上。

那一刻，老刘的头发都竖起来了。

88　蝙　蝠

官兵一阵骚动，都拔出刀枪。碰上劫道的了。他们怕的就是这个，选在夜里走还是没能躲过。马祥是匪首，经营太湖二十多年，盘根错节。他手下有许多人，虽然打死不少，还是有一些逃跑了。看来，他们是救他来了。也许他们已跟踪了几天，根本就没有躲过他们的眼睛。这片野洼前后几十里不见村庄，周围还有些河汊，芦苇很深，选在这地方再合适不过。

匪首马祥也知道是怎么回事了。但他并不吃惊，他知道他们会来。

老刘一马当先，厉声喝问："你们要干什么？"

黑影中一个说："请你们放人。"

老刘说："大胆！马祥是朝廷钦犯，知道劫囚车是什么罪吗？"

那人说："死罪。"

老刘说："知道死罪，还不快滚？闪开！"

一排黑影不动。

一阵野风刮来。老刘挠挠头皮，回头看看他的士兵，看样子都准备好了，在等他的命令。老刘拔出腰间的刀，寒光一闪。

这时候，匪首马祥在囚车里说话了："兄弟们，你们回去吧，老婆孩子在家等你们呢。"

一阵沉默。

此时旷野的风刮得呜呜咽咽的，像哭泣。

然后，一排黑影墙一样塌了下去。所有马祥的兄弟都冲囚车跪下了。

囚车一直往北走。

两天后，马队到达一个叫左驿的地方。老刘决定在此休整一天。一路上神经高度紧张，加之睡不好觉，官兵和马祥都很疲惫了。

左驿自古就是皇家驿站，坐落在大运河东岸，故而称为左驿。

千百年下来,左驿已由一个单纯的驿站,演变成一座运河重镇。镇上有上万人口,街巷纵横,商家林立,十分繁华。

但古驿站依然保留着使用着,并且是左驿的中心建筑。驿站有三进院,左右两侧还有旁院,院角矗一座钟鼓楼,可以在上头观敌瞭哨。平日,驿站有三十多人的常年驻军,还养几十匹善于奔跑的良马。驿站接待官府信文邮差,也接待过往官员,自然也接待押解粮草、囚犯的官兵。

住在这里极为安全。

马祥被关进了地牢。

马祥没想到,这一关就是几个月。

头一天是驿站的士兵给他送饭。这马祥能理解,老刘和押解他的士兵们在休息,暂把他交给驿站管。可是第二天、第三天,一连多天都是由驿站的人给他送饭。马祥就纳闷了,不是说只休整一天吗?怎么不走啦?老刘他们呢?

马祥向驿站送饭的士兵打听,那小家伙神色慌张,连一句话也不说。

匪首马祥断定出事了。

可是会出什么事呢?火并!这是他最容易想到的。就是说老刘和他的马队和驻防驿站的士兵发生了冲突,并且吃了大亏,不然老刘怎么不见了呢?可他们都是官家人,有什么理由火并?何况老刘脾气并不暴。

要么,就是老刘把自己移交给驿站,带着他的马队去别地公干了。这倒有可能。据说官府传送文书,也是一站一站移交的,换人换马,奔下一站。如果是这样,那就是老刘和他的马队已经离开左驿。可他们怎么不打个招呼就走了呢。

匪首马祥忽然有点思念他们。老刘人不错，像个邻家大哥。官身不由己，吃这碗饭也不容易。

匪首马祥心情不好起来，感觉失了一个朋友。落到一群陌生人手里，谁知会怎样呢。

隔天，那个小士兵又来送饭。马祥再次打听，究竟地面上出了什么事。问话的时候，匪首马祥甚至和蔼地笑了一下，他怕吓着他。小士兵十七八岁的样子，看上去还是个孩子。但小士兵不搭理他，连正眼看一眼都不敢，放下饭碗，锁上门转身就跑。马祥听到他沿台阶往上爬的时候，好像还栽了一个跟头。

现在马祥有点明白了，看来这事还是和自己有关，也许是自己的案子有了变化，比如不送京城了，准备就地正法。不然那小士兵不会吓成那样。

这事有点气人。堂堂大清朝，怎么说话不算话呢。说好进京砍头的，半路上就把老子弄死，窝囊。

匪首马祥在地牢里大叫起来："哎嗨嗨——送我进京！"但叫了半天，没人理他。马祥盯住上头那个巴掌大的小窗口看，连个麻雀也不见。

隔天送饭，果然换了人，是个系着围裙的伙夫，除了一碗饭，还加了一碗豆腐。临死前，给点好吃的，这是惯例，马祥懂。他问伙夫，我哪天砍头？伙夫笑笑，说伙计你急什么？吃吧。明天还是我给你送饭。

总不会吃肥了再砍吧。

匪首马祥没有吃肥，也没有砍头。

后来伙夫又给他送来一床棉被。地牢很小，就像个地窖，不算太冷。只是憋闷得厉害。

斩首　91

转眼深秋。

地牢上那个巴掌大的小窗口，总泛着阴阴的光。一片落叶，遮住半个窗户。地牢里光线更暗。不时有秋雨淅沥，溅进来凉凉的。

马祥已明白，变故和自己也没有关系。世上肯定发生了什么大事，顾不上他了。看来，秋斩是赶不上了。

匪首马祥便有些惆怅。说不定这座地牢会是自己最后的归宿。他并不怕死，但死在这个地方，实在有些不甘心。哪怕提上去，拉到左驿街头砍头也行呀。

伙夫仍然来送饭，开始是一日两送，后来改成一日一送，再后来两日一送，甚至三日一送。奇怪的是匪首马祥并不觉得饿。他盼他来地牢，只是希望看见一个人，一个活物。

匪首马祥太寂寞了。地牢里几乎分不清白天黑夜，没有尽头的死一样的寂静，让他感到恐惧。马祥一辈子没怕过什么，现在他知道了，人在世上总会有一怕。其实马祥还有一怕，只是过去从不愿承认，就是怕毛毛虫。现在他承认了。

冬天是悄无声息来到的。

那天，他昏昏沉沉蜷缩在被窝里，醒过来时，往小窗口看了一眼，突然发现那上头落了一层薄薄的雪。

匪首马祥这才感觉到冷。他虚弱得厉害，只能偶尔爬起来坐一坐，大部分时间是躺着的。地牢里很潮湿，那条薄薄的棉被湿漉漉的。还有，就是臭。大小便都在里头。以前伙夫还来帮他清理一下，现在已有很多天没有清理了。记忆中，那老家伙好多天没来过了。也许来过，马祥不知道。

落雪的天气让匪首马祥有点高兴，甚至有了一点饥饿的感觉。他微微抬起头，居然发现旁边放了一碗饭。既然没死，就得吃。马祥爬过去，端起饭往口里扒。饭太硬，又是冷的，很难下咽。可他还是坚持吃完了。旁边还有一碗水，他端起来喝了几口，太凉。再说，也得留一点。万一伙夫不再来了呢。

匪首马祥告诉自己，得坚持下去。都坚持几个月了，无论如何得坚持下去。他不知道等待自己的会是什么，坚持下去有什么意义，坚持和等待成了一切。他已经不再猜测上头发生了什么事，反正和自己无关。他只是觉得这件事太操蛋。什么大不了的事，居然比老子杀头还当紧。

匪首马祥胡乱想了一会儿，昏昏沉沉又睡去了。马祥一辈子也没睡过这么多觉。

他梦见自己又上了囚车，还是老刘和他的马队押解。马祥抖擞精神笑了。

囚车一直往北走。

此时，正有一人一骑离开京城，往南星夜驰奔，古驿道上的落雪被踏得梨花四溅。

当初老刘押解囚车到达左驿的当夜，忽然传来一个惊人的消息：革命党人在武昌造反！这事非同小可，老刘决定不再贸然进京，只在原地等候消息。果然又传来新消息，各省纷纷宣布独立。正当大家惊魂未定时，老刘接到命令，让他把匪首马祥交给驿站看押，带上他的马队去山东护送一个官员秘密回京。老刘带上马队匆匆走了。

老刘进京复命后，又奉命和他的马队驻扎在京郊一处驿站，随时候命。一连多日，各种消息不断传来，大厦将倾，人心惶恐。一些马队的士兵偷偷离营走了。老刘没有追究，和剩下的十几个弟兄坚守在驿站。如此过了一个多月,忽然又传来孙中山在南京就任临时大总统的消息。又过一个多月,皇上宣布退位。至此,老刘才彻底死了心,当即解散马队弟兄,一个人连夜奔左驿来了。

这些日子,他其实一直惦着匪首马祥。

大清国灭亡,老刘悲喜交集。皇上退位那天夜里,他和弟兄们面向京城磕了三个头,大哭一场,然后才各奔东西。这一路来,老刘还在不断流泪。但马祥逃过一死,又让他高兴。他和马祥并无交情,可他觉得和马祥是一段奇缘,既然天意不让他死,自己就应当去救他。只是一路都在担心,马祥有没有福气熬到这一天。也许他在地牢里早已死了。天下大乱,驿站的人肯定早就跑光了,谁还顾得上他。

老刘到达左驿,坐下那匹红鬃马居然倒地死了。他知道它是累死的。

驿站果然人去房空,只剩下一个老伙夫在睡大觉。老伙夫是当地人,留下看房院,却不知道该怎样处理匪首马祥。他不敢放他,更不敢也无权杀他,就慢慢消磨时日吧。也许他活不了几天了。

老刘一把揪起伙夫,厉声问道:"马祥还活着吗?"

老伙夫眨巴眨巴眼,认出老刘,说你是说那个匪首?忙掏出钥匙,说你自己……去看吧。

老刘伸手抓过钥匙,直奔地牢。

老伙夫随后收拾点东西,匆匆离开了驿站。他真的不知道那个匪首是活着还是死了。他非常害怕,还是一走了之。

老刘打开地牢的门,一股恶臭立刻扑鼻而来。他顾不上这些,冲黑暗中大喊:"马祥!马祥!"没人应声。

老刘心头一沉,估计有些不妙。忙摸索着寻找,渐渐看到墙角躺着一团黑影,抢过去就摸,却摸到一只手,有些温乎乎软绵绵的。还活着！老刘心头一喜，这小子总算没让我白跑一趟，立刻又喊又摇："马祥！马祥！……"

马祥终于被他摇醒了。

他听到有人在叫他，声音有些遥远，还有些熟悉。他慢慢睁开眼，看到一个人影正俯在面前，却看不清脸。

老刘兴奋地大叫："马祥！兄弟！你还活着呀！"

马祥终于听清楚了，是老刘！他有点不相信自己的耳朵，嗫嚅道："你……真是老刘！"

老刘说："马祥是我！你还活着太好了，我还以为你死了呢！"说着把马祥拦腰抱起，马祥张手也抱住了老刘，两个人都呜呜地哭起来。马祥说老刘哥……你去了哪里，咱们……不是说好……只休整一天的吗，这会儿啥都误了……赶不上秋斩了……老刘说傻兄弟咱们不去京城了，没人砍你的头了，大清朝完蛋了皇上宣布退位了。匪首马祥大吃一惊松开手说老刘哥你可不能瞎说，大清朝……怎么完蛋了呢皇上怎么会退位你说这话也要杀头的，老刘说马祥兄弟，我不是瞎说，皇上真的退位了……现在是民国了！

马祥目瞪口呆坐在那里，居然没觉得欣喜。原先他还在心里抱怨，世上出了什么鸟事，会比砍头更重要。现在看来，这事比砍头重要多了，江山易手，改朝换代，简直是天大的事啊！

匪首马祥被老刘背出地牢，在驿站精心调养了一个多月，才逐渐恢复。这期间，都是老刘在照顾他。老刘居然会烧菜，会熬汤。

终于该分手了。老刘问马祥："你准备去哪里？"

马祥其实已想了多天，他说："我准备留在左驿。家里没人了，不想再回太湖。回去了那帮弟兄还会找我。"

老刘有点意外。以他的身份，在左驿能混得下去吗？可他没说。

斩首　95

马祥问老刘:"你呢?"

老刘苦笑了一下:"回家。我家在天津,还有一大家人呢。来左驿的时候经过天津,没顾上回家打个招呼,这些日子他们肯定急坏了。"

匪首马祥眼睛湿润了,说老刘哥,你其实不适合当兵。

老刘哈哈大笑起来,说马祥你错了,我其实是个职业军人,当了半辈子兵了。

马祥说老刘哥你以后还会当兵吗?

老刘摇摇头,忽然眼角闪出一点泪光。

当天,两人洒泪告别。

马祥果然在左驿定居下来。

他在运河边搭了一个草棚,开垦荒地。一个人干。刚开始,他不怎么会干。但他坚持下来,很快开出一大片荒地。

左驿没人去招惹他。大家很快就知道了他的身份。

后来,马祥娶了一个逃荒的女人做老婆。以前他曾有过很多女人,但他一直没有娶过老婆。那时他觉得像他这样的人不应当娶老婆。这个逃荒的女人很争气,一连给他生了七八个孩子。

再后来,马祥在镇里驿站旁边买下宅基,盖了院房阁楼,马家成了左驿一个大家族。

匪首马祥终于老得不能动了。他时常坐在阁楼上泡一壶茶,慢慢喝,久久看着驿站那片青砖灰瓦的三进院落。

驿站很破旧了,屋脊上长了很多茅草,有麻雀在上头寻草籽吃,小脑袋一动一动的。

## 外一篇

公元二〇〇一年，左驿有个叫小鱼的惯偷被判了死刑。小鱼并没有人命，但因为偷盗曾六次进宫，屡教不改，才判了极刑。

宣判后小鱼没有上诉，却提出愿意捐献文物，希望能够减刑。按照他的要求和指点，法官从他家阁楼夹墙里取出一只木箱子，打开看里头有三样东西：脚镣、木枷和亡命牌，亡命牌上有"斩首"二字。小鱼说这是他曾祖父留下来的，小鱼说曾祖父还传下话说，咱们家欠上天一个命债，这东西早晚还用得着。法官哭笑不得，说你指望用这个减刑吗？小鱼笑了，小鱼说无所谓，我也就是说说，主要是想叫你们把东西取走。取走这些东西马家后人就清净了。几辈人了，我家老听到半夜里脚镣响。

法官听得毛骨悚然，训斥他说你胡说什么！但还是请来文物专家鉴定。文物专家摸摸看看，说这是晚清的刑具，有一点价值，但文物价值不大。

小鱼还是被枪毙了。

# 临　界

跑啥呢？

街坊都这么说，不是你干的你怕什么？不跑啥事没有，一跑就可疑了，不抓你抓谁？

有人当面问四毛，四毛你傻不傻，你打人了吗？

四毛说，没打，我和人家无冤无仇的，我真的没打，是别人打架，我不认识他们。

没打你跑啥？

我怕溅身上血。

或者问，四毛你偷人家啦？

四毛说，我没偷，真的没偷！

没偷你跑啥？

四毛说我害怕。

街坊说，东西不是你偷的，你怕啥？

四毛说，我怕说不清。

处长说，什么说不清？就是你偷的！只是没抓到证据罢了。

一日，四毛从拘留所出来，街坊围上去打听，说四毛，听说你摸人家女人屁股？

四毛红了脸分辩，说不是我，我是那样人吗？

处长说不是你是谁？看你就像个流氓！

四毛说肯定不是我，我看到前头一个人摸的，是个五十多岁的老头。用左手，左撇子。人多拥挤，女人转身时，他已经溜了，可巧我走到那女人后头，女人转头看见我，我怕误解，转身就跑，刚跑十几步就被警察逮到了。

处长说谁信？处长说这话时，一脸鄙视，然后转身走了。她嫌四毛一嘴臭豆腐味。

四毛冲处长喊：真不是我，处长，你得相信我！我摸那干啥？

处长离他几步远又转回头，不是你为啥让你蹲拘留所？

四毛说，那女人冤枉我，不信你问张警官。我这不是放出来啦？

处长说，那是张警官包庇你！

邻居们围着议论，将信将疑。按说四毛没这个胆，他不是那种胆大妄为的人，只是太好奇。大街上发生什么事，比如打架、偷窃、撞车、耍流氓，这么说吧，凡是出了事有人围观，四毛必定凑上去看一看，发现真的出事了，立刻撒腿就跑，一边跑一边回头看，一副惊慌失措的样子。就凭他这么一点胆子，应该不会摸人家屁股。但谁知道呢，这家伙四十多岁了，至今仍是单身，熬不住了呢？

四毛曾和一个打工的农村女人同居过一段时间。后来那女人把两个孩子也从老家接来了，接来就接来吧，四毛有父母留下的三间老瓦房，反正也住得下。四毛很高兴，讨个女人带俩孩子，这便宜大了。就托片警张磊帮忙，把两个孩子从农村转来上学。当时张磊不想接招的。他警告四毛说，这事不靠谱，你们不是合法夫妻，同居就同居了，这种事民不告官不究的，我也理解你一个人不容易。可增加两个孩子，又是吃饭，又是上学，你又没个正经收入，拿什么养活他们？你得想清楚了。四毛就求他，说张警官，咱们是从小的同学，这个忙你一定得帮，你知道我找个女人不容易，不帮孩子，女人肯定待不住。张磊说这女人到底怎么回事？在老家有丈夫吗？四毛说他们离婚了，她拿离婚证给我看的。以前的丈夫是个恶人，横行霸道，还打老婆，一打就打个半死，头发薅得快成斑秃了，头皮上都是血疤。张

临界

磊看他说得可怜，加上两个孩子上学不能耽误，就出面帮助联系了借读。但张磊对他说，四毛你往后得正经干些事了，有了女人又有了孩子，不能老干那些偷偷摸摸的事，丢人现眼还犯法。四毛很想说我从没干过偷偷摸摸的事，你抓过我无数次，哪一次坐实过？可他嗫嗫嘴没有分辩，他在求他办事，不能惹他生气。

　　四毛和张磊是小学同学，可他从来不喊他名字，都是称呼张警官。他一直怕他，从小就怕。张磊当了警察更怕。准确地说，所有的警察四毛都怕，看见警察就出虚汗，看见警察转脸就跑，完全不由自主，两条腿根本不听招呼，就是猛跑。就因为这样，四毛老是被当成嫌疑犯，不知被抓了多少次。其中张磊抓他最多。张磊并没有因为四毛是同学就不抓，该抓时坚决抓。但让张磊恼火的是，这么多年，抓四毛无数次，居然没有一件事能够坐实。有些事能弄清，比如抓到了真正的小偷，或弄清打架的是一伙小流氓，和他没什么关系，也就放了。可有些事你永远都搞不清，人家东西真少了，真正的小偷又没有抓到，抓到可疑人四毛，可四毛矢口否认，身上又没有赃物，折腾几天，只好疑罪从无，放了完事，但又没法真正排除怀疑。比如摸人家屁股，女人咬定是他，可女人并没有看到，也没有证人。但没有证据并不一定不是他，伸手缩手之间，一秒钟的工夫，没人看到也很正常。总之，四毛牵扯的都是些似是而非、没头没脑的案子，终于一件事也落实不下来。所以每次放他，张磊都一肚子火气，说四毛你不是添乱吗？弄得四毛直向他道歉，说张警官你看，又让你白抓了，对不起对不起。张磊心里窝囊不说，所里所外都有人怀疑他包庇四毛。每次四毛弓着腰快步窜出派出所，张磊都想冲上去踹他一脚。

　　其实四毛比张磊更窝囊，一次次无端被抓，虽然最后都放了，但并没有彻底洗刷罪名，很多次都是让他回家等候调查。就是说，四毛虽然是自由的，却是个背负着许多悬案的人。更为麻烦的是，这类悬案还在不断发生。比如有人在街上被自行车撞了，肇事者却跑了，恰好四毛骑车经过，忙上前扶起老人，老人却说是他撞的。这种事太普通了，媒体经常报道，四毛就摊上好几次，叫警察来也说不清，围观者也说是他撞的，不然你扶他干什么？不是心虚吗？老人要住院，要索赔，四毛叫天天不应，只好自认倒霉。或三百五百，或一千两千，最多的一次赔了一万。四毛没什么钱，平时就是靠打些零工，早晚捡些垃圾卖点钱。那次赔一万，可把他难坏了。同居女人让他不要赔，说不是你撞的，干吗要赔？四毛说不是说不清吗？那老太太咬定是我撞的，有什么办法？女人说你这人怎么这样，叫你赔你就赔啊？不赔！看他们能把你怎样？四毛说不赔不行，她两个儿子很厉害的，再说老太太也可怜，听说骨头都撞断了，看样子很疼的。女人就跺脚，说你这人！你拿啥赔人家呀？四毛也正为难，说真是的，拿啥赔呢？四毛在屋里转了几圈，说把电视机卖了吧，两个孩子立刻冲上来护住，说卖了电视机俺们看啥呀？就哭了。四毛只好松手，再说这破电视看了多年，经常要拍几下才出图像，卖也只能当废品卖，几十块钱的事，不解决问题。四毛站在房子中央，四处寻看，实在没什么值钱的东西，又到院子里回头打量这三间老瓦房。女人忙跟出来，心里直发毛，她担心四毛把房子卖了，卖了房子就无处落脚了。她愿意和四毛同居，主要是看中他有三间瓦房，人也实在，如果没有了房子，人实在管个屁用！还好，四毛打量半天，没说卖房子，说把门窗卖了吧。女人这才注意到，这座房子的门窗有些特别，全是雕刻花鸟什么的，只是很破旧了，说这能值钱吗？四毛冲她点点头，很骄傲地笑了，说值钱呢。原来，这三间老瓦房原是一座大院的一部分，新中国成立前属于一个资本家的，新中国成立初给他分了。四毛的爹娘分得这三间房。院子的其他房屋分给了好多户，这几十年都陆续拆了、毁了。二十世纪八十年代，又在原地建了两座五层高的楼房。现在独有四毛的三间老瓦房还存着，夹在两座楼房之间。所以四毛没有秘密，有什么事，邻居们从楼上都看得一清二楚。

　　四毛的三间瓦房高大敞亮，门窗都是金丝楠木做的，上有很多精致的雕刻。前几年一个文物贩子发现了，要四毛把门窗卖给他。四毛没答应，说好好的门窗拆了卖掉，这座房子就残了，我不能卖。文物贩子死缠烂打，价钱出到两万，说还可以另外给你买一套新门窗安上。四毛犹豫了一下，还是没舍得卖。事后听说，这套门窗可以卖到五万。现在急等用钱，四毛顾不得了，找到那个文物贩子，说两万就两万，你再给我买一套门窗安上，这套老门窗就归你了。谁知文物贩子听说四毛撞了人急等钱用，就拉下脸说，现在行情不行了，我正要洗手不干。四毛就求他，说好歹帮我个忙，人家老太太急等救治呢，这可是积德的事。文物贩子这才改口说，你要卖，我只能出一万，新门窗你自己买。四毛一听傻眼了，说你以前不是出到两万吗？还说给我买一套新门窗，人家说值五万呢！文物贩子说，谁说值五万你卖给谁去，我只能出一万，还未必能出手。四毛气得转脸就走。刚到家，被撞伤的老太太两个儿子正等在家里拿钱，一听四毛没筹到钱，不由分说就打，连扇几个耳光，鼻子都打出血来了。四毛欲哭无泪，只好转身再找文物贩子。不料那家伙又压价了，只肯出八千。四毛说我真想杀了你。文物贩子笑道，你现在不卖，明儿来只能出六千，卖不卖由你。四毛央求半天没用，还是八千块成交。四毛把八千块如数交给人家，答应剩下的两千半个月内筹齐，老太太两个儿子才勉强同意。门窗被文物贩子拆走，三间瓦房留下几个大窟窿，要多难看有多难看。同居女人一直埋怨，说门窗拆了，刮风下雨咋办？四毛只好到处捡了些破木条、塑料布，随随便便钉上完事，说凑合住吧。

　　但没过半个月，又出事了。忽然一天，一个五大三粗的男人找上门来，抓住四毛就打，四毛一边招架一边说别忙别忙，你是谁呀，我可认识警察。那男人并不怕,说你别拿警察吓唬我,我经常蹲局子,认识的警察比你多。四毛说我不认识你,干吗要打我?男人说打的就是你,你睡了我老婆,不打你打谁?四毛有点明白了,说你们不是离婚了吗?我见过离婚证的。男人说离了婚还是我老婆,她是在我蹲局子时候离婚的,不能算数。正在这时,女人回来了,女人在外头打了一份工,就是扫扫大街。进院看到男人,一时吓得两眼发直,说你你你……男人推开四毛,冲过去一把揪住女人头发,说娘们!你跑到这里就以为找不到你啦?说着就往屋里扯。四毛愣在门外,脑子里一团乱麻,不知道该怎么办。屋里并没有争吵声,四毛猜想他们也许在协商什么,就坐下来等候消息。可不大会儿,屋里传来铁床的猛烈摇动声,女人杀猪样号叫,说你这个畜生,咱们不是夫妻了,你不能这样!……后来,四毛听到男人一声虎啸龙吟,然后安静下来,只有女人嘤嘤的啜泣声。

  后来,男人就住了下来。房间是由男人分配的,他们一家四口住两间,四毛住了一间。这个男人的出现,让两个孩子非常高兴,女人似乎也渐渐高兴起来。男人承诺说不会再打她了。女人答应和他复婚,说两个孩子不能没有爹。一到晚上,一家人就围在一起吃饭,吃完饭挤在一起看电视。忽然图像没有了,男人就嘭嘭拍几下,还骂骂咧咧,厉声说四毛!你狗日的啥破电视?赶明儿去买个新的来,这让人怎么看!四毛像个老鼠,躲在另一个房间啃干馒头,他完全成了局外人,还是女人有点看不下去,送过来半碗青菜汤。对男人的叫骂,他不敢应声,他知道应一声就会招打。可他心里充满了悲伤和愤懑。这样过了十几天,还是邻居们发觉异常,赶紧报告片警张磊。张磊急忙赶来,问明情况,毫不客气地把他们赶走,四毛才重新成为自己房子的主人。

  可是,当他们一家四口在张磊严厉的目光中惶惶然离开的时候,

临 界 103

四毛并没有想象中的兴奋,而是显得很麻木,事后也没有对张磊说一句感谢的话,之后好几天都没有出门。

四毛像变了一个人。以前他不爱喝酒的,现在经常一个人在家喝酒。喝醉了就哭。他不知道这辈子怎么啦,咋会赶上这么多倒霉的事。

其实这一切早就开始了。四毛知道,他这半辈子,就没有开好头。

上小学六年级时,班里不时发生学生少铅笔的事,开始是一个人少,后来是几个人少,还有一次居然有二十多个同学少了铅笔,而且是同一天。以前有同学零星少铅笔时,四毛就害怕,一直埋头不吭气,脸红红的,他特别怕同学怀疑自己。那时张磊是班长,已经显出特别有正义感。每次都认真追查,还向老师汇报说,四毛最值得怀疑,因为四毛一直红着脸大喘气,还建议搜查一下。老师倒还沉着,并没有搜查,在班里讲话时,也没有认定是四毛偷了铅笔,只是多看了四毛一眼,然后对大家进行了一番教育,最后说如果哪位同学拿了别人的铅笔,可以交给老师,以后不犯这个错误就行了,老师一定替他保密。老师走后,班里气氛就有些怪怪的,大家都在偷偷观察,看谁从教室里单独出去了。四毛没想那么多,因为紧张,直想尿尿,就慌慌张张跑出教室,去了一趟厕所。回来时却发现,所有同学都在看着他。四毛更加慌张,脸涨得像猪肝,结结巴巴说,我……刚才……上厕所的。班里同学哄地笑起来。四毛知道糟了,这趟厕所去的不是时候。他和张磊是同桌,回到座位时,张磊小声问,你交给老师啦?四毛连忙摇头。张磊着急道你赶快交给老师呀,老师会给你保密的。四毛抬头看看,所有的目光仍在盯着他,于是一下大哭起来。

这件事不了了之,因为它实在太小。

一个月后,当几乎所有人都把这事忘了的时候,班里突然又少铅笔了,并且是一天里少了二十多支,另外还有二十多个同学的课本被人用刀划烂。一切都表明,这是一次预谋已久的行动。就是说这是一个极聪明的偷窃和恶作剧者,他懂得试探,懂得潜伏,懂得冷不丁出手,懂得制造轰动效应。这下问题严重了。

　　第二天,当警察出现在教室里的时候,四毛彻底崩溃,惨叫一声逃出教室,并且从此失踪。四毛的爸爸天天到学校要人。学校急了,警察也急了,大家都外出寻找。张磊带着同学也到处寻找,找遍了大街小巷,但没有踪迹。直到半年后,四毛的爸爸才在另外一座相邻的城市找到他。当时,四毛正在那个城市的郊区垃圾场,头发蓬松,衣衫褴褛,就像从来没洗过脸,也没洗过澡,浑身又脏又臭,脸上还多了几道伤痕。四毛的爸爸走到跟前并没认出来,倒是四毛先认出了爸爸,丢下手里的垃圾袋,拔腿就跑。他怕爸爸会打他。他一直生活在恐惧之中,他不知道该如何向爸爸解释自己没偷,不知道向老师同学如何辩白。他逃到另一座城市,就是不想再见到任何一个认识他的人。当爸爸意识到他就是四毛时,赶忙飞奔追去,追出二里地,终于喘吁吁抓到他,却不敢相信眼前这个瘦弱不堪、脏得像乞丐的孩子是自己的儿子。那一刻,他没有责怪儿子,父子俩抱头痛哭。那一年,四毛才十二岁。四毛母亲去世早,只有父子俩相依为命。回来后,爸爸曾劝四毛再去上学,转个学校也行。但一说上学,四毛就浑身发抖,两眼惊恐,爸爸终于放弃。

　　四毛从此失学。

　　开始的一段日子,四毛很少出门,只把自己关在家里,他还是怕碰见老师同学。爸爸在一家国营企业当工人,收入不高,却也稳定,爷儿俩吃饭没有问题。爸爸特别疼爱儿子,他知道儿子胆小,不想让他再受委屈,不上学就不上学吧。但他又担心儿子闷在家里会得自闭症,就对四毛说,爸爸相信你没干坏事,别人说什么都没用,你也不用老关在家里,该玩就出去玩,只要注意交通安全就行。这让四毛松了一大口气,爸爸的信任让他如释重负。后来很多年,每当别人误解自己时,四毛总是这样安慰自己：爸爸相信我。他在街上游荡时，做过无数好事，捡了钱交还失主，搀扶老人过马路，在公共汽车上让座。每做一件好事，心里的阴影就会少一片，他想证明给爸爸也证明给所有人看，四毛是个好孩子。

但四毛的努力，并没有阻止厄运一次次降临。

四毛十六岁时，爸爸在工厂一次燃气大爆炸中丧生，四毛接班进了工厂。可他干了不到十年，又成了下岗工人。四毛文化低，又一无所长，从此失业，只能靠打零工捡垃圾维持生活。四毛很坚强，仍然坚持管闲事，做好事。他一直记得爸爸的话，相信自己是个好人。

但随着一次次被抓，一次次被人误解，四毛的信心已在不知不觉中一点点动摇。因为事实证明，光是爸爸相信自己没有用，自己相信自己也没有用，别人说什么反而是有用的，不然自己怎么老是无辜被抓呢？虽然每次都被无罪释放，但有相当一部分案子是因为没有证据，并没有彻底还他清白。他始终生活在被怀疑的目光中。比如楼上那个处长鄙视的目光，时常让他无地自容。处长是个四十多岁的单身女人，她在公司里其实是个科长，公司内外的人叫她处长，完全是因为她仍保持着处女之身。当然，是不是处女别人无从得知，都是她自己说的。她对此毫不掩饰，时常炫耀自己谈过很多对象，没一个男人能入她法眼，所以一直保持着处女之身。大家叫她处长，她不仅不生气，还十分骄傲，经常感叹世风日下，说现在的年轻人不懂自重，许多女孩子上中学就失身了，不把贞操当回事。处长每说到这事，都是痛心疾首。有一次还毛遂自荐，要去一所中学上道德课，被校长婉言谢绝了，因为校长觉得她脑子有病。邻居们对她更没有什么好印象，邻家什么事她都要掺和一下，还特别希望把事情闹大。楼上楼下邻里之间，夫妻之间，父女之间，母子之间，有时会为一些琐事争执几句，其实不算什么，过后就好。可处长只要听见了，立刻就报警。本来没事的，反倒弄出事来了。连两条狗打架，她也要打110。有一次张磊闻讯赶来，他怕伤到人，却发现不是狗打架，而是两条狗在交媾，张磊就很生气，说你懂不懂啊？处长说它们怎么能在大庭广众之下做这事呢？张磊说你说应该在哪里？邻居们都笑起来。处长指着张磊，又指指围观者，说你们全是流氓！

邻居们并不和她计较，都知道她谈过很多对象，高不成，低不就，受过不少刺激，据说有一次趁去外地出差的机会，差点自杀。但没人敢问她。她变得越来越古怪，只是有些事古怪得太离谱。比如她只要在家，大门经常是虚掩的，却又拒绝任何邻居进门。夜里睡觉时，她也会把门留一道缝。曾有邻居提醒她关好门，不然太不安全，结果被她奚落一顿："你会来我家偷东西吗？"邻居惊诧不已，后来向别人说起，所有人都不懂。但不知道什么原因，小偷就是没去过。倒是别人家时不时有小偷光顾。这的确是一件奇怪的事。后来大家猜测，门开一道缝，可能是为了偷听人说话、争吵什么的，也方便快速出门。她不是一向爱管闲事吗？

但终于有人光顾处长的家了。不是偷东西，而是强奸！

这事震惊了整个小区，整条街道。

据处长后来描述，那家伙是在半夜过后推门进来的，当时屋里亮着灯，她一向是开着灯睡觉的。当她被惊醒时，屋里已是一片漆黑。那人肯定先把灯关了。她首先闻到了一股男士的香水味，随后感到一个高大而强壮的人，他仍然穿着上衣。她在触碰之间，感觉到是那种很高档的西服，脖子上还系着领带。他压在身上很沉很强烈，一只手捂住她的嘴，她憋得喘不过气，浑身一点力气也没有，只能软绵绵地任他摆布。那人刚出门，她就尖叫起来。不大会儿，她从窗口看见一辆黑色的轿车，一轰油门就开走了。路灯下可以看到那辆车很气派，让她猛然想起，那是她曾经见过的一辆豪华奔驰车，那辆奔驰车已跟踪她半个多月了，只是当时没有在意，也没留意车牌号，但肯定是一辆奔驰。

派出所很快成立了一个专案组，张磊任组长。在现场查看时，没有发现任何有价值的线索，没有搏斗的痕迹，也没有犯罪嫌疑人遗留的物品。这能说得通，处长的门是敞着的，又是在睡梦中被偷袭，且在强力压迫和捂嘴的情况下，完全失去了反抗能力，没留下搏斗痕迹和物证，也很正常。接下来的取证又遇到麻烦。按要求，受害人既然报案受到性侵犯，就有义务配合法医进行身体检查，以便提取体液，确定受伤害的程度和证据。但处长死活不去。张磊一再做工作，说只有这样，才能尽快破案，希望您能理解。张磊特意用了"您"字。不料处长还是不同意，她说我洗过澡了，没有什么狗屁体液！她一直处在狂怒之中，大骂张磊是个笨蛋，说我已经把罪犯描述得够清楚了，还要我出洋相吗？不去！但这件事必须做，因为牵扯到最重要的物证。张磊以足够的耐心，继续劝说，最后处长还是没去，但弯腰从床下扯出一条枕巾甩给他，突然失声痛哭道，你看那个王八蛋干的！

张磊小心用镊子捡起，立刻就闻到一股很亲切的臭味。另外两个女警也闻到了，其中一个刚出门就小声说：怎么像腐乳的味道？张磊一转脸，别瞎说！心里却想，怎么不是内裤？

检测结果很快出来了，那上头并没有男性体液，发出臭味的的确是腐乳，俗称臭豆腐，上头黏得一塌糊涂，起码需三块腐乳才能糊成这模样。问题是，枕巾上怎么会有臭豆腐？这么说，那个家伙不仅是个色情狂，难道还是个变态狂，对臭豆腐有特殊的嗜好？可根据处长的描述，那家伙平常是个体面人，怎么会迷恋臭豆腐呢？两个女警察提出自己的疑问，张磊说这不奇怪，人都有一好，还有人喜欢臭脚丫子味呢。

根据处长提供的线索，张磊很快确定了侦破方向，就是先把全市的黑色轿车特别是奔驰车调查清楚，逐个摸底排查车主人。工作量当然很大，可张磊很兴奋，很久没有破大案了，以前光是四毛那些破事，已经牵扯他太多精力，而且劳而无功，一件事都没有落实，让张磊觉得自己特别无能，特别没面子，也特别憋气。

第二天刚上班，张磊就对两名女警察分别派了任务，准备分头行动。可正要出门，处长打来紧急电话，说要撤案。张磊一愣，问她为什么？处长什么也不说，咔嚓就挂了电话。

张磊像被打了一闷棍，不知这个古怪的女人怎么啦，一定又有什么意外，就和两个女警察迅速赶到她家。处长说你们来干什么？我不是撤案了吗？张磊说为什么？处长说不为什么。张磊说你撤案总得有个理由吧？处长说没有理由。张磊说没有理由就不能撤案。处长说不是说民不告官不究吗？张磊说这已经是一个刑事案件，你撤不撤案都得办。处长大喊一声：蠢猪！

张磊没有理她，带着两个助手走了。他决心要把这个案子办到底，他要看看那个衣冠楚楚的禽兽到底是一个怎样的变态狂。

但一个月后，张磊失望了。他和专案组排查了市里所有的黑色轿车特别是奔驰车，也曾经发现了七八个嫌疑人，但最后都一一排除了。

案子走进死胡同，张磊才慢慢回想到一系列问题：处长对犯罪嫌疑人的描述是否真实可信？不让检查身体是想遮掩什么吗？次日突然要求撤案有什么隐情？但枕巾上黏着的腐乳，又说明那天夜里在她身上的确发生了什么事。

张磊决定重新开始。为了减少动静，他没带两个女警察，只以片警的身份，悄悄走访了小区居民，打听那天夜晚大家是否听到了什么，看到了什么。结果有几家相近的邻居反映，半夜过后时，确实听到了处长的尖叫声，但没有听到有人逃跑的声音，更没有看到有什么黑色汽车。小区在城市的一个角落，本来大白天汽车就少，半夜过后就静如荒野，如果有汽车加油门逃离，应当有人能听到声音的。结合前些日在全市对奔驰轿车的排查，基本可以肯定，那天晚上犯罪嫌疑人并没有开车。那么，处长所描述的那个体面人是否虚构，也同样值得怀疑了。现在不能排除附近乃至小区有人作案的嫌疑了。

张磊想到这些，心里咯噔一下，他有些兴奋，因为距破案近了一步。但又有些隐隐的担心，一个模糊的预感袭上心头。

张磊带着复杂的心情走进四毛的家。

四毛正在吃晚饭，晚饭出乎意料的丰盛，一碗红烧肉，半只烧鸡，两个素菜。张磊笑道，四毛，改善生活了吗？没见你这么舍得吃过啊。四毛哈哈大笑，说我想明白了，人不能太亏待自己。四毛正在独自喝酒，举举酒杯说，张磊，喝一杯？张磊稍感意外，今天怎么直呼其名啦？忙推辞道，我还在上班时间，不能喝酒的。四毛说，你想喝我也不会给你喝。我怕牵连你。说着喝空杯中酒，收好酒杯。他看张磊要说什么，一抬手止住他，说你现在什么也别问我，我要吃饭了，等我吃完饭咱们再谈。张磊心想这家伙今天怎么像个大爷，平日胆小如鼠的样子不见了。就坐在那里没动，说行行，你吃饭，我坐会儿。四毛慢悠悠起身，从哪里端来一碟腐乳放桌上，看了张磊一眼，重新坐好，拿起馒头就吃起来。夹一筷子红烧肉放在嘴里，又夹一点腐乳抹在馒头上，一咬一大口。张磊看到那碟腐乳，心里跳得有点慌，这让他想起处长的枕巾，但他又告诫自己，别大惊小怪，这东西很多人都爱吃，自己也爱吃，以前也见四毛吃过的，这不能说明什么。可心里还是在想，难道是四毛干的？四毛刚才说，我想明白了，人不能太亏待自己。那神情有点邪，不像单说吃饭的事。

四毛吃得很慢，很多，已经吃下六个馒头还在吃。张磊被他吃得不耐烦了，说你是不是准备三年不吃饭了？四毛也不理他，直到吃下八个馒头，咕咚咕咚喝下一瓷缸子水，才抹抹嘴起身说，走吧张磊。张磊心里有点数了，却明知故问，去哪里？四毛说我跟你走啊。不知是因为激动、不安还是慌张，张磊突然有点语无伦次，说四毛……你……这个……先坐下……四毛又重新坐下，说张磊你这次可以立功了，以前你抓我那么多次都是白抓，这次不让你白抓。张磊说四毛你啥意思啊？四毛笑道，张磊你还装傻，不就是处长的案子吗？是我干的。张磊猛然站起身，脸色都变了，真是你干的？四毛点点头，是我。我干的。怎么啦？

张磊突然吼道：你浑蛋！

四毛长舒一口气，说张磊，你根本就不懂，当一回真浑蛋，我心里有多畅快，多舒心！多恣儿！我终于不再被人冤枉了，那女人也该懂得，什么叫没有尊严了！

张磊似乎还存着侥幸，说四毛你可别开玩笑，这事要蹲监坐牢的。你和我开玩笑的对不对？

四毛说，我没开玩笑。我说的是真的。你拿出本子来，我知道你们要做笔录的，我告诉你整个过程。

张磊有点木呆了，一时没动。

四毛催促说，记，记，快呀！

张磊渐渐恢复了平静，掏出本子和笔。好，你说吧。脸色却十分难堪。

那晚我去了，是后半夜。我带了几块臭豆腐，想抹她一嘴的。平日看见我，她就会捂嘴，我问她怎么啦，她说你太臭了，一嘴臭豆腐味。我打算抹她一嘴，看她还说不说我嘴臭。她的门开一道缝，一推就开，屋里亮着灯。开始我有点害怕，怕有什么机关或者阴谋。但没有。我走进卧室，看她躺在床上，似睡非睡、似醒非醒的样子，只是脸色很憔悴，显然是长期失眠造成的。发觉我进来，她居然一点都没有惊慌，还冲我笑了一下。这么多年，我是第一次见她笑的模样，当时我手里还拎着几块臭豆腐。我看了看小塑料袋，心想算了，别抹了。往一张笑脸上抹臭豆腐，有点说不过去。我转身要走。可她突然掀开被子，跳起来一把抱住我，我这才发现她是裸睡的，浑身一丝不挂。别看她平日脸上干巴巴的，没想到身子却又肥又白。她紧紧搂住我，又亲又摸，好像我是她久别的男人，完全不是她平日最憎恨的小偷、流氓。我有点犯糊涂了，这女人怎么啦？是不是认错人了？我赶忙大声说我是四毛！你弄错了吧？那女人说我不管你是谁，进了我的屋就是我男人！说着就把我往床上拉。那一刻，我有点明白了，这女人是真熬急了，她平日留着门，原来是等野男人的！不管这个男人什么身份，什么年龄，什么品行，只要是男人，她都会接纳。这女人真是疯了，她的又白又肥的身子紧紧贴着我，弄得我浑身起火。我还真是动心了，这便宜不捡白不捡。就一下抱住，想亲她一下，可我一看到她那张已经变形的马脸，兴致又突然消退了，特别想到十几年来她对我的轻蔑、鄙视和羞辱，一腔怒火又爆发了，和这样一个女人上床，恶心不恶心？而且天知道，上完床会发生什么事？她会告我强奸！这种女人，没什么事干不出来。她从来只想她自己的感受。我不能让她迷惑了，我不能上她的当。我那会儿居然想得很明白，上床是成全她，不上床才是折磨她、惩罚她，哈哈！她口水、泪水全流出来了，发情呢，她多难受啊！哈哈哈哈……

　　张磊听得目瞪口呆，甚至都忘了记录，说四毛，这么说，你没强奸她？

　　四毛收住笑，擦擦笑出的眼泪，说我强奸她？是她差点把我强奸了！

　　后来呢？

　　哪还有后来？我一把把她推到床上，就跑了。

　　那……你拿的臭豆腐呢？

别提！推推拉拉中，塑料袋破了，几块臭豆腐全沾到她身上了，我身上也沾了不少。

这回轮到张磊在心里笑了。因为他发现案情比他预想的要轻得多。可他还是有些不解，处长自始至终都没说四毛的名字，这是为什么？

张磊犹豫一阵，他很想和四毛探讨一下这个问题，又觉得以四毛现在的角色，不适合问他。

但四毛察觉到了，四毛说你在想那个女人为何不揭发我？

为什么？

她怕丢人。她要是说被四毛强奸了，怕有失身份，她一直有个错觉，认为自己是个有身份的人，要是被强奸，也只能被开奔驰、宝马的人强奸。这女人就是太假了。

可她可以不报案啊？

当时她是气昏了头，恨死我了。她其实一直在幻想，在等待被人强奸，但应当是有身份的人。结果等了那么多年，我去了，也是饥不择食的意思，可我却没领这个情，还不把她气死？她报案后又冷静下来，一想这件事还是不能说出真相，不然丢人就丢大了。所以，她后来干脆要求撤案！

哎！张磊有些吃惊，说这些都是办案秘密，你怎么都知道啊？

四毛笑了，说张磊，你以为现在社会还有啥秘密？很多秘密都是自以为别人不知道，其实人家早就知道了。

张磊突然沉默了，低下头咂咂嘴，又抬起头，长叹一口气：四毛，对不起，那件事……我早该向你承认的。

四毛装傻，哪件事？

就是小学六年级时，铅笔……都是我偷的。

四毛愣了愣，干笑了一下，说其实……我早就知道。那天中午，你把铅笔埋在校门外的小树林里，我平日就喜欢到那里撒尿，无意间看到了，等你走后，我还去扒开数了数，是二十二支铅笔。我没吭声，又埋上了。

当时，你为什么不揭发我？

我没想揭发你。我知道你肯定是闹着玩的，不是真想偷人家东西。如果我真的揭发了，也肯定说不清楚，大家会认为是我埋上又诬陷你的。

张磊又沉默了一阵，说是的。当时我肯定不会承认，会说你诬陷我。我还记得，当时为了不露马脚，还故意让老师同学怀疑你。你知道的，我从小就想当警察，那时认为警察就是抓小偷的，就琢磨要想抓住小偷，就得了解小偷，可怎么了解呢？干脆就做一回小偷，才能知道小偷的行为、心理。那时想法很简单，一开始的确是自己的一个游戏。可一旦真做了小偷，我才知道，心理是会变化、会扭曲的。我也没想到，那件事会带来那么严重的后果，害得你担了小偷的罪名，还失了学。这么多年，我一直有一种负罪心理，也一直想老实告诉你是我偷了铅笔。可我居然没有勇气，一个做了警察的人，承认少年时代偷过东西，真的需要很大的勇气。这件事一直像山一样压在我心里，我就拼命工作，证明我是个好警察。我每一次抓到你，都心惊胆战，唯恐你真的做了小偷、流氓、坏人。那样，我的负罪心理会更重……没想到，你到底还是……

四毛长长地吐出一口气，说张磊，三十年了，你总算给了我一个公道。可我不想把一生的不幸都归咎于你，我会对自己的行为负责，我不后悔。说着站起身，把双手伸出去。眼里却噙着泪水。

张磊说干什么？

四毛说，铐上啊！

张磊起身，摸摸腰间的手铐，又放下了，说算了吧。就这么跟我走吧。放心，你的处罚不会太重。

四毛说，别！你不要包庇我。我希望判个十年八年的，心里就踏实了，里头肯定比外头省心。

　　但这件事最终还是不了了之。原因是问询多次，处长坚称是一个穿西装开奔驰的人强奸了她，说四毛完全是瞎编，根本就没去过她家！办案的一个重要原则是重证据而不轻信口供，现场确实没有过硬的证据，四毛还是老一套：疑罪从无，释放回家。

　　这个案子有两年了，至今没破。

　　四毛很苦恼，经常上诉。并且得了忧郁症。

　　半年前，张磊离开警察队伍，只身去了深圳。据说，是去做生意了。

　　而处长从那件事以后，不知怎么迷上了臭豆腐。她经常会买一罐腐乳提在手上，招摇过市，逢人就说，这东西还真是美味！说着打开盖子，用指头抠出一块腐乳，你尝尝，不骗你的！对方赶忙躲开。处长哼一声，把整块腐乳抹进嘴里，咂巴着踉跄而去。突然碰上四毛，见他垂头丧气的样子，便乜斜着眼嘲笑：四毛，你告不赢的。

　　四毛便显得很茫然。

　　他一直在想，是不是还得干点什么？

临　界　　115

# 走出蓝水河

## 1

白天和黑夜,
梦和非梦,
虚幻和实在,
他从来就没有弄清过。

一村子人也就糊涂着。大伙老是昏头昏脑地打听,这天上悬着的是天地呢?还是月亮地呢?

没有人能够回答。

接下来,就都抄起手,疑惑地打量天上那个亮亮的盘子,很久很久没人吭气。

风从旷野里漫过来,如潮涌动,小村霎时间被淹没了。泥墙草舍、树林村道,都变得虚幻起来。人在如潮的野风里浮沉、挣扎,如干柴棒样竖起。这时满天空乱云如絮,光波琉璃。那个亮亮的盘子卵子样浮游着,愈加捉摸不定。终于,有人迟疑着说:"是天地吧……说不定是月亮地……谁知道呢。"

要不去问问那个孩子——

你说去问野孩?

着,野孩。

那个杂种!全叫他搅和乱了。

野孩被蚂蚱牙扯着耳朵揪来。他往天上随随便便地瞅了一眼说,是天地哈……

啥？——天地！

……是月亮地哈？

野种！到底是啥？

嘿嘿！……嘿嘿。

他实在闹不清楚，也从来没打算闹清楚。他不知道这有什么意义。

"啪！"

蚂蚱牙咬住一嘴蚂蚱牙，甩手一个大耳刮子，野孩像陀螺样飞出去。一晃，站住了，愣愣的。看时，满嘴流血，腮上暴起几个鸡爪印。蚂蚱牙指头像树枝一样干硬。

"啪！"他冲上去又来了一下，带有某种表演的性质。

于是众人都笑起来，刮风一样笑起来。黄牙、白牙、黑牙、奶牙，以及没有牙的空洞的嘴巴，都在奇怪地抖动。日鬼！野孩真的经打，真的很难打倒。不管用耳刮子还是用拳脚。你至多打他一脸血浆，打得他飞转。但是一晃，又站住了，就像脚底生了根。就那样，愣愣地傻不拉叽地看着你，不还手，不骂人，甚至也不问为什么。还有比这再好的吗？

那样子实在有趣呢。

这怪不得别人。他老在诱发你打的欲望，他每次回到村里来，总是把一个肉墩墩的小身体呈现给你，不打就会觉得吃了亏。那么，你尽可以去打吧。在你不顺心的时候，比如你刚和人打了架心里正憋气；比如你家里缺了柴米；比如一股风刮来眼里眯了沙子；比如你在赌场上输了钱；比如你老婆偷汉子被你捉住了而你又不敢管教；比如你希望你的母猪一窝下十个崽结果只下了九个。或者干脆就是你觉得无聊，等等，等等。就是说，在任何你认为需要发泄而且方便的时候，你都可以把野孩揪来扇他一顿耳光。然后扬长而去，让他愣一阵子。这时，你会觉得心里好受得多。而假使你看见他不冲上去揍他一顿，就会觉得犯了一个错误，不打白不打。

野孩没人疼。他大不也打他吗？而且鬼知道大黑驴是不是他大。那时，那个讨饭的姑娘抱着他寻到村子里，哭哭啼啼的。她说她记不得那个男人的面孔了，只记得黑不溜一个大个子。他没说叫啥，光说是这个村里人，还有一股子酒气。她跪在村口，裸着膝盖。旁边放个要饭篮子，里头有半块菜窝窝。姑娘泪水涟涟，求那个男人出来把孩子收下。她说她没钱也没有奶，没法把孩子养活。她说她并不是想让那个男人出丑，也不要他什么，就觉得这孩子怪可怜的。她说是个男孩呢，真的！眼睛就一亮，你们看婶子大娘大叔大爷。就扒开包孩子的破布片，露出个干枣样的小鸡鸡，不骗你们吧？带泪的双眼滴溜溜在人脸上扫。那样子又天真又可怜。当时一村人都出来了，男男女女一片人。还有一群狗围着打转转，吱吱叫着等她把孩子扔出去。姑娘用要饭棍把狗捅开，赶紧又把破布片裹紧，裹得乱七八糟的，像胡乱包一条小狗。大伙一脸惊奇，女人们尤其惊奇，怎么能这样包小孩？不是那架势。"难怪呢唉唉，她才多大个人儿！"有女人回头宽容地说。姑娘衣衫褴褛，面色蜡黄，想必是生孩子失血过多。可你透过披散的头发和一脸污垢，仍能感到她的年轻，看上去不过十六七岁的样子。她的确没奶。女人们注意到她的胸脯子，确实没有鼓凸的一大坨，只是微微隆起一点。可这咋能奶孩子呢？大伙静静的。忽然就有个男人喊："是谁下的种？"引得一群群人哈哈大笑。那姑娘就脸红了，泪水扑嗒扑嗒往下落。气氛又窘起来。男人们都有点尴尬，挤成一坨，缩头缩脑的，有人想往外溜。女人们火了，都不能溜！今儿非找出那个东西来不可！大喊大叫，横冲直撞的。这是惩治男人的好机会。有个女人伸手把蚂蚱牙从男人堆里揪出来。

别看这家伙长一嘴蚂蚱牙，人像干螳螂似的，平日却爱捡女人的便宜。一只弯钩样的手老不闲着。迎面走来个女人，他偷偷瞄准了，突然在人家胸脯子上拧一把，然后撒腿跑开，任你怎么骂也不回头。他曾发誓要摸遍全村女人的奶子，是个标准的二流子。不是他还能是谁！可蚂蚱牙被女人们拖出来后死活不认账，他发誓赌咒说长到二十几岁，至今还没跟女人睡过觉。然后就愤愤不平，大骂女人不是东西，瞧不起他什么的。后来就跳了起来，一跳老高。女人们想想也许不是他，这家伙有贼心没贼胆，确实只爱占点小便宜。何况姑娘说那个男人黑不溜一个大个子，蚂蚱牙可没那么壮实，于是就松了手。之后就专拣黑不溜的大个子揪，接连揪出来几个，没有一个人承认。而且仔细鉴别一番都不甚符合条件。要么黑不溜溜，但个头小一点。要么大个头，却不甚黑不溜。好不容易找出个黑不溜大个子，但此人平日滴酒不沾，闻到酒就能醉倒三天。显然都不是。

女人们一阵忙乱，累得咻咻喘气。男人们就有点得意，说姑娘你弄错了吧？也有人喊有种的站出来！瞎起哄。

其时，罗爷冷冷地站在一旁，看看那姑娘那婴儿，瞅瞅面前的一群男人，气得铁青了脸。他相信姑娘不会弄错，面前这些熊男人只要给他机会谁都干得出来。他非要把那个男人找出来不可。他要狠狠地教训他一顿，叫他懂得什么叫男人！男人在女人那里下了种，不能像撒泡尿那样提上裤子算完事。

这时候，正好大黑驴醉醺醺走来，从村外杂货店那个方向。肩上搭个酒葫芦，东倒西歪的。来到村口，两眼盯住跪在地上的姑娘，冷丁打个尿战转身就逃。大伙有点明白了。有人刚喊出口"就是他"，罗爷已飞步撵上，伸手揪住他衣领，一旋。大黑驴跟跄着刚转身，罗爷的拳就砸在他鼻子上了。那血就热乎乎地喷出。

罗爷一声喝：

"是你干的？"

大黑驴舌头打转，没说清是或不是。罗爷已拉他回到村口："把孩子抱家去！东西下来的！"

就这么，大黑驴成了野孩的大。那姑娘自然就走了，从此不知去向。有人说她还在要饭，这村到那村的。也有人说她嫁了人；更有人说那姑娘饿死了。反正都是瞎传呗。可听可不听的。

大黑驴可就遭了灾，黑猩猩似的抱个奶娃，满院子团团转，不知咋摆弄。后来那孩子饿了就号，号得大黑驴心烦意乱。也是情急生智，可巧一只大山羊刚下了羔，奶儿像喷壶似的。大黑驴按倒山羊，扯过奶头送那孩子嘴里，居然吱唔有声。山羊也不动，且用嘴舔他小脑袋。往后一日数次，习以为常。山羊温良如母，那孩子一如羊子，不哭也不喊，吃饱就睡。大黑驴外出喝酒，索性把他扔进羊圈。一二日不归，忽然想起，忙回家察看，母羊竟卧得好好的，那孩子衔个奶头，正咿呀玩呢。渐渐地，他就会坐会爬会跑了。大黑驴印象里，那孩子是某日清晨突然站起来走路的。那时，大黑驴正在赶羊，那孩子呆呆地看着，猛然就摇摇晃晃站起，捡一根枝条，蹒跚着满圈赶起羊来。野孩长大了，几乎就没费什么心思。

但大黑驴好像日子不顺心，喜怒无常。高兴了也带那个孩子去杂货店，给他买一把洋糖。不高兴了一耳刮子打过去。且不高兴的时候居多。当野孩长到能承受耳光的时候，他就开始打他，再长大一点就用拳脚。有时倒提脚脖子，呼地扔出去几丈远，带一股腥风和酒气。野孩落地时，"哇——！"一声叫。其实那声音不是叫出来的。村里人说他是喝羊奶长大的，就有了羊性。羊被捆上案板，在脖子上扎一刀，也很少叫唤。因此，野孩落地时那一声尖利的响声，你只能认为是身体撞击地面之后，从胸腔里挤出来的一股子气什么的。

如今，大黑驴很难再提个脚脖子扔他几丈远了。野孩已经十多岁，壮得像头小牛犊。好像越摔打越结实。而大黑驴因为酒和杂货店那个娘们的原因，体力已大不如前。如今打野孩，常要借助一条棍子。就是他寻常挑酒葫芦的那根棍子。一根醉醺醺的棍子还是很有力量的。唰——！在空中抡圆了，带着啸声落到野孩头上腰上腔上腿上。于是在丝丝缕缕的衣裳碎片中，结痂的伤口又溅出脓血来。脓血和肉的汁水把棍子浸得滑润润的，沉甸甸的，散一股撩人的血腥味，好使唤极了，每一下都能入肉触骨，每一下都发出湿漉漉的实实在在的声音。那条极富弹性的棍子毒蛇样舞动着，一口口咬住他，咬得咔嚓咔嚓响。那带着白生生碴口的翻开的肉，那鲜红炫目的艳艳的血，一齐都呈现在你眼前。

嗦——！

野孩不吭气，翻翻白眼；

嗦——！

野孩一哆嗦，又翻翻白眼；

嗦——！

野孩喘息着，把眼睛紧闭上；

嗦——！

野孩大汗淋漓；

嗦——！

野孩浑身抽搐……

一群人围住静静地看，没人拦阻。大黑驴打自己的儿子，是天经地义的事。

这确实是很好看的场面呢。

村里好看的场面实在太少。逢年节有人家杀猪宰羊，血淋淋悬在那里，会围上一群人看。两条狗在野地里交媾，也会跟上一群人看，或蹲或站，极有耐性地等待它们结束。那时，狗们会被看得忸怩起来，不住地左顾右盼，极想尽快结束，但偏又不能，只能像拔河一样僵持着。那是一个尴尬而漫长的过程。一般地说，它们并不经常遭到

走出蓝水河　　121

袭击。即便有人随手扔过去一块土坷垃,也只属于玩笑性质。他们常常在这个漫长的过程中抽烟,或者说些天气、庄稼之类的事。好像狗和狗的性搏斗,只是为他们提供了一个令人愉快的场合。

野孩遭打同样是一种令人愉快的场合。这并没有什么好奇怪的。老子当然要打儿子。只不过谁也不如大黑驴打得像回事。

终于有人干涉了。罗爷不知是听说了,还是看见了。从远处奔来,夺过棍子扔在地上:"畜生!他早晚会杀了你——东西下来的!"

于是大黑驴就蔫了。

他怕罗爷,一村子男女都怕罗爷。准确地说是敬畏,像敬畏天神一样敬畏他。罗爷是个仁慈的人,他讨厌一切暴力。他常常冷冷地嘲弄那些爱撒野的男人。"你们懂得什么叫打架?至多二三十人打一场群架,拿个刀子乱捅,完全没有章法。打个头破血流,再不然捅死一二个,就以为是英雄了?蛋!我见过的死人比你们见过的活人都多!东西下来的。"

众人信然。

罗爷打赢过第一次世界大战。你想想吧!那时他在法兰西。

罗爷说,你们打什么打?逞能!都给我收家伙!罗爷说,大家都该相亲相爱。人嘛!打什么打?

于是都自惭形秽起来,立即就收了家伙。

但不久又打,大家好像都憋着什么气。男人和男人,男人和女人,老子和儿子,乱打一通。打一场就能安静一些日子。人们沉默着,脸上木木地春种秋收,依然是日出而作,日落而息;依然是母鸡咯咯地下蛋,公鸡高傲地在村中空地上散步;依然有狗们在野地里追逐调情。日子古老而平静。就像村前的蓝水河滞留在荒野。在这里,时间失去了意义,天地和月亮地同样昏昏然。黑夜连着白天,白天继续着黑夜,渐渐地黑夜和白天已不能分清,只觉得日子长得没有尽头。

但在木然的沉默中，你会时时感到一种令人窒息的陈腐的味道在空中弥漫，它引发着不安和骚动、悲观和愤懑。沉默中，大家似乎在等待着什么。仔细想想，仿佛又什么也没有等待，那只是一个焦灼而虚幻的梦。

人在这种心境下，是很容易发火的。

罗爷常常感叹，这个村子算完了，但没人懂，怎么就完了呢？

罗爷把野孩从棍棒下解救出来，摸摸他的头脸说，去吧孩子，没事别到村子里来。就待在蓝水河那里放羊，我会常常去看你的。

于是野孩蹒跚着走了，渐渐出了村口。远远地，蓝水河横在天际，闪闪发亮。河边，一片白云在蠕动，那是他的羊群。

## 2

他说他不认识我，真是怪了。

这年月什么怪事都可能发生。又是胳肢窝认字，又是气功飞行，又是哪个古墓里扒出一台四千年前的彩电，又是发现月球上停一架美国飞机，一年后又不见了，还有还有。这些言之凿凿的报道我都可以不信，因为我都没有亲见。但我亲身经历的一段美好日子总是真的吧？假的！我曾经六年朝夕相处的一位老大哥样的同学二十年后再相见总要欢呼一番起码也要感叹一番吧？没有。

他说他不认识我。

他说得很认真，而且十分惊讶的样子。他说他一直生活在蓝水河边，已经住了大半辈子，哪里都没去过。

我一再说这怎么可能呢？我说我是丁山，是你的老同学。你叫徐一海，在一中上学的时候我们同班、同宿舍、同睡一张高低床。我睡上铺你睡下铺，头一夜我就尿了床，一泡尿浩浩荡荡都淋你下铺去了，像下了一场大雨把你淋得精湿。那会我吓得要命，同宿舍十几个同学都以为你会揍我，可你仔仔细细察看了一阵子，又在尿湿的席子上抹了一把放在鼻子上嗅嗅忽然赞叹说，这泡尿真大！这下你想起来了吧？我就是那个尿床的丁山。这次专门来看看你的。你让我想得好苦，一海哥你咋衰老得这么厉害，像个老头子一样呢？你看你头发都花白了，我记得你比我只大四岁，今年也就四十三岁，咋就老成这个样子啦。

我上气不接下气地说了半天，可是白激动了一阵子。他愣着神很认真地听我说完了，却还是摇摇头很宽厚地笑笑说，你这个同志肯定弄错了，我真的不认识你。你快走吧。你看天已经晚了，我忙得要命。然后不再理我，只顾低下头干他的活。

那时，他正在那个遥远的蓝水河边编筐。就是那种拾大粪用的条篮。周围放着一些成品半成品，还有一捆捆的条子。他时而坐在草地上，时而单膝跪起来，口里衔一根条子，手上飞快地编织。一根条子编完了，伸手又从嘴里取下那根备用的条子插上又编。偶尔，他也抬一下头，用袖口擦擦汗，顺便往河坡上瞄一眼。我早就注意到了，那里有上百头羊，正散散落落在河坡上低头啃草，也有一些卧在那里打盹。一头黑花绵羊稍微走得远了点，他忙大声吆喝："咪咪咪咪！……"那羊抬头朝这边看看，然后就颠颠地跑了回来，很调皮的样子。接下来，他又低头编筐。

他简直忙得一塌糊涂，一分钟也不肯浪费。

我在他旁边已经站了很长时间，不知怎么才能引起他注意，更不知怎么才能让他相信我是他的同学丁山，他好像已经失去记忆。我知道他受过的磨难和刺激太多。看来他脑子坏了。要叫他认出我来不能太急。于是我顺势坐在他旁边，拉过一个编好的筐按了按说，这筐好结实啊！没想到他猛地转脸笑了，笑得狡黠而神秘。就说咋样！你还给我绕圈子，我就猜到你是来买筐的！哈哈哈！……我说同志我不能卖给你，这筐是和公家订了合同的，要买你去找我儿子，合同是他与人家订的，我光管编不管卖。前些日子我卖过几个都是熟人，也说和我认识。第二天就让儿子训了我一顿，说你老糊涂啦！价钱卖那么低！我说啥贵贱的都是熟人，不在乎那几个钱。儿子就跳起来，像要打我的样子，说你懂什么！贵贱不在乎，指望什么吃饭？再说，合同也是好撕毁的吗？我说好好好，再不卖了。儿子有本事咱承认，可现时的年轻人脾气也太大呢！我说同志你别让我为难了。说罢仍旧飞快地编他的筐。在他说这些的时候，透着对儿子的敬畏。好像他是儿子的一个雇工。我知道这是眼下农村常见的一种父子关系。老子不如儿子，就只好俯首称臣。他们在向别人讲述这种景况时常常抱怨，但在抱怨中又分明含着炫耀。一个地道的旧式农民的心态。

可这些对我来说无关紧要，重要的是他把我当成买筐的了。鬼知道我买这些拾粪筐有什么用处！

于是我反复说不是买筐的，我是你的同学小老弟丁山，现在省作家协会当专业作家，作家协会没给我采购大粪筐的任务，只叫我下乡体验生活。我这趟是专从省城来看你的，找到你真不容易。今儿一大早出县城，搭手扶拖拉机跑了五十里，又步行三十里才到蓝水河边。你看我还带来二斤洋河酒，咱哥俩好好叙谈叙谈。说着从帆布挎包里拽出两瓶洋河大曲，在他眼前讨好地一晃。但他只是冷冷地瞟了一眼不屑地说："你收回去吧，送礼也没用。我一辈子不喝酒，不卖就是不卖。咱给公家订了合同的，庄稼人得讲个信用。你说是不是？"

我举着两瓶酒，悲惨地傻掉了。

望着他漠然的样子，我心里咯噔一下清醒了许多。面前的这个已经有点驼背的农民也许不是徐一海。或者在我过去的生活经历中，根本就没有出现过徐一海这个人。我所念念不忘的中学时代关于"徐一海"以及他的一系列故事，纯属子虚乌有。那正是一个作家的虚构和狂想。那么这样说来，就不是什么"徐一海"失去了记忆，而是我把自己虚构的一个小说人物硬要强加给一个毫不相干的编大粪筐的老汉——这人的确像个老汉了。怪不得人家要莫名其妙了。

　　我重新把酒装好，点上一支烟徐徐喷吐，心里既懊恼又好笑。我干了一件多么愚蠢的事情——按图索骥。"犹察伯乐之图，求骐骥于市面不可得。"我在重复一个古代的笑话，这真是作家的悲哀和荒唐。整日徜徉于真实与虚幻之间，以至把自己杜撰的故事也当成真的，而煞有介事地去生活中寻找我那么个人。

　　神经病！我老婆常这么骂我。

　　但好在我终于明白过来，不会再让面前的这位老汉蒙受不白之冤。而最让我高兴的是面前这条河。它叫蓝水河，当地人这么说。可它蜥蜴一样古老而狰狞的形状，它匍匐在荒野中缓缓爬行的景象，它神秘而幽蓝的水面，居然和我虚构中的蜥蜴河一个模样！我几乎是凭预感千里迢迢直奔这里来的。这不是很神奇的巧合吗？

　　现在，蜥蜴河就展现在我的面前。哦，我的丑陋的河！小说中的徐一海就是从你这里走向县城走向文明的呀。

　　那一年，我们从不同的地方一同考上了一中，分在同一个班级，住在同一个宿舍、同一张高低床上。那时，初中一年级学生一般就十三四岁。童稚未退，说话尖声尖气的。课堂上调皮捣蛋，回到宿舍还是捣蛋调皮。那正是三年困难时期。大家都穿得破破烂烂的，一身家织的土布衣裳。睡觉时脱得精光，把衣裳小心放好。半夜里起来撒尿一丝不挂，常常是出门就尿，弄得臊烘烘的。回来时不忘记搞个恶作剧，猛地把谁的被子掀开，喊一声上操了，吓得他激灵坐起。

　　但徐一海从来不开这样的玩笑。他显然比我们年龄都大，看上去有十七八岁的样子。说话闷声闷气，上唇已有毛茸茸的胡须。他总是像个憨厚的老大哥看着大家耍闹。看得开心了就嘿嘿笑几声。但大家却爱开他的玩笑，像猴子耍狗熊似的耍他。他的上唇毛茸茸的胡须老是有人去摸弄。我就摸过好多次，用指头在他上唇抚过，就有一种轻轻的软柔柔的感觉。他也不躲闪，依然是憨憨地看着你笑。如果老是摸来摸去的他至多会说行了，行了。慢慢拿开你的手，决不会恼怒。对他的男性的胡须和闷声闷气的嗓音，我们这些捣蛋鬼是既嘲笑又感到新奇的。有一天晚上，同宿舍的十几个小男孩围住他闹，争相要摸他的胡须，几乎打起架来。最后还是徐一海说："别打，别打，大家排好队一个一个来好不好？"于是大家就排好队，他坐在床沿上，把上唇翘起来眯起眼任大家一个个摸够。到后来他上唇显然是疼了，摸一下那儿就哆嗦一下。但他硬是撑着不吭气。记得排在最后的是一个叫刘达的男生。他个头和徐一海差不多，年龄也有十七八岁。他长得像个女人，一副水蛇腰，走路一扭一扭的，面孔白白净净。可他一点也不文雅，满嘴粗话，动不动就揍我们这些年龄小的同学。但看得出他最敌视的还是徐一海。也许他认为只有徐一海才是他真正潜在的对手，他曾几次寻衅要和徐一海打架，但徐一海偏不恼火，对他的辱骂一再忍让。正因为这样，刘达才越来越放肆地羞辱他。那天轮到他最后摸徐一海的胡须了。只见他阴险地笑着伸出指头，突然在徐一海上唇扭了一把。徐一海疼得"噢"一声，眼里就涌出了泪水。但他强忍着不让泪流下来，坐在床沿上一动不动。直到刘达阴阳怪气地走开。不大会，徐一海的上唇就红肿着翘了起来。

　　当时我们都看到了，心里就不忍起来。我们这些小男孩摸他的胡须完全是开玩笑。虽然带点嘲笑的意味，但那毕竟是出于少年的无知。可刘达这么下手，就显得是恶意的侮辱了。

　　那天晚上大家都觉得十分无趣，早早就睡了。好像自己做了一件错事。此后几个月的时间，竟再也没有人摸他的胡须。我当时尤其不平。因为徐一海是个那么好的人。他给了我很多温暖,像大哥哥一样爱护我。尿床是我的老毛病了。在村里上小学时还不觉得怎样,反正大家也不知道,每天由母亲把尿湿的被褥晒出去,晚上照样是一个干净暖和的被窝。考上一中就不一样了。这里是集体宿舍。一尿床大家都知道。而且年龄也大了一点,懂得害羞了。就很怕同学们笑话,尤其怕班上的女同学知道了笑话。那时已开始朦胧注意女同学,尽管是漫不经心的。但徐一海宽厚。他睡下铺。我每一次尿床都会淋得他湿漉漉的。那时候天还很热,床上只铺一张芦席,根本就隔不住尿。而我向来是憋急了尿床。睡梦里不知在哪里玩,云山雾海的。忽然尿急,掏出来就尿。猛见有人走来,忙提上裤子换个地方。正要再尿,又有人来,那是个永远的苦恼,永远摆脱不了人的追踪。十三年来重复着同一个故事。连跑几个地方,终于憋不住了,也就不管三七二十一,闭上眼一泻千里,由飞流而细泉,点点滴滴排除干净。居然畅美至极。忽又觉得不妙,整个下半身泡在热乎乎的水里,朦胧知道又尿了床,然后一下子就惊醒了。每次都这样。

但徐一海不仅没怪罪我,而且帮我晒床铺。一连数天,外宿舍好多同学都以为是他尿了床,就嘲笑他。他也不分辩,只是嘿嘿笑说没提防。后来,我坚决要求换到下铺来,这才不再殃及徐一海。但此后,他每日半夜必定下床来,轻轻摇醒我撒尿。每次都正是时候,果然从此不再尿床。

徐一海过于宽厚,宽厚到可以忍受一切侮辱。有时连同学们都觉得不能忍受了,他还是忍受着。一次睡觉前,刘达走到他床前,解开裤子就尿。而且不断调整方向,把一泡尿整个都撒他床铺了。当时徐一海就在他旁边,他完全可以制止他,一拳把他打倒。真要动起手来,我相信刘达绝不是徐一海的对手。但徐一海眼睁睁地看着他把尿撒在自己床上,到底没动一动。刘达尿完了,一边系裤带,一边阴阳怪气地问徐一海：

"这泡尿大不大？"

那时，大家都围住看，没有一个人说话。空气中弥漫着刺鼻的腥臊味。怪不得听人说，人越大尿越臊，一点儿不假。有人捂住鼻子笑起来："嗤嗤！……"也有人打量徐一海。估计这回有热闹看了。但徐一海毫无表示，只是懦弱地垂下头。

我实在看不下去，冲刘达说："你欺负老实人？干吗尿人家床上？"
刘达转回头，惊奇地看着我："嗬！你能尿他床上，我为什么不能？"
"我不是故意的！"
"我也不是故意的。"
"你是故意的！"
"啪！"

刘达突然一耳光打来，出手又重又快。我跟跟斗斗一路栽出宿舍，猛地趴在一片水洼里。那情景狼狈极了。我也顾不得哭喊，顺手摸起一块半头砖，正要爬起来和他拼斗一场，刘达已水蛇样蹿出。他飞起一脚又把我踢出几步远，腰部重重地硌在一个硬东西上。我疼得惨叫一声，再也爬不起来。疼痛加上屈辱，泪水就流出来了。我得承认我不是他的对手。他高我足有一头，那时我又瘦又小。他对付我就是狮子对付小羊羔那样轻松。但我不服气，抹着泪大骂起来。刘达正要扑上来再打，却被一只有力的手扯住了。他挣了挣没有挣动，回头看是徐一海。我高兴极了，大喊徐一海快替我报仇！

但徐一海并没有动手。刘达却转身对着他冷笑了："你到底站出来了！"说着从裤带里拔出一把刀子，"来吧！"他拉开架势。看来，他今天是蓄意要和徐一海争个高低了。

这时，宿舍前已经围上来许多同学。有人在呐喊助威："徐一海，上！"但更多的人沉默着，紧张地等待事态的发展。

走出蓝水河　129

徐一海没有上。他松开手，把头垂下，嗫嚅道："我是来……上学的。"

同学们哄然笑起来，为他牛头不对马嘴的回答。

刘达胜利了。可他却极为恼火，冲徐一海狠狠吐了一口，转身回宿舍去了。一个人想打架却找不到对手，大概也是很窝囊的。

徐一海用袖口擦擦脸上的唾沫，默默地走过来，像抱婴儿一样轻轻把我托在怀里。我依偎在他坚实的胸膛上，能清晰地感觉到他的心跳。那是一颗坚实而平静的心脏。

后来回想起来，正是从那一刻开始，我对他产生了浓厚的兴趣和敬佩之情。他有一副大海样宁静的胸怀。而在这沉默和宁静中，使你感到一种不可摧毁的信念和力量。那时我就常常纳闷，是谁铸造了徐一海这种性格呢？

## 3

野孩回到蓝水河边。

蓝水河是他的母亲。

蓝水河能治好他的伤口。

野孩把沾满脓血的衣裳碎片剥离下来，丢在河边的草丛里。一出溜，一个血糊糊的小身体就浸在河水里了。

蓝水河弯弯曲曲从这片荒原上流过。它的形状极不规则。细处不过五六丈宽，宽处如一片静止的湖泊。整个像一只巨大的怀孕的蜥蜴，在荒原上艰难地爬行。那样子丑陋可怕，给人一种怪诞的神秘感。罗爷说过，这是一条古河，不知年代不知来龙去脉，水的颜色湛蓝湛蓝的。站在岸上，能隐约看见河底的水草。河里有许多谁也不知名字的鱼在那里游荡。有时，还有些古里古怪的带脚的动物爬上岸来，鬼鬼祟祟向四野窥探，或者望着天空出神，小眼睛一闪一闪的。听到什么动静，便慌慌张张爬回去，哗啦一声跃进河底，荡起一圈涟漪。河水依旧死气沉沉，每到黄昏，河面会升起一层毒雾样的蓝色的气体。渐渐地，蓝水河便被夜色整个儿覆盖了。

蓝水河鱼种混杂，鱼也很稠。随便飞去一叉，就能叉住一条二三斤的大青鱼。但除了大黑驴和蚂蚱牙，村里没人来这里叉过鱼。他们说，蓝水河里的鱼是上古传下来的，都是些精灵，吃不得。当然，也极少有人敢下到河里来洗澡。他们说，精灵会把人拖进河底。

但野孩却是蓝水河的常客，他不知道什么叫害怕。

野孩刚下到水里，鱼群就从水草里迎出来了。它们都认识他。围着他的小身体摇头摆尾，水便柔柔地涌动。一个僵硬的血糊糊的肉体就松弛下来。接着从伤口处散出一缕缕淡红的血迹。那血迹像一张漂浮的网，很快被鱼儿们撕碎并吞吃干净。蓝水河依然蓝得晶莹，野孩的小身体也变得光鲜了。野孩仰卧在水面，眯起眼，享受着奇异的酥痒。野孩猛地蹿出水面，大青鱼率领鱼群也钻出水面。野孩兴奋了，挥动双臂，舞动浪花，和鱼群争相在水面上飞游。于是蓝水河翻江倒海了！

"泼剌剌！……泼剌剌！观观……"

"泼剌剌！……泼剌剌！……"

河水重又平静下来。天地照在上头，发出宝石样的蓝光。一群羊在河滩上吃草，偶尔抬头叫一声："咩——"那有点颤抖的凄凉的叫声，使空邈的荒野更显出无边的静谧。

野孩精赤着身子，坐在绿茸茸的草坡上，爱抚地看着羊群，眼睛里异常温和。

他来这里已有八年了。那时他七岁。大黑驴把他带到河边，给他搭好庵棚，又交给他一群羊："看好，少一个我劈了你！"并做了用脚踩住两臂奋力撕扯的动作。野孩马上就懂了,那是一种很疼的惩罚,自己宁愿挨打,也不能让他劈了。等大黑驴回村以后,他隐约感到大腿根疼了很长时间,好像已经被他劈过一次了。

那时,他孤零零待在河边,守着庵棚和一群羊,有点兴奋,也有点茫然。他依稀觉得自由了。这么大一片天地都属于自己了吗?还有这么大这么蓝的一条河!真是好呢。但他又有些不知所措,惶惶然的样子。他不知道这是不是害怕,怕啥呀?这里有一群羊做伴,自己不是从小在羊群里长大的吗?他想了很久,的确不是害怕。而是觉得孤独。这么大的地方空旷得看不到什么,除了荒草就是一些零星的野榆钱儿树。还有些飞来飞去的鸟儿。但他想了想,还是很喜欢这里。他觉得他很熟悉这条河和这条河的蓝澄澄的颜色。好像前一世就在这里生活过。

蓝水河离村子很远。野孩好像才回村一趟,然后背半口袋窝窝头来。那是他的干粮。渴了,就捧河水喝。蓝水河的水有点咸味,野孩不觉得难喝。

晚上到了,他睡在庵棚里和羊挤在一起。羊睡熟了,他却睡不着。事实上,从记事以来,他就很少睡觉,也从不觉得困倦。他喜欢在夜深人静的时候,久久地凝视着黑夜,谛听黑夜中的一切动静。他有一双夜的眼。在那双眼睛里,天地和月亮地是一样的。但他似乎更喜欢月亮地。他会听到黑暗中有一种浑厚的声音。那声音很有节律地缓缓地起伏,显得极有力量。起先,他不知道那声音是什么。好像是草木在生长,河水在涌动,夜风在吹拂。但逐一分辨又不是。于是他俯下身体,把耳朵贴在草地上倾听,良久良久。终于他弄明白了,那声音来自地下,是大地呼吸的声音。

这真是个了不起的发现。他为此惊喜不已。大地和人一样是活着的吗?他已经发现了它的胸腔,就是面前的无边无际的荒原。它可以驮得动村庄，河流，可以让人耕耘和收获，可以生长无数草木。那么，它的四肢和头在哪里呢？

野孩无法回答。但他相信一定在某个遥远的地方。

从此，野孩更加迷恋黑暗。因为大地的浑厚的呼吸在白天是听不到的。他常常久久地趴在草地上，凝神感受大地呼吸的节律。他能从中听出各种不同的变化。那来自地层深处的声音，有时杂乱无章，好像各种乐器在敲打；有时如战场，似有千军万马在厮杀；有时如琴声缥缈悦耳，有时如洞箫在呜咽哭泣……于是他眼前洞开了一个又一个世界，看到一幅又一幅画面。但他不懂。只是情不自禁地被感染着，时而亢奋，时而烦躁，时而忧伤。

白天，他又平静下来。眼前的羊群和蓝水河使他回到现实中来。他依然是个纯净而孤独的孩子。

有时候，大黑驴也来，顺便带几个窝头。大黑驴只会做窝窝头，屋里没有女人。没有女人就没有家。爷俩各过各的，一个伴着酒葫芦，一个伴着羊群。大黑驴时常牵挂羊群，这几乎是他的全部财产。他要靠这群羊喝酒睡女人。三岔路口杂货店的那个娘们要现钱，一手接钱，一手解裤带。大黑驴几次想杀了她。那是很容易的事。有一次掐住脖子，已经快把她弄死了。她极力挣扎着脚蹬手抓，忽然露出一段雪白的肚皮。大黑驴叹口气又舍不得了。他需要她。但那个野鸡并不需要他。她不缺男人，要来就得掂钱来。而且自从那次差点掐死她之后，价钱足足长了一半。大黑驴认定那娘们是天底下最黑心的女人。他一恼火三个月没去。但最后还是去了。那段雪白老在跟前晃，晃得他起火。

大黑驴从不牵挂儿子。儿子野生野长，像蓝水河里的小青鱼，像野地里的小榆钱儿树，耐风耐雨，滋滋润润，活得欢实呢。他牵挂羊，是怕羊会生病，怕野孩偷懒。不是怕人偷，这里没人偷东西。偷是小人，下流。而抢是好汉，坦荡。有钱就买，没钱而又需要就抢，堂堂正正。不管东西还是人。就像当初大黑驴在蓝水河边按倒那个讨饭的姑娘一样。走过去一下子按倒在河坡上，草叶簌簌抖成一片。接着一阵挣扎，大叫。

不过那没用，哭也没用。

我说，我就是那个村上的。待会你跟我去拿几个窝头。

野孩坐在蓝水河边，老在回想那个时刻。

他模糊记得那是许多年前的事情了。那时世界完全不是现在这个样子，没有天地，没有月亮地，没有草木。甚至没有声音没有颜色。静极了。好像没有任何活物。但恰恰相反，在那个狭小而潮湿的空间里，拥挤着数不清的生命。大家都有一个傻乎乎的大脑袋，身后拖一条长长的尾巴。模样儿丑陋而且千篇一律。根本分不清哪个是哪个。那时，他和大家一样，只是更年轻一点。准确地说，他刚刚到了那地方。他不知自己是从哪里来的。只知道混混沌沌睁开眼时，自己已经是他们中的一员了。他对一切都感到新鲜。就冒冒失失地问，喂！怎么都这模样，不能长得更好看一点吗？大家哄然笑了。无数双小眼睛盯住他，像盯着一个小傻瓜。他们说，在这地方只能长成这模样，不可能长得更好了。还有另外的地方吗？干吗都挤在这里。有，当然有。那是什么地方？呀，不知道。反正肯定有个地方。我们能去那里吗。能，但得等待。

后来他才体味到，等待是多么难熬。那个狭小而潮湿的空间简直令人窒息。大家都大口喘着气。没有足够的忍耐力，你简直等不下去。事实上，又有许多像他一样的大脑袋相继死去。然后就神秘地消失了。据说他们是老了。这么快就老啦？

可你只有等待。

谁也不知道等着自己的是死亡还是新生。一切都扑朔迷离。

这是一座迷宫。迷宫里笼罩着焦灼和恓惶。大家都有些瘟头瘟脑的样子。却又打起精神，谛听着外面的动静，像一群随时准备越狱的囚犯。小眼睛灼灼闪光，透着凶狠和狰狞。

机会终于来了。

一阵厮打声从那里传来。迷宫立刻起了一阵骚乱。

肯定要发生什么事情了。这事情肯定和他们全体都有关系。那是一种本能的意识。厮打在继续，尖叫、怒吼和沉重的喘息越来越清晰。与此同时，迷宫在剧烈地震颤。大家全像醉汉似的撞来撞去。他惶然而兴奋地瞪大了眼，竭力让自己的身体保持平衡。他本能地寻找着出口。他已经预感到，决定自己命运的时刻就要到了。

他听到一声号啕，然后就昏晕了。当他重新醒来的时候，才发现自己到了另一个世界。最使他诧异的是，和他一同来的伙伴都消失了，这里只有他自己但这里很开阔。

那是一片蓝澄澄的水域。就像眼前的蓝水河一样澄澈透明。水域里悬浮着一个洁净透明的圆形物体，像天地又像月亮地。他就依托在那上头，可以在水域里自由地漂浮。

这就是新生吗？

初始，他也曾感到纳闷。他老想着同来的那些兄弟们。他企图找到他们，就在蓝澄澄的水域里东张西望，但毫无结果。直到很久以后，他才隐约感到，他的兄弟们已经万劫不复了。只有他自己获得了新生。为此，他庆幸而又悲凉。生和死究竟是怎么一回事呢？是谁和什么力量在瞬间决定了这一切？难道一切都是机缘？他再生了，都是因为他遇上了那个透明的圆圆的物体。那是他的月亮地，他的天地，那是他的生命之舟。而蓝水河是他的母亲。后来，当他沿着母亲的幽谷再一次获得新生的时候，也同时带来一个古老的困惑。

走出蓝水河　　135

## 4

　　庵棚很大。百十只羊卧在里头还不显得怎么拥挤。他又把他的那些编好的和没有编好的大粪筐拎进来。我也殷勤地帮他搬弄那一捆捆的条子。他没说让我搬也没说不让我搬，只顾往返忙他的，拎着一只只大粪筐磕磕绊绊地奔走。但我必须搬，我得巴结他，也应当搬，人家忙着总不能袖手旁观吧。

　　天已经晚了，要下雨的样子。我已经没法回去而且也不想急着回去。久住都市使人厌倦。我本是个乡下人，对都市的拥挤和气味从来就没有热爱过。现在有机会下乡，能在蓝水河边住上几天，还是很有野趣的。草地庵棚羊臊味是我从小就熟悉的，并不觉得别扭。

　　刚刚收拾停当，雨就落下来了。秋雨向来从容，不会让你措手不及。我和他都坐在庵棚下喘息。各自掏出烟来，互相举了举，表示礼让，都不十分认真，我是怕有行贿之嫌，再让他怀疑成买大筐的二道贩子。当然，我也不会重提老话说我是丁山你是徐一海我们是同学之类的蠢话。经过刚才一阵忙乱，他对我的态度和缓了一些，不再有那种拒人于千里之外的冷漠。但他仍对我保持着足够的警惕。因为在他眼里我仍然是个不明身份的陌生人。对此我表示理解，他不赶我走就很好了。尽管到现在为止，我还没有正式提出要在他这儿住下。可显然我们心里有数。对我留宿蓝水河，他既警惕又不是十分厌烦。我想他是不是有点寂寞了。因为看架势他是长年累月住这里的，主要是放羊，编织是副业中的副业。羊群不牵扯多少精力，就是一早一晚赶出赶进。河滩大得很，羊群可以自由吃草休息，渴了伸脖子在蓝水河饮一气。这群羊只需要他一双眼就够了。一双手就闲着，正好趁空搞编织。谁说农民干事情不讲效率，真是一举两得呢。

他抽烟袋，我抽纸烟。闷闷地抽了一阵子没个烟味。我想这不行得主动一点，就夸他的羊如何肥壮如何听话。果然夸得他高兴起来就眯起眼笑着说我放了一辈子羊也没啥学问。我说不能这样说三百六十行行行出状元呢。他就整个把眉头舒开了感叹说啥状元不状元老百姓混日子过罢了。我说哪里是混日子过你发财哩！这群羊值多少钱？他伸出一大一小两个指头在我眼前一摇。六千块！我惊叫起来，像个没见过钱的傻瓜。他就得意起来说你们城里人一年能抓几个钱？我就给他算了一笔账，总之尽量地把城里人的收入说得微不足道，并向他诉说了一番城里人的苦楚：诸如房钱、电钱、水钱、公共厕所手纸钱，等等。他很同情地点点头。然后就问我究竟是干啥的。我如实说是作家就是写书的。他忽然愤愤地说书是个骗人的东西，你别干那个！然后就起身走到庵棚口站着去了。

当时我一愣，就奇怪这老哥哥怎么对书恁大仇恨呢？但咂咂嘴没敢问。极没意思地出去撒了泡尿。顺便看了看秋雨中的蓝水河，立刻觉得凄凄冷冷的。烟雨迷蒙中，更像一只无家可归的巨大的蜥蜴在泥泞中爬行。它似乎多少年了永远没有爬出这片荒原，在县里时就听博物馆的同志说，蓝水河是一条古河，估计里头还有些稀有鱼种和两栖动物，只是还没有认真考察。我就纳闷这条古河是怎么被遗弃在这里而没有消失的呢？

一股冷风吹来我打个寒战，回到庵棚前时，他正冲我笑，嘿嘿嘿嘿！……嘿嘿！……笑得我毛骨悚然。心想坏了这人有精神病。现在不是他怕我而是我怕他了。半夜里犯神经把我扔进蓝水河，老婆孩子连尸体都找不到。这时天还没有完全黑透，秋雨也不大淅淅沥沥的就那样，我想还是趁早开路吧，别在这里享受野趣了。就赔着小心说老哥哥我打搅你半天我该回去了。说着就想进庵棚拿我的帆布包。这时他不笑了，愣愣地看了我一阵子忽然诡秘地凑上来说，我说你别走，

走出蓝水河　　137

你不是要买筐吗？天快黑了你就住这里，晚上我宰一头羊咱俩吃一顿。赶明儿一早趁我儿子不来你把这些编好的筐都弄走，你也不用付钱老子想送谁就送谁，管他娘的蛋。杂种！

他这番话又使我坠入五里雾中。他不仅坚持我是买大筐的，而且话音里有一种对儿子的不满和愤慨，好像要和我密谋叛乱。这老哥哥日子不顺心吗？我的好奇心又上来了，决定住下。再说天到这时去哪里下店？我想有他这番话夜里就不至于有什么危险，宰羊不宰羊倒在其次。先前在庵棚里就没见哪里有锅灶，宰了羊生吃不成。就对这话将信将疑。

当晚我住下了。他果然没再提宰羊的事，好像说过去转脸就忘了，或者那只是发狠时即兴许诺。

此时肚里咕咕响，又饥又渴。好在我帆布包里还有些饼干和两瓶酒，就拿出一包饼干一瓶酒又吃又喝。我连喊了他几声老哥哥要不要吃点东西，一点动静也没有。我想是他太累了已经睡熟只好作罢。不大会，一包饼干、大半瓶酒入口，顿觉五体舒坦，血也流得畅了。我在作协被称为村野酒徒。可我依然嗜酒。杯中乐趣苦涩我自享之，与人何干。

此刻，我和衣卧在干草堆上，醉眼蒙眬。透过庵棚空隙，见满世界秋雨飘洒，蓝水河一派苍茫肃杀之气，夜色正从四野悄然逼来，就有一种莫名的恐惧。不觉蓦然寻思，这位老哥哥平日一人独处荒野，终年与羊群为伍，虽有家而不可归，何异于流放。当年苏武北海牧羊也不过这光景罢。

老哥哥言语古怪，实在不足为奇了。睡吧老哥哥，今夜我和你做伴。

唉唉，弄懂一个人真是不易呢。

徐一海老是不被人理解，他永远是被同学们愚弄的对象。

徐一海那儿有毛病,同学们私下里都在议论。而且不久又有人发现他裤衩上隔些日子就有些不净之物斑斑点点的,洗的时候总避开人。于是又一致认为他伤残未好,并有人据此给他取个外号"裤儿斑"。从此徐一海就成了裤儿斑大叔。

徐一海依然如故。同学们在宿舍里喊他外号,有时在课堂上也喊,主要是在上俄语课时。教俄语的是梅老师,一个很年轻的上海姑娘,看上去也不过十七八岁的样子。整日在校园里飞来飞去的像只蝴蝶。梅老师是我们的班主任,但她从来不会训人,老是笑盈盈的。上俄语课时同学们说欢迎梅老师唱个歌,她就笑着说:"好,我唱个歌。"而且用俄语唱。有时唱中国歌曲,有时唱苏联歌曲,还有好多俄罗斯民歌西班牙民歌什么的。每堂俄语课几乎都要唱一首。看得出来她喜欢唱歌。她的嗓音非常甜美就像她人一样。同学们都爱上俄语课。梅老师个子小巧玲珑的,还不如班上的刘达、徐一海几个男生高。上课时有点力气活她老爱喊徐一海帮忙。比如挂个图表,徐一海帮帮忙,挪动一下讲台徐一海帮帮忙,抱一台留声机徐一海帮帮忙。她老是那么急急地叫徐一海帮帮忙徐一海帮帮忙,像个着急的小姑娘。连我这个俄语课代表都很少喊。也许她认为我个头太小,而徐一海却膀大腰圆,又是劳动委员。听到梅老师叫,徐一海就从后排站起来走到讲台上弄这弄那的,一副认真憨厚的样子,就像梅老师忠实的长工和保镖。后来成了习惯,上俄语课时一有什么事,没等梅老师喊就有同学叫徐一海帮帮忙,引得大家乱笑。梅老师也不好意思地笑了。偶尔也有调皮大胆的学生喊裤儿斑大叔帮帮忙吧!于是笑声更响。男生笑得诡秘,女生笑得不甚明白。只以为是冲他年龄大,并不知道哪里出典。逢这时梅老师就脸红红地说,同学们不要乱起外号这样不好,对不对呀?——对得很哪!男生们油腔滑调地回答。女生们就捂着嘴哧哧笑。可过后还是有人喊。以至整个一、二年级都知道我

走出蓝水河 139

们班有个裤儿斑大叔，课间休息时就指指戳戳的，常把徐一海羞得不敢出教室。但他从不发作，只是脸色窘窘的，任凭大家取笑。直到两年后的那个夜晚我第一次梦遗之后，才知道这外号多么让人丢脸。事实上在那之前的好多日子，我已经感到自己身体的某种变化。那一年我长高了足有十厘米，快得连我自己都吃惊，仿佛能听到骨节生长时的响声就像雨后的高粱拔节一样。我感到害怕，又常常异样地兴奋，浑身有使不完的劲，老想大声地喊叫。常用一种挑衅的目光看着让自己不顺眼的男生特别是刘达，我已经差不多快有他高了，他老是那么女人气十足地扭来扭去和女同学逗笑。而那时男生几乎不和女生说话。不知为什么我老想找他打一架。起码从心理上我已经完全不怕他了。我渴望着一场厮杀。对于刘达和女生们说说笑笑，我感到极为愤慨，他老是神秘地和几个女生说笑什么，有几次我听到他在说徐一海和另外几个男生的名字，我怀疑他把男生宿舍的好多事情都告诉女生了。包括徐一海的大裤衩子和我的尿床还有谁睡觉时说梦话谁不讲卫生谁穷得没有替换衣服谁的父母亲从乡下来看儿子像个讨饭的乞丐，等等。就是说他把男生的一切事情都出卖给女生了。我恨他，也恨那些女生。我不知道她们为什么会喜欢刘达，就凭他那张小白脸和水蛇腰，就凭他妈是什么县妇联主任？就像他妈领导全县的妇女分工让他领导一中的女生一样。当然班上的女生并不是都和他说笑，和他最热乎的也不过七八个人，常向他借书看借钢笔用有时也吸他的墨水。刘达那小子起码有三支钢笔，一瓶墨水也老是摆在桌子上。我看到过那上头的商标是真正的上海墨水。而那时班上的学生没谁用那么好的墨水，都是买一包颜料似的墨水粉用水化开捡一个墨水瓶药瓶酒瓶什么的装进去。记得徐一海用的是个小土陶罐像个出土文物似的，我用的是个黑碗叉子烂去半边是我在垃圾堆里捡的。那时倒没人笑话，因为男女生都这样。问题是刘达的真正的原装上海墨水显示了他与众不同的身份，就有一些男生和女生围住他转。有时他还从家里拿来一些妇产科病历处方纸什么的送那些女生让她们当演算草稿纸，她们就高兴得跟什么似的。但有一次他把一本什么纸送给一个叫方丽丽的女生时却碰了钉子。方丽丽不要，用手一推，看也没看一眼。当时我正好回头，就看见了那个令我高兴了几天的场面。方丽丽是个很高傲的女生，个头不高不矮、不胖不瘦，漂亮得无可挑剔，一切都长得正好。但她美得寒气袭人，看见她三伏天也会觉得身上发冷。但自从那天她拒绝了刘达的什么鬼演算稿纸之后我就觉得她非常伟大，然后第三天晚上我就出了事。那真是一件很丢人的事，一连几天我都吓得要命，但又忍不住回想那个梦，结果什么也没想清楚只记得她好像对我笑了一下，然后就模模糊糊慌里慌张地胡乱忙了一通，然后就遗精了。但从此以后我懂得了很多事情并对徐一海的裤衩子不感到奇怪了。穿上它实在是很必要的。而且我后来发现宿舍里，男生陆续都穿个裤衩子睡觉了，不再对徐一海嘲弄。

徐一海按说日子好过一点了，忽然有一天，一个乡下女人来到一中，哭哭啼啼地找徐一海说，她是徐一海的媳妇，这一下又引起了轩然大波。

徐一海已经娶过媳妇啦？他妈的徐一海怎么啥事都走在人前头，让你永远也赶不上趟，连我都有点恼火了。

## 5

罗爷又来了，腿一瘸一拐的。风把他花白的头发都吹散了，手里那根拐杖也摇摇晃晃的。野孩大老远看见了就有点奇怪，每次自己挨打，罗爷跑来相救时你看不出他腿有啥毛病。可他平日走路就显出毛病来了，越是走得慢越是显瘸。

野孩站在河边等着他，心里就有一种温暖的感觉。他在蓝水河边没有盼过什么就只盼罗爷来。罗爷会给他带来好吃的还会带来很多他永远听不懂的故事。罗爷会坐在草地上和他待上一会，痴痴地望着羊群望着蓝水河望着天空和旷野。那时野孩就坐在他身边像一只羔羊一声不响，罗爷会长久地抚着他的头他的脸然后忽然流出泪来。那时他就老是想罗爷在身边又不在自己身边好像在想念一个遥远的地方和什么人。

罗爷终于走到河边了。他什么也没说就把野孩的头揽到怀里好一阵子，野孩就闻到一股温暖的酸味好像是汗味又好像是羊皮袄的味道真是好闻极了。然后罗爷拉他走了几步在一块高坡上吃力地坐下，拐杖就搁在一边说孩子你猜今天罗爷给你带啥来啦。野孩不说话就往他怀里掏，先掏出两个暖得热乎乎的熟鸡蛋又掏出一把烧得黄酥酥的花生。罗爷敞开怀一动不动地任他两只黑乎乎的小手在怀里乱抓，然后就呵呵笑胡子一抖一抖的。野孩把东西掏完了放在面前的草地上并不急于吃只是很欢喜地看着接着就趴下身子数来数去，每次都是这样。罗爷说快把鸡蛋吃了吧过会就要凉了。野孩说罗爷你吃，罗爷说我不吃你吃吧我可是啥都吃过的吃过枪子也吃过鸡蛋你吃吧吃吧孩子。

野孩就剥开鸡蛋慢慢托在手心上一点点啃，一次啃一点收紧嘴唇只把牙伸出去。熟鸡蛋黄很容易碎一不小心掉下来米粒大一点儿，野孩忙扒开草丛仔细寻找，找了好大一阵子终于找到了发现有三只蚂蚁正要把它拖走。野孩两个指头就停住了寻思要不要抢回来那是再容易不过的事。可他终于没抢用指头在草地上抹出一条平坦坦的道来，三只蚂蚁连连磕头作揖说野孩你真好我们蚁王病了让我们出来寻好吃的这下可好了可好了，然后就匆匆忙忙把蛋黄拉走了消失在草丛深处。

野孩把鸡蛋吃完抬头时见罗爷又在对着遥远的地方出神就问罗爷你又想法兰西了吧？罗爷给他讲过很多法兰西的故事尽管他至今不

知道法兰西在什么地方，只知道那是一个很远的国家。罗爷十五岁就去那里做苦工，一路上漂洋过海经过好多好多地方路上死了很多人，罗爷也大病一场差点死掉。那时他昏迷了三天三夜浑身热得像火炭，火车经过一个镇子时眼看不行了就把他扔下火车不管了。野孩有惊人的记忆力，罗爷讲的每一个故事都能记得清清楚楚。他不懂什么叫国家，什么叫火车，不懂罗爷为什么跑那么远去做苦工，不懂那个领头的中国人为啥那么心狠把罗爷扔到一个小站上。但他知道罗爷一定吃过很多很多苦，罗爷说他吃过枪子，也吃过鸡蛋，是咋回事呀。

　　野孩摇着罗爷的肩膀说罗爷你再讲法兰西的故事好吗我真爱听。罗爷慈爱地摸着他的头说："好吧，好吧，我接着讲。"不知过了多长时间当我睁开眼睛时，真把我吓坏了，我以为我到了阎王殿，一屋子蓝眼睛大鼻子围住我。我从来没见过这些人而且那么生疏我想我是死了。可我又疑疑惑惑这些人怎么都笑着，看我一点凶恶的样子也没有。他们说的话我一点也不懂。我不知道咋会到了这里，我想爬下床逃跑可是一点力气也没有。一个老太太在胸前画个十字，笑着走过来摸着我的手，不让我动。后来就过来一个姑娘，蓝蓝的眼睛，一头金色的头发。手里端个杯子，拿上汤勺喂我。那会我觉得渴极了就闭闭眼，心想死就死吧我得先喝点东西，口渴的味道比死还难受。我一口口喝下去好像是牛奶，那会也不怕腥，就觉得好喝。我每喝一口就有人欢呼一阵，那姑娘也惊喜地叫唤。可我喝了没觉得肚里难受，光觉舒坦，后来又迷迷糊糊睡着了。我再醒过来的时候天已经黑了，一屋子蓝眼睛大鼻子都走光了，只剩下一个老太太和那个喂我牛奶的姑娘。那个姑娘忙来忙去的不知忙些啥，那个老太太一直坐在我身旁很慈爱地看着我，好像是个老奶奶。后来我住了好多天才弄明白是这一家人救了我。那姑娘打着手势说她怎么在火车站发现了我并把我背到家来，虽说听不懂她的话可我能看懂手势。原来她们都是些善良的

走出蓝水河　　143

人，是我的救命恩人。那天一屋子人也都是镇子上的热心人是来看我的。那会我感动得光想哭，真没想到在异国他乡被同胞扔了，反被外国人救了，真是天底下哪里都有坏人，哪里都有好人。老太太是那姑娘的祖母，家里也很穷是庄稼人可她们天天给我吃药也不知花了多少钱。后来我的病好了，想去找同来的华工，可我不知他们哪里去了。想回国可是没有钱，也不知道路，万里关山的往哪走哇，那滋味真是不好受，就觉得孤单得厉害。幸亏那姑娘和她祖母心肠好，让我安心养病。没办法，我只好住下来。那时候我病已经好了，虽然才十五岁可是膀大腰圆，有的是力气。看上去像个二十岁的棒小伙子，就帮她家翻地下种赶马车运肥料。在我来之前，都是那姑娘赶马车的以后就都是我掌鞭了她坐在马车上。那姑娘叫阿琳娜，她说她十七岁比我还大两岁，可她却像个顽皮的小妹妹一天到晚地笑，也不知她笑个啥，反正我也听不懂她的话只知道她没有恶意。每天黄昏的时候，那个小镇上的人都去教堂他们都信天主教。阿琳娜和她祖母也去。我跟着去了一趟，见神父的屋里摆着许多中国瓷器和古董心里就惊奇，猜想这家伙可能到中国传过教是偷来的我真想揍他一顿。打那我再也不去教堂。我没事就看家和她们家的狗玩，远远地能听到钟声。不久阿琳娜和祖母回家来，屋子里马上充满笑声。她们很贫穷但很乐观。镇子上常有一些舞会祖母二人都常去。阿琳娜爱跳舞连她祖母也爱跳起先我觉得好笑，但长了就习惯了，看来法兰西人就那样哪怕是贫穷也要把日子打扮得欢欢乐乐的。我那时老是觉得法兰西人了不起不像咱中国人老是愁眉苦脸的，人家会生活。其实在那之前阿琳娜常和我闹着玩的，有时候趁我不注意突然吻我一下，有时候突然抓住我的手匆匆忙忙跑着去干什么，大呼小叫的。那时候我不仅害羞，而且自卑看不惯，姑娘家哪有这样乱吻一个小伙子的。我就认为她轻佻，是个不好的姑娘。我是一直把她当姐姐看待的，心里就很难过。后来我才明白阿琳娜一点也不坏，敢情法兰西姑娘就那样热情奔放，你看她祖母都看见了不也没生气吗？而且还开心地大笑，人家是笑我像个小傻瓜哩。阿琳娜是全镇子最漂亮的姑娘，头发老是蓬松着披在肩膀上，皮肤雪白雪白的嫩得能掐出水来，体格健壮得像一匹小母马，可走起路跳起舞来处处透着轻盈和柔软，永远是生气勃勃的样子，有好多小伙子追她，我看得出来。我有啥权利不让阿琳娜去跳舞呢。那些天我老是后悔，可我这么多天不一直在劝她去跳舞吗？他们这么横眉竖眼地对着我吵吵嚷嚷开始我感到害怕后来又觉得委屈心里就来了气欺负人咋的别看这里就我一个中国人，我不怕就慢慢站了起来。阿琳娜先是吓坏了拼命护住我。几个小伙子要动手打我，忽然阿琳娜像雄豹一样发起疯来，拼命往外推他们。他们就哈哈大笑依旧往屋里挤要打我的样子。这时我真的恼火了，一把扯回阿琳娜就走出屋门。在一片空地上站住了，脱去上衣冲他们招招手来吧我可不怕打架。他们光知道我是个卖苦力的华工，还不知道我是和尚出生在寺庙里七岁就练习少林功夫已经练了八年，后来寺庙被山火烧了我才逃离寺庙仗着有一身功夫才敢漂洋过海到法兰西来的。我报名当华工不是为挣钱，是为见见世界的爷们！

　　从那以后我们都和好了。阿琳娜依旧常去跳舞但每次必定拉我去不跳也得去就站在一旁看。阿琳娜跳舞多美啊，她的飞展的裙子，她的柔软的腰肢，她的丰满的胸脯都在展现着她的娇媚和十八岁的生命活力。不管她在哪里跳我的目光都跟到那里，浑身热血沸腾。我为阿琳娜骄傲为她迷人的韵律陶醉。而不管她和谁跳舞不管她旋转到哪里都不会忘记利用转身的时候向我投来一束热辣辣的勾魂夺魄的目光。那目光好像在说我是在为你跳舞，我美吗？我的中国兄弟。我被深深地久久地感动着，真想扑过去把她抱在怀里无数遍地叫她阿琳娜阿琳娜我的好姑娘。可我终于没冲上去不光是因为我不会跳舞而是我忽然

走出蓝水河

觉得那么孤单就想了很多很多。我忍住两眼泪水悄悄地提前回家了。

路上我走得飞快,那时我在一瞬间决定要离开这里,因为我已经不能忍受。我发觉我对阿琳娜的喜欢已超出姐弟之情,而她那种越来越大胆的含着无限风情的目光,也明白无误地告诉我,她也同样爱上了我。我没有想到一个被抛弃在异国他乡的流浪汉,我在法兰西的一个乡下小镇上,会有这段因果,可这一切又都十分顺理成章。我知道我快要发疯了。一个血气方刚的少年的爱情足以把我焚化,我是那么狂热地喜爱阿琳娜,阿琳娜如果说要我为她去死我会毫不犹豫地去做的。我欠她的太多太多。她不仅救了我的命,而且给了我那么多的关怀和温情,现在她又要把一个姑娘最珍贵的爱情也献给我。再这么住下去非要出事不可。我知道我已快失去理智了,我会随时把她拥在怀里,她也会随时把我拥在怀里。再说我并没有打算一辈子生活在这里,不管中国多么混乱,多么贫穷,可我老想着那一片黄色的土地。我必须马上离开,我不配得到阿琳娜,她的圣母样的善良和美丽,是那样纯洁,只能永远留在心里,留在法兰西的土地上。我要走了我要走了。当我决定这一切的时候谁也想象不出我是多么难受。但我还是决定了一定要走。那一刻我是多么清晰地意识到我是个孤零零的异乡人,就像刚来时的感觉一样。我明白了她不让我走,我知道她不会让我走的,可我已不能改变,任她怎么哭闹我都一言不发。我知道我只要说什么就一定是答应不走而没法拒绝她,我只能紧紧闭上嘴,把话关在肚子里,使劲憋住,不让它出来。我竭力装得冷冰冰的,我要欺骗她让她感到我是个无情无义的人,是个铁石心肠的人不值得她为我流泪,我当然也需要欺骗自己。

但天明传来消息,说战争爆发了,德国人要打进来。小镇立刻大乱再也没有人做生意,没人理会田里的庄稼,更没人跳舞。大家都惊慌地谈论一件事就是战争。那天我原准备离开小镇的,可当阿琳娜一大早敲开我的门,告诉我这个惊人的消息时,我也惊呆了。

那时我已能说几句简单的法语。我很快明白我不能走了,我不能在这种时候离开小镇离开阿琳娜,她需要一个男人为她壮胆为她分忧,如果离开就是逃跑就是无耻的叛徒就是懦夫就会丢一个中国人的脸。我决定留下来并把这意思告诉阿琳娜,阿琳娜当即就抱住我哭了。几天以后征兵开始了,镇上的年轻人都被编入军队发给枪支要开赴前线,我毫不犹豫也报了名。我不知道战争是谁发动的战争有多大,我只知道我必须报名,既然法兰西的兄弟们去打仗了我当然也要去和他们共患难。更主要的是我觉得我要为阿琳娜去战斗不能让德国人攻进来践踏这片土地污辱阿琳娜和千千万万的妇女,我要像法兰西的儿子一样去战斗。镇上的小伙子们为我的报名欢呼,阿琳娜舍不得让我去,但知道不能阻拦我又为我自豪,她亲自为我送行像一个真正的未婚妻那样和我吻别泪流满面泣不成声,她的善良的祖母也泪流满面拥抱了我,那一刻我觉得我成了法兰西的儿子。

从此我随军队离开了小镇,我成了一名优秀的法兰西士兵。在巴黎、凡尔登,在马恩河、安纳河流域,我打了无数次仗。后来又随军队到过比利时到过瑞士到过德国几乎走遍了整个欧洲。三年后当战争结束时我浑身十八处负伤但我总算活下来了没有倒在遍野的尸体里。我带着勋章和一身伤疤重新回到了法兰西那个偏远的小镇,我想把勋章献给我的阿琳娜,我想对她说战争已经结束你不必担惊受怕了我总算为你做了点什么。可我到了那个小镇后,才知道阿琳娜在一次反战示威中被警察开枪打死了。阿琳娜的祖母还活着,她向我泣诉了阿琳娜惨死的经过。我已悲痛得没有话说,也没有泪水。我只在骤然间感到四年的仗,白打了,我的血白流了,我的勋章一文不值。那一刻我垮掉了,四年的战争和无穷无尽的思念已耗去了我全部的精力。我知道我也死了,只剩下一副躯壳。我把勋章扔进一个臭水坑,才去了阿

走出蓝水河 147

琳娜的墓地。我怕那场已经过去的肮脏的战争玷污了圣洁的阿琳娜。我站在墓地对阿琳娜说:"战争结束了,你不再有活鲜鲜的生命,我也不再有可爱的姑娘,只留下一个美好的梦,我会一生一世记住你的。"后来我像个乞丐一样重新爬上火车永远离开了法兰西……

罗爷已经走了。野孩还对着蓝水河发呆。罗爷的故事他永远也听不懂,可每次都听得痴迷听得心驰神往。他老想沿着罗爷的足迹去一趟法兰西看看阿琳娜的墓地。罗爷临走的时候他曾问罗爷法兰西有多远。罗爷没有回答只说世界大得很哪神情就有点诡秘。野孩讷讷地说了句什么。罗爷忽然呵斥他你应当走出蓝水河去,不能老在这里放羊懂吗!野孩就一愣,走出蓝水河有啥复杂,蒙头蒙脑的样子。罗爷摸住他的头说:"孩子,我说你沿蓝水河往下游走三里路的地方也有个庵棚,那里住着一个女人,你去找她,她会告诉你怎么走出蓝水河的。我的故事快完了,往后就是你的故事了。"说着流出两行浑浊的泪水。

罗爷一瘸一拐地走了,最后消失在远处的草丛里。不知怎么野孩觉得心里酸酸的,他有个预感,罗爷不会再来看他了,他说他的故事完了往后就是我的故事了,我也会有故事吗?野孩扔下羊鞭子拔腿就去了。他记得是下游三里路。

## 6

睡梦中我被渴醒了,忘了喝酒吃饼干的事,一腔子都是火,喉咙里干得像扎了无数钢针。那时正是深夜,只闻耳边风声雨声簌簌簌簌簌簌……一时竟不知今夕何时,今在何方。我翻个身到处黑咕隆咚的,摸一把身下都是草,同时就听到一阵和雨声不同的哗哗声和刺鼻的臊味。是羊在撒尿依稀就记起来了。我是睡在蓝水河边的庵棚里。

然后脑子就清醒过来，细细倾听外头的风声雨声那声音湿漉漉的就觉嗓子眼不再那么干得起火，而且就觉得世界静得出奇心里也静得凄凉好像脉搏全无怎么会有这种感觉呢。其实外头风雨正紧就如都市街道上的喧闹但感觉又完全不同。都市的喧闹是一种干燥的声音叫你心烦意乱心神不宁，而蓝水河边的潇潇风雨却叫你感到世界如此辽远和宁静。到此时我才体味到真正的野趣。野趣就是忘却人间回归自然你不再是人而是风是雨是草木是泥石是河流是大地是天地间自自然然的存在物。于是我变得心静如水身心渐渐融入风雨。但我终于还是人意识重又回到身上因为我忽然在潇潇风雨中听到一种异样的声音。似乎哪里有一只老鼠在黑暗中啃噬什么硬物，啃得专注而放肆，完全不理会什么风雨和我这个大活人。那声音时断时续时大时小阴森森叫人害怕。我壮起胆子摸出手电筒循着声音突然照过去心想我准能看到你究竟有多大说不定是个白毛大老鼠。但接着我就吃了一惊哪有什么老鼠原来是老哥哥披着羊皮袄蹲在黑暗中正啃一块窝头。那窝头很大想必干硬得像石头块，他双手捧着歪起头正啃得起劲。手电光照过去他一点儿也不惊慌只回头看了我一眼然后又专心啃起来，我只看到他脸上毫无表情就两只眼睛闪闪烁烁的像鬼火样可怕。那样子显得饥饿而贪馋好像很久没吃东西了。老实说我比见到一只白毛大老鼠还觉得恐怖，于是急忙关了手电重新躺下，心口就怦怦跳。想起傍晚睡觉时老哥哥确实没吃东西就睡了。但他生活也应该有点规律，怎么单等半夜里爬起吃东西，平日都是这样的吗？像个大老鼠。我忍不住又往门口望去，模糊一个黑影仍蹲在那里一动不动，望着雨夜出神，也不再有声音。我想他是啃完了，可他吃饱了没有呢，就先咳了一声，然后赔着小心问："老哥哥，你还饿吗？我这里还有饼干呢。"老哥哥没有吭声依旧蹲在那里出神。庵棚外风雨越发紧了，雨打在庵棚上发出很响的声音，羊群就骚动起来，咩咩乱叫可怜巴巴的。老哥哥忽然回头用一种凶恶的声音说你等着早晚我得宰一头羊吃！愤愤然单凭声音就能感觉出来。那声音不像是对我说的好像是说给自己听的我就猜想这话不知说了多少遍了。老哥哥胸中似有不尽的凄苦一如这秋风秋雨剪不断理还乱半夜三更地犯神经。

后半夜就再也睡不着思量这人间真是说不清道不明，不由又想起徐一海——也怪，我总把徐一海和老哥哥扯在一起，老觉他们在哪一点上极其相似我想我是不是真的犯神经了。

那天传达室司老师来喊徐一海的时候是晚饭后，同学们都正在教室前的空地做游戏。男女生分成两大组女生是丢手绢，男生是打瞎子摸瘸子。女生被捉住的要罚唱一首歌，男生被捉住的也要唱一首歌。我们班因为梅老师爱唱歌大家也就喜欢唱歌了，每次学校举行歌咏比赛都能得到名次但从未得过第一名。因为我们班的歌曲虽然好听但内容上不太革命化老是软绵绵的。但同学们好像很喜欢这类抒情歌曲。那时梅老师也在教室前和女生分在一组玩，刚好被捉住了正在唱一首意大利民歌，她站在女生围成的圈子里轻轻摇晃着身体："春寒未了，女郎窈窕，一声叫破春晓，花儿真鲜，香味真好，买朵鲜花迎春早。"忽然梅老师一笑说完啦，就蹦跳着跑出圈子和女生蹲在一起了并把裙子往两腿间按了按。那时男生们都扭过头去听梅老师唱就有些不尽兴的样子。大家爱听她唱歌也爱看她活泼的样子，她比一般女生还显得活泼。女生在大庭广众下过于忸怩作态而梅老师就落落大方尽管也有点羞怯，但羞怯和忸怩不一样。她那件洁白的带点黄花的软柔柔的裙子也叫人喜欢有时她也穿另外颜色的裙子她有好几条裙子都很素雅而不失俏丽。梅老师是当时一中几千名师生唯一穿裙子的女性，因此特别惹眼。据说因为她爱穿裙子还受过校团委的批评，梅老师也是共青团员还是校团委的宣传委员。

就在这时候，传达室的司老师来了，他叫徐一海去校门口说是有个年轻女子自称是徐一海的媳妇让他赶快去。那时同学们一听都笑了就奇怪徐一海怎么有个媳妇呢。都看着梅老师有点担心。因为大家都知道中学生是不准谈恋爱的更不准结婚这下糟了我想弄不好徐一海要被开除。但梅老师并没有惊讶只捋了捋头发走到徐一海跟前说："徐一海，你去吧。"

很平静很关心的样子好像她早就知道徐一海是有媳妇的。我就松了一口气看徐一海时他脸涨得通红低垂着头刚要挪步忽然冲我看了一眼说丁山你跟我去一趟，声音小得只有我能听到。我吓了一跳你媳妇来了我去干什么但我没有拒绝。因为徐一海的目光是哀求的好像他要去见的不是他媳妇而是个母老虎我去可以帮他壮壮胆的。可我这么公开去怕别的同学瞎起哄就同样低声说好吧你先去我先到厕所去一趟然后离开同学们朝另一个方向去了。徐一海也同时去了校门口心事重重的样子。我走出几十步回头看时见传达室司老师仍在教室前和梅老师说着什么很殷勤的样子。那时同学们已经散去快要上晚自习了。我就忽然回想起司老师怎么老爱和梅老师说话。司老师其实是个功臣一脸都是伤疤也没什么文化，但他有许多勋章都是在朝鲜打仗得的分在一中做警卫他经常给学生做报告就是讲战斗故事同学们都很崇拜他梅老师也很尊敬他。

有一次班上的刘达说司老师的脸像个鬼脸就被梅老师批评了一顿。我记得那是梅老师第一次认真批评学生她很生气地说不要这样乱说司老师是人民英雄我们要像尊敬老革命前辈一样尊敬他。

可这会儿我忽然也对司老师有了一种反感但随之又在心里害怕觉得这思想很可怕很危险的。司老师和梅老师说话你反感什么真是的。

我到校门口的时候，徐一海已在那里了。他旁边果然站着一个年轻女子比徐一海还高大，年龄要有二十几岁显然比徐一海还要大几

走出蓝水河　151

岁。人长得不怎么俊，脸上斑斑点点的，好像是雀斑，但身材壮实，一对大奶子鼓凸凸的像两座山峰。徐一海平日看上去又高又大的样子，可是站在她跟前就显得单薄了。怪不得徐一海惶惶然要我陪他来，可我更是小得可怜，对这庞然大物立刻生出畏惧之心。他们显然在等我，也不说话只看着我走近了那女子就用一双小眼睛惊奇地看着我像看一只麻雀。好像在猜测这小麻雀是个什么重要角色一定要等他来这时我的确尴尬就想溜走可徐一海一把抓住我给那女子介绍这是我的同学丁山。那女子就点点头做出一个很吓人的害羞的动作身子忸怩了一下像一座山在摇晃我吓得赶紧闭上眼。

　　后来就稀里糊涂跟他们去了一中东边的马车店一路上谁也没有说话。原来那女子已在马车店租了一间屋住下。屋里放两张床还堆放着一些缠绳草料什么的。那女子坐在一张床上压得床嘎吱响了一声，我和徐一海并肩坐在另一张床上。沉默了好半天徐一海才怯怯地问你来有啥事呀，那女子忽然就捂住脸哭起来说你别上学了咱一块回家去吧。徐一海说那咋行我得上学。那女子说你上学把我一个人丢在家日子没法过。徐一海也没问怎么日子没法过只说我不管我就得上学。那女子忽然把手从脸上拿开一脸鼻涕一脸泪地凶起来我总是你媳妇吧你咋不管我的事呢然后就连珠炮似的说了许多。我就不甚明白而且觉得好笑她那么大个人还要徐一海管她的事两个人在一起就像母子俩徐一海咋娶了个那么大的媳妇这不是受气吗？

　　那时徐一海真像个儿子似的任那女子叫骂就是不说一句话只低下头用脚在床前的地上一搓一搓地很快搓出一个坑来。那女子又哭又叫也不知说些什么，好像在骂徐一海又好像骂别的什么人我只听清了一句是骂徐一海的爹她说你爹是个禽兽我怀上他的孩子了。我大吃一惊偷眼看徐一海见他脸涨得发紫忽然冒出一句说我不管那是你们的事你赶明儿就回去吧我得上课去了。然后扯起我就走。那女人忽然就愣了不再喊叫猛站起来说你别走就一把抓住徐一海的手可怜巴巴地流出泪来像个无助的小女孩。我一见此情真不好再待下去了说徐一海我走啦你就陪她再说一会儿话吧然后我逃跑似的奔出马车店心里就直后悔我来干啥呀人家媳妇来了总有些私房话真是个傻瓜蛋。回到教室时晚自习已经开始教室里静悄悄的谁也不知我干什么去了。那一晚我都有些心神不宁不知是在想些什么。晚自习结束回到宿舍时猛见徐一海已在屋里了黑暗中躺在床上面朝里一动不动。同学们好像也意识到发生了什么不愉快的事没谁惊动他。只刘达嬉皮笑脸地说徐一海你媳妇来了咋还睡这里快搂着你媳妇睡去吧。徐一海仍然没动一动显然他并没有睡着。同学们也没有起哄刘达怪没趣地爬到床上睡去了。那时我真有点难过不知是为徐一海还是为那女子。那么大老远跑来一定是遭了什么不好的事，她说她怀上他爹的孩子了，真会有这种事吗？可徐一海似乎无力也无兴趣管她好像家里发生的一切都和他没关系。但他显然又极为痛苦。同时我为自己不能为他做点什么也非常不安。我又能做什么呢？

　　第二天早饭后我找了几个要好的同学凑了一块三毛钱匆匆去了马车店也没告诉徐一海，我想这点钱总够那女子吃一顿饭的谁知马车店的人说她一大早就走了。

　　从那以后几年一直到上高中，徐一海的媳妇再没有来过。徐一海也极少回家逢寒暑假就去那家马车店帮助人家干活锄草铲马粪打扫卫生，马车店就给他一点工钱。晚上他仍回学校住一个人孤单单的。一放假学校就没有伙了，连个吃饭的地方也没有。好在学校有个女工经常照顾他。这女工三十六七岁同学们都叫她葛婶。但有葛婶却没葛叔也是孤身一人。据说她新中国成立前是讨饭的那时还很年轻有一年冬天在一中门前饿昏了被老师们救起来后来就把她留在一中做杂工。以后就专门照看女生宿舍。一中的女生很多宿舍单是一个独院在

走出蓝水河　　153

学校西北隅也就是院中院的意思。只是围墙稍矮。女生宿舍一排排的千把女生都住里头。平日别说男学生就是男老师也极少进去，那里完全是个女儿国。在一中男生的心目中女儿国是个神秘的去处但没人去过。女儿国有一个小门，门后有一间屋就是葛婶的住处。她掌管着门的钥匙。一到晚上女生就寝后她就把小门锁上，白天就忠实地守卫着小院，那里头晾晒着女生的被褥衣服和一些只有女生才有的小物件。有时经过小门忍不住往里看一眼花花绿绿的一院子都是好半天回不过神来。葛婶很善良单从面相上也看得出来，女生们都很爱戴她。她像爱自己的女儿们一样爱护着所有的女生。平日葛婶不在食堂吃饭自己用炉子煮，反正她有的是时间。徐一海放假不回家总在她那里搭伙，是葛婶喊他去的。他们已经混得很熟了亲热得像母子俩。徐一海要交钱葛婶从来不要。她说你看你这孩子多憨我一个人三十多块钱工资正愁没地方花呢哪能要你的钱就在这吃吧。徐一海不过意有时就从街上买些菜来。那时东西便宜，鸡蛋三分钱一个，生羊肉也就两毛多钱一斤。徐一海一天能挣一块二毛钱就够用了。

　　初三毕业那年暑假，我没有立刻回家，陪徐一海在校住了十几天。我对录取很有把握，我考得不错。徐一海更不用担心他是保送上高中，因为他学习成绩太突出了。别看他嘴笨一天到晚不吭气可他内秀。数理化成绩尤其突出，几次代表一中参加全地区八个县数理化竞赛都名列前茅。校长秋枫几次在全校表扬他，梅老师当然更喜欢他。很多人都奇怪这家伙平日像个大憨熊谁都可以捉弄，可他心里却灵秀得像一池清水。不管什么样的难题摆到面前他略一思索就能唰唰地做出来。他好像有一种奇特的悟性，内心世界十分宽广，而日常生活却显得不省人事。我想这就是大智若愚吧，成就大事业的都是这类人。我对他佩服得五体投地他是我一生中第一个，也是唯一真心佩服的人。那时我就想，若干年后一中几千名学生中如果有一个人能成为杰出人物，就必定是徐一海。

　　那真是愉快的十几天。初中毕业了就要升入高中离大学还有一道门槛，怎么说也能一步跨过去，正是前程似锦踌躇满志。白天我常跟徐一海去马车店，帮他锄草、喂马、垫圈，干得兴致勃勃。马车店有许多马车专搞长短途运输。管账的是个长胡子老伯，戴个老花镜总坐在一张旧桌子后头打算盘。老伯很慈祥见我干得欢实就说过几天也付你工钱我红了脸说不要我是干着玩的。老伯就笑了说娃娃别不好意思干活就要拿工钱嘛，这钱拿得光荣哩哈哈哈哈。我心里就非常高兴徐一海看看我也笑了。我们像两个勤工俭学的学生心里都有一种自豪的感觉。傍晚下了工，有时我们去爬一座废水塔。废水塔在老城西北面靠近郊外的地方。废水塔有四十多米高，爬上去可以看到方圆几十里内的大平原。村庄、河流、阡陌尽收眼底，就有一种在云端的感觉心胸顿然开阔。夕阳冉冉落下收尽最后一束日光。大平原就成了无边的朦胧。那天我突然说将来有一天我要去北京，然后我问徐一海你呢？他说我要去法兰西。法国？是的我要去法兰西。他说得很平静好像早就决定了。我吃了一惊不知他为什么要去法兰西但我很快就惭愧了我知道他心中的世界比我大得多。

　　一中的校园很大，几乎占去旧城址的一半，是以文庙为中心修建起来的。校园里有很多古建筑和古柏古槐，还有几个莲花池。景观虽不如我后来见过的大都市公园但在这座小城也算得个好玩的去处了。只是平日学习紧张顾不上观赏，现在放假了校园里空空荡荡的正好从容走走。在葛婶那里吃过晚饭，我和徐一海就常在校园里晃荡。如果是一个人到处黑黝黝的肯定会害怕，但两个在一起就不一样了靠着徐一海我就有一种安全感。那天晚上星光朦胧，我们沿荷花池边的草地慢慢散步，一股清幽幽的香味不断钻进鼻孔心肺都觉得舒畅。于是我们坐在草地上双手撑在背后仰着头，忽然哪里传来钢琴声和歌声隐隐

走出蓝水河　　155

的起先我们以为是天上飘下来的后来又以为是外头的电影院在放电影但好像又不是，因为那声音很近而且歌声熟悉。徐一海显然也听到了凝住神细听。我们在黑暗中对视了一眼我说是梅老师！徐一海一下坐直了。是啊是啊怎么会是梅老师呢，每次放假她都要回上海探亲今年暑假也去了还是我和徐一海提着行李送她到汽车站的啥时又回来了呢这么快！徐一海说：“丁山，走我们去看看。”于是我们爬起身循着歌声去了。我们已经听清了钢琴声和歌声就是从这个院子里传出来的歌声熟悉得不能再熟悉了，一点儿不错，是梅老师。那么钢琴呢唔唔想起来了文庙的正殿里有一架贵重的意大利钢琴，是一个外国传教士留下来的，正殿是一中图书馆仓库摆放着很多书籍。有一次图书管理员要我们班帮助整理图书梅老师就带大家去了，一连干了一个星期用了六个下午的自由活动时间。图书馆里有很多线装的古籍发出一股陈旧的味道，有些已经坏了要重新修补登记。就是那次我们见到了那架钢琴，下头垫着木板上头蒙着一块很大的黑丝绒罩。也就是那次梅老师被聘为业余图书管理员我们班借书就特别方便。

现在的问题是钢琴是谁弹的呢也是梅老师？她为什么匆匆忙忙又回来了呢？

院子的铁门虚掩着。徐一海的呼吸有点急促他说进去看看！声音低沉而果断。那一瞬间我感觉到徐一海非常冲动一改平日的懦弱和谨慎，像一个毛脚猎人急于要去捕获。同时我就忽然回忆起前些天送梅老师上汽车时他的潮湿而痴呆的目光。这时徐一海轻轻拉开一道门缝敏捷地闪进院子，我也随后跟进心里就有些发慌像个窃贼。院子里黑得吓人周围的古建筑沉重而威严地矗立着给人一种古堡的阴森。徐一海已头前走了脚步轻轻地直奔文庙正殿，仿佛已经忘了我的存在。琴声和歌声正是从那里传来的已经十分清晰。

徐一海已经爬上大殿的台阶正贴在窗口往里窥探，我也猫一样爬到他身旁站在他背后我立刻大吃一惊，大殿里不仅有梅老师还有秋枫校长！秋枫校长正在专注地弹琴坐在一个方凳上，旁边就站着梅老师她的一只手轻轻扶住他的肩，两人随着旋律摇晃着身体如痴如醉。一支蜡烛映照着他们的面孔，神情里充满了安谧幸福好像还有点儿忧伤。这是怎么回事呀一刹那间秋枫校长平日那中央委员一样的威严和梅老师纯净像小鸟样的形象统统被打碎了。他们那亲昵的样子叫人看了害羞他们怎么可以这样呢，一位是可敬的校长一位是可爱的老师一个是已经谢了顶的头发花白的男人一个是如花似玉的二十岁的姑娘。他们显然是相约来这里的是在谈情说爱吗，如果是那么这里真是再好不过，一座占去几乎半个城的空荡荡的校园一座密闭的古雅的院落而又是假期又是晚上不会有人来打扰他们。他们绝对想不到正有两个学生从窗外窥探。

我从侧旁看徐一海他显然也惊呆了，他的脸在抽搐两只眼在微弱的烛光中闪着烈火样的光仿佛要把整个大殿焚毁。我真是怕极了不知会发生什么事徐一海为什么会有那样一种骇人的目光。秋枫校长和梅老师对视一笑一曲又起，我怎能离开你如形影难分你占有我的心请你相信我纯洁的灵魂总愿与你亲近我心无他恋仅你一人蓝色的花朵称为毋忘我佩戴你心间常想念我花与希望会消逝你与我情谊深真情不会淡薄请你相信……忽然旋律一变秋枫校长双手按动着琴键自己唱起来声音低沉而浑厚像是从地层里发出来却让人心旌摇荡起码我被他的歌声震撼了，在山谷底下在深山沟中你抬头听见轻风吹动亲爱的你听轻风吹动你抬头听见轻风吹动写这封书信再三地请求请你回答我呀你属于我吗亲爱的人呀你属于我吗请回答我呀你属于我吗玫瑰爱阳光紫罗兰爱甘露老天爷知道我最爱你亲爱的人呀我最爱你老天爷知道我是最爱你……我凝神静听不知为什么我的泪水唰唰地流出来，我忽然感到秋枫校长是那么老迈那么可怜像个失魂落魄的乞丐，在向一个年轻的姑

走出蓝水河　157

娘乞讨安慰乞讨幸福乞讨青春乞讨生命。他的花白的头发在摇颤他的浑厚的声音在摇颤他整个的身心都在摇颤,他快要支持不住了仿佛已拼尽生命的全部力量。歌声和琴声同时停了,秋枫校长流出两行泪水扶住钢琴想要站起来却几乎歪倒梅老师此时已泪流满面她突然拥抱着秋枫校长疯狂地亲吻,秋枫校长紧抱住梅老师两个身体就紧紧贴在一起,一片乌云样的秀发整个覆盖了那一片花白。

我呆住了但居然没有觉得丑恶,尽管这是我平生第一次看见一个女人和一个男人的亲吻和拥抱。我心目中的神和纯净的小鸟没有了两个活生生的情感丰沛的人重新打动了我的心。黑暗中原来隐藏着这么多秘密每个人都有一副另外的面孔吗?

徐一海却突然跑走了,像是受了重大刺激。

## 7

蓝水河下游三里,野孩很快就走到了。他走得很急一路上只往蓝水河扔出三块小石头但没有一次打出水漂。他老想着那女人是什么样子引得罗爷都信服她。罗爷把我交给她可她会讲故事吗?

那女人果然等在那里,好像早就知道野孩会来。但她没有转头直到野孩离她只有十几步远了也没转头,只是望着蓝水河一动不动。野孩就有点害怕原先的漫不经心变成了胆战心惊。他不知道为什么会突然害怕这个女人。她那样子实在有点古怪完全对他视而不见,像一个冷酷的女妖面对蓝水河修炼魔法。她头发长得吓人披散着一直垂到屁股下的石头上把上半截身子都覆盖了露出光滑的大腿。上身好像也没穿多少衣裳,发丛中隐约透出一抹胸罩和细腻的皮肤。她的皮肤不白但是光滑细腻呈棕色。她的胸脯迷人地丰满但腰却细得出奇。你猜不出她的年龄是三十岁还是四十岁或者她其实只有二十岁。因为蓝水河映出的光线老是捉摸不定。野孩只觉那女人一下把他击昏了头，浑身的血液都在胡乱奔突仿佛沉睡了多少年的什么东西在那一瞬间苏醒了，立刻觉得非常崇拜她。

野孩站在距她十几步远的草地上，怯怯地再也不敢靠前。他觉得这女人妖冶而又高贵，而自己却那么卑微。

野孩的腿有点发抖。他双眼鬼鬼祟祟地看着她真想拔腿逃走了他觉得自己没有勇气和她打招呼。正这么想着，那女人回转头来傲慢地看着他你就是野孩吗？是……的。怎么叫这么个难听的名字，从今天起你叫一海，懂吗？野孩不懂既不懂原先为啥叫野孩也不懂现在为啥改名叫一海。他的确从来没有想到过名字的问题大伙不都是这样叫的吗？不过他还是很喜欢一海这个名字。她第一件事就是为自己重新取了个名字。他有点受宠若惊地点点头而且相信这件事一定很重要。这时他有点膝盖发软心里万分感激就凭她开口和自己说话而且取了个好听的名字他真想给她下跪就扑通一声跪在草地上了。那女人忽然诧异地摇摇头起身走过来她只穿着一件极小的裤衩戴着胸罩披散着一身长头发走起来飘飘拂拂的。野孩吓得闭上眼她要干什么要打我吗？那女人在他面前站定了一把扯起他来说记住往后不许下跪人是不能轻易下跪的长两条腿是走路的不是用来下跪的懂吗？！她的声音非常严厉但野孩听了却非常舒服。他站在她面前贴得那么近透过她胸前的长发可以清晰地看到她的两个弹动而高耸的乳房，那里正散发着一种热烘烘的清香。他贪婪地瞪大了眼忍不住抬起一只脏兮兮的手他想去摸一下却忽然停住了。那女人正低头看着自己目光森森但却突然扑哧笑了说你这孩子还有救。野孩就有点纳闷忽然想起罗爷常说村里人没救了而她咋说自己还有救啥意思呀。那女人已不再有先前的傲慢的神态变得温温和和地说你要看看我住的地方吗？野孩并没有想到要看她住的地方也没有提问她是什么人为啥也住在蓝水河边。他觉得这没啥好打听

走出蓝水河 159

的就像自己住在蓝水河一样自自然然。但他还是跟她去了不知为什么自从见到她就觉得应当服从她而这种服从又是很愉快的完全不像服从大黑驴和蚂蚱牙的耳刮子。

在一处背风向阳的河坡上也有一个和自己差不多的庵棚也有几头羊。但她的羊只有几头不像自己放了一大群。她的庵棚里更是大不一样。不仅有各种各样的装饰如草编的狗猫等小动物，而且还长着一些野蔷薇在庵棚里攀缘，开着些紫的白的黄的花散着淡雅的香味。完全不像自己的庵棚臊气熏人。野蔷薇的枝蔓几乎覆盖了整个棚顶，庵棚就像一座生机盎然的碧宫。庵棚还有一个内间但隔着一道小门想必是她的卧室了那女人没让他进去。那女人问野孩你看这里好吗？野孩肯定地点点头眼睛里闪着兴奋的光他觉得好极了，他忽然想起罗爷的故事里那些法兰西人如何把贫穷的日子打发得欢欢乐乐，眼前的这个女人和阿琳娜多么相像。她用一些极为普通的野蔷薇把一个简陋的庵棚装点得这么富有生气，人往里一站就会感到精神一爽好像这才是活鲜鲜的人间，而过去的日子都显得古老而虚幻了。那女人看野孩出神就说你先回去吧，以后每天下午都到这里来我教你认字读书下午懂吗就是后半天。

野孩恋恋不舍地回去了沿着来时的小径。一路上往蓝水河扔出六块石子就打出六个水漂。他非常高兴今天见识了一个新的世界尽管那女人并没有说怎么走出蓝水河。是的那女人就是一个新世界他已经感觉到了。

自此以后，野孩每天上半天放羊下半天就去下游三里路的地方找那个女人。他常常显得急不可待他不明白那女人为啥有那么大的吸引力。她教他认字算数，纠正他的难懂的土话。比如，别说赶明儿，要说明天；别说晌饭，要说下午；别说额拉盖子，要说额头；别说胳拉拜子，要说膝盖；别说天地要说太阳；等等。那女人发现野孩有惊人的天资不论什么一教就会过目不忘。他的心智如同一块肥沃的处女地一经开发便会萌生一片茂密的浓绿,你播种什么就会收获什么而且好得意外一年以后他就能流利地读她的那些书籍了。她有很多书籍都是舞蹈艺术文学方面的。他还不大能看得懂但他如饥似渴,他喜欢不懂的东西好像有一股无形的内驱力催赶着有一盏神秘的灯笼引导着沿一条黑暗的隧道往前摸索。他不知道等着他的是什么但他知道那是一个更为宽广的世界。他依稀记得自己经历过几世几劫从父亲的迷宫到母亲的蓝湛湛的水域到眼前的蓝水河一个世界比一个世界更宽广,命中注定了一定要不停地走下去。

但忽然有一天大黑驴来到蓝水河边发现了他的行踪。他不让他再去那个女人身边而且答应为他娶个姑娘,他好像恍然大悟说唔唔你已经十六岁该娶个姑娘了而且奇怪的是没有打他。因为大黑驴从他的沉默中看到一种可怕的傲慢和不屑。这种表情是过去从来没有见过的不仅没从野孩的脸上见过而且没从村里任何人脸上见过那是一种完全陌生的没有见过的表情。在这种具有威慑性的表情面前他一时有些慌乱竟无法握紧那条极富弹性的棍子。那时太阳刚好开始偏西就是说上半天已经结束下半天已经开始,野孩一声不响地看了大黑驴一眼转身大踏步往下游走去了。他的下半天属于那个女人。

大黑驴怔住了。但后来又悄悄跟踪去了他要看看他和那个女人究竟在干什么。他趴伏在距那女人庵棚几十步远的地方拨开草丛往那里窥探。他听到庵棚里发出一阵大笑,首先是那女人上气不接下气的尖声的大笑然后是野孩断断续续的笑声。大黑驴不明白他们笑什么但他觉得那笑声和自己有关。他有点恼怒却不敢闯进庵棚他怕那个女人。那个女人是几年前的一个黄昏突然出现在蓝水河边的。那时村里人远远看到一个甲壳虫样的东西往蓝水河边驰去同时有一种巨大的声响。那天夜晚蓝水河亮着火把人声嘈杂村里人几乎一夜没睡不知那里发生了什么事，黎明时那个黑色的甲壳虫拖着浓烟放屁样地大响着走了。天明后许多人跑去看那里静悄悄的，只是多了一个庵棚和一个女人。那女人正在蓝水河边一个人跳舞，她几乎一丝不挂披散着头发扭腰甩臀，舞姿美好而疯狂好像撕碎什么。后来她发觉有人在草丛里偷看就从地上捡起一杆猎枪冲草丛轰隆放了一枪，然后把枪丢在地上叉住腰看着人们四散奔逃又尖声地上气不接下气地大笑起来。从那以后再没人敢靠近她但她每天清晨和黄昏必定要在蓝水河边跳舞，仍然几乎是一丝不挂披头散发地扭腰甩臀，舞姿优美而疯狂恶狠狠的好像要撕碎什么。有时还对着蓝水河大声地喊叫像狼的叫声凄厉而悠远不下跪不下跪不下跪不下跪就是不下跪！……村里有人说她是个女疯子也有人说她是蓝水河出来的女妖，但罗爷说她肯定是个了不起的女人。后来罗爷就去看她几趟一待就是半夜。大伙就有点欣然罗爷打赢过第一次世界大战还不能降服一个女妖吗？但罗爷好像没有要降服她的意思只是每次回来都说打什么打？人嘛！打什么打？那女人后来就不再狼一样号了显得安静了许多但仍然每日在蓝水河边跳舞，凌晨迎来朝阳黄昏送走落日。村里人相信那是一种古老的祭祀仪式。

  大黑驴悄悄离开那女人的庵棚回去了。他有点伤心忽然觉得儿子已经不属于他了，他是被那女妖勾引去了。他们每日在庵棚里肯定干着他和杂货店的娘们干过的那种事。男人和女人在一起除了那种事还有什么好干的呢？啥大不了的不就是个女人吗无非奶子大一点屁股圆一点老子破上几头羊不信找不来一个姑娘。果然日子不久，大黑驴把一个姑娘连同她大领到蓝水河边。那姑娘的大根本没看野孩两眼只盯着那群羊。大黑驴说随你挑十头不能多了。那姑娘的大就笑了说那自然说好的嘛就从羊群里往外拉羊专拣又肥又大的挑，挑得大黑驴脸上起火你快一点！那老头挑好了赶到一旁你数数吧。大黑驴走过去数了三遍说你走吧咱们两清。那老头就笑眯眯地赶着羊走了看也没看闺女一眼。这姑娘叫石榴是个傻大个儿一走路奶子像摇鼓似的。她看野孩又看满河滩百十头羊像是眼不够使唤非常欢喜地拍了一下手然后又意识到失态就做了个可怕的忸怩的动作像一座山在摇动。大黑驴盯住石榴那一对可恶的奶子凶恶地说你往后就住这里看住他别让他乱跑还有这些羊！大黑驴真是恼火透了这笔交易实在不够本，为这群羊得给野孩娶个媳妇为他娶媳妇又得搭上十头羊，那个杂种老头真够精明够狠心尽挑最大最肥的羊你看他那个怂儿我操你闺女！大黑驴两眼闪着淫邪的绿光骨碌碌在石榴的胸脯子上打滑。他横了野孩一眼那小子坐在一块石头上掐草棒好像这件事和他没关系就猛地抽出那根极富弹性的棍子扑上去一顿猛抽，每一下都人肉触骨，每一下都发出湿漉漉的实实在在的声音。野孩根本没来得及站起来就被打倒了一霎间衣裳都成了带血的碎片，他身下的草地被血染红了，野孩急促地喘息着翻眼看着那根棍子舞动头就抵在草地上血从头脸流出一直淌出很远。这是多少年来打得最厉害的一次。石榴先是吓呆了捂住眼东跑西跑好像要寻找什么人救援但终于没找到一个人。忽然她大叫一声奔过去扑在野孩身上哀求说别打了别打了你会打死他的。大黑驴住了手他已经累得举不起棍来了，口里吐着白沫大口大口地喘气两眼死鱼一样盯住石榴，好哇好哇你懂得讨男人的欢喜了婊子养的我要叫你明白服从我才是最重要的我要叫你尝尝棍子的厉害。可他实在举不起棍子来了只能那么提着叉开腿站在石榴面前显得顶天立地。石榴趴在野孩身上果然吓坏了她已经看到了那条棍子的厉害而且在家时不知挨过多少次打也是这样的小棍子，小棍子比大棍子厉害得多能一下打进肉里去把骨头剥离出来。石榴吓得浑身发抖一下跪在他脚下哭了哭得像猫叫，那一对奶子又脱兔样跳起来。大黑驴就笑了你到底还知道害怕？用棍子挑开她的裤子露出两个雪白的奶子突然飞起一脚踢过去啪的一声石榴就昏过去了，大黑驴乜了一眼昏在一起的野孩和石榴心满意足地走了。他知道这一脚石榴就会记一辈子女人就是女人征服女人就是这一个法子。

石榴昏迷了半天野孩昏迷了一天一夜。石榴搬起他的头枕在腿上用河水为他洗净伤口又用一些草的汁水敷好，愣愣地出神。那时她看到蓝水河波浪翻滚很多鱼往岸上跳然后就干死在河边的草地上。后来就从蓝水河下游走来一个披头散发的女人把野孩领走了。石榴没敢拦阻只是胆怯地说他是我男人。那女人和气地笑了说我知道你是他媳妇可你这么着不行你护不住他的不能让他死在蓝水河边。石榴说你要把他带到哪里去呀，那女人说他要去他应该去的地方然后就扶他一瘸一拐地走了。石榴呆呆地坐在河边看他走远了又回头看看一群羊忽然哭起来哭得像小猫叫唤。

那天晚上野孩没有回来而且再也没有回来。那女人第一次为他打开自己卧室的门让他躺在床上为他脱光衣裳用一种血红的药水重新为他洗净伤口就说你睡吧明天一早你就离开蓝水河去县城上学我给你写封信带上他们会收下你的。野孩很平静地点点头他知道该走了而且也明白了当初罗爷说的话，罗爷说她会教给你怎么走出蓝水河那时还不明白现在明白了他当然要走出蓝水河是自己要走出蓝水河。

那天夜晚野孩醒过来突然发现那女人就躺在自己身边，脱得赤条条一丝不挂。灯光下她正泪水盈盈地俯身看着自己，两个高耸的乳房贴在他的腮边软柔柔地发出一股好闻的清香。野孩就哭了使劲钻进她的怀里说你为什么对我这么好我不知道该怎么感谢你。那女人搂住他泪水一滴滴掉在他脖子里说你不要感谢我，我们应该互相感谢这一二年你使我的生活非常有意义不再觉得孤单和绝望我真舍不得你走你不知道我多么需要你可我不能留下你你要到文明社会去你会干出一番大事业来的。野孩好像听懂了什么而且觉得有一种欲火在燃烧他突然再也不能自持从她的拥抱中挣脱出来跪在床上像一头雄豹看着她。他用那种突然觉醒的男性的目光第一次注视一个女性的胴体。她浑身哆嗦了一下好像受不住他灼人的目光她知道他想干什么了而且更知道自己想干什么。她已经很久没做过女人了她多么渴望再做一次女人特别在这个健壮的少年面前。她颤抖着捉住他的手腕引导着他的慌乱而急迫的手在自己的双乳上滑过依次又滑向腹部滑过肚脐滑向那一片神秘的幽谷她感到野孩的手在用力可她突然像被电击一样跳下床去捂住脸哭了接着又拼命撕扯自己的头发她的长长的头发被她缕缕扯下来然后像是清醒了许多又冲上来抱住野孩的头呜咽唔唔野孩你已经不是野孩你已经叫一海了对吗我也不是野人更不是女妖我知道你想当然我也想比你还想可是不行我不能破坏你的童贞我把你从你媳妇那里领来不是要干这个的我已经可以做你的妈妈了我今天这么一丝不挂只是想让你领略女性胴体的全部奥妙那是再平常不过也再神秘不过的了你得到它就会觉得极为平常你得不到才会觉得那是神秘而圣洁的你会发疯地去追求它起码会成为你生活的一份原动力这并没有什么丑恶的男人追求一个女人和女人追求一个男人是自然中最自然的事至少不比那些追求虚名和权势的人更下作问题是我已经老了再也无权得到你而且良知也不允许我拖住你的腿,我被人从文明推向野蛮已经备尝辛酸和孤独现在已经没有人能阻挡你走向文明社会了你要毫不留恋地走出蓝水河去干一番事业人不能像牲口一样地活着至于女人你不用担心你会遇上一位年轻漂亮的姑娘的别贪恋我你懂吗唔唔我的野孩……野孩在她迷乱的低语中痴痴地听着似懂非懂就低下头深深地叹了一口气那是他人生旅途中的第一声叹息唔唔野孩你懂得叹息了那女人忽然在他额上亲吻了一下激动得流出泪来你多么聪明多么了不起一声叹息就是一个浓缩的人生呀。野孩看着被她扯下来的那一缕缕黑而长的秀发像受伤的水蛇样在地上蜷曲翻滚他的泪就流出来了。他知道此刻她比自己更难受而眼前的痛苦的忍耐也许只是她所有痛苦中的一个小痛苦他从来没有问过她的身世和来历但他早已感觉到她是一个正在经历巨大灾难的女人只是不愿向灾难低头罢了。或许正因为这样她才拼命在他身上重新造

走出蓝水河　　165

出一个自己来向文明社会进击。她向他说过你不用害怕你即将看到的那个文明社会，文明社会的野蛮和野蛮社会的文明是一样的你已经历过了，而文明社会的文明却远比野蛮社会的野蛮辉煌得多。那时野孩完全不懂她这些玄妙的谶语样的话，现在仍然不懂但他相信那是她痛切的人生体验也暗含着她未能实现的苦苦追求和辛酸。似乎在她身上正有一团巨大的阴影笼罩着使她不堪忍受却无能为力只觉到一种湿漉漉的沉闷和压抑就像大的那条极富弹性的棍子抽在身上你只能承受着而不能摆脱它。于是野孩愤怒了这娇媚而顽强的女人的苦难自己与生俱来的困惑和屈辱还有村子里那种古老的骚动和不安究竟是怎么回事呢他一定要去世上走一遭就有一种君临天下的冲天豪气他不觉得这很幼稚可笑一个少年的宏愿有时会让整个世界战栗历史上这样的例子还少吗？

　　后半夜野孩和那女人拥抱着重新躺在床上但这次是野孩把那女人揽在怀里用他宽阔坚实的男性的胸膛温暖着她凉水样的身子，他抚摸着她光滑的肌肤和秀发那时她像一只怕冷的小鸟使劲拱进他的怀里嘤嘤地哭了，他第一次感到这女人原来心里也很脆弱就升起一种崇高的情感和无比强大的感觉。

　　那时他们谁也不知道石榴在庵棚外整整站了一夜她的双脚都麻木了。

　　第二天一大早野孩就离开了庵棚。那女人早为他准备了一副铺盖和几件内衣连同一封信捆成一卷。她叫他去县城找一个叫秋枫的人，野孩问他秋枫是谁那女人忽然愤怒地说你别问他和你没关系也和我没关系他是个软骨头别向他说起我的事我不想见他可是你必须去见他懂吗。野孩当然还是不懂但他听出来了她和那个叫秋枫的人一定又有什么说不清的瓜葛就没有再问他知道问也没用。

　　野孩走了当他头顶行李卷泗过蓝水河再回转身子向她告别时那女

人不见了只有庵棚静静地卧在那里好像已经静卧了几千年从来就没人住过。仓皇之间野孩听到一声撕心裂肺的喊叫他忙把视线移去就见石榴正沿对岸的河坡的上游飞奔而来,她头发散乱地飘拂着,一边大声喊叫,一边张开双手像要抓住他的样子脚下磕磕绊绊突然栽倒在草地上。野孩愣了一下,也只是愣了一下,转身大踏步走了。这时下起雨来,脚下都是湿草,前头一片迷蒙。这时,他知道他的心已硬如铁石。

你不用怕,即将看到的那个文明社会,你不用怕,不用怕,不用怕……

8

徐一海爱上梅老师了!

我怎么也没有想到,你可真敢爱,你去爱嫦娥算了。

那天晚上他像一头受伤的兽飞离文庙大殿冲出黑咕隆咚的小院,我马上意识到什么也随后跟出可怎么也追不上他,转眼间徐一海不知跑哪去了。我慌慌忙忙跑回宿舍,宿舍的门还锁着显然没有回来。我又赶紧去葛婶那里,女儿国的门紧闭着我猛地推开,葛婶的小屋亮着灯我忙喊徐一海在这里吗就使劲推门但没有推开屋里灯却倏然熄灭了就听到里头一阵忙乱和一个男人沉闷的咳嗽,好像是门警司老师这声音再熟悉不过了他在这里干什么。这时葛婶拉开门缝探出一个蓬乱的头惊慌地说出啥事啦却没有让我进去的意思。借着月光我看到葛婶胡乱披一件男人的褂子好像裸着身子门缝里挤出半个乳房就赶紧说没啥事转身跑走了。今夜真是撞上鬼了校长和老师在那边接吻拥抱门警和葛婶在这里睡觉全乱套了。我心里慌得厉害加上徐一海失踪真像丢了魂似的,我慌慌张张跑遍了校园几个莲花池几片小树林都找了也没他的踪影我急得要哭了。不知为什么我今晚的泪水特别多心里又伤感又

走出蓝水河

凄凉。校园里突然发生的也许只是刚发现的这些事使我的脑子成了一片空白。我在校园里盲目地转悠到处都是静悄悄的可我知道这静寂是假的，在这静寂中许多你无法猜想的事情却正在进行。那一晚，我突然觉得校园陌生了，世界陌生了。我所熟悉的纯净的校园，单色的世界，一下子离我远去了。我觉得我在一个晚上成熟了，我为猝然到来的成熟，惶恐不安。

后来我筋疲力尽地转回宿舍却意外地发现徐一海已经回来正直直地站在屋当门面对着黑洞洞的校园。不知怎么我心一酸像是在兵荒马乱中又看到失散多年的兄弟就哽咽说徐一海你到哪去啦让我找得好苦。谁知徐一海完全不理会我此刻的心境正凶狠地瞪住我咬牙切齿，我吓得连退几步他可从来没这样对待过我也没这样对待任何人我忙说徐一海你怎么啦？他也不吭气两眼闪着野兽样的光一步步逼过来伸手抓住我像抓小鸡一样凶神恶煞地说："丁山，你小子记住，我今晚说的话——终有一天，我要娶梅老师！"我骇然挣脱说："徐一海，你疯了，梅老师是我们的老师，你是学生，怎么能说这种浑话？"徐一海突然暴怒起来，一拳把我打倒，摔在门后的水桶上。后脑勺一声闷响，我疼得闭上眼，就听他在吼喊："我不管她是谁，我就要娶她，我就要娶她！"真是奇怪，那一阵我脑子昏昏然竟觉得徐一海那一声吼喊是从我嘴里出去的就觉非常痛快非常解气。此时，我才明白，原来我也深深喜爱着梅老师，作为俄语课代表我和她有更多的接触。她时常让我到办公室帮她批俄语作业和考卷就坐在她的椅子上。每当坐到她的椅子上就有一种特殊的感觉老想着这把椅子是梅老师坐过的那上头有她的体温她的体香就有一种肌肤相亲的迷恋，那时我会想到她的轻盈柔软的身体她的小巧而浑圆的臀她的飘飘的裙子和每当坐下蹲下时老要把裙子往大腿间按一按的动作，那时我的心情就会特别愉快就有一种比所有同学优越的幸福感，我怀着蜜样的情感把她交给我的所有事情做好就觉是一种特殊的享受。有时她站在我身边俯下身子指点一下那时我全身的器官会发颤像电流通过像沐浴在温暖的阳光下和花的芬芳里，她的几丝柔软的发撩着我的脖子和耳朵我能感受到她的清新的呼吸胸脯的起伏心脏的跳动我会激动得满面通红额上沁出汗来，这时她会拿出一方折叠得整齐的花手帕为我擦拭额上的汗水留下一股清清的幽香于是我便沉醉在无法言说的愉悦中。可这一切都成了过去。那时梅老师像一朵洁白的浮云并不属于任何人我尽可以一往情深地仰慕她，可今天的场面却告诉我那片洁白的浮云已被人摘走。尽管我从来也没敢想到过要娶她但对她深深喜爱和依恋的情感毕竟饱含了一个少年对异性的全部倾慕和崇拜。在大殿里看到她和秋枫校长拥抱接吻时，我虽然在震撼之余对他们表示了理解甚至感动，但其实在更深的地方却刺伤了我的心因为残酷地剥夺了一个少年还未来得及想清和确定的梦。也许正因为这样我才感到凄冷的吧。是的，我一下成了失意少年，我的整个少年时代，在那一瞬间结束了。

　　但这件事对徐一海的伤害更大。看来他早就默默地爱上梅老师了而且是一个男人对女人的爱，那是一种交织着情和欲的揪心的爱。相比之下我对梅老师的那种尚不确定的异性崇拜就显得幼稚而近乎儿戏了。我丢失的是一个美丽的梦，他丢失的却是一个有血有肉的女人。我一向怎么就没有发现呢。他说他要娶梅老师，说得那么自信那么专横，就像那次他说将来要去法兰西一样，好像都是几百年前决定的事他只是在等待时间的到来罢了。我得承认他的这种无与伦比的忍耐力，就像平日能忍受任何屈辱一样忍受着那些目标的缓缓到来。也许正因为他心中有很多既定目标所以才更能忍受日常的屈辱。就像一个地下埋藏着几万块金砖的老地主不大计较几枚铜钱的得失那是因为他太富有。但现在不一样了，他忽然发现他的几万块金砖起码是几万块金砖的一部分已被人窃走，于是他一下子暴怒了进而引起连锁反应以

走出蓝水河

至动摇了他对实现所有远大目标的自信。

我真的不知道怎么劝说他。徐一海患上单相思了,这是很显然的。梅老师根本就没有爱他,而且也不可能爱他。尽管她常像使唤长工一样使唤他,尽管他们年龄差不多,尽管徐一海是她最值得骄傲的学生。想到这些我猛然觉得徐一海完了突然跳起来把一桶冷水猛地泼他头上说徐一海你是单相思这么胡闹你会失去一切学校会把你开除的你这个浑蛋!徐一海像个落汤鸡,站在那里怔住了,而且一下子又恢复了平日的胆怯和懦弱。他手抖抖地抹了一把脸上的水珠子,可怜巴巴地望着我说:"丁山,你说什么,学校会开除我?"我说:"当然会开除你,学生要娶老师不是胡闹吗?再说你是娶过媳妇的人。"徐一海眨眨眼说:"你说我娶过媳妇了?"我说那年不是有个女人来找你吗?你忘啦。徐一海想了一阵,唔唔,是这样,便慢慢退回床前,呆呆地坐下了,一时又讷讷地自语:"我刚才说什么啦?"我知道他精神已经错乱不敢再提刚才的事,就说:"你刚才说,在马车店干了一天活真累,咱睡觉吧。"徐一海凝神想了想忽然憨厚地笑了说:"对,对,明天还要干活呢,咱睡吧。"他躺倒身子很快就打起鼾来,睡得实心实意。我却很久没有睡着。我曾自以为最了解徐一海但现在看来我根本不了解他。在他憨厚平静的表层下,实际上掩藏着一种可怕的歇斯底里。

在以后的几年里,徐一海大部分时间仍和往常一样埋头学习,而且更加刻苦。在整个高中三年里,学习成绩依然是出类拔萃。但他却更沉默更孤僻了。他经常遗精而且手淫,面色灰暗而枯萎,身上常有一股难闻的气味。谁也不愿意接近他,但谁都可以嘲笑他。他仍然是同学们取笑的中心人物。一度被人遗忘的裤儿斑大叔这个外号又被叫开了而且全校都知道,常有些认识的不认识的学生莫名其妙地找他要糨糊,引得同学们大笑不已而他却木然无所反应。别的同学打闹嬉笑他仍然不参与而且也不像以往那样憨笑着看热闹了。他已经完全游离于人群之外,经常一个人呆呆地闷闷地站着或坐着。有时就在校园里盲目地东转西转好像在寻找什么东西。猛然发现有老师走来便惶然站住鞠个躬。那时学校规定学生看见老师要在三步远以外站住鞠躬,等老师点头走过去你才能离开。但一般学生都不十分认真笑一笑冲老师点点头就算完事。徐一海却总是做得认真而规范,又老是很突然的样子,常把老师吓一跳以为碰上个剪径的强盗。但有时他又对一切人都视而不见昂然走过,好像在匆忙追赶什么人,走到前头什么地方却又忽然站住愣一愣又反身走回来。校园里有几片子树林是他常去的地方。就那么胳肢窝里夹一本书站在树林里从黑暗中向外窥探就像电影里的暗探,那时树林外多半有女学生走过。如果那女学生是又蹦又跳着走过去乳房在衣服里不停地耸动他会把嘴巴张得很开嘻嘻低笑然后自己双手护胸在树林里跳一阵子。过后就靠在一棵树上呆呆地出神或者原地踏步把膝盖抬得很高。经常是学校打过熄灯铃了还不回来大家都知道他是个书痴并不介意只有我知道徐一海脑子坏了但我不愿给任何人说就去那几片子树林找他。那时月光如水泻进树林子斑斑驳驳,徐一海如幻影般在林中隐现捉摸不定。有时你会听见他正自言自语唧唧哝哝,少焉月出于东山之上徘徊于斗牛之间白露横江水光接天纵一苇之所如凌万顷之茫然浩浩呼如冯虚御风而不知其所止飘飘乎如遗世独立羽化而登仙于是饮酒乐甚扣舷而歌之歌曰桂棹兮兰桨击空明兮溯流光渺渺兮予怀望美人兮天一方……妈的丁山你小子记住终有一天我要娶!……忽然打住了四下张望唯恐被人听见。我知道徐一海还没有忘掉梅老师。逢这时,我通常先在林子外咳嗽一声,引起他的注意然后装作什么也没有听见的样子,吹着口哨走进小树林说徐一海这林子真静月光也好。他便好奇地看我一阵子说丁山你是来喊我睡觉的吧?我说是啊都打过熄灯铃了他就突然笑了笑得狡黠而神秘说咋样我就猜

走出蓝水河　171

准你是来喊我睡觉的。然后我就拉着他的手慢慢走回宿舍并且一个劲地夸他徐一海你真聪明一猜就猜到了他就很高兴地笑了嘿嘿嘿嘿……

那时司老师已和葛婶结婚。葛婶一天到晚很欢喜的样子,她很知足以自己一个乞丐出身的校工嫁给一个功臣当然是很光荣的。但司老师并不喜欢葛婶常常用皮带揍她,葛婶脸上老是青一块紫一块的,连同学们都看不下去了就去告诉秋枫校长。秋枫校长就批评了司老师把他喊到办公室里说这是学校老师要为人师表怎么能打人呢?司老师不服气地说她是我老婆想打就打碍你什么啦!秋枫校长说不是碍我什么是说你打人不对,司老师就很生气地说:"老子连美国鬼子都打得,还不能打老婆吗?"秋枫校长就很生气地说:"你太无知了一点也不文明。"司老师就指住秋枫校长的鼻子说你他妈的文明是臭酸有什么资格教训我?你和女老师搂着亲嘴当我不知道哇!秋枫校长气得脸煞白说不出话来正好葛婶闯进来,她吓得不知所措流着泪对秋枫校长赔笑说没关系的没关系的司老师是有功的人打我是应该的再说他是我男人秋校长您就别操心了然后拉着司老师走了。司老师出了门还回过头说老子要是有一挺机枪,就把你给嘟噜喽!秋枫校长吓得两眼一眨一眨的。

那次引得许多学生去看热闹。不知怎么司老师的威信又一下子提高了许多,说他真不得了敢和校长吵嘴而且要用机枪。没人再说他打老婆的事,反在讨论秋枫校长是和哪个女老师搂着亲嘴。那些天弄得全校的女老师都瘟头瘟脑的。只有我和徐一海知道那女老师是谁。我心里就很疑惑司老师是怎么知道的呢?难道他一直在暗中跟踪?就想起平日司老师有事没事老爱找梅老师说话莫非他也爱着梅老师吗?这么一想心里就很害怕隐约觉得非要再闹点乱子不可。后来就证实了我的判断,而且出了更多你事前不曾预料的事。

事情发生在那个不平凡的夏天。一夜之间校园里贴满了大字报,"文化大革命"开始了事情来得突然又好像很必然。大家先是惊讶,怎么能这样呢?但很快就释然了而且哈哈大笑,当然应当这样怎么不能这样呢!还有比这更轻松的吗?想想吧你不用再一日数次地给老师鞠躬,不用再关在教室里闷头闷脑地念书,不用再遵守什么鬼作息时间,不用再悄悄地走路以免破坏校园的肃静。你尽可以没日没夜地聊天没头没脑地争论,你尽可以大声地说笑喧哗放肆地奔跑,你尽可以对校长老师直呼其名开始你还有点胆怯害羞但很快就可以毫无愧色地大声呵斥。你的年轻的不服管束的天性被包藏了多少年一下子袒露出来;你曾经是个乖孩子不管是家长还是老师的教导你一向服从而且以服从为美德因为你觉得自己什么都不懂只有被教导的份儿,但现在你被告知你很了不起你不仅可以和校长老师以及大大小小的领导具有平等的地位而且应当是教导者,只有这时候你才觉得过去的日子是多么令人窒息,于是你长长地大大地舒了一口气他妈的!这一声骂不知包含了多少层意思但起码有彻悟和自豪,因为你第一次发现了自己的重要。过去你从来不敢也没想到要审视什么现在你可以怀疑一切比如老师的牙齿里藏着发报机,过去你总是在接受现在你尽可以去创造包括在校长被剃光的脑袋上每日泼墨写意。而这一切都是以革命的名义,你有什么理由不释然而欣然而哈哈大笑呢?于是大家都成了快乐的革命家,那种与生俱来的压抑感也一扫而光。

  但在开始的那些日子里,徐一海却整个儿傻了。他比任何人都惶然不知所措。大家都去闹革命了,他却常常一个人坐在空荡荡的教室里把书本摊开望着讲台黑板,仿佛仍有老师在前头讲课。他仍然坐得笔直,仍是一脸的恭敬。他常常把我从热闹的人群里拉出来到一个僻静的地方悄悄问我老师咋不布置作业了呢。于是我就很好笑,而且耐心地为他讲解"文化大革命"的种种道理。他就默默地听着,一言不发,显出极为痛苦的表情。我知道在一中所有的学生中没有比徐一

走出蓝水河   173

海更爱读书更爱上学的了，但现在不能继续上学了。后来，他就常常在校园里转悠，默默地看着被打成黑帮的老师如何排队如何剃光头如何在学生的驱赶下比赛爬行如何唱黑帮歌我是牛鬼蛇神我是牛鬼蛇神我有罪我有罪把我砸烂砸碎。他走在校园里转来转去看辩论看大字报仍然沉默着。他的痛苦而迷茫而痴呆的目光在逐日发亮。他一夜夜地不睡觉像老和尚打坐一样坐在床上几个小时一动不动，只两只眼在黑暗中烁烁闪光，像两点野火。那些天谁也不知他在想什么。但显然他的思想已不再迷恋课堂而到了校园里或者到了一个更遥远的地方。一开始谁也没注意他只把他看成一个书痴一个无足轻重的人，但在沉默了很久之后徐一海突然在一天早上引起全校的注意，他把一张硬纸壳挂在脖子上上头写了几个字："我要造反！"然后一言不发地慢慢走遍了全校开始大家觉得好玩而且好笑，徐一海也要造反吗？但渐渐地他身后的人越来越多几百人上千人跟在后头后来又走出校园走到大街上。大家都变得肃穆而激动，是啊，是啊，徐一海为什么不该造反呢？他平日的痴迷和变态不都是被校园窒息的结果吗？他当然应该造反！那天从大街上转回来之后，徐一海像是完全变了一个人，一改过去的懦弱和胆怯，成了一个十分凶残的家伙。他第一件事就是把所有的黑帮挨个儿揍了一顿，其中秋枫校长挨打最重。他连连把他摔了几跤，又用拳头把他打得鼻青脸肿满嘴冒血。不要说我和一般同学吃惊，连当时最革命的司老师都吃了一惊。那时学校的黑帮走资派什么的全归司老师管理。司老师虽然厉害但除了秋枫校长挨过他一个巴掌别的牛鬼都还没挨过打。而且他对梅老师等几个女教师还格外照顾。梅老师据说是苏修特务还是资产阶级臭小姐，可司老师常对学生说她有病一般重活起步爬之类事就不让她干还每天关起门来找她谈话。那天徐一海打人时司老师不在梅老师当然也不在。后来司老师闻讯赶来时牛鬼们全都东倒西歪在地上呻吟，结果两人就打起来了结果司老师不是徐一海的对手也躺倒在地呻吟起来。这事在全校引起轩然大波，有赞成司老师的人家是功臣，有赞成徐一海的说他是真正的造反派。一时间围绕这件事全校沸沸扬扬，大有以此为界划分两派之势。

就在这当口，我病了是一种诊断不清的病，就是发烧。父母把我接回乡下从此离开了校园也远离了"文化大革命"。那时我真是痛苦为自己不能当革命家了。此后几个月乃至一二年后，县城的消息还是不断传来，听说徐一海当了一派的司令而且是全县的司令。另一派的司令就是司老师。双方旗鼓相当开始是文斗后来就是武斗。据传说徐一海经常骑一匹黑马手里拿一根细而极富弹性的棍子每日在县城横冲直撞。他像发了疯似的打人，县委书记县长都被他揍得皮开肉绽。对立派的人只要犯到他手下更休想逃脱那根棍子的惩治。那是一条著名的棍子就像徐一海的名字一样著名。据说那条棍子颜色红亮浸透了肉的汁水，打人时每一下都能人肉触骨，每一下都发出湿漉漉的实实在在的声音。有时穿街而过他会打马飞奔，一边挥舞着棍子逢人打人逢狗打狗，一堵墙挡道他也要勒马抽几棍子。他好像积攒了几世的仇恨老也发泄不完，他很少说什么更不慷慨激昂地演说，他仍然像过去那样口讷。他的所有语言都在棍子上。

他到底没娶梅老师。因为梅老师在一天夜晚跳井自杀了。徐一海下到井里亲自把她捞上来水淋淋地抱在怀里抱了一天一夜才被人夺过去送进火葬场。

后来又断断续续传来消息说两派大联合后，徐一海蹲了二年监狱然后被送回老家。一个曾令全城人发抖的人物从此在人们的视野里消失了。

他拖着疲惫的双腿重新回到蓝水河边，恍若隔世。

那时石榴正坐在河边等他，看见他蓬头垢面地走到跟前，没有

走出蓝水河　　175

起身迎他也没有猫一样地哭泣。就拍拍身边的草地说坐下歇歇吧。他看了她一眼就坐下了,两条胳膊搭在膝盖上手腕倦倦地垂下。他舔了舔干裂的厚唇,两眼空茫地转动着,就觉得心里委委屈屈的。荒原依旧,野榆钱儿树显见得长高了,这里一棵那里一棵的。蓝水河还是那么丑陋,像一条无家可归的巨大的蜥蜴,在荒原上爬行,老也找不到归宿。真是累呀,他模模糊糊地想。

石榴看着他,静静的。

两人都没有说话,只是厮守着。

后来就传来一阵羊的叫声。他把眼移过去,远远地看到一个八九岁的男孩赶一群羊沿河滩走来。

他有点纳闷地看着石榴。

石榴就捂住脸哭了,哭得像小猫叫唤。她抽抽搭搭地说那是我儿子,是你大给我生的。

他重新远远地打量那男孩,唔,这么大了。

石榴抹了一把泪,有点怨恨地叹口气说,那年叫你回家你不回,我缠不了他。再说,我是个女人,也想。我没办法。

他沉默着。然后就点点头说没啥。

石榴听到这话,捂住脸又哭起来,这一次是大放悲声:啊啊啊啊!……

他往她那边挪挪屁股,伸出一只粗糙的手想抚摸她一下,又犹犹豫豫缩回。然后就痴痴地看着她。她哭的样子有点傻乎乎的,可是很动人。比刚才动人多了。他又舔了舔干裂的厚唇,轻轻叹一口气。

石榴止住哭声,撸了一把鼻涕甩出去在鞋底抹抹手。偷眼看他,有点胆怯的样子。

他呢?他看着石榴问,漫不经心的。

石榴知道他是问大黑驴。就说他掉河里淹死了,他喝醉了酒又来缠我。我一推……

唔——

我不是故意的。

没啥……

你还走吗?

没人要我了。

我要。

石榴一把拉过他揽在怀里,同时就掀起褂子露出两个冬瓜样的奶子。他把头深深埋进她的胸凹,又摆着头拱了拱,立刻感到一种酸味的温暖。很快,他睡着了。

石榴把五个指头插进他蓬乱的头发里轻轻摩擦着,流出欢喜的泪水。

儿子正在十几步远的地方用一种敌视的目光盯着他们。那样子有点威风凛凛。

石榴一抬头,打个寒噤。

## 9

我决定走了。

徐一海已经迷失在蜥蜴河。作为一篇小说的主人公那也许是他最好的归宿。我当然无法找到他。

可我多么不甘心啊。

但想想也罢。即便他是我过去生活中经历过的一个真实的人,我也绝不可能再找到他了。因为在一个流动的人生里,我们每个人都在迷失。我唯一希望的是,但愿文明社会能在徐一海身上留下一点痕迹。

那天一大早我是被一阵呵斥声惊醒的。一个高大黑壮的汉子正在庵棚外训斥老哥哥。不远处停放着一辆手扶拖拉机。我猜想这是他儿子了，但看上去更像他的兄弟。老哥哥正往来如飞，磕磕绊绊地往车上搬运大筐。雨已经停了，满地水滑，老哥哥大概摔了跟头，一身都是烂泥。儿子抽着烟站在一旁像个监工，仍嫌他手脚迟慢。老哥哥诚惶诚恐一副懦弱卑微的样子。我就奇怪他们究竟是怎样一种关系。后来儿子开车走了，临走从车上扔下半口袋窝头，像扔给狗一堆骨头，滚得满地都是。

老哥哥浑身冒着热气，一脸汗水站在泥泞中喘气，喉结一滚一滚的还有咝咝的声音，好像堵了一口痰。我很为老哥哥难过却不知怎样安慰他。

老哥哥一直怔怔地盯住远去的车子，眼睛里渐渐升起两点野火。他突然一脚踢飞了脚下的窝头，恶狠狠地说："我早晚要宰一头羊吃！"

我鼻子一酸，背上挎包转身走了。我知道我一刻也不能再停。当我走出很远再回头时，见老哥哥正在河边的草坡上蹒跚着寻找什么。

在寻找他踢飞的窝头吗？

1989年1月25日于丁山

# 营　生

　　傍黑下了一阵子急雨，尔后，便刀斩似的停了。

　　没有星月，天黑得像漆棺。大木伸头看看窗外，什么也看不见。大木咕噜一声："真黑。"二木说："恁黑！哥，给我吸一口。"大木不理他，握住烟袋杆抽得吱吱响。烟袋锅一红一灭的，喷香。闻着比吸着还香。二木耸耸鼻子，把光屁股往前挪挪，死死盯住那一点红火。大木猛然拔出烟袋，呛得连声大咳。二木想，我要吸，就不会咳。

　　外头柳树上传来蝉鸣，水漉漉的上气不接下气："浮——！浮——！……"二木听着像喘气，像二叔趴在女人身上喘气。眼前就现出那晚的情景，忍不住胡噜胡噜头，疙瘩自然早就消失了。那晚，揍他的是二叔，可他最恨的是大木。

　　大木换上一锅烟，又抽。朦胧中人模狗样的。烟袋锅一红一灭，喷香。闻着比吸着还香。大木浓浓地喷出一口烟，说："真闷。"二木赶紧吸溜吸溜鼻子，把大木喷出的浓烟吸进肚，说："恁闷！哥，给我吸一口。"又往前凑凑。大木有点火，说："咱兄弟俩不能都学吸烟。"二木顶撞说："咋的！"也有点火。大木说："咋的也不咋的。"二木说："咋的也不咋的，我就想吸。"大木说："你欠揍。"二木赶忙缄口。停一会儿，大木说："两个人吸烟太费。咱没钱。"二木说："又没花钱。烟叶是我偷二叔的。"大木："二叔也没钱。"二木说："二叔有钱。"大木说："二叔有虱子。"二木说："二叔有虱子，也有钱。"大木有些焦躁："你见啦？"二木说："我见他拿钱给女人。"大木说："操！那钱。"似乎早就知

营　生　　179

道。二木顿觉没意思,大木任啥都知道。

大木像有心事,转头看着窗外,粗粗地喘一口气。

外头又起急雨,像刮风。草屋顶扑噜噜响,冒水泡一样。土窗里溅进水来。大木缩回头往里挪挪身子,碰到二木柴秆样的腿。大木暴叫一声:"给你说!别离我这么近!"

二木没敢吭声,也往里挪挪身子。

小木床被压得吱吱叫。兄弟俩睡一张床,还是张木匠送的。张木匠和二叔是朋友。张木匠扛来床,芋头怯怯地跟在后头,伸出头打量。她有些惊奇屋里这么黑,这么脏。大木、二木不看张木匠肩上的床,都盯住芋头看。芋头吓得藏到张木匠身后,只露两个羊角辫。张木匠冲二叔说:"丝瓜老弟,收下吧。"放下床又说,"没娘可怜。"张木匠没说他们没爹。村里人没谁说过他们没爹。大木就恨张木匠,也恨一村子人。

二木不恨,二木还不懂。

屋里黑得厉害。两间草屋,中间用泥巴墙隔开。二叔住东间,兄弟俩住西间。三人原都住东间的,西间只放些杂物,阴雨天拴一头羊,臊气烘烘。爷仨住一起时有诸多好处,一是冬天挤一张床暖和,二是晚间可以说说话解闷。二叔喜欢热闹,高兴了和大木、二木钻床底捉迷藏,没大没小。兄弟俩是丝瓜用肩膀扛大的。他常把他们扛在左右肩,撩个长腿满村转,听大鼓,看耍猴。有时去外村听戏。肩膀上颠久了,二木忍不住,一泡长尿撒下,热热地浇他一脖子。丝瓜也不在乎,故意当着一群女人面喝彩:"好鸡巴!"周围村子人都认识丝瓜,就有女人骂:"丝瓜,你不要脸!"丝瓜说:"不要。""你真是不要脸?""真不要。""人要脸,树要皮……"丝瓜哈哈一笑:"树要皮养树,人要脸误人。"

大木老记着这句话。他恨二叔,也佩服二叔。

二叔也有坏脾气的时候。

那夜很怪。二木半夜里被床颠醒,还有呼哧呼哧喘气声,就骂:"操你娘!谁动?"立刻没了动静。二木重又睡去,不久又被颠醒,朦胧中又骂:"操你娘!谁动?"依然没人吱声,但床也不颠了。黑暗中死寂一片。二木很快又睡沉。如是三番,二木不骂了。他决意弄个明白,伸手在砖枕旁摸到手电,床那头正在狂颠。二木悄悄坐起,猛地捏亮手电筒,却见二叔赤条条骑在一个同样赤条条的女人身上。嘿!二木乐了,一下扑过去,按住二叔脖子:"噢——?可叫我逮住了!龟儿子……"二叔翻转身,甩手一巴掌:"啪!"把二木打下床去。二木栽个跟头。

那时二木九岁。二木被打愣了,但没哭。刚滚到床下,就被人接住,然后被拉到门外,跟跟斗斗,在老远的一棵树下站定了喘息。

那晚西天有一弯残月。夜间稀薄地洒着露水。树上栖息的乌鸦拍拍翅膀,"啊"地叫了一声。很惨。

二木吓得一哆嗦,认出是大木。大木背靠树身,一条腿向后弯曲着蹬住树身子,冷冷地瞅住他说:"你活该。"

二木恐惧地瞪大了眼:"他们喘气!"

大木说:"当然要喘气。"

二木说:"还使劲颠床!"

大木说:"谁叫你吆喝的?"

二木疑惑:"你早就醒啦?"

大木说:"我悄悄滑下床蹲在地上。我就没咋呼。你咋呼啥咋呼?你活该。"

二木这才想起哭。脸上火辣辣地疼。可大木说他活该,他觉得委屈极了。他抬头看看那弯残月,越发想哭。两行泪水流到腮上。

大木伸手拉过他揽到怀里,拍了拍他的头。

那年大木十六岁。已像一条汉子了。

营 生　181

第二天，大木、二木搬到西间住。是大木提出要搬的，二叔没怎么反对，讪讪的，到集上买来一根猪大肠，回来洗净煮好，烩一棵大白菜，爷仨吃了一顿。大肠都让二木吃了，大木主要吃白菜，二叔喝了三碗汤水。他说汤水好喝，然后就讪讪地笑。二叔好像生分了。二叔从此不再像以前没大没小。一不留神，大木、二木都长大了。

种羊撒一泡尿，屋里气味浓浓的像凝固了。

雨又停了。蚊子嗡嗡响，似沉沉的锣声。两人身上都叮了一层。没有灯，大木、二木隔一会往身上一胡噜，手上就有黏糊糊的血。

二木咂咂嘴巴，说："哥，你咋不吸烟啦？"

大木装上一袋烟，摸索着递过去："你吸吧。"

二木忙接过，用火绳点上，狠狠吸一口吞下肚，果然不咳。大木说："烟袋你放着吧。咱兄弟俩不能都学吸烟。"

二木愣了愣，有些感动，但没说什么。

两人闷着，闷着难受。天还早，一时无法入睡。

隔墙传来二叔带着痰鸣的咳，咳得人起鸡皮疙瘩。

大木说："二木，说说话吧。"

二木说："说啥？"

大木说："随你。"

二木挠挠头："这些天……没见二叔弄……女人。"

大木说："二叔怕是不行了。"

二木吃一惊："二叔要死？"

大木说："我没说二叔要死。"

二木说："你说他不行了。"

大木说："你不懂。"

二木想了一会儿，说："噢——我懂了。"

大木说："你懂蛋！"

二木说："你是说二叔弄女人不行了？"

大木显得有些烦，打断他说："说点别的吧。"

二木没响。他不知道说什么。

蚊子在喧嚣。他们谁也没动，不再往身上胡噜。黏糊糊的血让人讨厌。但能感到身上像长一丛绒毛。

大木叹口气："二叔老了。"

二木说："二叔的背有点驼。"

大木说："咱俩得学点手艺。"

二木说："二叔说过，让我跟张木匠当徒弟。"

大木说："张木匠有个闺女。"

二木说："是芋头，我知道。"

大木说："和你同岁，十六。过年十七。"

二木说："我知道。"

大木说："你知道蛋！芋头屁股上有颗黑痣，你知道不？"

二木不敢吱声了。心里却纳闷，哥见过芋头的屁股？

大木说："你要把芋头弄过来，娶她做媳妇。"

二木说："你呢？"

大木说："我八成得打光棍。"

二木说："还是你把她娶过来吧。"

大木说："我的事你别管。说定了你娶她。"

二木说："她要不愿意呢？"

大木说："你就见天给她说，你腚上有颗痣。"

二木说："她会骂我的。"

大木说："芋头老实，不会骂人。"

二木就有些心痒，又有点不相信大木的话，心想："光说你腚上

营 生　　183

有颗痣,她就愿意嫁我?"

大木闷吭吭走到门前,对着黑黢黢的夜尿一泡,回头说:"困觉。"

二木随在后头,对着黑黢黢的夜也尿一泡,说:"困觉。"

那时,葫芦和丝瓜兄弟俩像大木、二木一样年轻。但葫芦太过老实,就是给好户人家死干活,报酬是从来不讲的。春天给人犁地,夏天给人看青,秋天给人收割,冬天给人喂牲口。好户家看他老实,又贪他肯干活,一般管他吃饱饭,结余就很少了。丝瓜的事他顾不上。但丝瓜没有饿死。丝瓜会偷。自然是偷好户家的。有时被捉住打个半死,葫芦就去磕头跪门,额头磕出血来,答应给人干活偿还。然后把丝瓜背回家去慢慢养伤。父母早亡,家里没什么人。家也就是村头一间草庵子。葫芦化点盐水给丝瓜洗净伤口。半天,说了句:"往后别偷了。"隔很久,又说了一句:"往后跟我干活。"

丝瓜闭着眼不搭腔。他看不起葫芦,像牲口一样干活,像奴才样给人磕头,没趣。丝瓜喜欢有趣的事情。没趣的事也要弄出点滋味来。丝瓜偷东西并不仅为了填饱肚子。一个人填饱肚子其实不是难事,田里有庄稼,随便偷一点就够吃了。他要的是偷东西过程中产生的快意。那才是真正的享受。

夜色朦胧着,大地一片沉寂。在寂静中其实有着极丰富的声音,只是隐约着混合着,使你分不清究竟是什么声音,于是就有了夜的神秘。一条游夜的野狗,一座黑乎乎的长满柏树的坟场,一个晚归的夜行人,一对偷情的男女,一个摇曳着昏黄灯火的守夜人住在庵棚,和一声单调空洞的咳,树叶和庄稼在夜风中发出的沙沙的摩擦声,一队在草丛里出没的黄鼠狼,或者远处村庄悠长而缥缈的喊魂声和一个妇人在野地里似狐的哭吟……这时,丝瓜钻出庵棚,悄然隐入夜幕,东张张西望望。一时游蛇样疾行,一时伏地窥探,久久不动。他并不急于把庄稼弄到手,他要弄出种种事情来。在夜行人侧旁的庄稼地里学一声鬼号,吓得那人打个激灵,转头就逃。或在好户人家的庄稼地里,对着庵棚突然大喊一声:"抓贼喽——!"守夜人摸住枪冲出,直扑他吼的方向。丝瓜却绕到庵棚后头,扯把干草点上火,转身而去,不一时,火势腾起。守夜人起来扑救时,庵棚已在火中倒塌。

在一片小树林里,发现一对鬼鬼祟祟的男女,他放轻手脚,一步步靠近,然后避到一棵树后,极有耐性极有兴致地看他们调笑。这时,他决不打扰他们,他希望他们把事情弄得有趣一点。可他们调笑的时间一般都很短,三言两语就搂到一起歪到草地上动作起来。丝瓜就很扫兴,弯腰捡块坷垃猛摔过去,喝一声:"开!"惊得一双男女魂飞魄散,果然分开,提上裤子慌忙逃去。之后几天,都是瘟头瘟脑的样子。

丝瓜像个夜游神,游游荡荡一夜,玩个尽兴。黎明,在好户田里拔一捆庄稼,倦倦而归。随便往门前一撂,复又钻进庵棚,香香地睡去。

丝瓜是个穷光蛋,丝瓜活得自在。

张木匠却活得太累。张木匠心眼太实。

张木匠年轻时跟师傅学了七年才出师,最后还是被师傅硬赶出去的。二年学拉大锯,二年学拉小锯,二年学锛凿斧刨,一年学墨斗。张木匠一点不觉得慢。师傅跟师傅学木匠也是七年,师傅的师傅都是学七年。七是巧数。

但张木匠并不是巧木匠,无非师傅的师傅传下的尺寸章法,依样画葫芦,并无新意。他什么都会做,诸如床、柜、桌、几、棺材、犁耙、大车、小车都会打,而且结实厚重,很受庄稼人喜欢。什么巧不巧的,用的物件就图个结实耐用。张木匠死干一辈子,虽说苦累,却也不断营生,在村里算个殷实人家。张木匠年岁渐大,有些力不从心，就思谋收个关门徒弟做帮手。他只一个闺女，舍不得远嫁，就想，若关门徒弟有成色，连扯招个女婿养在身边。丝瓜说让二木学木匠，张木匠不好推辞，吞吐着答应了。但二木品性如何，他还不甚了了。只知这孩子心眼满多。张木匠不喜欢心眼多的人。招女婿的事，以后再说。他得看看。

二木到张木匠家，第一件事就是学拉大锯。

张木匠拉上锯，二木拉下锯。上锯管校正方向，锯口沿墨线一路向下，稍有偏差，张木匠手腕一偏力，就扭过来了。二木拉下锯，只管用力。下锯比上锯吃力得多，力气就是这样练出来的。一棵大树身，截成丈把高一段，下截埋进土，用砖填实，斜立在空地上。一边一块板斜立上，五指宽一根大锯从上头拉起，拉开上截，把树身子翻转来栽上，再拉下截："豁——！豁——！豁——！……"

时常有人围着看。乡间可看的事太少。芋头不断提茶水，倒两碗放地上凉着。站着看一会，也不言语。一时进屋去照看母亲。母亲有病，多年卧床。一时又出来，站着看，仍不言语。她有些不知所措。二木没来前，都是她帮着拉大锯的。张木匠收过几拨徒弟，学满七年出师走了，另立门户。芋头从小就看，木匠活都会一点。但张木匠不让她学。闺女家没人学木匠。没人帮手时，芋头帮着干点，张木匠也不怎么反对，尤其拉大锯，非两人不可。二木一来，芋头又没活干了。

十六七岁正是心神不宁的时候，像孩子，又像大人。芋头长得不灵巧，只腰身还细，其余都显胖。圆脸，细眯眼，但皮肤细白。胸部已很饱满，撑得上衣鼓鼓的，老显得衣裳小。母亲卧床，一家人衣裳都是她做、她洗、她缝补。自然，家里还喂着几头羊，加上做饭，芋头很忙。她喜欢忙，多做一件事不算什么，少做一件事反不自在，空下的那点时间不知做什么。

二木替她拉大锯，她并不欣喜。她只是有点慌乱。她是认识二木的，但平日说话极少。张木匠不让她出门，尤其不让她跟半大小子说话。芋头也没这胆量。她对二木的印象是极淡的，印象中瘦小肮脏，两眼滴溜溜转，黑眼珠多。大木粗壮而蠢笨，眼睛却阴沉，透着不测之光。芋头对大木、二木印象不好。她从没想到过要和他们打交道。二木却突然闯进家来，成了爹的徒弟。她不知该怎么对待他。

　　二木光着膀子拉锯，肩胛骨凸出来，在皮下一耸一耸的，像要随时破皮而出。二木委实太瘦。他还没有多少力气，更没有拉大锯的经验，两手抓住锯把，一推一拉，吃力而盲目。张木匠不时喝一声："看住下线！"二木两膀酸麻，渐渐沁出汗来。他知道芋头就在旁边。他相信她在嘲笑他，心里愈加慌乱。扫视一眼周围的人，并没人十分注意他，大家无非借个场合说些闲话，只有芋头一直看着他们拉锯，但并无嘲笑之意。二木想起大木的话，芋头老实，不会骂人。芋头，你腚上有颗痣。"歇一会儿！"张木匠说歇一会儿，二木吓得一激灵。放下锯抹把汗，偷眼看芋头转身进屋去了。芋头腚很大，在裤子里满满当当地柔韧着。

　　痣。二木老想着那颗痣。

　　大木喜欢夜间游荡。和二叔不同，二叔当年喜欢在野地里游荡，只为好玩。大木喜欢在村里游荡，是为营生。夜间能发现许多白天看不见的东西，发现人的许多秘密。他吃惊地发现，人几乎都有秘密，都是见不得人的事情。可人要脸。二叔说："树要皮，养树，人要脸，误人。"这就来了营生。大木的第一桩买卖是和狗头做的。狗头是个小偷。那晚，他偷了寡妇少卿的一头羊，刚出院门被大木撞上了。大木说："狗头，我一直跟着你。"狗头说："我咋不知道？"大木说："你只配做小偷。我是抓小偷的。"狗头说："你要怎样？"大木说："这会儿是半夜，没人看见你。"狗头就有些明白：

"就你看见了。"大木说："我什么也没见。"说完转身走了。黎明时，狗头把剥好的羊砍下半只送到大木的那间破草屋。狗头说："大木，你身手比我好，咱俩合伙吧。"大木说："我不当小偷。"狗头说："你会坏我的事。"大木说："不会。我啥也没看见。"狗头扔下半只羊走了。大木煮了一锅，给二叔、二木各留一份，自己饱吃一顿。他觉得这买卖不错。他没有害任何人。

大木、二木和丝瓜已经分伙做饭。大家都觉得方便。大木给丝瓜送去一包熟羊肉。丝瓜说你从哪儿弄来的，大木说朋友送的。说完就走了。丝瓜盯住大木狗熊似的背影，心想大木长相像他爹，可比他爹有心眼。他有朋友了，葫芦一辈子没朋友。

葫芦成亲很晚，却娶个好媳妇。那女子是一个好户家的佣女。葫芦给那家好户干活，死干，好户就喜欢他。好户家有一口古井，多年没淘，水不很旺。好户让葫芦下井去淘。天很凉了，葫芦没说什么，脱衣裳就下去了。他在井下挖泥，上头用筐子把稀泥拉上去。井下冷得受不住了，葫芦就爬上来烤烤火，喝点酒，然后又下去。葫芦在井下干了五天，居然挖出三坛银角子，两筛子铜钱，也不知是哪辈子祖先藏里头的。葫芦一枚铜钱没要，全都交给好户。井淘好，泉水汩汩往上冒，打一桶尝尝，甘甜。好户大欢喜。靠这几坛银角子，好户置地数百亩，大发了，成为这一带首富。这是后话。当时葫芦哆嗦着爬上井，浑身冻得青紫，好户亲自烫酒敬他，又当场把一个叫影月的贴身女佣许他做妻。葫芦在井下干了几天，彻骨都是寒气，哆嗦着趴地上给好户磕头谢恩。不久，葫芦和影月成亲。好户送他三分废宅地，上头有两间柴房，一并也给了葫芦。葫芦从此有了家。丝瓜看哥娶了媳妇，也很高兴。但他不愿搬来同住，仍住村头庵子，倒是经常往来走动。丝瓜喜欢嫂子影月。

影月性情温顺娴雅，一点儿不嫌弃葫芦。两间破柴房让她整理得干干净净。葫芦娶妻数月，仍像做梦一样，外出干活回来，就是瞅着影月笑。影月走路娉娉婷婷，轻如幻影。葫芦老觉得她不是真的人，畏畏缩缩抓住她胳膊捏捏，有骨头有肉的，温乎乎软柔，于是就笑，说："真是的。"影月纳闷，拿开他的手，笑问："你咋啦？"葫芦又笑："不咋。真是的。"影月听出他的意思了，嗔怪说："我是鬼！"葫芦傻笑："你哄人。"影月端来饭菜，两人就热热地吃。适逢丝瓜来了，正赶上吃饭。影月忙站起招呼，盛上饭送到面前说："吃吧，多吃点，兄弟。"丝瓜边吃边说："你还是叫我丝瓜好。"影月捂住嘴喷儿笑了："丝瓜丝瓜，像是老吊着，怪累人的。"那时丝瓜正叉开腿冲影月坐着，裆里东西晃晃荡荡的，丝瓜低头瞅瞅，对影月做个鬼脸说："话不能这么说，该吊着的物件就得吊着。"影月先还不曾留意，这时脸腾地红了，她毕竟还是新嫂子，论年龄也就十八九岁，和丝瓜不相上下。就不再搭腔，只埋头吃饭。好在葫芦心眼实，听不出个名堂。但影月从此存了一份戒备。

葫芦老犯腰疼病。别人开玩笑说葫芦你白天累成那样子，夜晚再忙半夜，还能不腰疼。葫芦听不懂，说："我夜里没干啥活。"那人说："你还嘴硬，你搂住影月夜夜都干，还吃她的奶子。"葫芦吃了一惊说："你都看见啦？"那人神秘一笑说："不光我看见，村里许多人都看见了，你骗谁？"葫芦紫着脸讷讷说："你们真会操。"那人说："影月的身子又白又嫩，对不？"葫芦点点头。……葫芦的泪淌出来哀求说："求求你们，别说出去，我不干了，还不行吗？"那人哈哈大笑说："你不会不干，你不干影月会跟别人干。"葫芦从此心惊胆战，夜晚睡觉躲开影月远远的。他老觉黑暗中床底下窗户前、门后头任何能藏人的地方都藏着人，都在静静地悄悄地盯住他。实在忍不住了就跳下床端个灯，屋里屋外搜个遍，直到确信没有人藏着，才回到床上和影月亲

营生　189

热一番。但却匆匆忙忙很快分开，转脸睡到一旁。葫芦每一夜都在惊慌不安中度过。有时他会在半夜里突然大吼一声："你们都滚出去，老子都受不了啦！"影月发现他的失常，却不知因由。她不知道自己怎么得罪了他，她怀疑葫芦在外头听到什么话。影月就有些心虚，想起当女佣时被好户强迫的事，莫不是被葫芦知道了。影月出嫁时已不是女儿身，但葫芦不懂，只顾着感恩欢喜，影月在惊惧中平安过去头一夜也以为从此太平过日子，一生有了着落。哪知又起风波：影月被冷落着、委屈着、纳闷着，又心虚愧疚着。

葫芦夜夜做噩梦，梦见自己和影月赤条条被全村人捆在一起游乡示众。女人们羞他，男人们嘲笑他，孩子们用树枝戳他，唾沫如雨雾般飞来。有人用镰刀割他的肉，两人的生殖器被涂抹得花花绿绿，污秽不堪。噩梦醒来，大汗淋淋，于是瞪着一双恐怖的眼睛熬到天亮。出去干活走在路上，他永远觉得自己是赤裸裸的，在光天化日下展露，人们的目光都有些异样。葫芦的精神恍惚着，眼睛红肿，嘴唇枯裂，一天天憔悴。

影月的肚子在不知不觉中凸起。第二年生下大木。

葫芦的腰病更加厉害，到大木三岁时，整个人瘫了。影月请来中医先生看病，说是几年前寒气浸骨所致。显见得是那年为好户淘井时落下的毛病。先生说寒气凝滞，筋骨僵死，已无可救治。

影月呆住了。

葫芦躺在床上只会像狗一样哭。

丝瓜来了，丝瓜说："我养着你们。"


二木馋烟。可是没钱。他不能老偷二叔的，他不愿再偷二叔的。他觉得自己开始学手艺成大人了。但当学徒没有钱，只管吃饭。七年出师才能真正挣钱。

二木搬一阵子木板，靠墙角垛好，累得一头汗。一蹦，坐在木板上，吊一条腿，用袖口擦汗，偷眼看芋头忙里忙外。张木匠外出了，给他丢下一堆活，就是把木板从西边墙角搬到东边墙角。这活毫无意义，可他得干。张木匠说让他练力气。虽说活累，二木也高兴。他可以不在张木匠阴沉的目光下做事，偷空看些想看的东西。比如树上的麻雀，木板下藏着的老鼠，芋头鼓凸的胸脯和满满当当的屁股。他有点怕芋头，有一点。他不怎么敢直视她，尤其当芋头迎面走来的时候。芋头一抬眼，他便一低头，芋头一低头，他便一抬眼。两人的目光都局促着，闪来闪去。很难说谁更怕谁。

　　二木装上一袋烟，大口大口地吸。有些恶狠狠的样子。芋头送来一碗茶，从他吊着的光脚丫子慢慢看去。她有些心惊胆战。二木的脚丫子叉得很开，裤腿卷上去，膝盖骨朝下像吊两根灰不溜秋的棍，汗水把泥灰冲出一道道弯弯曲曲的小沟。二木赶紧把脚提起来，盘腿坐好了。装模作样吸一口烟。浓浓地喷出去。芋头抬头看烟雾发黑，闻着一股涩味，就有些好奇说："二木，你抽的啥烟，一股怪味。"二木居高临下，不屑一顾的样子，好一阵才迸出两个字——"豆叶。""啥？你抽的是豆叶？"芋头喷儿笑了，第一次在二木跟前笑得自自然然。二木略有些尴尬："笑啥笑！抽烟叶得花钱，抽豆叶……"忽然打住。他觉得一个大男人不应该在姑娘面前哭穷。芋头却笑得更欢，笑得胸脯子打战，一碗茶水都泼了："哧哧哧哧！……天来……抽豆叶……"二木觉得很丢脸，怎么能告诉她是抽豆叶呢？芋头还在那里笑，二木突然冒出一句："你腚上有颗痣！"芋头一愣："你说……啥？"

　　二木说："大木说你……腚上有颗痣！"芋头呆了呆，脸变得煞白，泪珠子扑簌簌往下落，接着就跑走了。

　　二木傻了眼。后悔得直用烟袋锅敲脑壳，这事办得不咋样。要是大木会怎样呢，大木会沉着得多。大木是个有胆量有心术的人。可大木是个浑蛋！二木想大木是个浑蛋。临来啥也没教，就教我说芋头腚上有颗痣。人家一个姑娘。能这么说吗？这下完了。等师傅回来非揍揍不可。二木急得光想哭。他想了想，跳下木板垛，瞅瞅院子里没人，撒丫子跑走了。还学手艺呢，徒弟也当不成了。

芋头听见咕咚咕咚脚步声，从窗户眼里窥探，见二木跑得像兔子一样快。她有点摸不着头脑，这小子不是很凶吗？他到哪去？

二木跑回家时，谁也没注意他。那时门口正围一伙人瞧热闹。有女人、男人，也有小孩。其中有几个外村人，不怎么认识，手里都牵一头母羊。二木知道又有人来给羊配种了。

这是丝瓜最精神的时候。丝瓜已经老了，老得像一根老丝瓜。他已经什么力气活都不能干，也不愿干了。丝瓜在村里消失了二十天，不知从哪里牵来两头蒙古种羊，形如老虎似的，毛厚得一把抓不透。过去，庄稼人给羊配种，谁家有公羊就借来用用，至多喂把草，主人从不收钱的。不过一抬腿的工夫，值什么。当然也没有种羊一说。

丝瓜买来种羊，喂得饱饱的，浑身毛梳理得油光发亮，两头羊角上都拴着红绸子。丝瓜打个呼哨，两头种羊便一前一后跟在后头上了村道。丝瓜带两头种羊，威风凛凛在村里走了一趟，引得半村男女老少跟着瞧热闹，谁也不知道这个老二流子葫芦里卖什么药。丝瓜也不说什么，只背着手在前头走，嘴里哼哼唧唧，唱着极下流的小调。大伙更注意他身后的那两头羊。论体形个头，倒也不比本地羊好哪去，尤其两只角不咋地，比本地羊角短而细小，要是斗起架来，肯定不是对手。可怪的是那一身毛，厚得一把抓不透，剪下来怕有三十几斤。而本地羊毛却稀得能看见粉红色的肚皮，剪下来至多四五斤。

但丝瓜究竟要干什么呢？

丝瓜带两头羊转回家，后头尾随着的人仍没有散。丝瓜把羊拴好，反身从屋里拿出个木牌牌,往门前的树上一钉,大伙看了哈哈大笑。木牌牌上有三个歪歪扭扭的字:卖羊种。这种稀罕事,在当地算得古今第一家了。

有个泼娘们喊起来:"丝瓜,你不要脸,卖人种算啦!"丝瓜伸手拉她就要进屋,泼娘们猛地使劲甩开,甩得丝瓜一趔趄:"你要干啥?老二流子!"丝瓜站稳了,板着脸说:"卖人种呀。"一圈人哄地又笑起来。泼娘们"呸"他一口:"看你那弯腰驼背的样!"丝瓜也不脸红,坦坦然然一摊手:"所以才卖羊种嘛。"

有汉子叫起来:"丝瓜,你这羊种是论斤卖还是论两卖?"一群人起哄说,丝瓜你穷极了,丝瓜你穷疯了。说丝瓜你也好意思。丝瓜等他们哄完了说:"先说明白了,用我这种羊配种,羊羔价钱能翻三倍,卖不够差多少我赔多少。至于你们来不来配种我不管,愿者上钩。"说着转身就要回屋。大伙被他说得疑疑惑惑的,一群人都愣住了。

突然一个小伙子喊起来:"丝瓜叔!别忙走,你开个价究竟怎么卖法?"丝瓜站住了慢慢转回身,盯住那小伙子:"你想买?"

小伙子很认真地说:"想买。"

"真想买?"

"真想买!"

丝瓜慢慢伸出三个指头:"三块钱一滴。"

众人又骂起来:"老流氓,老王八蛋,老不正经,老财迷。"

丝瓜没理他们,进屋去了。那小伙子大喝一声:"你们懂个屁,这是良种,三块钱一滴不贵!"


大木和二叔已形同陌路。起因是大木说二叔把你的种羊牵到自己屋里去,大木说我不喜欢臊味。他说这些的时候有些傲慢。那时他站在二叔面前像一座黑塔。丝瓜坐在板凳上抬头看了看,像是不认识大木了,就很愕然。

营 生

丝瓜一生没有怕过什么人。可是从这一刻起，他发现了自己的克星。这个克星正是自己用肩膀扛大的，用心血养大的。他忽然觉得心虚，像是欠着他什么。真是活见鬼。丝瓜有些恼怒，不仅恼怒大木，而且恼怒自己，怎么变成胆小鬼了。年轻时说阎王爷也敢摸摸，今天怎么会在这黑小子面前有点发怵。丝瓜想站起来，腿有点打战。他想，不能栽在这里，就使劲往上站。他站起来了。而且把驼着的腰也努力伸直，挪两步站到大木面前，脸上露出一丝残存的凶光。

这是两个男人的较量。他们没有宣战，也没有因为什么明显的纠纷发生口角，甚至没有过感情破裂的迹象。但敌对仇恨似乎潜伏已久，很有些年月了。只是丝瓜从来没有意识到。但现在他忽然清醒了，他几十年辛辛苦苦养了个狼崽子。大木好像一直在等待时机，在积攒力量。现在他以为他行了。丝瓜面对面地打量，这黑小子的确行了。他很壮实，宽肩厚背，两膀肌肉凸现，稳稳地站在屋当中。他用极低沉而且极冰冷的胸音说：

"我不喜欢臊味，你把你的种羊牵到你屋里去。"就这些。然后就岿然等待二叔的回答。

丝瓜咽下一口干涩的唾沫。他知道不能怕他，他已远不如大木壮实，但当他伸直驼腰的时候，个头仍比大木高出半头，可以居高临下看他的。丝瓜在年轻时就有"大丝瓜"的诨号，是说他个头大，那东西也大。男人不是他对手，女人也不是他对手。纵横几十年，也算得一条好汉了。他当然不能怕这黑小子。他相信他暂时还不敢把他怎么样。

他和大木的目光对视相持着，想把他逼出门去。但大木毫无退让之意。丝瓜心里又是一抖，他知道他遇上真正的对手了，而且这对手会搅得他后半生终日不安。他想大喝一声你滚！可想想肯定没用。大木不像是要和他饶舌斗嘴，他要肯滚大概就不会来了。那么剩下的选择就只有把种羊从他屋里牵回来。看来只有这样了。他说他不喜欢臊味，这句话好像已憋了十几年了。

　　这是一场遭遇战。丝瓜知道自己败了。这已成了定局。从他走进屋子就成了定局。可是这实在有点窝囊，几乎是未曾交手就败下阵来。丝瓜到底是丝瓜，他不能唯唯诺诺地弯下腰去把种羊牵回自己屋里。他当然不能。他必须对自己的愤怒有所表示。于是他抬手扇了他一耳刮子："啪。"不是很响，似乎带点试探的性质。没有什么动静。大木很平静。丝毫没有要还手的意思。但也没有要收回他的话表示退让的意思。平静明白无误地显示着他的固执。这一点有些像他娘影月。影月如果不是那么固执，自己后来的日子也许会是另一种样子。丝瓜一想起影月就像翻倒五味瓶，无名火起。

　　他突然要发泄什么就甩过一个大耳刮子："啪——！"这一下子打得结结实实，透过大木宽大肥厚的方圆脸好像触到骨头。大木摇晃了一下，又重新站稳了死死盯住他依然那么平静，绝没有还手的意思。丝瓜骇然看到大木的神态，突然从他身边窜出门去。那一瞬间他有些迷乱，他不知是逃开大木，还是逃开自己。大木已不是原来的大木，自己也不是原来的自己，一切都在毫无觉察的时候变了，就像没提防大木、二木都长大了一样，自己也老了，老得没有胆量，也没有了洒脱。丝瓜一生没提防过人，只是信马由缰，无忧无虑，无法无天，无心无肺地生活。但现在他感到惶恐、感到胆怯、感到一种遥远的内疚。

　　当丝瓜从大木屋里牵出他的两头种羊的时候，一抬头见大木就站在门口，依然黑塔一样岿然不动，只在嘴角流下一缕鲜血，那一缕鲜血下吊着一滴残忍的笑。

　　事实上葫芦并没活多久。他在瘫痪不久就自杀了。并不是生活发生了多么大的困难，也不是丝瓜没有兑现他的承诺。而是丝瓜太好

营　生　195

太周到了。他不断往葫芦家里送粮食、送钱、送柴火、送烧饼、送布，凡是生活中必需的和不太必需的他都送，甚至还不断给影月带来一些粉盒、雪花膏之类。他并没有说过从哪里弄来的这些东西。葫芦和影月只看到丝瓜疲倦而又兴奋，头上身上常沾些草棒之类。有一天晚上背粮食回来胳膊上还带着伤，血把袖筒也浸湿了。影月接过粮食吓了一跳，说丝瓜兄弟你咋啦。丝瓜冲她做个鬼脸说："影月嫂子你放心，没事，谁还能把我咋的，凭我这个头。"葫芦心里明白挣扎着从床上欠起头说："丝瓜，你又去偷人家啦。"丝瓜上前按住他说："哥你安心躺下，别把话说得怎难听。"丝瓜看葫芦担心的样儿就冲他笑笑："睡吧，睡吧，家里事你别操心，一切有我呢。"

那时影月忙不迭打来半盆清水，化些盐在里头，从背后叫丝瓜兄弟快洗洗伤口。丝瓜转回身看了影月一眼狡猾地一笑："影月嫂子，你帮我洗吧，怪疼的。"影月看他脱去褂子上身赤裸就有些喘气不均匀，忙说："快蹲下！我给你洗，看还有血呢！"说这话的时候却很凶，像大人命令孩子。丝瓜本来嬉皮笑脸，这会儿忽然有些不好意思了，说："算啦，还是我自己洗吧，你帮我找块干净布就行。"丝瓜把半条伤胳膊浸在盐水里，冲去血迹，露出白斩斩一个大伤口，像没有血丝的嘴唇。影月看了心惊肉跳，仿佛水里有咝咝的声音，盐水刺得皮肉惊惊颤颤的。她有点头晕，站不稳扶住隔墙往里去了。丝瓜就听到里间有轻轻的哭声。不一会儿影月出来拿一块干净白布说："丝瓜兄弟，你把胳膊伸过来。"丝瓜就把胳膊伸到影月胸前。他伸得很慢，并且缓缓把五指张开，像是要捕捉什么。当手指伸到离她胸前鼓凸处一线近的时候，停住了。

影月一哆嗦，但站住了。她近乎粗鲁地抓住丝瓜强健的胳膊，先用毛巾抹去伤口附近的水，再用干净白布一圈圈往上缠。她缠得很专注，嘴唇咬得紧紧的。丝瓜差点笑出声来。他知道她还不会掩饰自己。影月脑子里一片空茫。她的整个感觉都在手指上。她是第一次触摸他的皮肤。感觉和葫芦完全不同。葫芦是肉乎乎的,分不清皮肤和筋肉,甚至连骨头也肉乎乎的。丝瓜的皮肤却像另外贴上去的,你能感到清晰的一层。皮肤包藏下是结实得像檀木样的肌肉。而在皮肤和肌肉之间卧着小野河一样奔腾的血管。那血是不安分的。他的每一个部件甚至包括灵魂都是原本分离着然后组装起来的。你永远不知道他在想什么,他会干什么。此刻,就在他的哥哥葫芦面前,他也不能有一点儿正经相。影月有些讨厌他,害怕他。可是又佩服他,感激他。一家人的生活担子压在他肩上,他不在乎沉,偷东西被人砍成这样,他不在乎疼。他什么都不在乎。

一线,算什么距离呢。那实际是一种若即若离的状态。丝瓜把握得很准。影月吸气时,高耸的胸能触到他的手指尖,影月呼气时就稍微离开一点。影月已经看出这个无赖的用心,他并没有主动碰你,可你却不能不呼吸,也就不能不碰他。影月的血管在涨。她试图调整一下位置,离开他的手指远一点。可是不管怎么调整,他的手指都始终没有离开她的胸,就像指北针一样老是指住那个方向。距离仍然是一线,可恶的一线!

葫芦把一切都看在眼里。他近乎绝望地闭上眼。这些日子,他已经觉察到丝瓜喜欢影月。现在他证实了。他有些欢喜,泪却唰唰流出。他知道自己完了,一生都完了。他闭着眼想,他们年龄怪配的、怪配的、怪配的。他的泪水已经溢得满脸都是,耳朵眼里也灌满了,葫芦想坐起来把他们喊到面前说点什么,可他挣扎了好一阵却终于没有爬起来,直到丝瓜离开屋子,他仍然僵硬地躺在那里。影月反身时正见他直勾勾地盯住自己满面泪水,嘴角却抽搐着笑,笑得极惨然。影月"啊"了一声忙上前问他:"怎么啦?"一面用软乎乎的手掌为他抹泪。葫芦到底啥话也没说,泪水却越擦越多。影月就有不祥的预感。影月守候到天快亮时,三岁半的大木醒了,在里间床上哇哇大哭。影月去了里间。她看到葫芦好像睡沉了。她喂过大木打了个盹突

营 生

然醒来跳起身就往外跑，葫芦已经自杀。他是用一把锋利的剃头刀割破喉管的。那时天已破晓，一屋子霞光，显得辉煌极了。

二木一头栽进大木黑洞洞的小屋，喘得上气不接下气。

这是大木的屋子。

这其实还是他们两人的屋子。二木认师傅后，白天在张木匠那里干活、吃饭，晚上仍回这里睡觉。但他在感觉上自己被赶出去了。他看得出大木不欢迎他。二木在两边都有飘零之感。

乍进门，什么也看不见，也没有声音。二木知道大木在屋里睡觉。大木通常是昼伏夜出的，白天极少出门。连撒尿也在屋里。有一个大肚小口坛子放在床底下。他就尿在那里头，然后盖上。而且不准二木用。天一黑，大木就出门去了，很快。别看他那么壮大的身躯，行动却十分敏捷。有几次二木随出门偷看，但大木一晃就没影了。他不知道他夜里出去干什么。他不敢问他。他差不多总在黎明前回来，两手空空的。有时阴沉着脸，有时显得狂喜。但狂喜又压抑着。他从不喊叫，通常是困兽一样在屋里来回走动，碰得盆盆罐罐乒乓响。再不然就是从床底拉出大肚黑坛子解开裤子猛尿一阵像机枪扫射什么。然后如一面山墙咕咚倒床上，死猪一样睡去。

二木靠近床，见大木果然躺在床上。他估计他睡着了。弯下腰瞅瞅，见两点火球闪动。二木吓一跳就要逃，他越来越怕大木。

大木见二木来了躺着没动，就知道肯定发生什么事了。

"惹祸啦？"

"惹祸了。"

"说说。"

"我对芋头说，你腚上有颗痣。"

"我腚上没痣，芋头腚上有痣。"

"我是这么说的。"

"你不是这么说的，你说是大木说你腚上有颗痣。"

"你咋知道。"

"你肯定会这么说。看你慌慌张张样。"

"都一样。反正我说了。"

"不一样。你只能说你见过芋头腚上有颗痣。"

"咋的？"

"咋的也不咋的。"

"咋的也不咋的还不是一样。"

"大不一样。你说我见过她腚上有颗痣，她就会嫁我。"

"嫁你就嫁你呗。"

"浑蛋！芋头只能嫁你。"

"我看谁都嫁不成。别做梦了。"

"咋的？"

"咋的也不咋的。"

"咋的也不咋的，你回去就给我改过来！你就说你亲眼见过她的腚上有颗痣，在右边腚帮子上像颗杏，圆圆的。"

"哥你真见过？"

"我当然真见过。有一回芋头在豆地里割羊草，我正好躺在豆棵里睡觉，她褪下裤子撒尿屁股正冲着我的脸，伸手就能摸到。"

"你摸啦？！"

"我真想摸。"

"你浑蛋！"

二木把拳头握紧了，真想扑上去揍他。

大木依然很平静，望着二木发怒的脸就有些高兴，但丝毫没显示出来，慢慢回忆说，那会儿我不仅手痒而且全身都痒，芋头的屁股漂

营 生　199

亮极了，白白净净的，女人屁股大点好，能干活又能多生孩子。那会儿我要是扑上去把她放倒，要不十个月就能给我生个孩子出来，我把手悄悄伸过去几乎要摸到屁股了，我正犹豫着要不要把她放倒在豆棵里，芋头却尿完站起身提上裤子走了，腚上那颗杏一样圆圆的痣，我确实看得清清楚楚……

二木听得咬牙切齿，以从来没有的勇敢扑上去又打又骂又咬，你浑蛋，你不是人，你是流氓，不许你这么作践芋头，喔噜喔噜喔噜喔噜！……

你喔噜个蛋！大木猛跳起挥拳把二木打出几步远，摔在地上。二木四脚朝天。抽风样乱蹬一阵子却没翻过来。使人想到翻盖的螃蟹。

大木跳下床，一手提裤腰，一手抓起二木的胳膊，一提。二木便被提得悬空，无可奈何地被扔出门外。

大木说："二木你记住，从今儿起不许你回来住。"

二木说："我住哪里？"

大木说："你愿意住哪就住哪。"

二木说："我就愿意住这里。"

大木说："你进门我就往外扔。"

二木说："这也是我的家。"

大木说："张木匠那儿才是你的家。"

二木说："大木你浑蛋想把我赶走。"

大木说："少废话，快滚你师傅那里去，要不我折断你的小腿。"

二木恨得牙痒却自知不是他的对手。可是他爬起来说了句很英勇的话："大木，你等我三年！"然后就走了。

大木没吭声，一直站在门口看二木瘦瘦的身影消失了，才慢慢转回身。像是很累的样子。

大木突然又把身子转回。

在刚才转身的瞬间,他感到一束极不舒服的光射来。

是二叔。

那时,前来给羊配种的人们都已散去。丝瓜正给种羊补草料。青草,黄豆。

他一直偷听着屋里的争吵声,后来就见大木把二木扔出门外。但他没吱声。他不愿介入他们的事。二木走了,他也没吱声。他只在心里说:"儿子好样的,路要靠自己走,过三年你会变成一条真正的汉子。"

大木用挑衅的目光看着他。

丝瓜说:"今儿又卖了三滴,赚九块钱。"就有些得意。

大木说:"你卖得太贱!应当九块钱一滴。"说完就回屋去了。说话的口气像个员外。

丝瓜想这小子比我还黑心。

影月为葫芦守孝一年,几乎没和谁说过话。

凄清哀婉的影月比以往任何时候都更具魅力。男人们不免怜香惜玉,总是想着法儿接近她。都想把她搂到怀里。但终于没人敢。

因为有丝瓜在。

丝瓜依然住在村头的庵棚里。但每天都要来看看影月和大木。然后在门前转一圈又回到庵棚里去。

大家都知道庵棚里躺着个贼。

一个满不在乎、嬉皮笑脸、又臭又硬、无法无天、力大无穷的贼是很叫人头疼的。他常把偷来的东西公开堆放在庵棚门口。他甚至会告诉人家说,我今夜去你家偷东西。人家会紧紧张张守护一夜而丝瓜其实却没去,只在野地里荡一圈便回去睡觉了。当人家放松警惕关门睡觉的时候,丝瓜却悄悄翻进院子随便拿点什么,临走还忘不了敲敲门关照主人一声别睡那么死,当心有人偷东西。这年月遍地是贼。

丝瓜偷得很潇洒。

但在影月那里却潇洒不起来。

他对影月说:"影月,你嫁给我吧。"

影月说:"不行。我是你嫂子。"

丝瓜说:"我哥都不在了,哪儿还有嫂子。"

影月说:"嫂子嫁小叔,咱这里不兴。"

丝瓜说:"这臭规矩得改。"

影月说:"人家会笑话。"

丝瓜说:"我不怕。"

影月说:"我怕。"

丝瓜说:"有啥好怕的。"

影月说:"我是女人。"

丝瓜说:"……"

丝瓜没说。丝瓜有点不知怎么说。

丝瓜说:"……"

丝瓜还是没说。丝瓜有点火。

这是个他从来没想过的问题。我是女人,女人怎么啦。女人脸皮薄、女人爱面子、女人胆子小、女人想得多、女人爱作假、女人常常他妈的心口不一。

他就想到他睡过的几个女人。她们全都喜欢他,可是没一个人愿意嫁给他。她们把他当作一匹好用、不好看的公马。她们在夜里钻进他的庵棚,躺在他的草席子上疯狂地享用他,说丝瓜你真行,说丝瓜你活得多自在,说丝瓜你不要跟别的女人好,就和我一个人好。丝瓜说我想跟谁好就跟谁好,谁也别想管住我,你要不乐意这会儿就滚,突然就抽身下来。女人就怕这一手,像被抽了筋似的浑身抖动,拼命拉扯丝瓜，可是哪里拉扯得动呢。丝瓜就喜欢在这节骨眼上折磨她们，也只有在这种时候才能报复她们，于是她们就死去活来痛哭流涕、苦苦哀求丝瓜，你上来你快上来，我受不了啦赶明儿我就嫁给你。丝瓜根本不信这一套，他经历得多了，她们总是这么许愿这么答应这么哭得泪人似的，然后丝瓜就心软了，就由着她们尽情享用。当她们穿上衣裳临出庵棚时都忘不了仔细摘去沾在头发上的草叶，但却常常忘了再对丝瓜笑一笑，道一声辛苦。到了白天她们就再也没有那份温情那份疯狂。要么羞羞答答像个淑女，对他爱理不理的，或者远远躲开；要么像个泼妇似的和大伙包括男人女人一起嘲笑丝瓜；骂他是个二流子，就像骂儿子一样随便。丝瓜对一切都很坦然。他根本不在乎骂他什么，也知道他们不敢把他怎么样。他从来不去揭穿那些女人的把戏，也不用这个威胁她们，丝瓜从来不威胁任何人，他听凭她们或者他们在暗中偷偷摸摸干一些见不得人的事，而在人前又装模作样，好像全世界都是规矩人，只有丝瓜是个坏小子。丝瓜想这样不错真的不错。他有些同情大伙真可怜，他们肯定比自己活得累。丝瓜不想打扰他们，起码不想在心理上打扰他们。大伙好像也知道丝瓜不是很坏，他坏在表面上，只坏了一张皮。他们甚至有点儿喜欢他，把他当成一个活宝。女人们想干点坏事就去找他，他总是来者不拒。他从不把和一个女人睡觉的事告诉另一个女人，那女人就以为非常安全，其实也确实非常安全，你完全不用提防他会坏你的事。

　　丝瓜不缺吃穿全靠偷。丝瓜不缺女人也全靠偷。

　　没有什么东西、什么财富，能打动他，使他贪得无厌，他只要维持生活就够了。他一直把偷当成玩。那实在是很好玩的。

　　没有哪个女人能叫他动情、使他用心专一，不再到处拈花惹草。她们享用他。他也享用她们。谁也不欠谁什么。她们没谁打算嫁给他。他也从来没打算娶她们中的哪一个。

只影月让他动了真情。他想娶她，她说她怕。但她没说她不愿意。怕和不愿意是两码事。不愿意就没戏唱，怕还有戏。想法儿不叫她怕就行了。丝瓜在心里说："影月，我会叫你什么都不怕的。"

大木一直在揣摩人们怕什么。他必须揣摩这个。

他要靠这个营生。

大木比丝瓜有见识。

丝瓜白白知道那么多秘密而不去利用，却张扬着做了一辈子贼。他让每一个人都感觉良好，理直气壮，振振有词，大言不惭，谈笑风生，以为自己是好人，只有丝瓜是个坏蛋。

丝瓜极坦然、极乐意、极快活、极招摇地做了一辈子坏蛋。

大木没这么傻。

大木懂得那些人间秘密的价值。

大木和丝瓜相反。他要让每个人都问心有愧、提心吊胆、吞吞吐吐、自惭形秽、窝窝囊囊，以为只有自己是个坏蛋，而世界上所有的人都是规矩人。

他把所有的把柄都要尽可能掌握搜集起来。

你干了坏事又想冒充好人吗？就得求我，比如用钱、用东西、用笑脸、用一切可以讨我欢心的什么事做抵押，那么我就给你保守秘密，直到你死。

而大木发现人们都有做好人的愿望。谁不愿做个好人呢？二叔说得对，人要脸。

大木同样发现人们都有干点什么坏事，起码是不大规矩的事的愿望，因为人似乎都活得不太如意。谁不愿活得如意一点呢？

九九归一，这是个大有作为的营生。

世上的营生千万条，为什么就不能干这个营生呢。当然能，这可能有点下流。但大木相信这绝不是世界上唯一下流的职业。

但人们究竟怕什么呢。

老人和孩子不一样；

男人和女人不一样；

当官的和为民的不一样；

富人和穷人不一样；

有身份的和没身份的不一样；

其实每个人都不一样。

大木已经掌握了大量的秘密。

大木对张三说："张三，你在地下埋了一囤谷子，放久了容易发芽，你当心一点。"张三是个富农，最怕人说他富。这是个有远见的人，他早已看出世道变了，富人要倒霉。划成分前，他在地下埋了五百斤谷子。划成分时拼命哭穷，好歹划了个富农。如果被人发现他做了手脚，单凭这一条也得罪加一等。谷子埋在地下很久了，他不敢扒出来，又怕变霉了，有时就偷偷扒开看看，然后又埋上。油煎火燎似的，他实在是心疼粮食，又实在怕露了马脚，怕得要死。

大木对李四说："李四，你尽玩假三套，一张白烙馍吃一百天了还吃不完，都有馊味了，还不扔掉另换一张。"李四听了一愣，就忙赔笑脸，说："大木兄弟，你千万别说出去。"大木说："那是，那是。"李四很穷，土改时划个贫农。可他又最怕人家说他穷，就骂上级没眼。他说我富得很，别看我没几亩地，东村西村南村北村都欠我的账呢。光浮财也够个富农，起码也该摊个中农。就整天愤愤不平。那时土改不久，人们都讲发家致富。李四没什么本领发家，就只好自吹自擂。在家吃饭都是黑面糊糊，春天还要吃野菜。但他却单烙一张

营 生　205

白饼，卷一棵大葱放起来，大人小孩都不让吃。李四关门填一肚子野菜，然后拿上那张白饼出门去，一路打着饱嗝和人招呼，兜一圈回家白饼完好无损仍放高处藏好，隔天又拿出去晃晃。大木都认识那张白饼了。大木并不指望敲他竹杠，只想耍耍他。

  大木对村长说："村长，你该让寡妇少卿在门轴上抹点油，半夜里开门、关门老是咯吱咯吱的，让人听见不好，少卿公爹是地主。"少卿公爹就是当年葫芦为他淘井的那个好户。好户大发以后就横行乡里，欺男霸女，土改时候被杀了。儿子下落不明，据说是逃到国外去了，就剩下少卿在家。少卿是好户儿子当初领来的一个妓女。见过世面的，很懂得寻个靠山。一个眼神就把村长勾上了。少卿四十多岁，皮肤细白，举手投足风情万种。但只在三尺门里。三尺门外就低眉顺眼。一身黑黛，满面凄清，自怨自艾，看了叫人心疼。村长就心疼上了，隔三岔五夜里去关心一下。大木揭穿了，村长就火。村长到底不同一般百姓，就训斥大木："你敢监视我，好大胆子！"大木说："我哪敢，只是碰巧看见了。"村长说："你就当啥也没看见。"大木说："那不成，看见就是看见，我这人实心眼。"村长还想辩解，说："我是找少卿谈话，让她好好劳动。"大木说："谈话还用得着解裤带。"村长说："我是解裤带挠痒。"大木说："挠痒就挠痒，你往外掏什么。"村长说："我往外掏虱子。"大木就笑了，说："村长，你别嘴硬，我啥都看见了。"村长也笑了，说："大侄子，你胡捣啥，这哪里说哪里了，你要钱还是要粮。"大木说："我要钱。"村长说："你要多少？"大木说："你看着办，我这人不喜欢讨价还价。"

  大木对王五说；

  大木对吕六说；

  大木时常对人说点什么。

大木的钱财滚滚而来。

后来丝瓜忍不住了，关上门对影月说："我要和你睡觉。"影月抬眼皮看他一眼几乎没有吃惊，也没有说什么，只是脸有点红。丝瓜当时有点失望，她怎么没有吃惊呢，好在还脸红了一下，否则就和别的女人没什么两样。丝瓜把影月抱到床上，没遇到任何抵抗。他知道她无法抵抗，她需要这个。她也知道他需要她，他需要什么就能得到什么，没有谁能阻挡他。影月从来没劝过他什么，包括你别当小偷了什么的。她知道他已无可救药，没有谁能改变他。她不能和这样的人结为夫妻，更主要的她是嫂子，虽说年岁相当，但名分在。名分是不可改变的。她一直在心里抗拒他，是灵魂在抗拒。她一直在等待他，是肉体在等待。灵魂和肉体一直在搏斗却不见胜负。他说我要和你睡觉的时候，她的肉体一瞬间就取胜了。她为他整个儿身体都舒展开来，却两眼紧闭，一句话不说，她的灵魂在为自己肉体的堕落羞愧。她落泪了。但灵魂可耻地缄默着。她觉得一种无法言说的耻辱。就像那次好户把她按倒在床上一样。

丝瓜没有停止。他看到她落泪了，像一只发抖的羊羔。丝瓜最初的失望感没有了。影月和别的女人还是不一样的。她没有做爱时的贱态和甜言蜜语。她真实地表现出她的需要、她的畏惧、她的羞耻、她的无可奈何。丝瓜惊喜疯狂，全心全意地占有着她。他相信他的直言不讳的表白和断然举动能打消她的畏惧，她的羞耻感。她没有反抗这是个好兆头。他相信只要生米做成熟饭，一切都好办了，人们习惯于承认事实。

两人都筋疲力尽。两人躺在床上久久没动。两人都在想今后怎么办。

丝瓜先开口了，说："影月，你还有什么好怕的，现在同意嫁给我了吧。"

影月很久没有回答。

影月到底没有回答。

影月把脸捂在被子里哭得哀哀的。

丝瓜没有逼她。他想他应当有点儿耐性。

丝瓜常去影月屋子里睡觉，人们都知道了。奇怪的是连平日最爱骂丝瓜是二流子的男人、女人也没说什么。

那些日子丝瓜凶得像一头狼。

他不再和任何人嬉皮笑脸。他大摇大摆从村里穿过，走向影月的房子，人们纷纷躲闪。那一次他一脚踢死一条上前用牙齿打招呼的狗。那条狗足有四十斤。

影月出门没人议论，也没人打招呼。大家都成了不相识的人。

影月从此不再出门。

一切都由丝瓜提供，家里什么都不缺。她知道这些东西来路不正。但她没有拒绝。她知道他的一切包括他的身体都不可抗拒。

后来影月就怀孕了。

后来影月生下二木。

后来影月吊死在葫芦坟前的一棵歪脖子树上。人们发现后前去取尸体的时候，在她尸体上方的树枝上蹲着一只黑老鸹。黑老鸹正用嘴啄那根吊她的绳子。绳子有一小半已经被啄断了。影月悠悠地吊在树下像荡秋千。那天黎明有点儿西南风。

其实三年是很快的。

二木在三年间长得五大三粗，比大木还显威猛。

他吃住在张木匠家，一门心思学木匠活。他破了师傅的师傅们传下的规矩,三年就学成了。准确地说两年半就学成了。因为在学到两年半的时候,张木匠不小心用锛砍伤脚,得了破伤风。临死前他知道他必须把一切,包括芋头,都得托付二木了。他并没有说要二木娶芋头的事,他已经不必说了。他早已看出二木有出息,芋头也喜欢他,他只嘱咐他们要懂得过日子。他,其实也没说什么,他只是说了一句谶语样的话:

"穿尽绫罗穿不过棉,吃遍珍肴吃不过盐。"

二木听的时候有些漫不经心。他觉得师傅很可笑,好像他做过皇帝。大字不识一个,临死念一句顺口溜。

芋头娘已在这之前死去了。芋头只有靠着二木。

二木值得她喜欢。芋头十九岁,正是如花的年龄,出落得好看多了。个头长高了一些就不显那么胖。依然是奶子大。腚也大。走起路来满满当当的,柔韧着极富弹性。

三年整。二木决定立刻和芋头成亲。

这三年间,他并没有像大木当初教他的那样,见天对芋头说你腚上有颗痣。他不忍心说,他觉得那是欺负人。芋头是不能欺负的,芋头胆子太小。芋头整日像惊鹿一样,仿佛一跺脚就能吓得跑开老远。

成亲第一天晚上,二木什么也没干。先把芋头掀翻了剥下裤子端着煤油灯寻那颗痣,那颗圆圆的杏一样的痣。但他没有找到。里里外外都找遍了,还是没有找到。不仅腚上没有,浑身上下都没有痣。芋头一身雪白,绸缎一样连个黑点也没有。芋头在头天晚上关门洗了个澡,洗得干干净净。那时芋头害羞极了,在床上忸怩着乱动,她不知道二木要干什么,尤其不知道老让她抬着屁股干什么。她早把那次二木说的话忘了,她不会记恨人。二木有些不甘心。她刚要钻进被窝,又被二木一把拉出来,端着煤油灯重新找了一遍。把该找的和不该找的地方,包括角角落落,旮旮旯旯任何可能掩藏什么的地方都找遍了，还是没有找到。

芋头太纯净了，芋头纯净得像一团雪雾。

二木呆住了。

二木端着油灯呆住了。

就是说，大木撒了个弥天大谎，从一开始就骗了他。他编造了一个下流无耻的谎言，然后把二木赶出门去，推向绝境。二木实在弄不清大木为啥这样无情，这样残忍，这样下流。二木弄不清。二木脑袋里乱成一团。

二木呆坐了半夜。

最后二木哭了，哭得泪水滂沱。嘴里直喊："哥！哥！……"

那时芋头一直拥被坐着，静静地陪着流泪。她没有也不敢打搅他。她不知道二木究竟怎么了。但她猜得出，肯定和大木有关。

# 陆地的围困

## 1

说不准是几年了。

水越来越浅，鱼越来越少。

那时，谁也没觉得要有什么灾难发生。渔家忌讳多，整天给大王爷烧香，就是求个船顺风、鱼满舱，平安无事。好端端干吗要往灾祸上想？

水浅，水总是有深时有浅时，

鱼少，鱼总是有多时有少时。

这不奇怪。

岸上人种庄稼，也有丰年歉年。女人生娃子不也没个准吗？像树上结果子有大小年。逢大年，女人愣不能碰，一碰就怀胎。逢小年，你怎么弄她肚子都是瘪瘪的。还有男娃女娃，要说哪一阵生女娃，家家女人生女娃；说哪一阵生男娃，一嘟噜一串全是鸟！像哑巴连生九个都是女娃子，也是少见。人不能抬杠，只能说那是命。说到命上，你就没辙。

可这水深水浅，鱼多鱼少，就和命不牵扯。

这里水浅，起锚往深水走就是。那里鱼少，只管拣鱼多的地方去。北湖到南湖，东湖到西湖，一拉溜四个湖，跨两省十三县，无边无际，大得很啰。渔家本无定所，水到哪鱼到哪，鱼到哪船到哪，船到哪家在哪。不就是个逃湖吗？对渔家来说，逃湖是常有的事，不值得大惊小怪。

那时，谁也没想到会有什么灾难发生。

忽然有一天，湖干了。

日他姐，湖干啦！

你想想吧，湖干啦！一拉溜四个湖，浩浩荡荡几百里水面，几乎是一夜之间干得底朝天。原先四个湖是连成一片的，这会只剩下这里一小片水洼，那里一小片水洼。而且是浑黄污臭，一股子什么熊味！

湖草蒲苇在烂泥里挣扎，蛤蟆一群群在污水上漂浮，蚌娃一片片干死在湖底……清凌凌几百里湖荡成了沼泽。

湖也会干？

啥都想到过，就是没想到湖会干。

就佘龙子想到了。

佘龙子早有预感。

他是眼睁睁看着湖面一天天缩小，湖水一天天干涸的。他已经观察了几十年。几十年间，湖水有涨有退，但总是涨一尺，退两尺。

没人留意。

靠山吃山，靠水吃水。几百里湖荡是聚宝盆，里头蕴藏着无穷无尽的财富。只要有力气，尽管下湖去。日他姐，动动手就是钱，谁管水涨落干吗呢！

湖边上，野草野蒲铺天盖地，历来谁割谁要。

湖弯里野藕，小片几十亩，大片几百亩几千亩，扒出来就是你的啦。

野鸭野鸟一群群几千只起落，架起大抬杆，一炮轰出去，少说也打下二三十只。打一天用船载着去卖，全是钱哪！

至于湖里的鱼，更是没有主人，有船有网，就可以下湖打鱼。旺季时，一天少说也捕几百斤。花几千块上万块钱置办船网，用不了多少日子就能捞回来。

最没本事的老太太、小姑娘和光屁股男孩，就是拾鸟蛋、捞蚌娃、采菱角、摘莲子，拿个铁钎子穿蛤蟆，一天也弄个七块八块钱。

几百里湖荡不仅养育着湖上数十万渔家，而且养育着沿岸几百万湖民。就连远处的庄稼人，也把这里当作捞外快的好地方。

一到冬闲时节，两省十三县的庄稼汉子就吆喝着下湖了。大家结伙成群，拉着板车，带上绳子、镰刀，从几十里、上百里外的地方到这里打湖草。一个冬天下来，少说也打三五千斤干草，或拉回家喂牛、喂羊或就地卖掉，就是一笔可观的收入。

至于那些因历史、政治，杀人、强奸而在家不能待的人，更把浩渺几百里湖荡看作理想的藏身之地。随便在哪个湖岔里搭个庵棚，尽可以谋生了。

湖荡像一位宽容的母亲，敞开她的胸怀，哺育着她的儿孙。

湖荡像一个无人可怜的妓女，被撕光了衣服，袒露在那里任人蹂躏。

湖荡像一块狭长的肥肉，任人宰割。

最令人揪心的是，两省十三县往往在沿湖建起二级、三级翻水闸，几抱粗的铁管子日夜吼叫着把湖水抽走。

抽走的是湖血。

湖在抽搐。

这是一场旷日持久的掠夺。

既是掠夺，便会有掠夺者的纷争。

两省十三县的百姓和地方官员，为了各自的利益，争水源，争湖滩，争地盘，不惜动用大刀长矛、火枪火炮，打得血肉横飞。

多少个世纪了,谁能记得?

佘龙子记得。

那是遗传在血脉中的记忆。

佘龙子是家族中第十七代船老大。

他太熟悉湖,也太熟悉湖上发生过的一切。

因为湖上无穷无尽的纷争,皇帝下过圣旨,北洋大臣曾来平乱;国民党政府曾派官员裁决;共和国的副总理数次亲临视察和主持谈判……

终于,纷争平息,硝烟四散。

但湖干了。

日他姐,湖干了,你看操蛋不!

佘龙子站在湖心岛上,打着眼罩子极目远眺,清凌凌的几百里水面消失了,渔歌没有了,白帆不见了。大大小小的船只被困在湖底,蛤蟆样漂浮在一洼洼污水上,再也动弹不得。

周围是黑黝黝一眼望不到边的陆地。

他突然感到一种被挤压的窒息,"哇"地吐出一口鲜血。

## 2

鲇鱼湾。

这里尚存一洼深水,泊着百十条渔船。像个热闹的小镇。

寻常间,这里就是个码头。渔家打了鱼,把船开来,抛锚上岸,招呼一声,鱼贩子就围上船了。讨价还价,常常是渔家慷慨让步,很快把鱼出手。稍事休息,又起锚进湖去了。反正湖里有的是鱼。他们讨厌斤斤计较。

那时，这里并不格外热闹。只是来来往往，渔家忙，鱼贩子也忙。

但现在不同了，湖水一干，谁也打不得鱼，都把船挂在岸边，清清闲闲享起福了，完全不必担心别人比你多打一网鱼。

他们有权利享福，有权利快活几日。湖水干涸，虽也引起一阵不安，但他们不相信湖会永远干下去。几场暴雨下来，湖水就会满满当当。现在尽可以休息一段日子。多年的辛苦，几乎每条船都有些积蓄，万元户并不稀罕。生活一时不会有问题。

平日里，岸上人从电影、电视里只看到湖上生活充满诗情画意，渔家富裕，却不知渔家的辛苦，一年四季漂在水上，日子永远是晃荡的，而且单调乏味，异常劳累。

现在，他们要寻求补偿了。

这几日，鲇鱼湾陡然喧闹起来。

各种卖烟酒、小吃、水果的摊贩，把鲇鱼湾那片空地占得满满的。上头架着棚子，很像回事。

他们知道，渔民手头有钱。

疙瘩这几日特别快活，整天提个录音机到处晃荡。录音机斜着提在手里，这姿势还是几年前从电视上学的，他觉得那样子很派。自然，还得配上一头乱蓬蓬的长发，架个墨镜。褂子呢，最好是花格的，下头胡乱掖进裤腰，上头敞个胸。这一切都好办，疙瘩有的是钱，身体又特棒，胸膛上的肌肉一坨坨的，两膀宽阔。美中不足的是一脸疙瘩。他翻过书，说是青春痘。他十三岁就长了一脸，疙瘩这外号也是由此而来。那时小，大家喊就喊了。后来渐大，就觉这名字难听，更觉脸上疙瘩难看，就用手抠。谁知一个疙瘩一个脓包，抠烂就是疤。疙瘩是没了，却留下一脸疤和一个外号。二十四五岁了，还没对象。疙瘩是独生子，爹死几年了，自家一条船，船上还有个瞎眼老娘。老娘就着急儿子的婚事,见天念叨。可疙瘩不急,他说:"你老人家放心,要娶咱就娶个会跳舞的。"老娘就更急,说乖乖,咱可不敢瞎鼓捣,船上人家,娶个姑娘能吃苦、能生娃就中。疙瘩是个孝子,知道给老娘说不明白,就笑笑说:"你老放心,就按你说的办。"心里却打定主意,一定要娶个会跳舞的。连他自己也纳闷,妈的,咋就认定了要娶个会跳舞的?

午饭后,疙瘩提个录音机刚上岸,就见四妮、菱菱五六个姑娘坐在一个土丘前说笑,就吆喝一声:"喂!你们笑什么呢?一群傻丫头!"这家伙向来大大咧咧的。

姑娘们就乱叫他傻小子,一阵笑闹。还扔过来几个土坷垃,扬得一股烟、一股烟的。疙瘩用身子遮住录音机,躲闪着从一旁走开。那里头正不知放着什么音乐,轰隆轰隆响。四妮就喊:"喂,疙瘩,别走哇,有啥好磁带放给咱听听,行不?"

疙瘩一转脸:"你们懂什么。"便只顾往那边空地热闹处去了。两条腿抽筋样抖动着,这也是派。

四妮和几个姑娘就拍着手在后头叫:

疙瘩脸,疙瘩头,疙疙瘩瘩净刺猴;
疙瘩提个录音机,录音机里瞎吱吱!
……

然后就笑成一团。

菱菱没喊也没笑,却盯着疙瘩的背影出神,四妮一推她:"哎!女秀才,又想啥?"

菱菱把目光收回,轻轻叹一口气:"疙瘩怪勇敢的。"

四妮就有点不大自然,说:"你想嫁给他?"

菱菱打了她一巴掌，脸红了："瞎说！"

在所有摊贩中，张老头的生意最好。平日，他就只卖烟酒，大家买了就走，并不见怎样红火。这几日，他就煮了几样小菜，猪蹄、羊肝、青豆、花生仁、油豆腐。一盆盆摆在案子上，又在棚子底下放几张小桌。这一来就把人给吸引住了。船老大们闲着无事，有临时碰上的，有相邀来的，三五一伙，聚在张老头的棚子下喝开了。张老头佝偻个腰，忙里忙外，大献殷勤。趁空时，往斜对面六妹子那里瞅一眼，别提心里多高兴。六妹子棚下冷冷清清，几乎没什么人。这么个精明人儿，居然没想到这主意，活该我赚钱。

船老大们多是海量，而且不怎么就菜。面前的青豆、花生仁，偶尔捡一颗扔嘴里。岸上人喝酒，他们不大瞧得起，大家坐得周吴郑王，弄满满一桌子菜，叫什么喝酒？而且那酒喝得不顺。要么求人办事，请酒；要么被人求帮，赴宴。心里都揣着心事，酒味都没了。渔家喝酒就是喝酒，没什么事好求人。有本事湖里使去。想喝酒了，拎一瓶酒，站船头上，咕咚咕咚饮一气，或者两个船老大在舱里盘膝而坐，举碗对饮，随便得很。像在张老头这里腚底下坐块砖头，三五人围个小桌，已是最正规的了。喝酒于他们完全是一种享受，并无其他成分。酒在渔家，依然保持着它的清白和纯正。

到傍晚时，张老头光小酒桌上就卖出去十七八斤酒。

棚子下还没散场，船老大们都喝得差不多了。有几个开始呕吐，地面上，烟头、痰迹、呕吐物，到处都是，污秽不堪。

康老大强忍着难闻的气味，正寻机会劝大家罢盏。他知道这种时候说话要格外小心，更不能轻易离席。不然，船老大们会说你瞧不起他们。俗话说醉汉如醉虎，一言不当会惹出乱子来。他看身旁的张老大，正瞪着血红的眼睛和人划拳，舌头都打卷了："桃园……三！

独……独占一！……"那边桌上，阮良已醉得不省人事，歪靠在一根柱子上打呼噜。葛云龙摇摇晃晃走过去，扯住阮良的耳朵往他嘴里灌酒。酒瓶底朝天，就听咕噜咕噜响。葛云龙哈哈大笑："喝水……喝……水！醒醒酒……咱进城去，听一场戏……找个暗窑子……睡一宿……城里的娘们……细皮嫩肉，过过瘾，天明……再扛一台……彩电回来，阮良……你去不去……"

棚子里一片混乱。喝酒、划拳、骂娘、谈女人，船老大们尽兴尽情宣泄着内心的寂寞。没人谈湖，更没人谈捕鱼的事。此时此刻，他们甚至恨湖，恨湖上的生活，庆幸湖水的干涸。长年累月，孤零零一条船，到处漂荡，离群索居。船上只有老婆和儿女。没人说笑，连撒泡尿都不方便。船头到船尾，就那么几尺长，船尾撒尿，船头听得清清爽爽。如果女儿大了，就更觉尴尬。女儿到船尾来了，你得赶紧躲到船头去，装得什么也不知道。可是，你蹲在船头，望着湖面抽烟，而且无端地拧紧了眉头，毫无必要地咳嗽，好像在为了什么大事发愁。其实，你什么也没想，只是要掩饰自己，分散自己的注意力。但没用，脑子里还是浮出一幅画面：解腰带、褪裤子、蹲下、白花花的屁股，然后就听到哗哗的响声。你越是不敢听，那声音就越是清晰；越是清晰，就越是想听，于是就有一种罪孽感。突然，你冲老婆发起火来，大吼一声："起锚！"老婆被你吼得晕头转向。等到晚上睡觉时，你更是一身的不舒坦。一家人挤在一起睡，没有任何秘密可言。当你悄悄拉过老婆，又悄悄压到她身上时，你们都竭力屏住气。即使在最销魂的那一刹那，你和老婆都只能咬紧牙关，不敢呻吟，更不敢叫唤一声。因为儿女就睡在一旁。在你的感觉里，儿女们正在黑暗中睁着眼，竖起耳朵捕捉着每一点细小的声音，静静地等待你们结束。

湖面很大，而渔家的天地其实只有那几尺船舱。

也许正因为这个缘故，渔家儿女多早婚。他们必须赶紧把儿女打发走。等船上终于清静一点了，他们发现自己也老了。

船老大的一生都是孤独而压抑的。

日复一日，年复一年，在浩瀚几百里的湖面上，他们像鱼鹰样蹲在船头，任凭风吹雨打。无话。

环境造就渔夫们沉默和口讷的习性。他们能够一天天蹲在船头纹丝不动。

你永远不知道他们在想什么。

也许，他们什么也没想。那目光是空洞而茫然的。长期远离人群，他们已失去某种功能。只是如鱼鹰、如船体、如芦荡、如黑色的湖心岛，已完全与大自然物化为一体。

但也许，他们思考的问题和哲学家一样深刻。远离人群，缺乏语言的交流，固然使他们的表达能力在萎缩，但思想的功能却格外发达起来。在深陷的眼窝里，那一对眼睛深邃而又神秘。对于人类孤独感的体验，他们比岸上的任何人都来得深刻。

那是一种永远的孤独和压抑。

但现在不同了。

湖干了，他们到了岸上，又回到人群中。这么多的船老大聚在一起，他们立刻恢复了人的本能和鲜活。

什么湖干了，什么捕鱼捞虾，滚他娘的蛋！老子要喝酒，大喊大叫着喝，喝个一醉方休；老子要说笑，拣最最解馋的说；老子要花钱，大把大把地花；老子要撒尿，挑一个开阔而又隐蔽的地方，甩着鸡巴痛痛快快地尿；老子看船上那个黑脸婆看够了，要睁大眼看看别人的老婆！

船老大们打从船上走下来时，就晕晕乎乎脚步打飘了。

张老头乘着混乱，又提上几瓶打开盖的酒，往桌上一放，狡黠地笑着:"老大们只管放开肚皮喝,全是上好的泥池老酒!"

他知道,越是这时候越好卖酒。他们甚至弄不清究竟喝了多少瓶。末了,你只要报个数,他们就会稀里糊涂认账,而且会争着掏钱。

但张老头失算了,船老大们并没有全醉。

康老大起身走过去,一把攥住他的手腕子:"老张头,这酒不要钱吗?"声音不高,却透着明显的揶揄。

张老头一愣,有点难堪地笑了:"康……康先生,这是啥话!我是小本经营,哪能不要钱!"

康老大摇摇他的手:"你看大伙都醉了,再喝,要死人的!"

张老头有点恼火,猛地甩开他的手:"康先生!你这话好吓人,我可担待不起。你不愿喝只管走,你不能管着我卖酒。有人愿喝,我就愿卖!"

"他们要是喝到半夜呢?"

"我就卖到子时!"

康老大是教书先生出身,平日从不和人斗气的。见张老头上火,忙赔笑递上一支烟:"老张头,话不能这样说。紧手的庄稼,消闲的买卖,赚钱也不在这一次。你看大伙都醉得不省人事了,不要出了事才好……"

"行咧!"张老头推开他的烟,竭力把腰挺直了吆喝,"各位老大!康先生说你们都醉得不省人事了,都走都走,这酒我不卖啦!"

先时,大伙没谁注意。张老头一高声,棚子里就乱营了。

"放屁!谁说……老子醉啦?"

"是康老大?……康……先生!"

"你才……不省人事!"

"怕掏钱……吗?啬先生……寡丈夫!"

葛云龙丢下阮良,踉跄走过来,一手揪住康老大衣领:"你他妈狗咬……耗子，我早就想……揍你！"举起酒瓶就往康老大头上砸去。康老大气得脸发青，嘴哆嗦着说不出话来。他知道葛云龙还记着他的仇，酒瓶子砸下来，能要了他的命。慌忙中就把头一偏，酒瓶重重地落在肩上。葛云龙再要砸第二下，却被突然扑上来的狄老大一拳打出几步远，"咕咚"摔在地上。狄老大血红着眼，指住他："你小子撒野啊？……我要你的狗命！"阮良迷迷糊糊翻个身，可巧压在葛云龙身上，他艰涩地睁开眼，看出棚子下正在打架，忽然嘿嘿笑了："娘……的！打架也不……喊我一声，老子……祖上就好……打架……梁山泊……阮氏……三雄……听说过没有？"伸手掐住葛云龙的脖子："你这个花花……太岁！老子……结果了你！"

葛云龙被掐得翻白眼，挣扎着爬起，和阮良在地上翻滚着打在一起。桌凳翻了一片，杯盘都摔在地上，满地狼藉。

棚子下乱成一团，船老大们手舞足蹈，乱打一通。张老头这下慌了，跺着脚乱嚷："砸坏东西要赔的！要赔的！……"但没人听。

这时，对面的六妹子风摆柳似的走进来："嘿！张老头，恭喜发财呀！这么热闹！"

真怪。就六妹子这么一声，棚子里都静下来了。无数双血红的眼睛盯住六妹不同的部位，张着嘴，既不叫骂，也不厮打了。六妹子打扮得并不俏，也不妖，只是袖管卷起来，露出一截莲藕样的胳膊，腰里扎个小围裙，胸脯就颤颤地耸动，像一根极细的弹簧支着，一股轻风就能让她弹动起来。船老大们多盯住那儿看。由六妹子胳膊的嫩白想到她胸脯上那两个玩意儿，必定也是一粉团样爱煞人。手就痒痒的，跃跃欲试。

六妹子粲然一笑，盯住张老头："你老行啊！酒里使水把大伙灌得这样儿，缺德不缺德？"

"你，你胡说！"张老头一蹦蹦到六妹子面前，用指头点着她，

"看着我发财,你眼红!"唾沫星子乱飞。

六妹子其实没见他往酒里掺水,但她知道他惯使这一手。每次进酒来,他都要开封掺水,重新封口的。于是轻蔑地乜他一眼:"别张牙舞爪的,把手放下!"

船老大们愣了一瞬,突然就把张老头围上了:"你他妈的往酒里使水?""怪不得老子……喝着不对味!""你把俺……当憨大?揍他!……"棚子下吵吵骂骂,一片喊打声。张老头几乎要瘫了,连连拱手哀告:"各、各位老大,别别!别……"六妹子看他那狼狈相,咯咯地笑起来,喊道:"老大们,饶他这一回。走!到我那儿喝茶去。"

船老大们丢开张老头,"嗷嗷"叫着欢呼起来,像一群莽撞的大孩子,随在六妹子身后,呼啸而去。

张老头佝偻着腰,要哭的样子。刚才,他只是被推搡了几下,并没人下手揍他。他太不经打,船老大们再怎么发疯,也决不会打一个没力气还手的人。

但他们几乎都忘了付钱的事。他们被六妹子弄得神魂颠倒了。张老头恨不得冲上去掐死那个娘儿们。你凭什么拉走我的主顾?不就凭两只奶子吗?走着瞧!

可他这会儿不敢,连喊回船老大们付钱也不敢。几百块钱的酒菜全抛了,他心疼得光想哭。

张老头沮丧地回到棚子里,却见康老大和狄老大还在,就立刻满脸堆笑:"二位老大,这钱、这……"

康老大平静地说:"算算账吧,酒钱我付。"

张老头感激地看了他一眼,真想趴下给他磕个头:"康、康先生,你真是个好人哪!"就要去拿算盘。狄老大却伸手抓住他,像抓一只小鸡。张老头一惊,以为又要揍他,忙说:"我、我认错,是往酒里掺了水,算七折,对折也行!……"狄老大笑了:"你别怕,你也不容易。

这些钱拿去,今儿算我请客。"把厚厚一沓钱扔在他怀里,拉起康老大就走,康老大挣扎着掏钱:"这钱还是我付!"狄老大不在乎地摇摇头:"你手头紧。我有的是钱!"推推拉拉出了棚子。

张老头捧着一沓子钱,手都有些抖了。乖乖!不用数,肯定超过应付的钱。就是杯盘都砸了,也值!

### 3

船系在湖边,哑巴系在船上。

这里静悄悄的,离鲇鱼湾大多数船只约有二里路远。一片很深的芦苇遮住船,不仔细看你很难发现它。

芦苇间一条很细的蜿蜒小路,穿出芦苇荡是一片很高的土岗子。土岗子上有几间庵棚,周围用树枝、芦苇夹起一圈篱笆院。

这是阿黄在岸上的家。阿黄姓阿,很稀少的一个姓。湖上人家多稀姓。不像陆上村庄,常常几百口几千口人同宗同族,无非张王李赵刘,走遍天下稠。阿黄在整个湖荡上是独门独支。而且眼看要绝门绝代。哑巴为他生了九个孩子,全是女孩。

阿黄就有一种深刻的危机感。

几年前,他就在岸上建了这个家。好不容易。湖边废地没有主人,谁占是谁的。庵棚也全是芦苇扎成的,不用花一分钱。外头糊糊泥,冬暖夏凉。阿黄七十多岁的老娘留在岸上这个家,照看孩子。生下一个,就从船上抱下来,送到庵棚里,由老娘抚养。

哑巴从来没有奶过孩子,她不会奶。而且老娘也不让她奶,奶孩子会影响受孕,误事。老娘懂这个。

阿黄母子分配给哑巴的唯一任务就是生孩子。一年要保证生一胎。哑巴善生,九个孩子只怀了五胎。其中四次是双胞胎。

公平地说，在这个家庭里，哑巴负担的事情是最为轻松的。她几乎不要付出任何劳动。

阿黄却如牛负重，完全不同了。他要划船打鱼，风里浪里，南湖北湖，终年忙个不停。他要养老娘，养老婆，养九个孩子。十二张嘴简直是十二个无底洞。包括老娘和孩子在内，一家人食量都大得惊人。冬天湖上结冰，不便打鱼了，别的渔民可以休息整整一个冬天，至多结结网什么的。但阿黄不能闲着。他必须走下船，和湖民以及远路来的庄稼人混在一起打草割苇编席，或者背条枪满湖荡追赶野鸭子，以增加这个家庭的收入。阿黄手头从来没有任何积蓄。他永远感到钱是那么紧张。在湖中渔民中，他是唯一常常和鱼贩子为价钱争得面红耳赤的人。阿黄不抽烟，不喝酒，没有朋友。他一年四季马不停蹄地忙碌，才仅仅能维持一家人的基本生活。

而阿黄的老娘，则可以称得上是一位伟大的母亲了。

老娘讨饭出身，年轻时带着阿黄曾走过很多省份。后来流落在这里做了渔民。但贫穷却一直缠绕着她。儿子到三十岁了，还没有娶上媳妇。阿黄脾气越来越坏。有时干脆不下湖，坐在岸上怄气。阿黄很少说话，却犟得很。她知道儿子需要什么，可她没有办法。

一天，老娘给儿子说："阿黄，你在船上待着，娘去岸上给你寻个媳妇来！"阿黄眨眨眼，没有吭气。他不相信有哪个女人肯嫁他。

老娘上岸去了。重新攥起了要饭棍。她知道，正儿八经的人家，没有人肯把女儿送给她。她只能回到乞丐行里，才能找到要找的女人。她希望能碰上个讨饭的女人，哪怕年龄比儿子大十岁八岁，带个孩子也行。

老娘从此踏上漫长的征途。那年，她已经七十多岁。

在一年的时间里，她拖着要饭棍，走遍了沿湖十三县。以讨饭度日，在屋檐下过夜，风餐露宿，专意留心女人，结识女乞丐。她曾经和十几个女乞丐说过，但没有一人愿意跟她走。

老娘没有抱怨她们。她太懂那些女乞丐了。你只要把女人的那个东西看得淡一些，尽可以走遍天下而不愁吃的。你不用操心，不用心烦，饿了就上门讨吃，累了随便哪里都可以歇脚。稍微年轻一点的女人，你会老是碰上好心的男人。别看你穿得衣衫褴褛，可你有一样值钱的东西，你永远不会面临绝境。在明里暗里周济你的男人中，有比你小十岁二十岁的小伙子，也会有大十岁二十岁的老头子。在村头的树底下在高粱棵里，在草丛中，在瓜棚下，在任何一个稍微隐蔽的地方，你都会得到男人的关怀。最初干这种事的时候，你有些胆战心惊，而且饱含着羞耻。可是后来惯了，你会发现你什么也没有丢失。你不仅得到温饱，而且得到了快乐。你忽然发现温饱其实是很容易解决的。白天，当你沿村乞讨时，尽管你做出一副可怜相，但在心里，你常常嘲笑那些一家一户的女人。你为自己经验过那么多的男人而骄傲。你觉得你比她们富有。她们其实很可怜，只能终生属于一个家庭，守着一个男人，不管他对你好不好。而你却拥有整个世界，自由地挑选男人。事实上，许多女乞丐在家中并不愁吃喝。可她们却宁愿去讨饭。并不是为了温饱。她们只是选择一种生活方式，一种自由的生活方式。老娘懂得她们。她们就像一些已经放飞的鸟，再让她们回到笼子里是困难的。尤其是那些已在乞丐行里混过多年的女人。

但老娘不灰心。

她决意要为儿子找个媳妇。不仅为了儿子，也为了自己。她知道自己已经老了，最终要有个归宿。

夜晚，当老娘蜷缩在人家的屋檐下避寒的时候，她常常想起一生的辉煌。

是的，老娘曾辉煌过很多年，被称为乞丐女王。

她记不得自己的父母。她只记得自己从小就到处流浪。十岁那年的一个夏夜，她躺在一个打谷场边睡熟了。后来，一个看瓜的老头

陆地的围困　225

把她抱进瓜棚子。她懵懵懂懂醒来时,一盏马灯下放着一堆面瓜,是那种熟透了就发面,可以充饥的瓜,都裂着皮,透着诱人的香气。她胆怯地看了他一眼,老头正和蔼地冲她笑:"吃吧!"她抱起一个面瓜,顾不得撕去皮,就大口大口地啃起来。她不时讨好地看他一眼,发现那老头的目光在和蔼中总有一种局促和贪婪。她看不懂他的目光的含意,只感到他看着自己时就像自己看着那一堆面瓜,恨不得一口吞进肚里。她有点害怕,可又从心里感激他。她真想叫他一声爷爷,就叫了:"爷爷,你真好。"老头儿没有回答,却慌乱地走开了。等他再回到瓜棚下的时候,她已经吃饱。

  那时已是深夜,四野一片漆黑。远处的村庄沉在夜色中,睡得没一点声息。风凉凉地涌进棚子里,舒服极了。旁边的草丛中,有什么虫子在轻轻叫,叫叫停停,停停叫叫,好像在呼唤什么,寻找什么,她忽然想和这位爷爷说会儿话。是的,说什么都行。她已在傍晚时睡过一觉,而且已经吃饱,两只眼转来转去,没有一点儿睡意。对,说说话儿吧,她高兴地想。可老头儿说:"睡吧!"就从棚子上摘下马灯,"噗!"吹灭了。一瞬间,天黑得什么也看不见了,她有点慌。就在这时,她感到他搂住了自己,就势躺倒在一张席子上。他把她搂得紧紧的,用长满胡子的嘴亲她。她怕极了,挣扎着想爬起来,可她挣不动。黑暗中,一个声音低沉而严厉:"别动!"她激灵一下僵住了。随后,她感到两只粗糙而发抖的手剥光了她的衣裳。她躺在席子上,小身体抖成一团。她实在闹不清他要干什么,但意识到要有什么事情发生。她有些怕,也有些害羞,她想抗拒,可她没有力量。而且,她隐隐觉得应当而且必须服从他,因为自己刚吃了人家的一堆面瓜。正当她胡思乱想的时候,她突然感到天塌落了一大块,大地在身子底下摇撼了一下,然后自己被死死地钳在中间,憋得喘不过气来。那一瞬间,她感到天地间一切都变了,夜不再是宁静而温柔的,而且充斥着老牛喘气般的嘘嘘风声,夹杂着一股难闻的腐烂气味。她从来没听到过这样可怕的风声,也没闻到过这样难闻的气味。周围草丛中的虫子都在大喊大叫,尖厉而恐怖,她听得清清楚楚,她想看看究竟发生了什么事,就竭力扭动着身体,把小脑袋伸出压在身上的覆盖物,猝然发现整个天空都破碎了,星星舞动着、闪烁着,到处发出撞击的火星和破碎的声响。天仍在一块块往下塌落。接着就出现无数黑色的太阳,不,是包着黑边的太阳。太阳的中心是没有光泽的鲜红,像汪着的一洼血水。突然,她感到一阵剧痛,然后太阳就爆裂了,满天空染成红彤彤的颜色。于是她大叫一声,腾空而去……

黎明,她昏沉沉醒来时,老头儿已穿好衣服,正蹲在一旁抽烟,一副筋疲力尽的样子,像刚刚干完一件很累人的活。她赶紧坐起,发现自己也已穿好衣裳,是他给穿的吗?她害怕地看了他一眼,他依然正和蔼而疲倦地冲她笑。席子旁边又放了一堆面瓜。他说:"吃吧!"她没有吃,爬起身,慌慌张张跑走了,一直跑出二里多路。天已大亮,在一条小河边,她停下来,只觉两腿又酸又疼。她坐在河坡上,往裤子里伸进手去,却摸出一把血。她坐在那儿,放声大哭了。那个和蔼的老头摧毁了一个世界。

从此,她懂得了男人,也懂得了女人,懂得了男人和女人的事。她懂得有点太早了,可她懂了。当她长到十六七岁的时候,已经懂得怎样去勾引男人了,也从此开始一生的辉煌。

可那些日子已经远去,无可挽回地远去了。

当老娘蜷缩在屋檐下想起昔日的生活时,总有些黯然神伤。重新返回乞丐的行列,不是也不可能再找回失落的女王桂冠。她望着黑黝黝的屋檐,望着浩渺的星空,听着屋檐下那一窝雏雀的轻轻的叫声,一时竟流下泪来。这一切都曾是那么熟悉。可现在,她不再是个自由人。这一切不再属于自己。她清醒地知道,自己已不再是迷恋屋檐的年龄了。那彻骨的风寒再也无法承受。可是，老娘又想起她的使命。阿黄，你等得急了吧？我的儿，你放心。再熬一熬，老娘就是跑断双腿舍上这把老骨头，也要给你寻个媳妇回去！

又是半年，老娘终于如愿以偿。

当她带着哑巴，风尘仆仆重新回到船上时，阿黄惊得呆了。这一年多里，阿黄一直以为老娘不会回来了，当初下船去就是骗他的。可她回来了，而且真的为他带来一个女人！他感激地看着老娘，泪水唰唰流下。老娘比走时瘦多了，头发已几乎全白，双腿也浮肿得放光，走路一瘸一拐，连喉咙也嘶哑了。

但当阿黄的目光落在哑巴身上时，却皱了皱眉头。那年，哑巴才十五岁，又瘦又小。他不相信这就是为他寻来的媳妇。可老娘沙哑着嗓子说："就是她！"那时，老娘没觉得这有什么不妥和残忍。十五岁，行了。当年，自己十岁不就开始了吗？当然，她没有给儿子这么说。

谁知，阿黄却嘟着嘴说："我不要！你把她送下船去吧。"

老娘一愣，啥？你不要！老娘吃了多少苦才把她领到船上，你不要？老娘愤怒了。她伸出手去，狠狠给儿子一个巴掌，"啪"一巴掌打得鼻子流血。阿黄惊慌地捂住脸，哑巴不知发生了什么事，吓得把眼也捂上了。老娘指着阿黄的鼻子破口大骂："狗娘养的！你敢说不要！"

阿黄的脸霎时变得蜡黄，捂住脸蹲在船头。

他知道，老娘比他强大得多。

船系在岸上，哑巴系在船上。

哑巴脚踝上有一条铁锁子，已经有些锈了。

哑巴长高了，也丰满了。实在算得上一个美人儿。

她刚刚二十一岁，虽然生过九个孩子，但由于没有喂过奶，加上阿黄用鱼虾疼着，她的身材依然很好看。

一大早，阿黄就拿着镰刀和绳子下船去了。

哑巴没什么事情做，就坐在船尾上抖铁链子玩。铁链子一头系在脚踝上，另一头拴在船尾的一个铁环上，中间约有九尺长。她可以带着它从船尾走到船头，或者从船头走到船尾。哑巴是自由的，完全可以走来走去。

可这会儿，她没有兴致，就坐在船尾发呆，用手拿起铁链子，然后一松手丢在船板上；再拿起，再丢下。铁链子就发出单调而悦耳的声音。

声音传得很远很远。

4

佘龙子走累了。

他从肩头取下猎枪，在一块石头前停下。

他打量着：这是一块普通的石头，很大，方方正正。仿佛一块碑座的样子。他轻轻擦去表层已经干死的苔藓，露出青色石面，果然是北山石。不知是翻船还是不小心遗落在湖底的。看样子，也有些年头了。北山在北湖旁边，一色的青石，纹理细致，质地坚硬，耐磨耐蚀，历来是凿碑、打磨的好料子，自古以来就有开采。北山石享誉中原数省。很多大户人家的石碑、石磨都是由北山石做成的。但那时是人工开采，产量有限，北山石也显得极其珍贵。旧时，曾有穷苦人以运北山石为业。这些年不同了，北山每天炮声隆隆，开采量大幅度增加。它的用途也由过去的修碑打磨，转变为砌房造桥、修堤护坝。需求量百倍千倍增加。北山已是千疮百孔，一座秀丽的镇湖宝山成了石

陆地的围困　229

料场。每当佘龙子听到远处开山的炮声，就觉筋骨被炸碎了。他老觉得湖干和这有关。

但没人能阻止。

佘龙子坐在那块石头上，怀里揽着那杆枪，默默地抽着烟，阵阵恶臭从四面包围着他。

他在湖底已经走了一个月。

他不知自己要干什么。他只是漫无目的地转悠。

北湖、南湖、东湖、西湖。

明镜般的四湖曾是他心目中的神湖。小时候，他曾站在北山顶上，往远处眺望。那时，虽是晴空万里，却也只能看到四湖的影像。在云雾下，藏着多少秘密啊。他老想给自己插上翅膀，从北山顶纵身飞向云海，一览四湖景色。从那时起，他就知道他的一生注定要和湖系在一起了。

后来，佘龙子成为四湖最有名气的渔夫。

不仅因为他曾打上来一条八十二斤的鲤鱼，而且因为他是一条行侠仗义的好汉，他曾带着渔民一次次和湖盗拼杀格斗，成为数万渔家心目中的英雄。

那时，兵荒马乱。常有湖盗乘着小船在四湖出没。有时一伙十几条船。他们在湖岔里，在芦荡间到处设卡，袭击拦截渔船，抢劫财物，强奸渔家女。有时大白天公开在湖面上追逐渔船，全是些杀人不眨眼的歹徒，一时间，渔民惶惶然，都不敢下湖打鱼了。后来，青年渔夫佘龙子在渔民中挑选了十几条快船，百十个精壮后生，和湖盗打了一年多，才使湖面平静下来。

佘龙子一身是胆。

他有惊人的武艺，陆上水上全来得，是世代相传的本领。渔民传说，他能脚踏莲叶，在湖面行走如飞。

民国二十五年（1936）深秋的那个夜晚，是他带领渔民和湖盗的最后一场恶战。

是夜秋雨滔滔，湖水猛涨。佘龙子的船队凭借夜色掩护，突然攻入湖盗的老窝鲇鱼湾。经过一夜拼杀，歹徒大部死伤。黎明时分，湖盗头子万里浪潜入湖底逃走了。佘龙子顾不上喊人，也一个猛子扎进水里追上去。

万里浪同样好本领，而且带着一把短枪。佘龙子知道，只要让他逃脱，他肯定会东山再起。佘龙子赤手空拳在水里追赶。紧紧尾随着。两人相距不过几十步。他并不急于逼近。他要凭借水上功夫，慢慢把他拖垮。万里浪其实很快发现了在后追赶的佘龙子。他知道遇上了克星。但他相信自己的水上功夫，加上腰里这把枪，并不害怕，他检查了一下，还有两发子弹，够了。万里浪的神枪是有名的。

两人游出五里多路，渐渐进入深湖。万里浪钻出水面，双脚踩水，露出半个肩。他握住枪，回身朝佘龙子的方向寻找目标，同时继续往深水退去。只要佘龙子出水换一口气，他就有把握一枪击中。

他等待着那个机会。

其实，佘龙子也在等这个机会。他如果永远在水里潜游，你就很难靠近。因他手里有枪。只有搞掉他的枪，才能放手擒拿。他露出水面是搞掉他枪支的绝好机会。

佘龙子在水里窥探到他钻出水面，知道机会来了。他在水底深深换了一气，迅疾潜到万里浪的侧面。在距他约有十步远的地方，突然纵出水面，同时手里一条剑鱼飞镖样打出去，"嗖"的一声，正中万里浪握枪的手腕，那把枪震落水中。佘龙子乘势飞扑过去，万里浪匆忙中想去捞枪，可是来不及了。这一带水深十几丈，哪里去找？只好空手应战。顿时，水上水下，两人打得翻江倒海。佘龙子奋起神威，正要拿住他，万里浪却突然潜入水中又逃走了。

那是一场真正的恶战。

陆地的围困

之后的一天一夜，两人一直在湖水里周旋。佘龙子穷追不舍。时而在深湖，时而在浅滩，时而在芦荡里，时而在礁石间，两人打得难分难解。佘龙子和万里浪都拼尽所有本领，两人都是遍体鳞伤。

有时，两人都累得不能动了，仰躺在水面，相距不过咫尺，却谁都没有力气下手。于是，他们一面抓紧时间吞吃着生菱、生鱼，一面说着什么。

万里浪说："真他妈够累的。"

佘龙子说："我也一样。"

万里浪说："伙计，我快不行了，你呢？"

佘龙子说："等抓到你，我得大睡三天。"

万里浪说："你抓不住我，你还是回去吧！"

佘龙子说："我得抓住你，我不能回去。"

两人一边说，一边吃得咔嚓咔嚓响。

万里浪抓一把菱角填嘴里，嚼得嘴冒白汗。又抓一把嫩菱角扔过去："伙计，你尝尝这个，甜丝丝的。"

佘龙子伸手抓一条鱼，一口咬去半条，只嚼三两下，便"咕"一声吞进肚子。同时把剩下的半条鱼扔过去："还是吃这个补身子。"

万里浪说："生鱼太腥，我吞不下。"

佘龙子说："怕腥就别在湖上混。"

万里浪说："我在湖上混多年啦。"

佘龙子说："你快混不下去了。"

万里浪恢复了体力，大喝一声："少废话，来吧伙计！"一挺身拉开架势。

佘龙子翻身扑过来："我来啦！"

两人又打在一起。

他们已记不得这是第几十次交手了。

万里浪又向深湖游去。

佘龙子紧紧跟上。

第二天黎明时，他们双双爬上湖心岛。

两人都是一丝不挂，衣裳早在湖里撕光了。

湖水长时间地浸泡，已经使他们的身体肿胀变形，伤口浸血，被湖水洗得发白。

万里浪终于不行了。刚爬上岛就倒在地上。佘龙子挣扎着骑到他身上，双手掐住他的脖子，却迟迟没有使劲。他眼里的凶光在渐渐消退。终于，佘龙子喘吁吁地说："万里浪……我真有点不忍心……杀你了。杂种！"

万里浪半睁眼，迷迷糊糊看着他："你他妈的……假慈悲！……下手吧。"

佘龙子摇了摇头："杀了你……我在湖上就没有对手了。"神态有些黯然。

万里浪久久注视着他，流泪了："佘龙子，你是条好汉。"

佘龙子慢慢站起身，走到一旁："万里浪，你走吧！"

万里浪叹气："我命该如此。这湖上有你……无我。"

佘龙子蹒跚着坐到旁边一块石头说，背转脸又说了一句："别怪我……伙计。"

万里浪叹口气："欠债总要还债的。"

之后，两人都不再说话。

那时，他们都看着湖面发呆。

太阳升起来了。雾气正在湖面上消散，到处流光溢彩。万顷碧波上白帆片片。渔民开始下湖了。一群野鸭子嘎嘎叫着从湖心岛上掠过，正不知往何处飞去。扑棱棱又是一群！怕有数千只。刚刚下了一

陆地的围困 233

天一夜秋雨，湖水满涨而清澈，透一股清新之气。鱼儿们不时跃出水面，白光一闪，又隐没了，弄得水哗哗乱响。两人都看得出神了。

佘龙子忽然站起身。遥远的天际，正有一队小船飞驰而来。他知道是他的船队寻他来了，忙说："万里浪，你快从北面下岛去！远走高飞……吧。"

万里浪感激地看了他一眼，摇摇头。

佘龙子一惊："咋？"

万里浪把头慢慢垂下，又慢慢抬起，定定地看着湖面，呐呐自语："这湖……真美。我舍不得离开。"

佘龙子一跺脚："你快走！只要不再作恶，过个三五年，你尽可以回来，我保你无事！"

万里浪惨笑一声："佘龙子，你要是真够朋友，就请你把我的尸首……埋在这座岛上！"

"你——！"

佘龙子正在愕然，万里浪已猛然跃起，一头撞在一块突起的黑色岩石上。


可是湖呢？

湖和湖的美丽，湖和湖的神秘都没有了。

佘龙子走了一个月，湖底原来这样肮脏、污臭。这是他从来不曾想到的。

成群成群的渔民呢？虾呢？螃蟹呢？螺呢？蚌呢？还有你无法想象的无穷无尽的宝藏，都到哪里去啦？

空荡荡的湖！

佘龙子觉得被人欺骗、被人捉弄了。

这就是你从小崇拜、从小挚爱的湖吗？

那时，你是一个充满活力的女人，丰满、妩媚、野性、迷人，连强盗都爱着你。你的魅力是个永远的引诱，让人为你生，为你死。可现在，你却仅剩一个干瘪的老妪的躯壳，你再也没有生命，没有活力了。

除了一汪汪死水，就是已经龟裂的黑色的湖底。一蓬蓬小草正伸头探脑长出来，变成一片片荒原。

突然，佘龙子发现一只兔子。

一只贼头贼脑的灰色的野兔！

一只本来只能在陆地上生活的小兽，居然跑到湖底来了。这也是你待的地方吗？畜生！

佘龙子愤怒了，那是一种无法想象的愤怒。仿佛正是它侵犯了湖的尊严，亵渎了湖的神圣。佘龙子颤抖着举起枪：

"砰——！"那只灰色的小兽猛地跳起有三尺多高，然后摔落在草丛里。

一股呛人的白色的硝烟从枪管里缭绕而出。

……

## 5

康老大从舱底拖出一箱子书，一股脑儿倒在铺板上翻检。光线似乎太暗。他爬过去把舱门打开。又从一张小桌抽屉里摸出花镜。花镜断一条腿，平日用得少，就老是忘记修。康老大擦擦镜片，试着往耳朵上挂。嘿，一条腿居然还挂住了。他又重新爬回铺板翻捡起来，急切而又贪婪。

船上从没这么清静过。往常在湖上，一家人挤在一起，孩子闹，老婆吵，整日灌得耳朵满满的。可是你得忍着。孩子们懂什么呢。老婆就是那种人，一点事不如意就大喊大叫。而且整天骂人，骂天气，骂鱼虾，骂风浪，骂孩子，当然也骂康老大。康老大和她耐心说过多次："你有事只管好好说，嚷什么？嚷也就嚷几句，骂什么呀？"老婆根本不理他："你还给我卖斯文呀！当初……"

一提当初，康老大就没话了，赶紧闭上嘴蹲到船头去。的确，自己早已斯文扫地，那就别斯文了。

有时，他真觉得老婆是对的。要说就说，要嚷就嚷，要骂就骂，肚里不存什么。粗野是一种发泄和坦荡，而斯文却难免是掩饰和虚伪。明明心里不痛快，却要装得很平静。于是，有时撑个小划子下湖起网时，康老大也学着骂人。那时，周围没什么人。他看过了，左看右看看了几圈，确定无疑没有人。那时，他就低声而恨恨地骂开了："我操你！……六妹子，我日！我……"一个人骂，一个人听，骂得很难听，很粗野，像老婆、像渔民们那样骂。一边骂，一边耳热心跳，同时瞅着左右。那样子完全像个在偷偷干坏事的家伙。他很怕有人突然出现。虽然胆战心惊，还是觉得痛快。平日自己想的，都在这时说出来，平日心里恨的，都在这时骂出来。然后就平静多了。但平静之后又感到羞愧，他觉得自己很下流，怎么能这样呢？这些脏话！于是回到船上，回到渔民们中间时，康老大依然斯文。渔家婆娘们偶尔到一起闲扯，就说："康老大到底是先生出身，你看人家说话，慢声慢语，多斯文呀！"康老大婆娘就嘴一撇："那号人，放一个屁也得分三回！"

康老大真是本不该做船老大的。可到底还是做了。那年打成右派，流放到湖边劳动改造。后来就和这女人成了夫妻，一串生了六个孩子。到平反时，他早已做了渔民。他想了想，没有回城去。再回县中学当教书先生，一家人怎么糊口？而且多年不摸书本，学业早废了，去了也是误人子弟。算了，还是当渔民吧，落得个自由身。县里来人，他啥要求也没提，就像什么事都没发生。可后来又时常后悔，犹犹豫豫地后悔。觉得如果回城，生活也许是另一种样子了。自从湖干以来，这种想法就尤为强烈。他不相信湖会永远干下去，但他看到了危机。他比一般渔民看得远一点。有这第一次干湖，不会有第二次吗？他隐隐感到这是个信号。眼见湖上生活前景不妙，今后该怎么办呢。

他又想到了书。

他不知道书还能帮他什么忙，但他立刻就想到了书。

老婆去岸上走娘家了。她还有个八十多岁的老爹住在湖边的一个小村里。康老大给买了满满一篮子礼物把老婆送上岸："去吧去吧！难得看看老人家，多住些日子。孩子们有我照料呢！"老婆高高兴兴走了。刚走出几步又回头吆喝："说给你听！上岸喝点酒还行，可不能勾搭别的女人！"那时，菱菱就在旁边站着，脸一红走开了。康老大一脸尴尬："你胡说些什么！我啥时勾搭过女人？"

老婆一撇嘴："你心里想着呢，当我不知道哇！"

康老大气急败坏："走吧，走吧！让人笑话。"

老婆一走，船上顿时清静了。是那种心头的清静。孩子们不用打发，每天吃过饭就下船去岸上玩。奔跑喧闹是孩子们的天性。船像个监狱，把几个孩子都圈苦了。这些日子都玩疯了。有时吃饭都找不回来。连菱菱这么大姑娘了，也一天到晚不回船，和四妮几个大姑娘形影不离。康老大倒放心。

平日，他最不放心的就是菱菱。这姑娘初中毕业回到船上几年了，心却一直不在船上。康老大看得出，女儿讨厌这个家，也讨厌湖上生活。菱菱已经虚岁二十，按照湖上的规矩，早该嫁人了。可她不肯说婆家，逼得急了，她就突然冒出一句："你们不用撵，早晚我会离开船！"果然，她就时常上岸去，说是去看同学，一去两三天不归。回到船上，也不和人说话，老是坐在船头或者躺在舱里看些带回

陆地的围困　　237

的花花绿绿的书报杂志。谁也不知她心里想些什么。康老大不敢问，老婆更不敢问，因为菱菱瞧不起她。有时，在她骂康老大的时候，菱菱先是不理不睬。久了，她会突然一翻眼皮："无聊！"那婆娘弄不懂什么叫无聊，但知道是轻视她，就很沮丧。她不怕被康老大轻视。事实上，康老大不敢轻视她。但做娘的如果被女儿瞧不起，就在人前没了根基。因此对菱菱的事，她也从不敢过问，大约意思也是讨好。

康老大倒没有这许多计较，只是觉得女儿大了，许多事做父亲的不好深问。他不能像一般渔民那样简单而又粗暴地决定女儿的婚事，菱菱也不会像一般渔家姑娘没有违抗地服从。他不知道她究竟要怎样，但他有个预感，女儿早晚要弄出点什么事来。这姑娘心里太压抑。

去年夏天的一晚上，康老大下湖归来，去六妹子那儿买烟。那时，六妹子还没搭棚子，只设个简单的小摊。有时干脆挎个篮子去船上叫卖。她的生意一向活络，和老大们也熟得很，笑笑闹闹就把生意做了，为此，张老头常骂她小骚货，说她把×一块卖了。

那晚，康老大刚走到六妹子摊前，就被她一把抓住往黑影里拉。康老大心里怪慌，可他挡不住诱人的女性气息，跟跟斗斗随着走，不知她要干什么，只左顾右盼怕人看见，说："六妹子，别别！……"六妹子猛一放手："别啥呀，别！想好事哪？给你说个正经事，你家菱菱呢？"康老大愣一愣："前两天去她同学家啦，咋？"六妹子往前凑了凑，低声说："后晌我去一条街进货，见菱菱和一个不相识的姑娘在街头转悠，也不见买东西，就是转来转去。茶馆里几个矿工挤眉弄眼，我怕她出事，老远就喊，想让她跟我回来。谁知菱菱一听有人喊，和那姑娘一转弯就没影啦。我看，你还是找她回来，一条街乱得很哪！"

康老大一听，急出一身汗来。回到六妹子摊前，拿一包烟撒腿去了一条街。一条街距鲇鱼湾七里多路，原是一片荒地。前几年探出地下有大煤矿,呼啦啦一年时间就建了一条街,来了几万人。技术人员多是些蛮子,说是上海人。矿工是从附近一些县招来的青年农民。那些技术人员来得急,多半没带家眷。从各县招来的乡下小伙子,几乎清一色光棍汉。一条街几万人,除了商店和服务行业有些女人,这条街十之八九都是男人。而且都是些有钱的男人。这几年,一条街发生的案件,极少偷盗、抢劫,差不多都和女人有关。不是情杀,就是强奸。女人在这里比什么都金贵。

菱菱在一条街转什么呢?

康老大一路急奔,到一条街时已是满身大汗。他顾不得喘息,就满街找开了。那时天色已很晚,一条街路灯昏暗,商店早已关门,只几家茶馆和饭店还亮着灯,里头闲坐的人不少。康老大挨门挨户看,不见菱菱的影子。他猜想:她也许已经离开这里,那个不相识的姑娘说不定是她同学。又不知她同学家在哪里,真是不好找。康老大跑得两腿发酸,点着一支烟,站在街心花园歇息了一阵子,就往回转。刚出一条街,忽然听到前头黑暗中有女孩子在叫:"你放开我!我不回去!……"康老大一惊,听出是菱菱的声音,忙飞也似奔去。在一条小河沟边,正见两人扭成一团。康老大看到旁边有一群下矿的工人,就大声呼喊:"有坏人!抓流氓啊!……"那群工人听到喊声,也立刻和他一道跑去。到了跟前,康老大立刻认出那男的竟是葛云龙,正拉住菱菱的胳膊不放。康老大扑上去就是一脚:"姓葛的!你敢欺负我的女儿!……"葛云龙吃一惊,忙松手,刚说一句"我不是!……"已被那群工人团团扭住:"妈的!送他派出所去!""来一条街作恶,矿工的名誉全叫这些流氓败坏了!……"一群人拉拉扯扯走了。

事后,康老大才弄清,恰恰是葛云龙救了女儿。那天,葛云龙因事去一条街,晚上回来时,在小河边发现两个小流氓追赶菱菱和另

陆地的围困 239

一个姑娘。菱菱被打昏过去,那个姑娘跑散了。两个流氓正要对菱菱施暴,葛云龙赶到,一顿拳脚把他们打跑了。葛云龙三十多岁,跟阮良学过几手拳脚,对付两个流氓足够。然后,葛云龙就抱起菱菱,准备回鲇鱼湾。谁知走出几十步,菱菱醒来,挣扎着不肯回去,就是康老大看到的情景了。

葛云龙被扭到一条街派出所,恰好是两个合同工民警值班。合同民警就是招来的社会青年,这两年才兴的名堂。有那一群工人嚷着,葛云龙一身是嘴也说不清,结果被关了一夜,还挨了几皮带。直到第二天所长上班,调查清了,才把他放出来。这事弄得鲇鱼湾的船老大们都知道了。要说葛云龙干这缺德事,大伙也信。因为他平日就爱在女人那儿讨点小便宜什么的。六妹子就常骂他。但没惹过大乱子。大家也就没谁当回事,人嘛!可这回欺负菱菱就很叫船老大们生气,这不明明是欺负康先生老实吗?谁知道,后晌葛云龙放出来,大伙才知冤了他。葛云龙很气恼的样子,堵住康老大的舱门跳一阵子脚,骂骂咧咧。康老大忙拿着烟出来赔笑脸,大伙劝一阵才算作罢。但自此,葛云龙就恨上康老大了。说让他平白无故丢了脸,好心不得好报,老是一副受了冤屈的样子。

其实,葛云龙不过虚张声势。他知道自己并没有吃亏。那晚他救了菱菱不假,但也确实占了点便宜。打跑两个流氓后,他发现菱菱衣服已被撕开,昏迷着躺在地上。就上前把她抱起,一只手伸进去摸了她的乳房。菱菱虽然身材苗条,乳房却很丰盈。那是真正的姑娘的乳房,坚挺而柔软。那时,他的确没有想进一步把菱菱怎么样。他觉得那样就太对不起康老大了。只想这么抱着回鲇鱼湾,一路摸着两个乳房,已是天大的享受。七里多路呢!平日,菱菱傲气得很,不像其他姑娘爱和他调笑,连个云龙哥也没喊过。葛云龙一看见她冷冰冰的样,就不敢嬉皮笑脸了。没想到今晚碰上这事,这便宜真占大了。谁知刚走出几十步远,菱菱突然醒来。他还没来得及从她怀里抽出手,脸上就挨了一耳光。但就是这几十步远,葛云龙已是回味无穷了。他不仅用手摸了,握了,还低下脸用嘴亲了,吮了。那感觉和那些老娘们的,肿块样的奶子完全不同。真是妙不可言。因为那时他的手还在她温暖而芬芳的怀里。不然,她怎么会打他一耳光呢?这一耳光和在派出所挨的几皮带值得,太他妈值得了。可是奇怪的是,菱菱当时并没有骂他流氓,事后也没有揭穿他,好像他真的是个见义勇为的正人君子。葛云龙老是捉摸不透菱菱究竟是怎样想的。越是这样,他就越是惴惴,惴惴中又有几分妄想。

但一年多了,什么事也没发生。

实在说,康老大的藏书太可怜了。他珍藏了几十年的那一箱子宝贝,其实只是些语言教材和参考书之类。还有几大本教案,劳动改造时写的日记,几本学生的作文簿。他已记不得当初怎么把学生的作文本也带来了。他只记得自己曾那么喜欢学生,每一次都那么精心批改他们的作文,有时晚上办公室要熄灯了,就抱回宿舍去批改。在几十篇作文中,如果能发现一二篇写得好的,会情不自禁地朗读起来。第二天,再拿到课堂上读给同学们听。他依稀记得班上有两个男生和一个女生才华最为突出,他爱惜他们像爱惜几颗珍珠。他们还成立了一个什么文学社,经常有些作品被推荐到县办的一张报纸上发表。那时,他多么得意啊。一个老师能教出,不——应当是能发现几个有才华的学生,那种喜悦和骄傲是别人无法想象的。在他被打成右派的时候,他记得他的学生们都哭了。那天晚上,他收拾行装,准备到湖边劳动改造了,那几个学生陪他坐了半宿。师生相对而坐,几乎就没说什么,只有几个学生压抑的抽泣。康老大回忆起来了。那时,自己是笑着把他们送出宿舍的。他说我很快就会回来的。然后,那几个学生就留下了自己的作文本。他们都是些穷学生,没有什么东西送给老师做纪念。他收下了,这比什么都珍贵。但过了一会儿,那个女生又返回来，独自返回来，关上门，一头扑在他的怀里，失声痛哭了。她叫什么来着？唔唔，康老大翻开一本作文簿，唔——奚秀竹！对了，她家在老黄河沿上的一个村庄，距县城很远，家里也很穷。不错，是叫奚秀竹，一个脸上有点雀斑的漂亮姑娘，有一双忧郁的眼睛和一副很好的身材，只是显得柔弱，但她内心却十分刚强。他记得她狂乱而热烈地吻着他，他也紧拥着她的身子。那时，他才二十岁，其实比他的学生大不了多少。五十年代的中学生，特别从乡下考来的学生，一般年龄偏大。只不过在他的感觉里，他比学生们大得多。但那天晚上，他感到了自己的年轻和脆弱。他哭了，第一次在学生面前哭了，像面对一个朋友。后来，奚秀竹突然站起身，只几下就脱光了自己的衣服，把一个纯净的少女的身子呈现给他。她流着泪说："老师，我实在无以回报！……"康老大记得，那时他被深深地感动震惊了。她裸着身子站在他面前，毫无羞涩之态。野火样的眼睛里，燃烧着无邪的坦荡。她渴盼着奉献和回报。他惊愕地打量着她，她的雪白的肌肤和颤动的乳峰就在面前。只要他愿意，就是他的了。他的年轻的肌肤在燃烧，在冲动。他多想把她揽在怀里，尽情地抚摸、亲吻，和她融化为一体。可他到底忍住了，他的手在颤抖，全身都在颤抖，他在经受着欲望的煎熬。她看出了他的犹豫："老师，你以为我是个放荡的女孩子吗？你一会儿就会知道，我还是个……处女！"奚秀竹又哭了。"我知道！我相信，你当然是……"他语无伦次地说，可这已经够了，足够了。他终于慢慢地起身，拿过她的衣服，一件件为她穿上。小心翼翼不要碰着她的身体。仿佛那是一尊洁白的雪雕，碰一碰就会融化，就会玷污了她的纯净。他知道他是老师，即使要下地狱了，也仍然是老师。而老师是从来不求学生的回报的，更不要说是这种回报。然后，他吻了她。轻轻地一吻。当他终于把她送走，重新关上宿舍的木门时，他知道他的心已经破碎。

多少年了，破碎的生活已使康老大麻木。他知道自己早已堕落得没有任何幻想，甚至把一些美好的不应忘记的日子都忘记了，只有满身的疮疤和鱼腥味。他没有想到，当他今天重新翻检这些书籍的时候，又翻检出过去的日子，而且居然还那么清晰。

康老大像一个精神乞丐，跪倒在铺板上，抖着手一本本翻检。唔，还有两本哲学书和半本诗歌集。他捧在手里，摇摇头苦笑了。这时，他多么真切地感到，过去的日子已经离他太遥远了。自己与哲学与诗也有过关系吗？费尔巴哈、黑格尔，多么陌生的名字。还有泰戈尔，是泰戈尔的诗集，还剩半本了。他用粗糙的手一页页捏起来，翻过去。他记得他曾向奚秀竹和那两个才华横溢的男学生无数次地讲过泰戈尔，他说我希望将来的某一天，你们能有一位拿到诺贝尔奖。咳咳，真是空洞的遥远的回忆，遥远得像梦，显得那么不真实。我说过这样的话吗？一个满身鱼腥的船老大曾有过那样得意的年华和庄严的寄语吗？一个破破烂烂的渔花子，谁能信？……一个遥远的梦罢了。

康老大的手停住了，突然停住了。目光盯住面前的一首诗。仿佛正漫步在大街上，忽然看见一个熟悉而又陌生的面孔。在哪儿见过呢？他打量着，回想着。唔，是它，是它——那首曾经能倒背如流的泰戈尔的诗！他一把抓起那半本破烂的诗集，移到亮一点的位置，吃力而生涩地读出，像个刚刚识字的小学生：

你喝过我替你倒出的
诗歌的药汁，
接受过我的梦想织成的花环。
我的在荒野飘游的心
永远因你的亲手摩触而感到痛苦。

当我的日子终结了，我的别话
在最后的静寂中沉没了，
我的声音和我们已曾相逢的消息
将在秋光
和湿云里回旋。
……

两滴清泪，沿着康老大清瘦的面颊缓缓爬下。

6

"娘哎，累死啦！"
"真要命！"
"菱菱，都是你出的歪主意，像登山似的！"
几个姑娘爬上湖堤时，都累得掐着腰，东倒西歪。四妮本来就胖，最后一个爬上来，张着嘴喘气，一屁股坐在地上，就抱怨菱菱。

菱菱是最先冲上堤顶的，也掐着腰站在那儿喘气，用花手帕扇着凉笑道："你们才是狗咬吕洞宾，不识好人心。"

一个姑娘佯装生气地打了她一下："就你词多！还好心哪，把人累得两腿酸。"几个姑娘都跟着附和，喘着气吵着，闹成一团。

菱菱越发笑得欢："嗬！看你们吧，好像我把你们拐骗出来卖了似的。你们再不活动活动腿呀，别说胖得像小猪娃样，罗圈腿也改不过来啦！"

菱菱这么一说，姑娘们就静下来。有的忙着低头打量自己的身子胖不胖，有的坐在地上把双腿伸出去，看能不能并拢。问题果然很严重，七八个姑娘，除了菱菱，没一个让自己满意的。要么像四妮样圆乎乎，要么两腿并直了，膝盖间可以伸进两个拳头。这么一看，大家就很沮丧。可是有啥法子呀，船上人差不多都这样。长期在船上摇橹打桨，渔家人多是大屁股，上身发达，胳膊粗壮。而下肢因为缺少活动，就显得瘦弱干细，还多多少少有些罗圈腿。整个身材就不成比例。

"这叫畸形！你们懂不懂呀？"菱菱亭亭玉立，站在她们中间，"看咱这身材，四肢匀称，窈窕，胸是胸，腰是腰，屁股呢，丰满而不肥大。怎么样！姑娘们？"说着，像舞蹈演员似的转了一个圈。

七八个姑娘都露出羡慕的神态。菱菱的确好看。而且说得有道理，对自己的身材呢，一向都不曾留意。既不懂得爱惜身材，也没有时间留意身材。一天到晚就是在湖上忙，谁有空管这个呀，身体还不是长啥样就啥样。

四妮嘟着嘴说："管那去，日后还不是一样嫁人、生孩子。"

大家哄地笑起来，说四妮你不害羞，还没嫁人就想生孩子啦？四妮红了脸，忙分辩说，俺不是那意思，俺是说，身材好身材孬，反正都嫁得出去。没听说吗，岸上人买四川姑娘，一个几千元呢。一个姑娘说："那价钱也不一样，长得漂亮的卖个大价钱，长得丑的就只能卖个小价钱。"菱菱就喝彩："香香，说得好！"大家又笑起来。四妮就有些恼，只顾对着香香反击说："敢情你想卖个大价钱呀！"香香也不示弱，说："我就是想卖个大价钱！起码身体好了有资本挑对象，可惜呀——咱是个罗圈腿儿！"香香倒洒脱，自己拍拍腿，先笑了。四妮看她笑了，也不好意思地笑了，自嘲道："还不一样？你看咱，肥得像猪娃。"引得大家笑得前仰后合，碰在一起。又互相胳肢起来，越发闹得大呼小叫。

菱菱跳出圈子外，把花手帕铺在地上坐下，看着她们闹，一个人拍着手喊加油。她今天情绪特别好，从没这样开心过。这些天，姑娘们从船上走下来聚在一起,她在不知不觉中成了大家的领袖。姑娘们都没文化,对菱菱就很崇拜。她说去哪玩就去哪玩。鲇鱼湾那片空地,不几天就玩够了。那里是男人的世界,他们喝酒抽烟赌博打架,一天到晚乱纷纷。于是,她领大家跑到湖堤上来了。这里距鲇鱼湾半里多路,堤上有很多树木,又隐蔽又安静,可以按照姑娘们的方式尽情嬉闹。或者说,她要按照自己的意愿去调教这群姑娘。她知道她在她们中的价值。无论从哪方面说,她都有一种优越感。但她不再像过去那样疏远她们,她不想再把自己的内心封闭起来而孤芳自赏。那样太孤独、太压抑。她想造出一群自己来。而现在有了这种可能。湖干了,船抛锚了,大家从各自的船上走下来,几乎不约而同地聚拢到自己身边,这使她的心灵得到极大的满足。原先,她以为长期呆板枯燥的船上生活,已经彻底让她们麻木了,她们已失却姑娘的灵性。但她估计错了。她们只是像木偶和傻瓜样愣怔了几天,很快就恢复了笑声。就像一群囚徒刚刚走出黑暗而孤独的监房,一时还不能适应耀眼的光线。但当她们眯着眼打量一番,眨巴眨巴眼之后,就立刻扑向阳光。她们年轻的心并没有枯萎,姑娘的爱美之心也没有泯灭。哈!菱菱真是高兴极了。

这时,她看姑娘们都像小狗样滚得满身泥巴,就拍拍手站起来,笑着说:"喂!开心吧?"大家就呼哨一声冲上去,把她也抬了起来:"菱菱万岁!""这儿真好,想说啥就说啥,想干啥就干啥!"……忽然,四妮紧走几步,往一片荫柳树后奔去。香香知道她要干什么,故意大声吆喝:"喂!四妮,你慌慌张张干吗去呀?"大家放下菱菱,都笑起来。四妮很实在地一回头:"撒尿。"就蹲下去。香香野愣愣地大叫道:"撒泡尿还跑那么远。看我的!"说着就往下褪裤子,原地一蹲,毫不害羞地尿起来,还吆喝着:"都来都来,放水!"姑娘们真的受到了感染,有几个一边大笑着,一边解开裤子也蹲下去,白花花一片屁股。四妮从荫柳后一伸头:"香香,你们真不害羞!"香香大言不惭:"羞?又没一个男人!"大家又笑,全都脸红红地四顾,又惊心又激动的样子,好像干了一件十分勇敢的事。

菱菱无可奈何地摇摇头,又好气又好笑,心想这帮姑娘真是闷苦了。就像一群关久了的女犯,一放出来就以加倍的疯狂发泄自己。她看大家完事了,就抱住膀歪起头:"我说小姐们……"

香香忽然笑了:"啥?小姐们——"咯咯咯……哧哧!……"咱们也能称小姐吗?"

菱菱一本正经:"当然!为啥不能称小姐?"

"噢——!小姐小姐小姐!……"一群姑娘都欢呼起来。香香披散着头发,把鞋子扔上天,乱蹦乱跳,胸脯摇鼓样耸动。

菱菱只好大声吆喝:"看你们像个小姐模样吗?像一群野鸭子!只知道嘎嘎乱叫乱扑腾。"

大家静下来。香香一屁股坐下,穿着鞋子吸一口长气:"——唉!乐一时是一时呗。再装斯文,咱还是个罗圈腿儿。"这一说,大家又垂头丧气了。

菱菱就笑道:"大家想不想有个好身材?"

一个姑娘说:"想有啥用?看俺这……屁股,怎么越看越难看呀?"

菱菱笑了:"电视上不常有练健美操的吗?咱也练!怎么样?我教大家!"

四妮吃惊地叫起来:"娘来,你家是天生的美人坯子,一练就成,咱哪行呀?"

菱菱说:"那咱就多用些时间,反正没事干,天天到这里来,我保证一个个都成美人儿!"

另一个说:"你看俺,小眼睛,脸上还有雀斑,也能练成美人?"

菱菱气道:"一个姑娘,只要有了好身材,就有了七分人才。小

陆地的围困

眼睛也会练得有神。雀斑嘛，去掉也不难，眼下卖这种药的很多，天天抹就会白白净净的。"

香香一拍胸脯："菱菱，别卖狗皮膏药了，我第一个报名，练！奶奶的，说不定以后卖个大价钱！"

一句话说得大家又大笑起来。

菱菱说："我就喜欢香香这个勇气！大家别笑，卖个大价钱也没什么不好。敢卖自己就很了不起，起码你认为你的身子是你自己的，总比让父母让媒婆卖了好，对不对呀？"

"对对！"

"姑奶奶也练个好身材！"

"我报名！""我也报名！"

……

就四妮没吱声。菱菱问："四妮，你呢？"

四妮犹豫着："那就试试呗。"

"好！"菱菱拍拍手，让大家静下来，"先说好啊，练健美可不是轻松活儿，没见电视都练得满身大汗，咬牙切齿吗？咱也得那么练！"

香香说："你放心，都是渔家女，全吃得苦！"

菱菱很振奋的样子："行！现在就开始，解裤带！"

大家一愣，然后哄地笑起来，香香说："咋？你想强奸俺们呀？"

菱菱说："今天先整治罗圈腿儿，要用带子把两腿绑在一起。从明天起，每人要带一条带子来，今天先用裤带代替！"

大家这才明白，于是左顾右盼着，嘻嘻哈哈解下裤带，按照菱菱的吩咐，一排溜坐好了，在两膝处把两腿捆住。要求捆得紧紧的不留一点缝儿。有捆得松的，菱菱就帮着捆，捆得几个姑娘直叫唤。香香罗圈腿弯度大，腿又长，捆紧了特别疼。但她自己硬是捆得不留一点缝。一边捆，一边咬牙寻开心："菱菱要不要放个岗哨？万一来个野男人，不用费手腿,就把咱们收拾了。"姑娘们就乱笑。菱菱说:"就你捣蛋!"说着自己也坐下捆好双腿,像个教练似的命令:"看着!都像我这样,脚后跟并拢,双手背过去,上身尽量往前弯,额头能碰到脚尖儿才好,一起一伏,开始——起——伏!起——伏——!……"

姑娘们果然认真,一个个抿个嘴儿,倒背手,咬牙切齿起起伏伏。腰是太硬了,除了菱菱,谁的额头也碰不到脚尖。香香猛使劲,嘴里"哦哦"地喊着,一气来了一百多下。姑娘们满脸是汗,大口喘气。菱菱看大家认真,很高兴,说:"刚开始,大家别猛使劲,悠着点。歇歇吧!"姑娘们就东倒西歪地呻吟开了。

四妮圆乎乎的脸热得通红,汗珠子扑嗒扑嗒往下落。她用褂子擦擦汗,动手解开双腿,拍拍屁股上的土站起来,系上裤带说:"菱菱,俺要……先走了。"

香香说:"又去尿尿呀?"

四妮吞吞吐吐地说:"啥呀,俺……还有别的事呢。"

菱菱说:"有事就先走吧。"

四妮看了姑娘们一眼,就慌慌张张下湖堤去了。

香香一撇嘴:"哼!准是去找疙瘩。半天不见,就掉了魂似的。"

四妮的确爱着疙瘩,一直悄悄地爱着。而且很怕别的姑娘和她争。但她只是单相思。疙瘩好像浑然不觉,老是大大咧咧地叫她傻丫头,完全不当回事儿。四妮不管他的态度,只顾全心全意地爱着,千方百计讨他喜欢。这些日子,疙瘩和一帮后生老往一条街跑,说是鲇鱼湾没啥玩头,要玩就去一条街。他们还计划着要去上海、北京,要玩就玩个痛快。今天早饭后,四妮见疙瘩他们吃吃喝喝地走了,大概要到晚上才能回来。四妮就惦着疙瘩的瞎眼老娘,一个人在船上多闷呀。练健美,行吗?她实在没有信心。而且总觉得有点瞎胡闹,不定哪会儿叫大人发

陆地的围困　249

现了，一跺脚，还不四散奔逃呀。四妮最怕爹。狄老大爱喝酒，一喝就醉。在外头，没有说狄老大不讲交情的。但不知为什么，一回到船上就像个魔王，打老婆，打孩子，说男人不打老婆像什么男人，当爹的不打孩子就不是当爹的样子。四妮这么大姑娘了，狄老大发起火来，会一脚把她踹下船去。四妮从湖里水淋淋爬上来，哭也不敢哭。娘呢，早吓得缩成一团。

四妮并没有恨爹，爹不容易。一群孩子几乎耗尽了他一生的精力，贫穷和风浪把他的脾气全弄坏了。前些年，三个姐姐和三个哥哥相继结婚，沉重的负担压得他喘不过气来。狄老大死爱面子，三个姐姐出嫁时，除了一般嫁妆，还每人陪送了一台电视机。三个哥哥结婚时，自然每人给打了一条船。一生的积蓄全花光，还借了许多债。这二年刚缓过一口气。可是狄老大的脾气已无可挽回地坏掉了。

四妮想出嫁了。早就想出嫁了。娘也说：

"四妮，就剩你一个孩子了，娘不想委屈你。你有中意的人家就给娘说，早早走了吧。你爹有我伺候着，要打要骂由他，我一个人撑着。唉，老夫老妻了，我知道他人不坏，就是脾气坏。没办法的事。"

四妮很可怜娘，可她知道自己早晚得走。不知什么时候，她爱上了疙瘩。她喜欢他那个大大咧咧的样儿，她有信心得到他。

7

一条街以惊人的速度发展着。

据说，几百里湖底下全是优质煤，而且煤层厚，储量丰富，起码可以开采二百年。一条街矿务局已成为中外合资的大型企业。一条街也远非一条街了。大街小巷纵横交错，集体宿舍楼一幢幢拔地而起，居民已达十几万之多。仅这一年时间，就新来五六万矿工。

一条街除了商店增多，最引人注目的是增加了各种宾馆、旅店、客栈。有豪华型的，有中等水平的，也有相当简陋的。其发展速度几乎是与日俱增。按说，一条街不是旅游胜地，更不是什么政治、文化中心，不会有那么多人住旅店。但奇怪的是，自一条街开建以来，旅店一直人满为患，供不应求。除了外地来的业务员、采购员、倒爷之外，更多的顾客居然是矿工。矿工都有集体宿舍，但他们却每个月总有几晚要去住旅馆。当然，也有些是工程技术人员，就是那些蛮子单身汉。谁也不知道这种风气是怎么开始的，后来就成了一种时髦。

矿上的工作是相当辛苦的，不论是矿工还是技术人员。几百米深处，一待就是七八个小时，又累又乏。回到单身宿舍，还要自己洗衣服，自己去食堂打饭，累得腰酸腿疼。可是苦极了，就宁愿花钱去旅馆住一宿。而一条街的旅馆、客栈又全都是一流服务。不论是豪华型的宾馆，还是简陋的客栈。可以花钱洗衣服，可以让服务员把饭送到房间，可以洗完澡披着浴巾把腿跷在沙发上看电视，而且不断有女服务员给你端茶送水，陪着闲聊说笑。这就有了家庭的气息和温馨。

他们花钱买的是服务。他们渴望有人为自己服务。这里一个普通的矿工，每月的收入都在三四百元以上，住几夜旅店，至多花百把块。剩下的钱，足够孝敬父母的了。他们都是些乡下来的小伙子，并没有忘记父母和要承担的那一份家庭责任。但他们首先是一条街的矿工。他们追求和羡慕的是有现代气息的生活。而一条街正是一座以全新面貌出现的新兴的小城，一座八十年代诞生的小城。它矗立在这片荒原上，使这片古老的土地惊慌而又惊喜。它的神奇的发展速度和无法想象的潜力，不仅广袤的乡村无法比拟，而且使周围的县城黯然失色。一条街的矿工们为此而骄傲。厚实的收入来源和旺盛的生命力，使他们轻而易举地摆脱了父辈的生活道路。

他们要换一种活法了。

陆地的围困　251

吸引矿工们去旅馆的另一个秘而不宣的诱惑，是可以接触女人。

谁也不知道那些女人是从哪里来的。

在豪华宾馆里，说一口流利普通话的年轻小姐，高雅、漂亮，穿旗袍或套裙，训练有素。一般旅店里，是操各种口音的姑娘，其中有本地人，也有外地人，服饰并不规范，但年龄倒还整齐。在那些简陋的客栈里，就显得五花八门了。服务员很少，规模也小，基本上是当地人。有的是几个徐娘半老的妇女，有的是几个透着穷气的姑娘，也有的是一个妇女带几个姑娘。年龄参差不齐，服装有土有洋。

但她们是女人，这就够了。

当年轻的矿工们最初下旅馆的时候，一般都是老老实实的。但后来熟了，就有了更多的内容。其间常有更秘密的交易，只是谁也不说，大家心照不宣。

一条街的另一特点，是一年多来陡然增加了许多舞厅和咖啡馆。这些地方，不仅是采购员、倒爷们洽谈生意的好地方，而且更是矿工们的娱乐场所。很多青年矿工的交谊舞已跳得相当不错。舞间休息时打个响指、叫一杯咖啡，动作也已相当潇洒。

你想花钱吗？你想快乐吗？你想见识一下这个奇异而旋转的世界吗？请到一条街来。

疙瘩和他的伙伴们大摇大摆闯一条街来了。

疙瘩仍是提着他的十八斤重的录音机，仍是轰隆轰隆响着不知放什么音乐。放什么并不重要，重要的是不停地放。一盘磁带他能翻来覆去放半个月，他喜欢的是声音而不是音乐。

一条街的白天是冷清的。上早班的矿工们已经下井，下夜班的矿工正在睡觉。街上行人稀稀拉拉。有些附近的湖民、渔民呆头呆脑走过。在街道楼房的空隙处，仍然处处可见荒原的痕迹：一个坑凹，一片原生的野草,一段阴湿的土路。

商店都大敞着门。柜台后的营业员或静坐看书,或织毛衣,或聚堆闲聊。一个姑娘抚弄着另一个姑娘的辫子,轻轻地认真地述说着什么,不知是一个怎样的故事。忽然,被抚弄的姑娘笑起来:"哧哧!你看你看……"那姑娘一愣,顺着她的视线往门外看去,忽然也笑了:"哧哧!……"

她们看到了疙瘩那一伙渔家仔。

疙瘩走在最前头,伙伴们簇拥着他。不管新衣服还是旧衣服,全都衣衫不整,蓬头垢面。两手习惯地钳在胸前,像张网,又像捉鱼。毫无例外的罗圈腿儿,使走路的姿势总有些歪歪斜斜。不管怎样平坦的路面,在他们的脚下永远是颠簸的木船。因此就习惯地叉开腿,横着走。尽管他们努力地昂然地挺胸跨步,却老是左一脚右一脚,不仅实际的行进速度并不快,而且显得摆幅很大。一伙人都在摆,像是一种奇异的舞蹈。

街两旁的营业员都在看热闹。不少人干脆走出柜台,站在门外嘻嘻看,惊愕着笑,仿佛那是一群从湖里爬上来的螃蟹,神气活现地在街上横行。

"嘻嘻嘻!……"

"哧哧哧!……"

"哈哈哈!……"

在笑声夹道中,渔家仔们立刻惶然了。他们不知道有什么好笑的,但明白是在笑他们一伙。于是腰塌了,脚步更乱,两臂钳得更紧,紧紧地靠拢着惊惶四顾。好像一伙被包围的歹徒,随时有被攻击的危险。那表情更是古里古怪,有莫名的木然,有乞求的傻笑,有抑制的愤怒。

陆地的围困 253

疙瘩明显感到被轻视被侮辱的难堪。他愤怒了，既愤怒于伙伴们内心的自卑，又愤怒于周围那些人的无礼。怎么！看不起俺们吗？他旋了一下录音机的开关，音量陡然大到极限："嘭嘭嘭——嚓嚓！嘭嘭嘭——嚓嚓！……"嘈杂的音响震耳欲聋，霎时覆盖了周围的笑声。疙瘩喝一声："都直起腰，跟我来！"大踏步奔向一家商店。伙伴们受到鼓舞，果然精神大振，重又挺起胸膛，随在疙瘩后头，吆吆喝喝拥进一座大型商场。

看热闹的营业员抢先跑回柜台内，以为他们要抢砸东西，就有些慌张："你们……要干什么？"

疙瘩"叭"一下关掉录音机，怒冲冲一卷袖口："不干什么，买东西。给我拿两条云烟！"

渔家仔们稍稍一愣，立即懂得了疙瘩的意思，你们不是瞧不起渔家仔吗？可咱有钱！你得为咱服务。现在惩治他们的最好办法就是支使他们，把他们支使得团团转。于是呐一声喊："买他个小舅子！"十几个人呼啦散开一条线，倚在柜台外头，吼吼喊喊：

"给我拿两瓶'五粮液'！"

"给我拿十瓶雪花膏！"

"给我拿一条被单！"

"给我拿一条裤子！"

"给我拿两个热水瓶！"

"给我！……日他姐！"

他们像一群大爷支使小子，摇着腿嘴巴朝天。营业员们先是一愣，随即有人使个眼色，顿时都热情而殷勤地忙开了，纷纷从货架上取下他们要买的物品。女营业员使劲抿住嘴不让自己笑出声。男营业员则卑贱地谄笑着，孙子一样忙碌，同时不露痕迹地出些糟透了的馊主意，建议他们买这买那。

渔家仔们毫无觉察，只顾陶醉在颐指气使的快感中，仿佛自己真的成了大爷。他们大把大把地甩着钱，对堆在柜台上的东西不挑不拣，甚至不屑于一看，充分而明白地显示着自己的傲慢和阔绰。

终于，他们出够了气，痛快淋漓地抱着买来的东西离开商场。但他们刚刚出了商场大门，就听到背后传来一阵阵大笑："咯咯咯咯！……哈哈哈哈！……"

他们不解地站住了。怎么，上当了吗？这时，一位娉娉婷婷的年轻姑娘从商场里随出来。她显然看到了刚才的场景，也看出疙瘩是这伙人的头儿。她优雅地提着一只草编的小包，走近疙瘩，操一口甜脆的普通话："唉，你们真傻，他们耍你们哪！花这么多钱！"说着，同情地看了他们一眼，轻盈盈走了，留下一股淡淡的芳香。

疙瘩他们全呆住了！但事已至此，既没有勇气也没有理由返回去退货，只好硬着头皮走了。不，他们简直像逃。怀里抱着，手里提着，肩上扛着，以比冲进商场时加倍的混乱沿大街仓皇奔走。引得路上行人驻足观看，不知发生了什么事。他们简直狼狈极了，只一直跑。直到拐进一条巷口，才在一片堆满砖瓦石料的僻静处停下，喘吁吁抹一把汗。他们羞愧地互相打量着各自购买的物品，委实是一个荒唐的举动。上百块钱一瓶的"五粮液"，姑娘用的雪花膏，老娘们才会感兴趣的床单，还有一些乱七八糟的物品，花花绿绿抱了一怀。最莫名其妙的是一个矮墩墩的后生，满头大汗地扛来两条橡胶轮胎。鬼知道买这些东西有什么用处！

可他们一股脑儿全买来啦。

大家垂头丧气地把东西扔到地上，互相埋怨着，叹着气。那会儿，谁顾得上想这些呀？真的，就是那个娉娉婷婷的姑娘说的，被人家耍了。

奶奶个小舅子！

疙瘩感到很对不起弟兄们，把买来的两条云烟全部撕开，每人扔了一盒："吸烟吸烟！怎么，钱花了，东西在！啥大不了的？等湖水上来，一网鱼就捞回来了。吸，日他姐！"

伙伴们这才有点活跃，接过烟撕开点燃，云烟呢！一时间，烟雾缭绕，静静地没人说话，仿佛在品评烟的味道。其实心里都不是滋味。他们都有点难过。不是因为花了那么多钱，而是一种心灵被伤害的痛。可是谁也没有抱怨疙瘩。他们知道他比大伙更难过。他是他们的头儿，他在他们中年龄最大。他在安慰大家，也在安慰自己。他们看到了他眼里有泪光。疙瘩不明白，渔家仔在船上何等风光，何等潇洒，怎么一到岸上就显得那么蠢笨，轻而易举就让人耍了呢？渔家人真的就孬人一等吗？疙瘩不服气。

晚上，夜色朦胧时，他们回到了鲇鱼湾，悄悄地。

其实，他们后半天就离开了一条街，但没敢回来。带着这些扔又舍不得扔，拿出来会让大人们笑话的东西，怎么回鲇鱼湾呢。他们在荒野里坐了半下午。

疙瘩提着他的沉重的录音机回到船上时，见四妮正给瞎眼娘擦澡。

"疙瘩哥，你回来啦？"四妮高兴地招呼他。

娘摸摸索索地埋怨说："一天天往外跑，都是四妮陪我说话，还不谢谢你四妮妹妹。"

疙瘩扔下录音机，摸摸头，不好意思地笑了笑。这次没喊她傻丫头。要是让那帮姑娘们知道了今天的事，非让她们笑掉牙不可，那才真叫傻呢。他卷卷袖口说："你歇歇，还是让我来吧。"四妮扔过来一条湿毛巾，高兴得满脸放光："还是**擦擦**你自己吧，哧哧！看你脏样。"疙瘩不再勉强，接过毛巾去外头洗脸了，一边心里很感动。有四妮常来陪着娘，就可以放心闯一条街了。他在回来的路上就下了决心。非在一条街挣回脸面不可。不但要让他们瞧得起渔家仔,而且要娶个一条街的姑娘回来。妈的什么了不起,不就是个一条街吗?北京、上海老子也去得!

四妮忙完了走下船,局促着说:"疙瘩哥,天不早了,我……走吧。"实际上,她不想走。她想和他说说话儿。她一天天地等着他,却总不见他的影子。

疙瘩说:"四妮,你别忙走!和你商量个事。"

"啥事?"四妮心里猛一跳,冲口而出。

"是这样……以后我不在家时,你要有空就常到船上来陪陪我娘,行不?"

"咋不行!反正我也没事。"四妮爽快地说。

"好,天晚了,你回去吧。要不要我送送你?"

"你撵我呀?"四妮嘟着嘴,呼吸着他浓厚的男性气息,有点恋恋不舍。

"咦!你不是说要回去吗?"疙瘩确实没有要撵她的意思。

"那……你还有别的话要说吗?"四妮忸怩着。

"没啦。你有事?"

"俺没……啥事!"说着转身跑开了。慌慌张张的。

疙瘩看着她的背影,有点纳闷。四妮一向在他眼里是个傻乎乎的小丫头,今天怎么一下子就长大了呢?

8

一大早,阮良就拿着一根铁钎下湖底了。

一个多月来,这家伙一直神神秘秘的。清晨下湖底,傍晚才回来。有时几天不归,归来时仍是一根铁钎子。既没有带去什么,也没带来什么。

这天清晨，阮良刚走进一条湖汊，被早起打猎的葛云龙发现了。葛云龙已经几次见他提一根铁钎子下湖，但不知他去干什么，因此老远就喊："阮良！去哪？"

阮良其实也看见他了，就不想理他装聋作哑只管低头走。葛云龙偏是个好事的，就紧跑着追上去，嬉皮笑脸说："阮良，啥时得空，再教我几手？"

阮良一扭头："还教你呢？当采花大盗哇！"

葛云龙脸一红："啧！师父老弟，这是咋说？我也没干啥坏事。"

阮良说："我不是你师父，别给我套近乎！"

葛云龙忙抽出烟赔笑："行！那就叫老弟。老弟去哪？探宝呢？"

阮良像被他看穿了心事，将脸一唬："你别胡说！"

葛云龙往前凑了凑："还瞒我？"突然飞起一脚，阮良急忙一闪，翻腕抓住他脚脖子，往外一耸，葛云龙摔个屁股蹲，"噗！"沾了一身稀泥。

阮良拍拍手走了。

葛云龙嘿嘿一笑，在后头大声喊："师父老弟！我又学了一手！"

9

老娘永远是忙碌的。

除了喂养九个孙女，她还喂养了几百只鸭子。这是家庭的一项重要收入。

鸭子就养在篱笆院内，吃食、拉屎、下蛋全在里头。

但清早起来的第一件事是去给孩子们做饭。她虽然极盼着哑巴为她生个孙子，可对这一群孙女也不讨厌。阿黄曾建议老娘把女孩送出去三五个，老娘不肯。说不用你们管，我来喂养，自己的骨肉咋舍得送人呢。

养孩子其实像养鸭子一样简单。

早起,她披一件破烂的弄不清什么颜色的褂子,抱来一大抱干芦苇,在院子里雨棚下烧一大锅稠糊糊。稠糊糊是用破碎的棒子粒做成的,喷香,一年四季都吃这个。然后,老娘拎着烧火棍进了庵棚。孩子们正睡着。一排溜睡在也是用芦苇扎成的大炕上,被子早被蹬翻。光溜溜一群小身体横七竖八,使你根本分不清谁的胳膊谁的头,全都蛇一样绞盘在一起。老娘用烧火棍敲敲炕头:"起来起来,吃饭喽。"她不允许孩子们睡懒觉。虽然起床后没什么事干,但不能睡懒觉。那样会把身子养娇了,日后吃不得苦。

"起来起来,吃饭喽!"她又嘭嘭地敲打着炕头。孩子们迷迷糊糊睁开眼,打着哈欠。小一点的刚从梦中惊醒,会脚蹬手刨地哭起来。老娘不耐烦了,大喝一声:"滚起来!"哭声骤停。孩子们这才彻底醒来,看见奶奶凶神恶煞地站在炕头,便突然一跃而起,跳下炕奔庵棚外去了。

孩子们起床的速度极快,不用梳洗打扮,六七个小一点的,甚至不用穿衣服。夏秋,她们通常是不穿衣裳的,这种季节穿衣裳差不多是一种浪费。孩子们惊兔样奔出,先是一阵大尿,接着就是吃饭。到锅台上捧起各自的碗,拣一双也是用芦苇做成的筷子,舀上满满一碗,一边狼吞虎咽,一边用眼瞅着锅。孩子们的食欲出奇地好,每人能吃两大碗。而且从来不生病。到了初冬时节,天气很冷了。还常常光着屁股到处跑,也仍然不会生病。一个个长得圆滚滚的。

老娘不会用柔情疼爱孩子。她的一生和柔情无缘。她唯一可以称得上柔情的是两个干瘪的奶子。那是孙女们的玩物。她的奶子本来已贴在瘦骨嶙峋的胸膛上。后来,硬是让孙女们用嘴扯出来。她没有办法。孩子一生下来就抱下船由她抚养,总免不了饥饿和哭闹,特别在晚上睡觉的时候,老娘只好把孩子揽到怀里,先喂些糊糊再扯开怀让她吮吸奶头。那当然是

陆地的围困　259

一个骗局,并没有什么汁水。吮起来很疼。老娘的眉心一抖一抖的。一直到孩子睡熟了,才算解脱。提起乳头看看,快要咬烂了。

早早侍候孩子们吃完饭,老娘开始喂鸭子。它们早就等得不耐烦了。篱笆院里嘎嘎乱叫,围着她吵个不停。老娘一扬烧火棍:"滚那边等着!"阿黄用木头抠了些槽子,老娘就在那里头拌食。老娘一天可以捡拾二百多个鸭蛋。不用出门,自有贩子前来收购。老娘数钱时特别仔细,要数三遍,损角破边的一律不要。然后收好了,藏在一个坛子里。隔些日子就拿出一些让阿黄买粮。其实,阿黄平日挣来的钱也是由她保管的。她要统一筹划全年的花销。因为鸭子有不下蛋的时候,阿黄也有不能打鱼的季节。

老娘是这个母系部落的酋长。她以自己的吃苦耐劳和强于支配,牢牢掌握着这个家庭的大权。

她有足够的能力和献身精神。

只有当夜晚孙女们和鸭子们进入梦乡,一切都安静下来之后,她才属于自己。

老娘常常坐在庵棚外的荒岗上,抽着长长的蒿秆烟袋,静静地歇息。脚下的湖水在轻轻摇动,远处的黑暗深不可测,一群野鸭子被什么惊动,"扑棱棱"从前头芦苇中飞出,不知逃往何处去了。

忽然间,仿佛一根神经被触动,她会突然想起过去的一段日子。

那时,她在哪儿飞呢?

噢。在山东济南府。那年她三十岁,已是二百多个乞丐的头儿。其中多数是老弱病残,也有些年轻力壮的男人和女人。她带着大伙刚从山西游过来。途中走了两个多月。当然是一路乞讨。二百多人散兵似的撒开,从不同的村庄横穿过去。途中死了四个,走失七八个。但多数人按约定的时间和地点陆续到了济南府。住处当然是分散着。没有什么地方能容纳这么多乞丐。而且太集中地住在一起，反而会引起官府的注意，也会引起老百姓的戒备。乞丐中有许多临时夫妻，大体也是老头配个老太，年轻的男人带个年轻些的女人。你很难指望他们年龄完全相当，无非是互相有个照应。夜晚住宿，多由这种临时夫妻自己去找。白天要饭，也多是一前一后，相距不远。自然，他们也会闹翻，因为什么事吵起来。于是分手，重新组合。

那时，她住在城外一个破庙里。有三个男人随着。他们是她的保镖，又是她的情夫。本来，他们相处得很好。但后来发生了争执，因为都想把她占为独有。那时，她正处在一个女人的黄金时代。不管她白天打扮得多么破破烂烂，但寒酸遮不住她年轻的肌体。自从十岁时被那个看瓜的老头毁了之后，她就破罐破摔了。她没有家，没有父母，她不要对谁承担义务。她学会了随遇而安。一个四处飘荡的女人讲什么贞操呢？贞操不值钱。她要自由自在地活着。她很善良，常常帮助那些病弱的老乞丐。但她又很残忍，时常捉弄那些霸道而贪婪的男人。有时正和那男人睡觉，她会突然大喊大叫，故意让人捉住。自然，那男人会羞得无地自容，老婆会和他大闹一场。假如那男人是个有点身份的，从此便名誉扫地。她捉弄的多是这种人：土老财、乡保长、教书先生，或者一个威严而正派的老族长。他们爱面子，讲尊严。而她怕什么呢？一个讨饭的陌生女人，至多当场被人呵斥几声，提上裤子走开，换个村子照样讨饭。

三个情夫终于在破庙里打起来。没有谁联手。三个人互相乱打，用砖头棍子，打得头破血流，打得惊心动魄。

那天天气很好。

她坐在庙前的台子上，支着上身捉虱子。两个乳房晃着日头，招摇而迷人。她故意刺激他们。她知道他们已变成野兽。那么，就打吧。她装作什么也没看见，只是平静地捉虱子。有时抬一下头，见谁手头的家伙打飞了,她便扔给他一块砖头。于是拼斗更为激烈。

　　终于,血泊中倒下两个,一个三十多岁,一个二十多岁。剩下一个四十多岁的男人。这家伙当过兵,一脸大胡子,还瘸一条腿。可他手狠,他手头的铁棍帮了大忙。他胜利了,满脸血迹爬到台阶上,喘着气说:"你是我的……女人啦!"她翻他一个白眼,又低头捉虱子。大胡子火了,血红着眼吼道:"臭娘们!你听到啦?我是你男人!"这会儿,他已完全忘了自己原先的身份,以一个征服者的姿态出现了。什么狗屁乞丐女王!尊着你就是女王,骑着你就是女人!

　　她抬头异样地盯了他一眼,忽然咯咯笑了,笑得两个乳房直哆嗦。他愕然着,正不知她笑什么,突然一块石头重重地砸在他脑壳上:"噗!"像打烂一个西瓜。他抽搐了几下,便一直滚下庙台去了。她站起身披上褂子,朝三个男人的尸体啐了一口,轻蔑地笑了:"去你娘的,我谁的女人也不是!"

　　后来,她悄悄离开济南府,也从此离开了她的乞丐队伍。

　　再后来,她生下阿黄。她不知道他是谁的种。但她突然感到了寂寞。阿黄其实是那个被打死的二十岁的年轻人的名字,她时常想起他。那时,她就时常把他当儿子看待。他曾是她最喜欢的一个情夫。

　　一群小孩沿湖边玩耍着走来,渐渐接近芦荡。其中有康老大的几个孩子,另一群是老娘的孙女们,大约有十几个。忽然,他们发现一条隐蔽的船。

　　"看!船上吊着个女人……"

　　走在前头的小男孩大叫一声。孩子们呼啦跑过去,惊愣着往船上看,都有点害怕的样子。

　　"啊吧啊吧啊吧!……"吊着的女人朝他们挥手乱叫。

　　"是个哑巴!"那小男孩肯定地说。一副经多见广的神态。一个小女孩问他:"她为啥那样吊着呀"?

"喂,你为啥吊着?"小男孩大声喝问。

"哑巴,问你哪。"一个胆子大的小女孩也帮着喊。

"傻瓜!她不会说话。"小男孩忽然醒悟。

于是孩子们叽叽喳喳议论开了。老娘的一群孙女们同样很奇怪。她们并不知道哑巴是她们的生身母亲。她们不认识她。她们最大的才五六岁,从来没有上过船,哑巴一年四季拴在船上,也没有上过岸。孩子们只认得奶奶和爹,还有一个常来收鸭蛋的老头,而且对阿黄也生疏得很。她们从来不知道她们还有娘,甚至不知道娘是个什么物件。她们从一生下来就与世隔绝。那个破烂的篱笆院和庵棚周围的荒岗子,是她们的全部世界。今天,若不是康老大的几个孩子在湖边远远地向她们招手,她们绝不敢跑下来。

哑巴的确吊着。上身仰躺在船上,双腿跷起被悬在篷板上,看起来那样子很难受。哑巴不断地挣动,嘴里哇啦哇啦地叫着,脚脖子的那根铁锁子就发出"当啷当啷"的响声。但她挣不开。挣一会累了,就静静地躺一会,两只眼骨碌碌往岸上瞅,大概是希望能有人解救她,但没有人来。船只都在鲇鱼湾,距这里太远,大人们一般不会到这里来。他们都知道老娘和阿黄性格古怪得很。

这群孩子的到来,使哑巴异常兴奋。她侧转身,用一只胳膊肘撑着,竭力昂起头,挥手向孩子们打招呼,同时大声叫着谁也听不懂的话。除了阿黄,她已经很有些日子没看见人了。这么多孩子噢!她立刻想到这些都是她的孩子,孩子们长大了,看她来喽。她不记得自己生过多少孩子,只知道生过好多好多,生下来就被阿黄抱上岸了,现在都长这么大了吗?她激动得泪水直流,疯狂地挣扎着,叫喊着,头发一甩一甩的,一会甩到胸前,一会甩到背后。她见孩子们惊慌着往后退,越发尖声叫喊:

陆地的围困　263

"啊吧啊吧啊吧啊吧！……吧吧吧吧吧吧吧……"

那样子实在太可怕了。孩子们慢慢后退着，眼睛都一直盯住她。他们真怕她突然挣脱了跳上岸。他们仍在争论她究竟为啥被吊起双腿。最后一致认定，哑巴是个疯子，要么就是个坏人。

他们决定向她进攻。

于是，小男孩带头往前冲了几步，拾起湖边的小石块往船上扔去。其余的孩子也捡起石块，纷纷往船上扔去。"打坏蛋喽！""冲啊！""打疯子喽！"叫成一片。

哑巴猝然遭到袭击，惊慌失措。她一边躲闪着头，一边大喊大叫。她不知道怎么得罪了这些孩子，更不知道如何向他们表示她很喜欢他们，只是双手舞动得更快，叫声更凄厉："啊吧啊吧啊吧啊吧啊吧！……啊啊啊啊！……"

孩子们在岸上拍手唱起来：

哑巴哑巴屙巴巴，狗咬你，我打它！
哑巴哑巴屙巴巴，狗咬你，我打它！……

老娘的孙女们不会唱，只跟着拍手，同时很崇拜地看着他们的口形，竭力想模仿着唱"哑巴……哑巴……"

突然，哪里传来一声大吼："滚！"

孩子们吓得激灵住了嘴，猛然发现几十步远的地方，正有一个粗壮的男人大踏步向他们奔来。

孩子们迅速逃跑了。

阿黄赶跑孩子们，一步跳上船，狠狠地瞪了哑巴一眼。仿佛是她招惹了什么是非。哑巴害怕地看着他，用双手护住头。阿黄没有打她。"当啷"扔下大砍镰刀，捧起水罐子"咕咚咕咚"一气大饮，然后抹抹嘴,烧火做饭。他和哑巴一向单独吃饭,船上有锅灶,有柴草,有粮米。往日下湖时,多是哑巴做饭。她脚上有铁锁子,不能干别的事。可现在,阿黄必须自己做饭了。他心甘情愿侍候她。哑巴已经吊了七八天。他一直耐心侍候她,像个老娘们一样耐心。喂饭,喂水。

他打算把哑巴吊一个月。

哑巴并没有做错什么事。这是阿黄为了让她生儿子采取的一个特别措施。

没有人教他这么做,连老娘也不知道,是阿黄自己琢磨出来的。阿黄是很会琢磨事的。这几年,他一直在琢磨哑巴怎么老是生女娃。实在说,这是个很奇妙的问题,据说牵扯到XY染色体。但这理论太王八蛋。阿黄根本不可能懂这个。阿黄自有阿黄的聪明,阿黄自有阿黄的琢磨。生女娃怪自己吗?肯定不是。就凭这牯牛样的身体,雄性勃勃,会弄不出个鸟来?日他姐鬼才信!阿黄决不会服这个气。那么怪哑巴?好像也不对。哑巴显然很善生,其中四次都是双胞胎,可惜全是女娃。她的生育能力是不应怀疑的。就是说种是好种,地也是好地,偏偏长不出好苗。男娃子都跑哪去了呢?玩去了吗?——对!阿黄一拍大腿,恍然大悟,可不是玩去啦!你看你看,平日见小孩子玩耍,总是女孩子爱静,男娃子爱动。小狗似的跑来跑去,常常跑得没踪影,天性如此。那么,在他们没生下来时,大概也是不怎么安分的。就是说,他们早就顺着哑巴的大腿悄悄溜掉了!他们嫌那儿闷,要找个敞亮的地方去玩,于是剩下的全是女娃。就是这样!道理已经明白得不能再明白了。哈哈!狗日的东西,原来是你们和我捉迷藏呀。杂种。

阿黄仿佛从迷宫里转出来,眼前一片光明,高兴得直挥拳头。这真是个了不起的发现呢!于是他决定把哑巴吊起来,让她屁股朝天。

湖干了,不用去捕鱼。他有很多的剩余精力。他不吸烟,不喝

陆地的围困 265

酒,不赌博。当别的船老大们昏头昏脑地浪费时间和钱财,尽情挥霍着生命的时候,阿黄却在悄悄地专心致志地从事一次庄严的事业。还有比生命的创造更庄严的吗?

他要弄出一群儿子来。

把哑巴吊一个月,差不多行了,他琢磨着。他砍了一个圆溜溜的木塞子,并且细心打磨光滑,防止损伤了哑巴的皮肉。他极小心地疼着哑巴呢。每次做完事,阿黄就拿它往那儿一塞。然而歪起头笑了:"龟儿子们,好好待着吧。看你们再往哪跑?"

阿黄不傻噢!

现在,他有点不服老娘的气了。到底是女人,头发长见识短,她只知道让生,一年生一胎。管屁用?再生三十年还是女娃。

这事得动脑筋。

## 10

湖是在春天干的。

整整一个夏天过去了,湖仍然干着。

曾经下过几场雨,很小。只是维持湖底一洼洼臭水没有消失。

大大小小的船只依然搁浅在湖岸湖底。

茂密的荒草从四面八方延伸到湖底,有的地方已经遮住船体。

老大们最初的闲适和解脱感不见了。他们开始意识到问题的严重,他们开始为大王爷烧香。渔家敬大王,家家船上都有个牌位。谁也不知大王的来历,只是祖辈都这么敬。他们已经很长时间没烧香了。于是一日三敬,然后就是每日焦急地看天——

云呢?

雨呢?

水呢?

在这同一时间里,纵横数千里土地上,到处都有人惊呼:"水呢?!"

水!水!水!

据报载:素有"一城山色半城湖"的泉城济南,一半以上的泉眼冒不出水了。

白洋淀干湖五年之久;

海河连续八年偏枯;

京郊大小水库濒临干涸,京津用水告急,整个华北地区都在缺水。全国一半以上的大城市地下水面临枯竭。

被称为水库之源的天山、祁连山一带,冰川大踏步后退!

……

"尧之时,十日并出,万物焦枯。羿上射十日,九日去,一日常出。"太阳恶毒地笑着,把火焰泼向大地。剩我一个,也够你们受的,人!

## 11

冬天到来的时候,鲇鱼湾已是一片冷清。

大批的小商摊像突然来时那样,又突然撤走了。经过夏秋两个季节,渔民们已露出穷相。他们手头都还有些钱,但不像开头那样大把大把往外甩了。他们开始作长远打算。

夏秋两个旺水季节没有来水,最少要等到明年了。而明年还是个未知数。现在,他们不仅承认了湖干是眼前的事实,而且真怕湖会永远干下去。他们宁可把日子想得更严重一点。

起码不能坐吃山空。他们要认真寻找新的生计了。

狄老大带着女儿四妮在编席。

葛云龙见天背个猎枪下湖底打兔子。开始时，他是打着玩儿。这家伙喜欢游游荡荡，不爱老在一个地方待着，就像不断地寻找新的女人一样。但现在，他要以打猎谋生了。湖底一片片浓密的野草，成了兔子藏身的好地方。好像陆地上所有的兔子都跑到湖底来了。他的枪法不怎么准，每天打十只、八只，卖十多块钱，很不错了。有枪法好的一天打二三十只，挑到一条街去卖，极好出手。不论在饭店还是在居民家，野味都大受欢迎。

阮良仍在湖底寻找。

康老大办了个识字班。

而大批年轻人去一条街打短工了。

## 12

后来佘龙子一直在想，如果当初去当东湖县的县长，会不会好一点呢？

那时，上级曾三顾茅庐请他出山。他虽然无党无派，却是众望所归，深得人心。因为他是抗日英雄。

就在他埋葬万里浪不久，日本人来了。日本人的汽艇在湖上横冲直撞，比万里浪还要凶残，于是他带着他的船队又和日本人干上了。他的船队被日本人毁过七次，七次都是船毁人亡。他也多次受伤，只是凭借水性好才死里逃生。每次，大伙都以为佘龙子和他的船队完了。渔民们藏在苇荡里，远远看着深夜的湖面在枪炮声中火光闪闪，都忍不住浑身发抖。他们知道，在那血与火的拼杀中，吃亏的总是佘龙子的船队。他们武器差，木船的速度也远远比不上汽艇。他们是用血肉和身体与鬼子的大炮机枪较量。佘龙子的船队被毁灭七次，他就重建了七次。整整打了八年,日本人投降了。渔家子弟死了几千。那都是最优秀的子弟。佘龙子一身三十多处伤痕,原本一个英俊后生,变得如同鬼形,丑陋不堪。

可他是湖的灵魂,人们尊敬他。

那时,有许多漂亮的渔家女愿意嫁他。佘龙子却选了个最丑的姑娘做了妻子。他想过几年安定的日子,好好地当一个渔民。有时,他去看望那些死去的渔家兄弟们的父母和妻子。没有人抱怨他。他们把他当英雄看待,他们把他的到来看成一种荣誉。他们请他喝酒,吃饭。他时常觉得对不起他们。一天晚上,他喝醉了,被留宿在船上。朦胧中,一个年轻的女人钻进他的被窝。他吃了一惊说不能这样,朋友之妻不可欺。可那女人说你还我男人来!就幽幽地哭了。他慌忙阻止,不让她哭。她的公公婆婆就在旁边紧邻的船上。女人说他们知道,留下你就是这个意思。他无话了。他没法还给她男人,只能把自己的身子交出去。酒意和女人年轻漂亮的肌肤使他冲动,而黑暗又遮去了自己的丑陋。那女人又说了好多话。她想要个孩子,她太孤独。而那时女人改嫁又几乎是不可能的。可说最后的障碍扫除了。她终于让他相信他在做一件功德无量的事而不必有任何不安。他和她睡了,她的饥渴的情欲把他引向疯狂。那完全是一种新鲜的体验。那时,他在女人这方面还几乎没什么经验。他的妻子是他接触的第一个女人。但那个丑姑娘自卑极了。她从来就没有主动过,她只是像个奴隶样服从他。

后来,他和许多寡妇好上了,差不多都在相同的景况下。他曾经很自责,这和当年的万里浪有什么差别?但他很快就释然了。万里浪是强暴,而自己没有。她们总是泪水涟涟地乞求他,他总是到处受到女人们的欢迎。她们用最好的酒招待他,他是她们心目中的英雄和帝王。他从没有像现在这样意识到自己的重要。战争结束时,那种因

陆地的围困 269

为没有带回她们的丈夫而产生的真诚内疚没有了。她们不要内疚，不要赔礼，只要男人。当他在醉意朦胧中搂着那些饥渴的女人和被她们蛇一样盘绕在身上时，他甚至有一种赴汤蹈火的悲壮和献身精神。从此，他像个仁慈的上帝到处行云布雨。

他不再是一个普普通通的渔民。他不要再去一网一网地打鱼。他常常驾着小船在湖上巡行，谦逊地接受人们的敬意和款待，满意地看着渔民们在没有任何侵扰的情况下撒网捕鱼。然后，随便而不失威严地聊些什么。没有人嫌他丑，他的一脸伤疤只让人尊敬。

新中国成立，天下初定时，上级确曾三次请他出任东湖县县长，都被他婉言谢绝了。此举不啻石破天惊，把佘龙子在渔民中的威望一下子推向巅峰。县长！了得吗？日他姐！可人家不干。当年范蠡功成隐退，也不过如此罢。事后，当人们以崇敬的目光问及时，他只是淡淡地一笑，仿佛根本就没那回事。这就更令人肃然起敬。于是渔民们到处都在传说，佘龙子是要和咱们共患难哩！人家真是的，人家！……啧！……

佘龙子还要当什么县长呢？

他已经拥有一切。

那时，他是那样深深地爱着他的湖。他感到湖面从没像今天这样平静这样美，他的渔民们从没像今天这样可爱。他离不开湖。湖是他的全部生命和信仰。他的血液里流动的都是湖水。假使有人敢于破坏湖的平静和渔家安居乐业的日子，他会像当年那样毫不犹豫地率领大家和他们拼杀。他当然会！他会像雄狮保护母狮和幼狮一样扑上去。他会像帝王保护他的臣民那样去征战。

可是水没有了。

佘龙子和他的湖同时失去了炫目的光彩，一切都变得没有意义了。

湖心岛。

一座庙一样的石屋子矗立在上头。

湖心岛其实很小，方圆不到半里。在几百里湖面上，它只是一块凸起的黑色岩石。但它处在四湖交汇点上，就显得极其重要了。多少年来，它不仅是渔民们判定方位的标记，而且是遇险时的避难所。平时，就没有人住。

那座建在湖心岛上的石屋子，本是一座庙。还是新中国成立初佘龙子三辞东湖县县长之后，渔民们为他修建的。为活人立庙，古时也不多见。佘龙子闻讯后赶来，坚决表示反对，要大伙把庙拆了。谁知大伙比他更坚决，说这庙无论如何不能拆。你要是不同意塑身，就请你住在这里，俺们供着你吃喝。有你老人家（那时佘龙子还不到四十岁）镇守湖心岛，这四湖就太平哩！然后就跪倒一片，其诚感人。

既然关乎四湖太平，佘龙子就没话讲了。他把大伙一一扶起，抱拳谢过，已是热泪双流。那一刻，他真希望有个什么强盗突然出现，他好一试身手，表白心迹。

从此，这座石屋就成了佘龙子的住所。他并不一年四季都住这里，但他常来住几日。他只要在湖心岛上出现，渔民们在湖面上看到了，就会远远地向他挥手致意，就会派人送上最好最好的鲜鱼。那时，他居高临下，注视着湖面上一片升平，谛听着悠扬的渔歌，心里是多么舒坦啊。

可这一切都成了过去。

此刻，他盘腿坐在石屋旁那块黑色岩石上，像一只衰老的兀鹰。

这块有棱角的黑色岩石，就像当年万里浪撞死的地方。再往下就是万里浪的坟丘。那是他当年亲手为他修建的。坟上荒草疏疏，在腊

陆地的围困　271

月的寒风中摇曳。

佘龙子空茫地看着那束晃动的枯草,感到万里浪正在坟下向他招呼。他在嘲笑他,又在可怜他。

他忽然觉得万里浪比他幸运得多,也富有得多。他是带着湖的全部美色和富饶死去的。当年那一天一夜的恶战,真正取胜的是他。

他为他筑了一座坟。他把一切都带进了坟墓。

渔民们为他修了一座庙,可那只是一座冰冷而空荡的石屋子。

他往四野转动着苍老的头,不见湖面流光溢彩,不见白帆远影,不见渔民们向他欢呼致意,更不见有人给他送来肥美的鱼虾。还有,女人们呢?他的那些千娇百媚像蛇一样盘绕在他身上的女人们呢?……

佘龙子恍惚意识到,他被遗弃了。像一条再也无用的令人生厌的老狗,被丢在这个孤零零的荒岛上。

只有万里浪为他做伴。

## 13

康老大办了个识字班。

这事很有些凑巧。有一天上级来了几个人,说是检查儿童入学率,说是发现渔家孩子入学率最低;说是现在机会难得,渔民都在岸上;而且一时不会回湖上去,要办识字班,把渔家孩子都集中起来,进行学龄前儿童教育。至于经费和师资当然都是自己解决。

于是就找到康老大,请他当老师。

上级领导原以为这是件很棘手的工作。一个戴花镜的老头样的领导人讲了很长时间话,也就是动员大家把孩子交出来的意思:孩子是国家的,是不是?我们谁都没有权利不让他们读书是不是?咱们还是个文盲大国,是不是?

妈的这怎么行?爹是文盲,娘是文盲,不能让孩子再是文盲!是不是?我儿子就是个大学生嘛。那个杂种上了大学就瞧不起我了,瞧不起也很好嘛!说明你有资本了。我说杂种,你以为你爹就是个笨蛋?好,咱们比试比试。你上大学,老子也上。结果咋?只用三个月,老子就拿到一张大专文凭!他小子已经上了三年,至今嘛也没拿到!哈哈哈!……我的意思大家懂不懂?就是要全民教育!全民大学生!到那时候,什么美国,什么日本国,都叫它们……尘土……莫及!

于是渔民们都鼓掌,热烈地鼓掌!

这领导人真好。不摆架子。除了末一句不甚明白,其余的都明白晓畅。道理虽大却讲得人人都懂。船老大们当场都给孩子报了名。气氛之热烈,大出意外。

其实老大们都有一种遥远的隐忧了,干湖的阴影逼使他们想到孩子的将来。也许有一天,孩子们会不得不离开湖到陆地上去谋生,眼下让他们读点书没坏处。再说,这些日子孩子们像一群没王的野蜂,到处惹祸。昨天狗蛋打破了三毛的头,今儿铁柱抓破了石头的脸。那天几十个孩子结伙去半里外的地方戳弄哑巴,后来又攻打什么无名高地,被老娘一阵乱棍打下来。狗日的到处添乱!让他们上学,是再好不过了。反正也花不了几个钱。

大家公推康老大和菱菱父女做老师。租了六妹子家三间大瓦屋,识字班很快就办起来了。

一切都很顺利。

康老大忙得屁颠颠的。专门买了一件四个兜的褂子罩在外头,又刮胡子又理发,好像一下子年轻了十岁。那个热心和高兴劲儿,谁见了谁和他开心:"康老大!又当先生喽!"康老大嘿嘿笑着:"当先生!当先生!嘿嘿嘿!……"

他真的没有想到，事过几十年，又要当老师了。尽管他要教的只是一群乳臭未干的孩子，可他照样高兴。教谁并不重要，重要的是他重新拿起了教鞭。那是他沉积了几十年的梦。他渴望着手里捧个书本在讲台上走来走去，他渴望着在黑板上写字并闻到唰唰流淌的粉笔末味道。他渴望着看到孩子们求知的眼神。是啊是啊，知识都荒废了，可是教娃娃们认一些字还是绰绰有余的。

报酬并不多。鲇鱼湾的孩子就这么一个班五十多人。每个孩子每月交两块钱，除去买些必要的教学用品，他和菱菱平均不过二三十块钱的收入。大伙一合计，说这太少了。可康老大连连摆手："够了够了！不少啦！"真的，他相当满足了。而且很感激大家。因为他们给了他一个机会。

五十多个孩子，年龄参差不齐。一部分属于学龄前儿童，但大部分早过了入学年龄，有的已经十二三岁。在最初的一些日子里，课堂上相当混乱，争吵、打架、随地撒尿，乱成一团，后来才渐渐像个样子。老实说，康先生并没有管理这些孩子的经验。面对孩子们的哭闹和捣蛋，他常常束手无策，只会说："这不好，这很不好！很很……"治服这群野孩子，全靠菱菱。菱菱凶得很，她好像憋着一肚子什么气，动不动就扯耳朵，而且不准哭。在康老大上识字课的时候，调皮的学生敢喊他"康老大"。而在上算术课时，就规规矩矩。菱菱老是用一种令人发抖的目光盯住他们，手头的小棍随时准备敲过去。

菱菱不高兴干这个，她只是怕爹忙不过来才答应的。在康老大刚接下这份差事时，老婆和他大吵一通，指着鼻子骂他犯贱，说他犯了教书的瘾了，一月才二三十块钱，当乞丐也比这挣得多。康老大被她骂得汗流浃背，就是不敢争辩。菱菱实在气不过，就抢白对娘说："二三十块钱谁给你呀？爹干我才干呢！"那婆娘正拍着屁股跳脚，菱菱一说，她张张嘴再不吱声。康老大抹一把汗，感激地看了女儿一眼。菱菱一转脸,差点掉下泪来。她觉得爹真是太窝囊、太可怜了。

多少年了,她知道爹活得很苦。他像个精神乞丐,永远挂着卑微的笑,却无处乞讨。他只能压抑着,忍受着。他早就该得精神病了,可他居然没得。这么一点不伦不类的教书差事,竟也能让他高兴得像个大孩子。他已经很容易满足和打发了。当初,他怎么能和娘这种粗俗得不可理喻的女人结婚,并生下一群孩子来。菱菱想不通。她只能认为他早已麻木,生儿育女只是一种简单的动物行为,并不带任何情感色彩。既然这样,前些年平反时,爹干吗不走呢?是的,家庭的重负和责任感拖住了你的腿,可我宁愿你离开!菱菱有多少次想对他说:"爹,你走吧!"可她终于没有说出口。她知道他不会走,也已无处可去。他注定要老死在船上了。菱菱清楚地知道,眼前这点差事只不过是一个美丽的肥皂泡,识字班不会长久。差不多就像姑娘们练健美一样,都是一种儿戏。但既然爹高兴,她就暂时还不想败他的兴,他终于乞讨到一点精神安慰,就让他快活几日也好。

菱菱倒是觉得自己快要得神经病了。她不知道自己还能坚持多久,但她知道快要坚持不住了。最让她苦恼的是连自己也不知道自己要干什么,要追求什么。她只觉得周围的一切都不顺眼,叫她憋闷得不能忍受。出路在哪里?她感到茫然。她时常有一些可怕的念头,比如弄一包炸药,把周围的一切连同自己都毁了,在一片火光和爆炸声中粉身碎骨,那也许是最痛快的选择。那次在一条街郊外被两个流氓拦截时,她本来可以像她的女同学一样跑掉的。在学校时,她是百米跑冠军,曾参加过县和专区的运动会,而且得过第二名。但她当时只是本能地跑出十几步远,就突然站住了。那一刻,她突然想起叶公好龙的故事。你不是一直在寻求刺激和毁灭吗?现在机会来了,为啥又胆小地逃跑?于是她捋了一下头发,冲两个流氓站住了。他们扑上来把她打倒时,她并没有昏迷,只是毫无反抗地闭上眼,一边体会那一

陆地的围困 275

拳的滋味，一边感受着被撕开衣裳的畅快。那时她平静极了，既没有害怕，也没有悲伤。她甚至有一种行将毁灭的窃喜。在毁灭的过程中充分体味暴力和摧残的魅力，并且顺便完成姑娘到女人的过程，然后痛快淋漓地被他们杀死。那是一个强大的诱惑。她准备全身心地去感受这一切。后来，她不幸被葛云龙意外地救了。但她反而恨他。因为他破坏了她的血色的梦。那一瞬间她沮丧极了。可是当葛云龙托起她的柔软的身体，把手伸进她的衣裳碎片里时，菱菱才又重新兴奋起来并有一种获救的庆幸。天意如此。那时她觉得真好玩，打跑两只虎，来了一条狼。她一向知道，葛云龙是个不那么正经的家伙，对自己垂涎已久。他爱在女人那里乱转悠。经常用目光去抚摸姑娘和女人们的身体。但仅此而已。这家伙有贼心没贼胆，或者还有某种道德障碍。他好像还不想做个赤裸裸的坏蛋。那时她常常觉得这家伙可笑又可悲。她瞧不起这种人。所以就从不正眼看他。她宁愿佩服真正的好人和真正的坏蛋。这次行了，老天爷给他一个机会，乘人之危，趁火打劫。他可以做一次真正的流氓了。她乐意帮他完成这个蜕变。她打算继续昏迷下去，让他把自己抱到一片荒野里，大家赤裸裸地升华，自己成为一个不要贞操没有廉耻的女人，而他则撕毁最后一道假面具，变成货真价实的流氓。毁了自己，也毁了他，这很不错。于是她紧紧闭上眼躺在他怀里，呼吸着他男性的气息，任他轻薄，但走了一段路之后，她终于发现葛云龙仍然只是个小丑。他只是抚弄着她的乳房调戏她，把她拨弄得火烧火燎，不能自控，却毫无把她放倒的意思。于是她火了，她宁愿被他强奸而不能忍受他的戏耍。她猝然扇了他一个耳光，让他也让自己从梦中醒来。

　　如今，菱菱内心已陷入更加可怕的孤独。姑娘们很快就散了。她们练健美只练了十几天，终于以香香被她爹痛打一顿而结束。香香练健美着了迷，每天回到家也练。一个人起卧腾跃，束胸甩胯。夜间睡觉时把两条腿绑得紧紧的，便老是做些噩梦，突然惊醒，尖叫一声，大汗淋漓。家里人就疑心她得了精神病。爹为她请来一个江湖郎中。那郎中看之后说是花痴，需如此如此才能看好。爹将信将疑，不明白女儿怎么会得了花痴。那郎中倒不勉强，拱手说，请你们另请高明吧。诊断费也不要，转身就走。走出半里路，又被香香爹好说歹说请回转。当晚，香香被强行捆上手脚，用毛巾堵上嘴，单独扔到一条船舱里。由郎中进行通宵医护。是夜，舱门紧闭，板缝里透出微弱的光线，偶尔有一声郎中的咳嗽声传出，显得极有底气。除此之外，鲇鱼湾就是一片黑暗和死寂。天微明时，郎中开门出来，对守候在外头的香香爹说，这姑娘病得很重，这会儿睡了，可给她解去绳索，让她安睡半日。他要三日后再来复诊，病除后一并算钱。香香爹千恩万谢，郎中便匆匆走了。可是自此以后再没见那位郎中的踪迹，香香却真的得了花痴。她时常哭哭笑笑，看见男人便脱衣露体。香香爹就疑心被那郎中做了手脚，却又无计可施。只好把女儿锁进船舱，终日不让出门。老头儿寻思找个人家把香香嫁出去，可这模样儿谁要？一时就这么僵摆着。

　　从此鲇鱼湾便再也没有平静了。不论清早还是黄昏，正午还是深夜，你随时可以听到香香恐怖的尖叫和淫荡的笑声："啊啊！……咯咯咯！……"

　　船舱被她弄得污臭不堪，吃喝拉撒睡全在里头。她时常把船舱砸得"嘭嘭"响。一时又赤着身子狂呼乱舞："练健美呀！……卖个大价钱！……放水喽……去你娘的郎中！你别碰我！……啊！……"没人敢去看她。不论是谁，只要进了船舱，她扑上来又抓又咬。只有菱菱常去，而且只有菱菱去了，她才安安静静的不吭声。

　　那时，她只是痴痴呆呆的样子，久久地盯住菱菱，忽然流出泪来。菱菱便给她梳头，洗脸，洗澡，为她穿上衣裳，又把船舱清洗干

陆地的围困　　277

净。然后就把她揽在怀里，摇晃着轻轻地哼着歌子：

微山湖哎，阳光闪耀，片片白帆好像云儿飘。
是谁又在弹响土琵琶，听春风传来一片歌谣……

这是香香最爱听的一首歌，也是菱菱以前最喜欢的一首歌。渔家女没有谁不喜欢这首歌。那时，这歌是欢快而又明净的。可此刻却充满了忧伤和怀恋，仿佛一首凄凉的挽歌。菱菱流下泪来，而香香已在她怀里沉沉入睡了。

六妹子的家在距鲇鱼湾一里路的大堤下，一个很幽静的小院。周围全是树木，浓荫蔽日，一早一晚，常有成群的鸟儿在树上跳跃叽喳，却愈显得这座院落的寂寞。这里只住着六妹子一个人，周围没什么人家。丈夫和她离婚了，儿子在县城上中学。她白天在鲇鱼湾摆摊子卖烟酒，晚上才回家来。一条大狼狗为她看家。平日，这里只闻鸟语，不听人声。

自从康老大在这里办个识字班，小院就喧闹起来。上课时，孩子们读书识字，琅琅有声。下了课就在树丛间乱窜，嬉戏玩耍。为了支持大伙办这个识字班，六妹子把大狼狗锁上了，恐怕伤着孩子们。她把大门的钥匙交给康老大一把，放心得很。

她希望这个院落里有人的声音。

鲇鱼湾的船老大们都知道六妹子性子开朗，有说有笑的。可是很少有人知道她内心的寂寞。她的生活其实很富裕，并不少钱花。儿子在县城上中学，零用钱基本上都是离婚的丈夫供给。丈夫是县水利局的副局长，有能力供养儿子上学。六妹子见天泡在鲇鱼湾，只是想生活在人群里。她怕回到家里来。院子里青砖甬道上已经长满了绿苔。

砖墙上的喇叭花缠绕在野蔷薇上,枝蔓横生,一簇簇花朵散放着撩人的香气。她喜欢这些野花野草,却又受不了无言的挑逗。除了寒暑假,儿子回家住些日子,一年四季陪伴她的就只有那条大狼狗。

她依然爱着她的离了婚的丈夫,丈夫也爱着她。但他偶尔回来一趟,只能像贼一样住一个晚上。再同居,已是不合法的了,可六妹子没有怨他。她不知道该怨谁,一切都像命中注定。

六妹子是在湖边长大的。她上过几年小学,后来就和所有的湖女一样采莲子,捡鸟蛋,编席子,日子倒也平静。那年她十七岁。湖边来了一群大学生,是劳动锻炼的。在一次捡鸟蛋的时候,她和他相遇了,认识了。她常去湖边捡鸟蛋,他常在湖边散步。一年后,他和她结婚了。她开朗活泼,他沉静而内向。但他们互相炽热地爱着,次年就生下一个儿子。就在这里,他们共同创造了一个美满的家庭。后来,他调回县城,被分在水利局工作。他是学水利专业的。那时,他们都没觉得会有什么事情发生。六妹子通情达理,她知道丈夫是有学问的人,不能把他捆在身边。男人嘛,就应当去干自己的事业。不忙时,他常回来,有时到湖边出差,也顺道拐回家住两天,日子仍像蜜一样甜。但两年后,不幸的事发生了。丈夫和本单位的一个姑娘恋爱并怀上了孩子。那天晚上他回家来把一切都告诉她了。他说得很慢,很沉静,就像平日说话一样。只是眼里挂着泪花。他没有哽咽,更没有下跪求她原谅。他只是仔细述说着发生过的一切。她听得汗毛竖起来。她整个儿呆了。她没有哭,但想了一夜,天明随他去公社办了离婚手续。是她主动提出的。她说你走吧,你本来就不该娶一个湖女。当一切都结束,六妹子返回家中时,才独自大哭了一场。后来,他带着那个姑娘来看望她,那姑娘扑她怀里哭了半天。临走时,他们把儿子带走了,说要在县城供他上学。她没有阻拦,只告诉儿子说,放假时回来看看我。

六妹子再也没有负担和牵挂。十多年了，她没有再嫁。因为她周围认识的男人中没有一个比得上他。船老大们常和她调笑，但没有谁敢真打她的主意。葛云龙曾私下里嬉皮笑脸地试探："六妹子，今夜我去和你做个伴吧？"六妹子冷笑一声："你去问问我家狼狗！"狼狗是她忠诚的卫士。不经它的允许，任何人也别想闯进这座小院。

这天晚上，菱菱又到六妹子家来玩，顺便拿一本杂志。下午给孩子们上算术课时，把一本杂志忘在教室里了。她和六妹子很谈得来。六妹子让她叫六姑。菱菱觉得她很可怜，年轻轻的守了十几年寡，真不容易。但没有劝过她嫁人一类的话。她知道她心性很高，一般人看不上眼。而地位更高的人又不会娶她。有一天晚上，倒是六妹子主动问她："菱菱，你看六姑老了吧？"那时，她刚刚洗完澡，只着一件三角裤，披一件大浴巾，从里间走出来。菱菱正在外间看书，抬起头时，惊得呆了。六姑哪里老呢？她依然有姑娘一样的身条，浑身的皮肤光洁晶莹，只是略显丰腴一点。两个乳房如雪团样在胸前耸动，哪像三十六岁的年龄？就赞叹道："六姑，你可真美呀！"六姑显然也知道这一点，忽然摇摇头："可惜……我只属于……"

"谁呀？"菱菱追问着。六姑哽咽着说不下去了……

从此以后，她们成了一对最知心的朋友。在几个月的相处中，她们各自从对方身上寻找着自己的影子。结果，她们惊奇地发现互相之间有那么多容易沟通的东西。六妹子说："菱菱，你真像当年的我。虽然性格不完全一样。"菱菱说："六姑，我怎么办呢？"六妹子只有默然。她不知道她该怎么办。她只知道自己这一生算完了。她是湖女，她只能永远待在湖边。她的酸涩的日子给她的全部人生经验是：一切都是老天安排好的，她如果有文化，或者，她如果是城市户口，也早就随丈夫走了，而不会有后来的事情发生。她决不会允许任何人把男人夺走。后来丈夫带着那姑娘来看她也是来向她请罪时，她吃惊地发现那姑娘几乎和她长得一模一样。那时，她被深深地震撼了。丈夫终于什么也没解释，但她知道了丈夫的苦衷。他并没有嫌弃她，他依然那么炽热地爱着她。他爱着的两个女人，实际上只是一个人。只不过一个是随时可触可感的真实的人，另一个只是影子。自从他调回县城以后，自己就成为影子了。一个已经结过婚的年轻男人，再也不可能离开女人。白天，你不能为他洗衣做饭；夜晚你不能给他肌肤之亲；高兴时，你不能分享他的欢乐；苦恼时，你不能为他排解愁闷。你只是一个遥远的存在。那么，作为妻子，你还有什么意义呢？而造成这一切，都是因为你是个湖女，你的命运只能永远和湖连在一起。你没有力量挪动半步。但六妹子到底没有说：菱菱，傻孩子，你是个渔女，比湖女还要糟糕。你走上岸来，就会感到举步艰难。岸上的路其实比船上还要颠簸。六妹子没说。她觉得这太残酷。但菱菱是何等聪明的姑娘。她在六姑的身上，早已看到自己的将来。甚至将不如她。好歹，六姑有一座属于自己的院落。你厌烦周围的一切，尽可以把自己关在家里，做自己想做的事。你可以尽情地大笑，不会有人说你张狂，说你有神经病；你可以痛快地哭，不会有人用那些令人恶心的陈词滥调来劝你；你可以赤身裸体在院子里走来走去，然后酣酣地睡去。六姑说，她常这么干。她说这些时，常常是恶狠狠的。那时，菱菱在心里想，六姑，你真是个了不起的女人！你肮脏得令人吃惊，又纯净得一尘不染。

　　菱菱刚走进那一片浓荫，就见大狼狗拴在院门外。她和它已经很熟了。凭气息，它早就知道是菱菱来了。它热情而不失尊严摇了摇尾巴。菱菱走过去拍拍它的脑袋，然后径直走进院子。她知道她必须拍拍它的脑袋，以示亲热。你绝不能装作看不见它走过去。它会愤怒地

陆地的围困　　281

吼叫起来,并且从此记你的仇。它俨然以这个院落的主人自居。

三间堂屋被租为教室,此时黑洞洞的。西厢房里透出一抹光线。菱菱悄悄走过来,却猛听见屋里有人说话。

"你别怕!我不会缠着嫁给你……来!再喝一杯。"

"六妹子,我……不行了,唉!我这一辈子!我……啊啊啊!……"

"你这一辈子像条狗一样活着,连狗都不如!我今儿就叫你像个人一样快活快活!……"

"六妹子,别,别脱!……"

就听"嚓"的一声,一个白光光的身子在灯影里闪了一下,然后两个人影就抱在一起了:"康大哥,我知道你想着我哪。"

"六妹子,我都想了……十年了!"

是爹!

菱菱激灵打个寒战,刹那间惊呆了。她赶紧捂上嘴,才没有叫出声。天哪,怎么偏让自己撞上了!她愣了愣,立即反身退出。出了院门,才昏头昏脑地往回跑。一边跑,一边泪流满面。她不知道,这世界究竟怎么啦。

第二天黄昏,菱菱失踪了。

同时失踪的还有香香。

## 14

疙瘩再次碰上那个娉娉婷婷的女子是在那个寒冷的夜晚。

他和伙伴们在煤场拉了一天煤,又累又乏。丢下架子车,已是傍晚了。大伙说:"回!"每天干完活,都是回鲇鱼湾去住,天蒙蒙亮时又往一条街跑。几个月来都是如此。这些渔家仔已成为真正的苦力。他们离开船就一无所长，只能干这些力气活。好在一条街的力气活好找，除了在煤场倒腾煤，还有很多建筑工地，搬砖运瓦筛灰和泥，都能挣钱。干一天算一天，每天都能弄个十块八块的。虽比不得当初在湖上的收入，但总算是一笔收入。家有千金，不如日进分文。渔家仔们越来越会算计了。他们不再充阔佬，初涉一条街时的那股昂然之气，已经荡然无存。他们总是结伙打短工，心底老怕受人欺负。在一起就胆子壮一些。那是一种无法克服的自卑心理。每天上工就来，下工就回，很少游游转转。路过某一舞厅门前时，至多趴在窗户上往里瞅一眼，一有人出来驱赶，立刻惶然跑开。他们早已清醒地意识到，一条街不是他们的世界。

疙瘩老也不服这口气。看着伙伴们自卑的样子，他难受。他真想带着他们和谁打一架，可他知道，结果吃亏的肯定还是他们。而且你和谁打架呢？并没有人无缘无故给你一巴掌。一条街上人的傲慢和优越感是通过脸色、眼神和语气显示出来的。如果冲这些难以捉摸的东西发火，就一天也待不下去。可是你得挣钱，就只好忍着。

今天疙瘩受了一点刺激。临下工时，大家拿着记工单去窗口领钱，呼啦在那儿围了一片，争着把记工单往窗口里塞。他们老是这样沉不住气。窗口里那个姑娘生气了，"吧嗒"把窗口关死了，又冲出门来嚷："排好队！看你们乱得像一窝蜂，没见过钱咋的？"大家就忙着排队，讨好地笑着。那姑娘就气嘟嘟地站在一旁，用一双美目盯着他们。队排得拥挤而弯曲，后头的人挨着前头人的肩膀，有人喊："天快黑了，快发钱吧！我们还要赶路呢。"那姑娘仍站着不动，抱住膀说："你们啥时把队排整齐了，我啥时发钱。"一副满不在乎的神态。

这不是捉弄人吗？疙瘩火了，挤出队伍大喊一声："把记工单都

陆地的围困　283

给我！"队伍一下子又乱了，纷纷递上记工单。疙瘩收了一大把，一挥手："都去一边歇着去！"然后一个人走到那姑娘面前，"这不乱了吧？我一个人领，发钱！"那姑娘眨巴眨巴眼，仿佛受到了侮辱，说："一大把单子，谁多少钱，你记得清吗？"疙瘩火暴暴地说："把钱发给我其余的你就别管啦！"那姑娘这才一把夺过记工单返回屋子。只听好一阵算盘响，一大沓钱扔出窗外。"吧嗒"窗口又关上了，钱被扔在地上。疙瘩真想吼一声让她给捡起来。可是想想算了，好男不和女斗。如果是个男人如此无礼，他会一脚踹开门，给他一顿拳脚。

疙瘩拾起钱，在手上拍打拍打，他忽然说："大伙先回吧！我今晚不回鲇鱼湾了。这钱先借用一下，明儿就还。"大伙一愣，看疙瘩情绪不好，就有点担心。一个伙伴说："疙瘩，钱尽管拿去花，可别惹事啊！"然后，大伙就招呼着走了。

疙瘩决定下旅馆。

刚才那姑娘刺伤了他的心。钱算个啥？要的是人的尊严。他要享受享受，让一条街的人侍候侍候。

在一条僻静的巷口，疙瘩坐在小摊前吃四个烧饼，喝一碗茶，饱了。到哪里去住呢？一条街旅馆很多，他一次还没有住过。既不知它们都是什么价码，又不知怎么个住法，要介绍信吗？

疙瘩正在巷口犹豫着，只见一个娉娉婷婷的女子走到跟前，大方地微笑着招呼："你要住宿吗？"疙瘩一怔，立刻认出她就是数月前在那个耍了他们的商场门前见到的女子。那一面印象太深刻了。不仅因为她长得美，而且因为她说了一句同情的话。她当时说什么来着？

"……唉，你们真傻，他们要你们哪。花这么多钱！"——对，就是这么说的。后来，疙瘩回想过多次，仅凭这一句话，就让他感动和永远不能忘记。她没有嘲笑他们，而是充满了善意。一条街的人也不是都坏哩！几个月来，疙瘩有时会突然想起那个姑娘，而且留意过街上的行人，希望能碰见她，但一次也没碰见。没想到在这里意外地遇上了。他兴奋得有些慌乱，忙支吾说："嗯，嗯，要……住宿。"那女子嫣然一笑："跟我来！"就转身头前走了。她穿着高跟鞋，却走得很快，疙瘩必须大步走才能跟上。他几乎没怎么犹豫就跟上去了。这一瞬间，疙瘩很坏的心情立刻变得愉快和踏实了。这姑娘是旅店的服务员吗？怪不得总也不见她上街。

他随着她往巷子里一直走，约百十米时，行人锐减，路灯昏暗，显得幽深而静谧。旅店到了，是一座三层楼，式样很别致。门前用五色灯组成的"荷花"二字闪烁着诡谲的光。步上台阶时，疙瘩忽然有些胆怯地站住了："我没有……介绍信。"那姑娘回头一笑："没关系的，我认识你。走吧。"她认识我，她居然还认识我？疙瘩高兴中又有点丧气，肯定的，是我这一脸疙瘩让人家记住了！他真觉得对不起人家，这模样儿！

但他终于还是跨进旅店的大门。

那姑娘刚进门，服务台里头一个三十多岁长得很富态的女人就站起来招呼："唷，来客啦？"姑娘点点头，说："大姐，请安排个房间。"她们都显得随便而和蔼。

疙瘩要了个单人房间，四十块。日他姐，还真不贵！他毫不犹豫地付了钱，连登记也没登记，就被那姑娘领上楼了。最上层靠走廊的一端，姑娘把门推开，把疙瘩领进房间，一一指点沙发、电视、床铺和卫生间作了介绍，然后为他倒一杯水，让疙瘩坐下，自己也很累的样子，往另一张沙发上一靠，长舒一口气，又立即坐直了，偏转头笑盈盈问道："你还记得我吗？"疙瘩有些发窘，搓搓手赶忙说："记得记得！"就把那次的荒唐事重述了一遍，引得她咯咯直笑。疙瘩感谢地说："打那我就记住你了。你真是个好人！"

陆地的围困　285

姑娘忽然怔了一下，笑也凝住了，像是自言自语："一句话你还记得？"

"记得记得！后来我还找过你呢？"疙瘩有些不好意思。

"找我？找我干啥？"姑娘显然被感动了。

"啊——不，我没别的意思。我是想……感谢你一下。"疙瘩忽然觉得自己太冒失了。

姑娘先笑了一下："你知道我是干什么的？"

疙瘩嘿嘿笑了，摸摸头："这……还用问？这里的服务员呗！"

她微微闭闭眼，轻轻摇了摇头。

"怎么？你不是？"

她忽然站起身："就算……是吧。"好像要掩饰什么，走过去把卫生间的门打开，转脸微笑说："你一定很累了，洗个热水澡吧。要不要我替你放好水？"

"不不！"疙瘩连忙站起，"我自己来，有事你去忙吧！"

"好的。"她点点头退出去。临出门，忽然转身神秘地一笑，"可要洗干净了，我待会儿再来。"带上门走了。

疙瘩追到门后，仔细谛听，"嗒嗒"的脚步声一直下楼去了。怎么回事呀？他感到自己好像掉进一个温柔的陷阱。从进入这家旅店，不，从碰上这个姑娘，就像入了迷魂阵，一切都显得新奇而陌生。

"管他去！"疙瘩挥了一下手，好像在为自己壮胆。为什么大惊小怪的。你不是盼着享受享受吗？享受来了，你慌个鸡巴！

他使劲吞了一口空气，空气中仍飘散着那姑娘的香味。"洗澡！"他果断地命令自己。

疙瘩痛痛快快洗了个热水澡，弄得卫生间满地是水。他把浴池放得太满了。他像一头壮健的水牛，把自己浸泡在里头，把水弄得晃晃荡荡。走出卫生间时，觉得浑身像脱了一层痂，舒服极了。他没敢怎么停,又赶紧穿上衣服。那女子说她还要来,还要我洗干净点。什么意思?不知怎么疙瘩有点慌,盼着她来,又怕她来。他隐隐觉得那神秘的一笑里包藏着某种暗示。难道她会……我操!你胡想些啥?就你这副尊容和罗圈腿儿,你配得上吗?

疙瘩心猿意马,泡上一杯茶,猛地推开窗户,一股冷风扑进来。他想清醒一下脑子,就把头探出窗外,一条街半拉城都在眼底了。他看不清那些建筑的真实面目,但到处闪烁的灯火,竟是如此壮观!他像个好奇的孩子,冲那些灯火挥手大叫起来:"噢噢噢噢!……"突然,隔壁房间传来一声呵斥:"你号个鬼啊!"一个凶恶的男人的声音。疙瘩吓一跳,赶忙住了嘴,这才猛醒这里不能乱叫。这里比不得湖上。妈的!疙瘩在心里骂了一声,情绪立刻没有了……他忽然想起鲇鱼湾!鲇鱼湾在哪里呢?这里能看到吗?凭着对方位的判断,他越过半城灯海,朝西北方向望去。在那片遥远的黑暗中,他一遍遍用目光搜索着,搜索着……唔!他终于找到了。那里有一片昏暗的渔火。是的,是渔家的灯。那不一样,他一下就认出来了。疙瘩突然涌出泪水。他说不清自己为什么这样激动,只觉得那一片昏暗的灯火特别亲切,好像自己已经离开很久很久了。那里泊着百十条船,有他熟悉的渔家兄弟姐妹,有他的瞎眼老娘,还有那个对自己一往情深的四妮妹妹……疙瘩定定地盯住那片遥远的渔火,忽然觉得很对不起他们。大伙困在湖滩受苦受难,油煎火燎,你却跑到这里享受来了,你这是渔家的不肖子嘛!一条街的灯火虽然灿烂,可它不属于你。疙瘩在这一瞬间明白了,几个月来所追求的,其实是一个天花乱坠的梦。自己的情感永远属于那一片渔火。

只差半步!

不能再往前走了。就像现在临窗而立,一抬腿就会掉下未知的深坑。此刻,疙瘩的脑子异常清醒。

陆地的围困　287

那女子是个妓女!

疙瘩迅速作出判断。或者,他终于承认了一个早已意识到的事实。

其实,从跟她到旅店来,他就一步步看清了,只是老也不愿承认。他企图假装糊涂,他不断为自己壮胆,不断欺骗自己。现在,终于没有勇气再装下去了。

妓女寄宿旅店,是双方获利的事。凡在一条街上待过几天的人,都知道内情。疙瘩也早就听说过。他知道很多矿工偶住旅店,都是奔这个来的。他承认那是一个朦胧的诱惑。今天,如果不是煤场那个发钱的姑娘那样傲慢无礼,他也许下不了这个决心。他要报复一条街的女人,妈的啥了不起,老子花几个钱就能骑到你身上!

但疙瘩碰上了她,那个曾经给他留下美好印象的女子。他忽然觉得羞愧了。

一刻也不能停留了。疙瘩决定走。他迅速从窗外缩回头,环顾室内,什么东西也没丢下。他本来就没带什么。疙瘩侧身听听,隔壁房间传来一阵浪笑。他只觉头皮发麻,一把拉开门窜入走廊。走廊空无一人。他像个窃贼样放轻脚步,一直下楼去了。

还算顺利。楼下柜台那个富态的女人正打瞌睡。疙瘩拉开虚掩的大门,却突然撞上那个女子。看样子刚从街上来,身后跟着一个风尘仆仆的男人。显然趁疙瘩洗澡,她又去接来一位客人。看见疙瘩出门,女子愣了一下:"你……要走吗?"疙瘩正窘,也不搭话,拔腿就走。

"你……等一下!"那女子在后头叫起来。

疙瘩头也不回,沿小巷一直跑走了。

可是到小巷出口处,那女子还是喘吁吁追了上来。她一把拉他到黑影处,只不松手,好半天,说不出话,只是大口喘气。她的头发已经被风吹散了。疙瘩吓得两腿发软,摸摸索索从口袋里掏出几百块钱，哀求道："大姐你放了我吧，我……害怕。"他真怕她会叫起来，或者把他揪回去。

那女子喘息稍定，把疙瘩递上的几百块钱轻轻推开，又亮出四张拾元的票子："你的钱……拿走吧。"

"不能！这……"疙瘩吃惊地后退一步。

那女子跟上一步，凄婉地说："拿回去吧。谁的钱都不是……容易挣的。"说着上前抓起他的手腕，把钱放入掌心，却没有立即松开。疙瘩佝偻着腰，动也不敢动。她的柔轻而冰凉的小手，把一股彻骨的寒意传遍他全身。那女子有些发抖，忽然哽咽道："兄弟，你本不该来的……快回家吧！"突然踮着脚，在他腮上亲了一下，转身飞也似的跑走了。那一头长发在风中披散着，一直消失在巷子深处。

下雪了。

地上已经铺了薄薄的一层。大街小巷很难再看到一个人。一辆淘粪车开过来又开过去，然后又归于平静。疙瘩好像迷了路，走走停停，停停走走，不断四处张望。他又像十分疲惫，觉得身体像被肢解了，无所依附，无所支撑，好像随时会倒在马路上。但他终于没有倒下。他仍在走，像个幽灵样在雪地上晃荡。他知道他必须走回去。瞎眼娘和四妮妹妹一定还在等自己回去。

一条街怎么会这么长呢？……这个让他敌视又让他眷恋的小城！

15

那场泼天大雨到来的时候，已是第二年秋天。

湖干了整整十八个月。

那天，本来要血流成河的。几千人手持铁锹、渔叉云集湖底，无数人还在源源不断地涌来。

眼看就是一场血拼，那将血流成河！

可是雨来了。

你只能说这是天意。

……

阮良在湖底跋涉了十八个月。

当所有的渔民都在忙着寻找别的生计的时候，阮良却一直在湖底寻宝。他提着一根铁钎子，背着干粮袋，一天一天地在湖里走。到处是沼泽，到处是泥泞。荒草、毒蛇、烈日和铺天盖地的蚊虫都没有让他退却。他像是着了迷、发了傻。人瘦得像干黑的木乃伊，只有两只眼睛像鬼火样发亮。有时候，他在沼泽中跋涉，有时候蹲在一块干硬的土堆上发呆。他已记不得那是童年时一个梦的启示，还是爷爷留下的一个传说：很久很久以前，曾有一条载着金银珠宝的商船，在一个狂风暴雨之夜沉入湖底。爷爷说（还是梦中的神仙说？），从此以后，金银珠宝就常在湖底发光，把湖水映得澄澈明净，金光闪闪。将来谁能找到它，谁就是最有福气的人。阮良从此记住了。那是一个永远的梦，它老在纠缠他。四湖干涸，正是千载难逢的机会。他相信那些金银珠宝重见天日的时候到了。

他一定要找到它。

在一年多的时间里，他找到过几十年上百年沉没的木船。那些油漆得很好的船板依然光彩照人。船钉锈没了，但船板还好好的。只要把它们扒出来运到岸上去，起码也能卖几万块钱。可阮良用铁钎子敲了敲就走了，他找的不是这个。

他用铁钎子几乎插遍了每一寸湖底，最后只剩湖心岛东边那一块地方了。

那是一片沼泽地。方圆不过数亩。

那时已近黄昏。成千上万的长脚蚊在上头舞动，发出锣一样的响声。阮良拄着铁钎子定定地看着，手在发抖。他知道，成败都在这里了。他简直不敢再去触动这一片湖底。仿佛那是一头受惊的小兽，稍一抬手就会把它惊跑。他更怕那是一个梦，一个彻底破碎的梦。他知道自己绝对经不起这最后的一击了。他会倒在沼泽里，再也爬不起来。

突然，阮良鬼火样的眼睛发亮了，亮得有点吓人。他看见沼泽中间升起一片浅淡的红光，是突然升起来的。像火苗，"噗！"一下子亮了。然后越来越亮，跳跃着，闪烁着，徐徐升起。把整片沼泽地都照亮了。你已经分不清那是什么颜色，一束束从地上往外放射，似红似黄似蓝似白——真正的珠光宝气！

阮良狂吼一声，踉踉跄跄奔进沼泽，稀烂的泥巴没了膝盖，无数长脚蚊毫不犹豫地叮上来，密密麻麻，覆盖了他所有的皮肤。阮良顾不得这些了。他弯腰在稀泥中掏了一把，只一把，就抓出一块沉甸甸的东西。他抖着手在泥水中晃了晃，拿出来凑到眼前：金砖！

一块真正的金砖！

阮良捧在手里，泪水唰唰流出来。


谁也不知怎么走漏的消息。

当阮良一大早用钢叉挑着麻袋下湖的时候，人们就很快尾随而来了。不仅有鲇鱼湾的渔民，还有困在别处的渔民。连周围的湖民也来了。凡是听到这个惊人消息的人，没有一个不是急急忙忙往湖里赶。

四面八方，人流如潮。

他们理所当然要来。他们甚至很愤怒，金银财宝是阮良一个人的吗？只要是靠湖吃饭的人，人人都有份。

他们当然要去抢。抢到一块金砖，就是一笔巨大的财富哩！

当阮良在沼泽中间站定的时候，他发现自己被包围了。成千上万的人包围了他。只听人声嘈杂,吼声如涛。他什么也听不清,只看到一张张贪婪而愤怒的脸和明晃晃的铁器。人密得如长脚蚊。

阮良像一头被围困的野兽,双手握住钢叉,牙咬得嘣嘣响,原地转了一圈。鬼火样的眼睛凶恶地扫视着周围。他低沉地吼了一声:"谁敢上前一步,我一钢叉穿他三个窟窿!"

先是里三层,后是外三层,刹那间都沉寂了。

黑压压的人群可怕的沉默着。

阮良手里的钢叉在簌簌发抖。他握得太紧了。如果有人真的敢扑过来,他会毫不迟疑地把他的肚子挑开。阮良的武功和强悍绝不亚于当年的佘龙子。人们明白。

居然没人敢动。双方紧张地对峙着。

那时,谁也没有留意,乌云正悄悄布满天空。沉甸甸的云团如黑马般翻滚着奔腾而来。仿佛无数天兵天将正在悄然行兵布阵,准备一次突然的袭击。

当人们意识到的时候,已经是乌云盖顶了。

人群起了一阵骚动。

有人大喊:

"杀死阮良!"

接着喊声四起:

"财宝是湖民的!"

"不能让他独吞啦!"

"冲进去!"……

人群像被洪水撞击的堤坝,眼看就要崩塌。

一个冒冒失失的后生已经手持木棍冲进来了。突然,"砰!"一声枪响。后生"哎哟"一声抱住双腿倒在泥淖里。

就在阮良和大伙都在发愣的一刹那,只听一声吼喊:"都不准动!"

葛云龙手提猎枪,猛虎样跳进沼洼中。刚才这一枪正是他打的。狄老大、康老大、阿大、阿黄、疙瘩和鲇鱼湾的所有船老大都跳进沼洼中。这是和阮良同样气势汹汹的百十号人。全都手里拿着家伙!他们像一方结实的墙,挡在人群和阮良之间。

阮良愣了,他不知他们要干什么。

葛云龙朝阮良走来。刚走两步,阮良一声断喝:"你小子也不要过来!"就把三股叉冲他一抖。阮良已经疯狂了。

葛云龙站住了,睁着血红的眼睛,哽咽道:"师父!……老弟,鲇鱼湾的老大们都在这里啦,要拼命……你尽管吩咐,决不当孬种!"说着,把身上的褂子一甩,赤膊倒提着枪管,朝人群大喝一声:"不怕死的上来吧!"由于用力过度,声音嘶哑而恐怖。

鲇鱼湾的老大们发一声喊,很快散开来把阮良护在垓心,手里的铁锨钢叉都指住周围的人。

周围的人们也纷纷亮出家伙,一片混乱的叫声。

一场血肉拼杀一触即发。

这时,康老大手持木棍,正在和阮良紧张地说着什么。两人不时抬头望天。此刻,已是天昏地暗。乌云像一张巨大的黑布幔把整个天空盖得严丝合缝。那情景好似回到混沌初期,可怕极了。

突然,阮良手持钢叉,朝周围大喊一声:"都把家伙放下!我有话要说!"

人们先是一愣,很快如一阵风掠过,嘈杂声没有了。

阮良环顾一周,高声说道:"大伙都是为金银财宝而来的!我阮良找了十八个月,也是为了它。咱们先别拼命。我有一句话,大伙看公道不公道?"

"有屁就放!"

"阮良!说吧!"

陆地的围困   293

"就听你一句话啦！"

人群一片回声，气氛显然有所缓和。

阮良从康老大手里拿过一支烟点上，往周围一举："我点这支烟，是要看看天意。一支烟吸完，如果天降大雨，就让脚下的金银财宝永远埋在湖底！如果一支烟吸完，大雨还没有下，那就任凭大伙挖宝，谁刨到就是谁的。我阮良决不阻拦！"

周围沉默了一会，突然就叫起来：

"好啊！"

"就这么办了！"

……

大伙一致赞同，许多人放下家伙拍起掌来。如一阵疾风骤雨。

协议竟然这么奇怪而迅速地达成了。

阮良颤抖着手把烟含到嘴里，几千人的眼睛都盯住那一点火光。人们敛声屏气，神态紧张而又肃穆。

乌云如岩层样缓缓坠落，无风无雷。

阮良吸得很慢很慢。他焦急地望着天空，盼着大雨快快到来。其实，这时几乎所有的人都在这么想。这是一种更深层的奇怪心理：让大雨快点来，让四湖灌满水，把这一份湖的神秘掩藏起来吧！"

数千人在心里祈祷：雨！雨！雨！雨啊！……

只剩最后一点烟蒂了。

阮良泪流满面，莫非天意要血流成河吗？

烟蒂已短得不能再短。猩红的火头烧得他嘴唇吱吱响，嘴角鼓一层燎泡。阮良痛苦地闭上眼。就在他绝望地一挥拳头的时候，突然一道耀眼的白光照亮湖底，几乎在同时，天动地摇一声沉雷，就像他拉响了引线。紧接着，大雨如瓢泼般倾泻而下。

雨！雨！雨！雨啊！——雨来啦！

人群欢呼起来，如雷滚动。

这是一场怎样的大雨噢，像搬着天往下倒。没有风，也没有雷，只有泼天大雨的轰鸣声。

那时，天黑得像沉沉的夜。几千渔民、湖民面目不辨，影影绰绰。或跪倒在水中号啕，或拥抱着打滚，或跳跃着狂呼乱叫，如一群黑色的水妖在举行怪诞的庆典。

阮良被人们抬起来，一次次抛向空中。

这一瞬间，他成了英雄。

大雨整整下了一个月。

不仅四湖灌得满满当当，而且陆地上也遍地汪洋了。房屋倒塌无数。一条街上可以行船。每天都有淹死的人畜漂进湖来，鲇鱼湾一带已成为一片翻卷的水面。整棵整棵的大树被连根拔起。在大水中横卧沉浮。

举目所望，到处是洪荒般的凄凉。

滔滔大水里，一条破旧的木船在顺水漂流。

船舵早已失去控制。站在船头的汉子只能靠一支篙掌握方向，不断躲开水头和漩涡。船体沉重地呻吟着，发出"嘎吱嘎吱"的闷响，好像随时都会轰然开裂。汉子双目炯炯，毫无惧色。只要船体不开，他就会驾着它一直漂下去。突然，前方又出现一个巨大的水涡。他握紧那根结实的杉木篙，往左边连打几下，"唰！唰！"船体倾斜着和水涡擦边而过，箭一般往前飞去了。

船尾那根粗壮的铁锁子上，一拉溜拦腰拴着九个女孩子。就像一根藤蔓上的九颗小瓜。湖水很凉了，可她们几乎全部赤裸着小身体，事实上，任何衣裳都无法遮寒，飞溅的浪花不时扑上船来，把她们整个儿盖住，然后又"哗"地退下。小身体全都精湿着。她们从来没有这样干净过，干净得像九个小粉团。在惊涛骇浪中，她们居然没有哭泣。只是紧紧地簇拥在一起，惊恐而好奇地看着茫茫水面。大浪扑来，她们就紧紧闭上嘴眼。浪头一过，又摇摇头重新把眼睛睁开，依然那样明亮，那样好奇。她们的娘在生第十个孩子的时候难产死了，她们的奶奶也随后死了。现在，她们自由了。她们都是第一次上船，已在船上漂了几天几夜。她们不知道将去何方。

　　她们已是船头那个汉子的全部财富和希望。

　　她们是九个赤裸而纯净的玉女。

　　她们肯定还没有意识到：她们将是新世纪的女娲。

# 蝙　蝠

## 挑水夫·老妓女

　　——一个失落的童话有烟，有云，有水蒙蒙的雾气，有悄然围拢的夜的影……黑黝黝的塔身在薄暮中浮动……浮动……

　　到时候了，差不多到时候了。他在心里想。骷髅样深凹的眼眶里，萧然放出两束鬼火。直勾勾的。他就瞪住那地方。塔身浮动得太厉害，像大海波涛中的桅杆，摇摇晃晃。盯住一个摇晃的东西，格外费神。但他盯住不放。两束目光钳住塔顶，任你怎么晃动也不松开。

　　他在等待。那是一个神秘的时刻。

　　从太阳还没落下，他就爬出门外了。他一整天都在等这件事。他天天都在等这件事。

　　那时，两手扶一张高脚方凳，肩头一耸一耸，从屋里爬出屋外。他显得很有力气。整个力气都凝在肩膀和两只手上。他双肩宽大而厚实，臂膀粗壮，两手阔大。高脚方凳在他手上像个儿童玩具。可他站不起来。两条腿瘫了。他只能这么爬来爬去。屋门没有门槛。他把它拆除了，为的爬进爬出方便。双膝跪在地上，挪一次方凳，蠕动一下上身。头往后猛昂，像被打了一枪。膝盖上用麻绳扎捆着破布，磨损处已经翻卷起来，露出血糊糊的一团。两条干瘪萎缩的小腿拖在身后："咯噔——嚓——！咯噔——嚓——！……"布片擦地，发出一种砂轮打磨铁器的噪声。从屋里到屋外这片空地，是两道磨得滑溜溜的沟槽。这是他三十多年的生活轨迹。三十多年，不论春夏秋冬，风霜雨雪，他从未中断在这上头运行。这是他的全部天地。他有他自己生活的内容。

他是一架运载黄昏和黎明的拖车。

隔墙的冉老太也正在忙自己的事。

在这片四面环绕着臭水的荒岗上，她是他唯一的邻居。就是说，在这个被人们遗忘的叫作鬼岗子的地方，只有她和他两个居民。但他们各有各的事做，并不经常见面。

冉老太尤其忙。

她有一个破旧的小院，两间低矮的小屋，收拾得极是干净、整齐。冉老太唯一的事情就是摆弄布条子。她有数不清的布条子。黑的，白的，蓝的，紫的，红的，绿的，黄的，灰的，花的……这些布条子全都扎成捆，装在大大小小十几个木箱和纸箱里。每年夏天，她都要搬出来暴晒几次，然后再一箱箱搬回屋里，整整齐齐地摆在用木板做成的架子上。之后，除去吃饭和上厕所，冉老太就很少出门了。她一天到晚，一年四季，都守着这些布条子。每天早上起床，洗脸刷牙后，就立即清点那些箱子，逐一用手摸着，一个一个过数。晚上睡觉前，再重新清查一遍。她明知道不会丢失，却仍然坚持每天查两遍。这是习惯，几十年养成的习惯。布条子是她生活的全部内容。大大小小十几个箱子，装着她全部的生命世界。

她经常把这些箱子打开。把布条子一捆捆取出来，按顺序摆放在屋子里。像摆放陈列品一样。当然，不会有人来参观。因为旧城的所有居民都不和她来往。隔壁那个瘫腿的老头子，也绝不登门。但她并不寂寞。也不沮丧。相反，她显得兴致勃勃。一个人倒背着手，像一位真正的收藏家那样，慢慢在屋里溜达，一捆捆地察看。俯下身，或者轻轻拿起来，借助室外进来的光线，仔细鉴赏。不时发出一声声惊叹。像鉴赏家赞叹那些价值连城的文物。她神态专注,如痴如醉。设若这时候真有什么人来惊扰,她会极不高兴。那会败坏情绪。这种时候,她特别需要宁静。在宁静的氛围里,漫游已经逝去的世纪。每一根布条子都是一个男人的赠物。每一根布条子都是一个故事,一个平淡的或者揪心扯肺的故事。她不寂寞,一点儿也不寂寞。他们和她同在。不管如今他们在哪里,活着还是死了。她仍然清晰地记得他们。她有惊人的记忆力。

冉老太不能不怀念年轻的时光。那时,她丰韵妩媚,聪颖善良,热爱所有的人们。人们也都喜爱她。她的圣母般的爱心和旺盛的生命力,不仅使男人陶醉,也使她自己陶醉。现在,她悲哀地发现自己一年年地老了。可她实在不愿意老下去。她宁愿一天天沉浸在对年轻时光的回忆里,而不愿醒转。冉老太从来不照镜子。那是几十年前的一天清晨,她突然从镜子里发现自己眼角的第一道细纹,就立刻把镜子摔碎了。她努力保持对自己美好容貌的记忆,保持一颗年轻的心。她不断变着花样玩那些布条子。她把这些布条子用香皂洗得干干净净,再洒上香水,是时下那些穿牛仔裤的姑娘们用的香水,诸如紫罗兰、广寒露之类。她对这些化妆品的热爱和鉴赏力,绝不亚于这个小城的姑娘们。洗干净之后,某一段日子,她会根据不同颜色,把布条子巧妙地搭配起来,扎成一把把精致优雅的拂尘,悬挂在四壁。于是她的卧室会显得十分素净,透着一股仙风道骨。冉老太置身其中,或坐或卧,也便格外安静,一如世外之人。这样过一段日子,厌了,便又改换花样。把拂尘拆开,将布条子重新搭配,编织成各式各样的花环、花篮。把卧室外间布置成灵堂,设上灵位、香炉。自己则着一身白绫,为某一位亡灵祭奠,献上手编的花环、花篮、花圈之类。一个人哭得凄凄哀哀,肝肠寸断。并且日夜守灵,不吃不喝。这种游戏常使她某种被压抑的情感,得到淋漓尽致的宣泄,从而获得一种别人无法体验的快感。但这类游戏不能做久了。那毕竟太损伤身体和精神。因为她会在不知不觉中进入角色，注入真情，勾起她许多伤心的记忆。

于是，某一段日子，冉老太又换了花样。她把花环、花篮、花圈之类的东西拆掉，利用布条子的各种天然色泽，编织成各种动物，小狗、小猫、小兔子、小老鼠、小鸡、小鸭、小鹅、喜鹊、画眉、百灵、大雁、天鹅……地上跑的，天上飞的。凡能想到的，她都能编出来。而且栩栩如生。这时，在她的卧室和小院里，已尽失仙风道骨，也不再有灵堂的肃穆，而成了一个活泼泼的动物世界。置身其中，仿佛能听到鸡鸣狗吠，鸭叫鹅吟，百鸟欢唱。冉老太则宛如一位村野少女，屋里院里，欢快地跑来跑去。一时弯腰揪揪小狗的耳朵，一时把小花猫抱在怀里亲了又亲，一时拎起扫帚疙瘩把小老鼠砸个四脚朝天，一时往地上撒一把碎米，啾啾叫着引逗小鸟们来吃。一会儿万分怜爱，一会儿噘嘴鼓腮，一会儿拊掌大笑，前仰后合，疯疯癫癫……她忘记了年龄，忘记了痛苦，忘记了外头的世界，一个人玩得极是开心。但跑着跑着，忽然被什么绊倒，咕咚摔在地上，额上磕出血来。于是一场梦醒。

好久好久，冉老太艰难地爬起。披头散发。两腿叉开搁在地上。一身筋骨都是疼的。她动也不动，痴呆地坐着。一脸汗。一脸泥。一脸血。泪水一滴滴往下落。

她到底也有孤独的时候。

这时，她便盼望有人走进小院，把她搀起，陪着说说话儿。但没有。从正午坐到天黑，也不会有人来。这里一年年地没人来。于是，隔墙的那个瘫老头便成了距她最近的唯一的活物。

她和他本来早就认识的。从年轻时就认识。可他又十分怪异。他本来是个挑水夫。每天走街串巷卖水，和千家万户打交道。但又好像神不守舍，怀着别样的心思，不和任何人交往。在冉老太的记忆里，他是那时熟识的男人中,唯一没沾过自己的男人。可又看不出他有任何鄙视自己的意思。他对任何人都无所谓鄙视,也无所谓亲热。他把一切人都视同路人,他出现在这个小县城已经五十年了,曾经日复一日地穿街走巷,应当说很熟很熟了。但不。那时,他常常迷路。也好像不认识任何人。他仿佛依然生活在一个陌生的地方,一切都在云里雾里。眼前的一切都不曾留意。还会时不时碰在墙壁上。他整个身心,好像都专注于一件更重要的事情。而眼前任何人世的纷扰和喜怒哀乐,都不能转移他的注意力。但那件事似乎又是一种无望的期待。因为他永远是一副恍惚和麻木的神态。那件事深深地埋在心底,苦苦地缠绕着他,使他若生、若死,梦幻一样地活着。那件事好像已经十分遥远,十分渺茫。他为此奔走了一生,耗去了青春和整个壮年时代。他已经不抱任何希望,再也没有冲动和力气,但那件事又显然地融进他的血液,整个地左右和决定了他的一生,使他走进一个只有他自己才能感知的世界。

他是这个古老的小城历史上无数谜中的一个谜。

半个世纪以来,没人能解开它,也没人有足够的兴趣去解开它。历史和生活中的谜太多太多。而新的生活又不断制造更多的谜,更多的困惑,谁有那么大的本领能破译呢?

冉老太自信能破译它。

起码,她能接近他。他对她的态度依然是既不鄙视,也不亲热。那么,她就有足够的耐心去做这件事。反正她有的是时间。她好像并不忙着去揭开谜底。那既不可能,也不必要。忙什么呢?这件事并不怎么当紧。她完全可以以此来充实自己寂寥的生活,从容不迫地打发时光。

咯噔——嚓——!

咯噔——嚓——！……

几乎同时，隔墙的冉老太就听见了。

她自然会听见的。别看她在自己的小院里忙得团团转，耳朵却一直竖着呢。她知道他出来了。他和冉老太一样，平日并不常出门的，一直守着那口黑漆棺材。而且同样不喜欢别人打扰。但每天这时候，他肯定要出来，到门前的井台边坐一阵子。

墙那边方凳挪动的第一声音响，不啻一声鼓响，立刻让她振奋起来。她一整天都盼着这一声响动。她天天都盼着这一声响动。已经几十年了。

这时候，她手中的任何活计都不重要了，随手一扔。提起那根核桃木做的长杆烟袋，急慌慌就往外走。就像一位沉不住气的小姑娘。刚走两步，忽然又折回屋梳洗了一番。等她收拾停当，提着马扎讪讪地走出门外，他也就喘息着刚刚在门前的井台上坐定。

"唷——！石印先生，您老又走出来坐坐？"

"我说过一千遍啦，我是爬出来的！"

"知道。走出来总归好听一些。"

"我是爬出来的！"

石印先生固执地看了她一眼。转回头，忙忙地寻找远处的塔顶。冉老太并不介意。放下马扎子，隔着那口井在距他六七步远的地方坐下了。冉老太从来不坐井台上。井台是几块青条石，夏天也是凉的。老人说过，女人不能坐凉石头，那不好。偶有年轻姑娘路过这里歇脚，往井台上一坐，冉老太立刻就叫起来："姑娘，别坐！凉气太重。"她宁愿匆匆回家给她们拿几个小板凳来。姑娘们便哧哧笑，怕啥哩！冉老太正色道，不是玩的！凉气浸进去，伤身子呢！

冉老太坐下了。隔着井台。和石印先生一个西南角，一个东北角。两人坐的位置、角度、距离，多少年都没有改变过。远远看去，像两尊历经风雨剥蚀的泥胎。

石印先生仍然注目于远处的塔顶。

冉老太继续和石印先生搭着话:"哪有您老这么说话的?爬出来,算啥呀?真是的!"

"爬出来就是爬出来。"

"知道。我知道。听了怪叫人难受的。"

"没啥难受的!"

"嗨,不难受是假话。两条腿废了,不能走走转转,闷也闷死人。"

"你有腿,咋不出去转转?你不也没闷死!"

冉老太好像没听见他说什么,只顾自说自话:"——你吸烟不?这烟丝是我自己做的。放了冰糖、蜂蜜、香油,好吸呢!眼时的烟能吸吗?几块钱一盒子,干得呛死人。你看我这烟丝,黄灿灿的,软柔柔的。一捏一个蛋,不硬不散。你吸一袋尝尝?"她把您改成了你。每当搭话到这时候,她便改了称呼。这样更随便亲切。同时就把燃着的第一袋烟冲他举了举,巴结地笑了。

"我戒烟都三十年啦!"石印先生愤愤地说。

"不对。是三十一年。我记得的。可有啥话说噢?……你这人真是的,好端端一棵老柏树让人刨了,打口棺材放屋里,不碍眼吗?看见它,就想到人会死。吓人唬啦的!"

"我不在乎。"

"我在乎!"

"你在乎就别死!"

"着!这话说我心里去啦。到时候呀,我就是不闭眼睛!睁得大大的,使大劲喘气,看能咋的!……刨了柏树,栽上这棵小枣树,"冉老太拿烟袋锅当当地磕在身旁的枣树身上,抬头看了看,"凉影没了。结的枣呢,你吃不动,我也吃不动。好了那些皮猴子。嗨,你说

蝙蝠　303

人老了有啥好？"

"我没说好。"

"就是就是。甭说多，退回去四十年……"

"五十年！"石印先生冷丁转回头，死死地盯住她，"退回去五十年！五十年……"他讷讷地自语着，现出一种遥远的回忆的神态。

冉老太猛咳一声。石印先生蓦然惊醒，凶狠地瞪了她一眼，仍复转过头去。看住远处黑黝黝的塔身。

冉老太笑了。宽容而狡黠地笑了。"……退回去四十年！"她坚持退回去四十年。"你那会才三十几岁，挑着水满城走。满城人谁不认识你？一早一晚，你去三春楼送水。我撩起窗帘偷看你。那时，我就看出你像个有学问的人，文绉绉的。我盼你上楼来，你总也不来。记得一天傍晚，我实在忍不住了，趴在窗户上叫你：喂——！你刚放下扁担，四下里看了看，没发现人。就提起水筲往缸里倒水。刚倒完，我又叫了声：哎——卖水的！你惊慌地抬起头，这下看到我了。我冲你笑了笑，示意你上楼来一趟。你一下子红了脸，拎起扁担水筲，慌慌张张就往大门外跑。呵呵呵！……呵呵！……你差点绊倒。我笑得喘不过气来。看你那样，像个没见过世面的乡下人……"

"我本来就是乡下人！"

"乡下人怎么啦？我见得多啦！没有哪个男人像你。"

"……"石印先生没搭腔。

"男人就是男人。男人不喜欢女人，不是木头，就是有毛病。嘿！我那会也就二十岁出头，嫩得能掐出水来。男人们狗似的围住我转。喔！……他们掐我，我就咬他们，咬出血来！咬得他们吱吱哇哇乱叫唤。那个舒坦，嘻嘻嘻嘻！……"

"我说，你闭上嘴！要坐就坐一会。别总唠叨！"

"知道知道。我管不住自己。女人都这样。有啥话说哎？解闷罢了。"

"没话就不说！"

"哪能就没话？活了六十多年，经的事比树叶还稠。日里夜里都在想。我老想那些男人说过的话。当初山盟海誓，如今没谁理我了。我有时候想哭，有时候又好笑。当嘛真？那时候，我就知道他们孩子样说着玩呢。脱了衣裳，你要天他也许半个。过后就忘了。儿戏。男人就那样。女人不能和男人一般见识。在女人眼里，男人一辈子也长不大。你看，我眼时就不后悔。从来不后悔。新中国刚成立那会儿，有个很丑的后生找到我，让我忆苦。那后生脸上长一块猪毛黑痣，两只眼一大一小。后来才知道他叫宋源，是公安局长。他说全城的妓女都抓起来了。看病，改造，忆苦什么的。你也得去。我说你这个局长好年轻啊！有三十岁吧？他说我二十一岁。我说真对不住。你就是长得太丑了。丑得不像话，才显得老相。他倒不生气，说这样好，省得惹麻烦。我说小可怜，没哪个女人会喜欢你。你想不想跟我睡一觉？我不嫌你丑。他有点不好意思地笑了。说大姐你别说笑话了，共产党不兴这个。眼时人民当家做主，你有苦水就往外倒吧。我听他蛮真诚的，就叹了一口气，说啥苦不苦的。苦与乐都不是别人眼里的事。我苦也苦了，乐也乐了。我倒觉得这一辈子怪值过的。他吃了一惊，眨眨那个小黑豆眼，说咋？我说你觉得新鲜吧？当初我十几岁就干这个，就是因为家里太苦。干了这个，还是苦，可我好歹有碗饭吃了。十几岁的时候不懂人生世相，为了活着，咬住牙卖就是了。等到长大了一些，见的人也多啦。我发现干这个还不算最苦。世上比我苦的人多啦。啥世道噢！有人太穷，拉黄包车、打短工、要饭，讨不起老婆。有的讨了老婆，又不顺心。有的什么都有，却活得太累。还有那些从死人堆里爬回来的大兵，不懂事的学生娃娃，厌世想自杀的青年……多啦！五花八门。男人们不开心了就往我这儿来。有的愁

蝙蝠　　305

眉苦脸，有的一脸疲倦，有的在我这里喝醉了酒哭天号地，有的揣一把刀子，说是和我睡一觉就抹脖子。嗨！男人总喜欢在世界上惹事，又受不得委屈。不像女人能承受委屈，承受苦难，肚里能装得下一个世界。我怪可怜他们的。……那个贩生姜的客商，半道上让人抢了。也是个小本经营。半夜里跑到我这里来，血头血脸，说要上吊，给我告个别。他到我这里来过一趟。那时，他还没成亲。手里捏着钱，汗津津的，胆怯得很。我看见他就笑了，知道是乡下的穷后生。一把扯他进屋。那次，我没收他的钱。他老是记着我，说我心眼好。这次被人抢了，给我说他想死。我哪能看他死呢？就劝了半夜。说你不能死，家里老婆孩子等你回去呢。他说我没脸回去，是老婆从娘家借来的钱，还有她没日没夜给人纺棉花赚的钱。不容易。她小心眼，我不死她也得死。我说你的心眼也不大，丢几个钱就不活啦？男子汉就恁没出息！我说这样吧，我借给你十块大头。要说送给你你不会要。算借给你。再去做生意。赚了钱就还我。不赚算我白扔了。黎明，他千恩万谢走了。后来还真赚了钱，又还我了……那个叫宋源的局长听得呆了，像听老奶奶讲故事一样。末了回过神来，说依你说没啥苦好忆啦？我说我没说不苦。能说没吃苦？男人发起疯来像野兽一样，苦啊，累啊！有时候还挨打。干俺这行的，是个特殊行当。被人瞧不起。吃了许多世人想不到的苦头。可我这样劝自己——其实当妓女的都这样在心里劝自己：要么别下海，死了算了。既然下了海，就别怕水多。说穿了就是一张脸皮。世间有的男女，又要脸面，又要偷情。被人捉住了就要死要活，捉不住就装正经。妓女就没这许多麻烦了，扯下脸啥都不怕喽！人不就活一世吗？既然不能选择活法，那就怎么也得活着。这么一想，也就这样了。不然怎么活下去？我说过了，苦和乐都不是别人眼里的事。那是我自己的事……后来，那个宋局长好像不大同意我说的话。他挺和气地摇摇头。他说没那么简单。你已经麻木了。都是旧社会造成的。你还是得去收容所，治病、学习。往后不能再这么干了。我说我犯贱？男人不找我，只要有饭吃，我才不想干呢，说罢笑起来。他也笑了。说大姐跟我走吧，别瞎说啦。我说我去！就凭你喊我这声大姐，我也得去！你这人脸丑，心眼倒好。后来，我在收容所住了一年多。宋局长常去看俺们。那里治病、训话、学文化什么的。乍一清静，真受不了。干这个的可不那么好管。忆苦会上，比谁哭得欢，发丧似的。可哭着哭着，不知谁又喷儿笑了。这一笑不打紧，一下子都笑起来。带着泪，笑得打噎，笑得打滚。搂住抱住撕扯衣服。先是笑闹，发疯。后来又打起来。又打又骂，抓得披头散发，一脸血道子。嘿！一群女疯子。开始，管理员光围着呵斥，不敢拉。一拉谁，谁就扑上去，嘻嘻哈哈。管理员吓得满院子跑。几个女人追上去大喊大叫，捉住了就按倒……后来闹得不像话了，又增加了管理人员……那时候，我倒是最老实的。既没有像她们那样忆苦会上哭得昏天黑地，也没有胡闹。只安心治病。我想来想去，苦也罢，乐也罢，那是我年轻时候最值得回味的一段日子。不是一个苦字说得清的……石印先生，你说怪不怪，我眼时做梦，都是四十年前的事。昨夜里，我还梦见在三春楼，看见黑马那小子，不知从哪里来，血头血脸闯进我屋里。腰里插一把短枪，手里提一把滴血的攮子。他说他终于给白马报了仇，把那个歪鼻子汉奸杀了。说着说着哭了。我扑上去抱住他，也哭了。我说黑马，你好叫我惦念啊！你能活着回来真不容易。俺俩正抱头痛哭，突然从门外冲进几个公安局的人，给黑马戴上手铐，拉走了。我大叫一声吓醒了。是个梦！……唉，黑马那小子究竟是死了，还是活着？说不定隐姓埋名，藏在哪个深山老林里了。我真想他啊！黑马和他哥白马都是铁铮铮两条汉子。可他们杀过汉奸，也杀过好人。白马是死了。黑马失踪了。我最后一次见他是民国三十六年秋天……"

蝙　蝠　　307

石印先生绝望地闭上眼。又霍然睁开。他决意不再说话。只觉得闷。翻江倒海地闷。

他重重地呼出一口气。远处的塔身猛烈摇晃了几下。他激灵睁大了眼死死盯住塔顶。

咚，身旁的枯井里一声响动。很轻微的一声响。如果不注意，决计听不出来。他知道是那条水蛇在翻身。枯井并没有完全干涸，只是弃置不用了。里头还有二尺深的水。上头浮一层树叶、草棒等秽物。水蛇就盘在上头，一天一天地不动弹。有时候，它会突然跃起，鞭子一样甩向井壁：“啪——！”好似闷极了，要爬出来。但井壁太滑，黏糊糊湿漉漉的，根本爬不上来。它好像不甘心，刚摔落水里，一昂头又往上蹿。又摔到水里。如是三番，直至精疲力竭。这时俯身细察，会见井水里浮有缕缕血丝。水蛇复又慢慢盘成一团，软塌塌卧在水面。之后，又是十天半月不动一动。但刚才好像只是压了一次水花，然后又安静了。

对这条水蛇，旧城人始终是怀着敬畏的，视为圣物。没人敢亵渎它，更没人敢伤害它。逢大旱之年，常有老妪来此焚香求雨，日夜不绝。石印先生则提供一粗面案。自己远远呆看，并无一语。枯井本叫龙井。就是因为井里有一条水蛇而得名。据旧城人说，水蛇神秘莫测。时大时小，时有时无。龙井是旧城古八景之一，历史已无可考。水蛇的历史和龙井一样长。过去常有游人专门来此看奇。但有时能看到，有时就看不到。这要视缘分如何了。旧时，全城有十二眼水井，独龙井泉眼最旺，水也最甜。生饮，甘甜清洌，煮茶，则浓醇如涎。据说，内有龙津。常饮此水，能延年益寿。那时，石印先生即以挑卖龙井水谋生。他相伴这眼井和井中水蛇，已经五十余年。对这条水蛇的习性，也早已熟悉了。

是的，它刚才只是压了一次水花。

不断有风漫过来，带着四周水泽的湿气和草腥味。鬼岗子像个孤岛，显得分外荒凉。两个老人像两只飞不动的老秃鹫，蹲在鬼岗子上出神。如果不是远处那座黑黝黝的水塔和从大街上隐隐传来的汽车声，会让人疑心这是荒郊野外。但不是。这只是老城一隅，有些冷落罢了。

这里本不该被冷落的。

《史记》载："高祖，沛丰邑中阳里人。"丰邑，即这座老城。中阳里就是这老城一隅了。原来这里是千古龙飞地，一片圣土。当然，那时并没有鬼岗子和水泽。而是一方平坦之地，散散落落住一些人家，也都是寻常百姓。其中就有后来的汉高祖刘邦、燕王卢绾、汉相萧何。他们的家都在这一带。那时，谁也不会想到，两汉四百年江山将由此发祥。但秦始皇知道。据说某一日，他夜观天象，见东南有天子气，在奎星、娄星、胃星之间。这一惊非同小可，便带大队人马忙忙东巡，按天区而索地域，一路寻到这座古城。果然皇天后土，气吞万里，一派非凡景象。始皇帝志在江山永固，万代相传，哪会容忍再有什么新天子出世？于是即刻派出大队兵马满城践踏。又是筑厌气台，又是埋丹砂宝剑，又是毁街改路，又是四隅凿池。意在破风水，断地脉。很忙乎了一阵子。中阳里这片地方，从此变成一方水泽。但始皇老儿费尽心机，却到底没碍着刘三那小子兴风作浪。以致后来万里江山尽付刘郎。

中阳里虽已沦为泽国，却愈见风水之厚。历朝历代，不断有名士官宦者前来寻访圣迹，皆曰这里风水未尽，后世定有贵人再出。但外地人眼见得沾不上什么光，只好唏嘘一番，转到街里吃几个热包子，油腻腻地开路。

当地土著却两眼瞅住了这片风水宝地。没事时便围着水泽子转悠。后来天长日久，发现水泽中浅露一块水渚，便认定是风水又浮。但水渚毕竟地小土软，住不得人家，又兼是圣迹所在，不敢贸然动作。如此僵持着，许多人都是这心理。终于有一天清晨，人们发现水渚上筑起一座坟！大家疑疑惑惑，满城风雨，不知出了什么怪事。但毕竟众人是圣人。人们到底还是弄清了是某家死了老人，夜间悄悄埋葬于此。其意不言自明：独占风水是矣！一时舆论哗然，惊奇者有之，喝彩者有之，愤然者有之。但并没有人敢去扒坟。那家人竟是处乱不惊，神态怡然。似有千军万马作后盾。这事终于渐渐平息。谁也不说什么了。但不久，这里又出现第二座坟，第三座坟……水渚上的坟越来越多。开始还是悄悄埋，后来是扯旗放炮地埋。你家老人能埋这里，我家老人为何不能埋！

于是千百年下来，旧坟添新坟，新坟覆旧坟，坟坟相连，坟坟叠压。一片浅露的水渚变成一座鬼的山冈。到头来已根本分不清哪是张家坟，哪是李家坟，哪是王家坟……而被掩在底下的连坟也找不到了。其间自然少不了打架斗殴。但新坟依然有增无减。一年年下来，鬼岗子由枯骨堆积成全城的制高点。远看，俨然一座古炮台。一到晚间，风平浪静时，可见鬼岗上磷火闪闪，幽如星光。稍有风动，便见火球飘然四散，在周围水泽上浮浮荡荡。更有人说，更深人静时，侧耳细听，鬼岗时有厮打吵闹之声。看来也是鬼满为患了。不知从什么时候起，终于不再有人往这里埋葬老人。

但鬼岗上的龙井仍为满城人的骄傲。

传说，龙井最初并非人为。很久很久以前，那时水渚上已有若干坟头。突然有一天，水渚中间塌陷一圆洞。圆洞内清水汪波，一数寸小蛇优哉游哉。有好事者俯身捧水而饮，甘甜如饴，满口生津。继而回肠荡气，通体舒坦。一时众人争相捧饮，叹为奇观。于是砌石围井，小心爱护。从此便有了这眼龙井。

但龙井在旧城一隅，显得偏僻。且又在鬼岗上，大白天也觉森森然。取水就有诸多不便。因此历来都有人以挑卖水为生。到五十年前石印来时，原有的挑水夫已垂垂老矣。于是青年石印便接过扁担水筲，继续挑水卖。以前的挑水夫没谁在鬼岗上住宿。老挑水夫也已退役回家。石印晚上无家可归，就在鬼岗上搭个庵棚住下。满城人都说石印胆子大，白天走街串巷，夜晚与鬼同宿。他是鬼岗上的第一个居民。直到新中国成立后，政府才帮他扒去庵棚，盖上两间小屋。不久，他就瘫了。后来又来了冉老太。但也仅此两人。鬼岗子依然冷落。

这是没有办法的事。

莫说鬼岗子，自从新城建起来以后，连老城也渐渐被冷落了。就像建起来水塔，枯井被弃置不用了一样。家家通了自来水，既卫生又方便，谁还愿意吃挑卖水。那时，石印先生只是有点惶然，因为失了生计。但渐渐也就淡了。这不能说怪谁。谁也不怪。鬼岗子已经冷落了千把年，那时并没有新城，也没有水塔，又该怪谁呢？

井边那棵被冉老太诅咒过无数次的小枣树，在晚风中发出簌簌的响动。显得百无聊赖。小青枣挂得太多了些。每次风一摇，总会擦掉几颗。它被风拂动的样子极是优雅，如同一位即将分娩的少妇，轻柔柔的，款款而动。一副懒慵慵不胜负荷的样儿。带点骄矜，又带点忧伤。石印先生常常守住它发呆。

咚——！又掉下一颗青枣。在井里发出一声很饱满的回声。小青枣老往井里掉。他怀疑先前井里那一声响动，也是落枣引起的。老水蛇根本就没有动过。是的。老水蛇一向是沉得住气的，哪会动不动就跳起来呢？它也有些年岁了，经历的日月难道还少吗？肯定是这样的。它没动。连水花也没有压。只可惜小枣落得早了点。青青的，没发育成形呢。如果不是风摇树枝，它还能长些日子。可现在它完了。

夏天还没有过去,秋天还没有到来。生命在夏天里完结是一件伤心的事。它将从此在枯井里融化,再也没有形迹。

可怜的小枣。

牵牛,你在哪里?我寻你寻了五十年啦……自从你离开老黄河沿,茫茫人生再也没有你的形迹……可我不相信你会像小青枣一样在夏天里陨落。

你那么年轻,性情那么开朗,就像个调皮的小男孩。你会自杀吗?不会!也不会有人杀你,怎么下得去手呢?你长长的睫毛一扑闪,笑了。露出一排碎玉样的牙,一天乌云也会散尽……你肯定藏在哪里了,也许就在附近。我知道你从小爱捉迷藏,藏得严严的让我找……可这一次,你藏得太久了……太久了。牵牛,五十年哪!……我已经找不动了……

冉老太还在说。自说自话。都是些旧事。石印先生没有听得甚清。她从来也没有要求他听。她只是在述说的快意中,继续她的人生,重温她的欢乐与痛苦。这与别人无关。她这一生都在亢奋中。他知道,她的心还很年轻。

石印先生已经习惯了。他知道没法不让她说。

说呗。

说吧。

自己的事干吗要说给别人听呢?

塔身越来越暗。

还能看见铁梯。他相信附在塔身上的那个架子是铁梯。尽管他从来就没有靠近过塔身。他只是遥看了几十年。这就够了。哪怕那是一粒尘埃,你盯住它看几十年,也会发现常人发现不了的东西。他距那里有数百丈,隔着一片水泽子。但铁梯上的锈斑、纹路,以及斑斑点点发黄、发白的鸟屎,都看得清清楚楚。他相信他是看见了。铁梯很窄小。仅能容一人上下。贴住塔身,一直通到塔顶。他看到有人爬上去过。一年里也就一两次。好像在检修什么。人变得像一只猴子,在云端里动。看得人脚杆发麻。

这时候,塔身暗得只在顶端还有一束光环。殷红的光环,如同血斑。凭感觉,他知道到时候了。他的判定之准确,能够用秒核定。他已经观察了三十年,他和那些小生命已经达成某种默契。

现在,可以在心里数数了。从十数起,依次减少。

十、九、八……

石印先生开始激动。每到这个时刻,他都激动得不能自已。飞快地揉揉眼,脖子伸出去。左手握住拳头,一顿一顿地查数。同时,右手朝冉老太挥一挥,示意她不要说话。神情庄重得如同举行祭典。

不管冉老太多么爱唠叨,此刻都会噤若寒蝉。他那副样子实在怕人。她并不明白石印先生要干什么。几十年都不明白。她只知道每天这个时候,他会发一次神经。脸涨得发紫,屏住气,闭住嘴,眼瞪得圆圆的,像是中了邪。真是怪了。她不知道他激动什么。什么事能让他痴迷几十年。他从来也不告诉她什么。问也问不出。事后你问他干啥?不干啥。你看什么?不看什么。你怎么那个样子呢?我就那样。你发烧吧?你才发烧!冉老太着实是困惑了。那么,她只好察看他的脸色。或者沿着他的视线仔细搜寻。结果,总是没头没脑。水泽,房屋,水塔,水塔那边隐约可见的新城的楼房,一切如旧,一切正常。在视线所及的范围内,什么事都不曾发生。

他看见鬼了!

冉老太纳闷中常常这么想。怎么会呢？自己也在鬼岗上住了几十年，并没有看见过鬼呀。鬼火倒是有的，一到晚上常有。这里一闪，那里一闪。有时半夜里一睁眼，床前也有。拿个蒲扇一扇，鬼火就熄了。躺倒再睡，并不见鬼来缠身。这个死老头，让啥给缠住了呢？一天就这么一阵子。古里古怪，一声不响。你永远不知他心里想个啥。和他坐一起，像是陪伴一块石头，一块滴水的凉石头。让人从心里感到一丝悲凉和孤独。但正是这份悲凉和孤独，又使你感到时光的悠长、无限。坐他旁边说点什么，会觉得心里极静。没人催逼你，没人制止你，也没人嘲笑你。你尽管从容地说。仿佛在一个荒蛮的处女地，这地方只有你和他两个人。坐在山下的一个草坡上。没有任何人尘的喧扰。只有一座座黑色的大山，一片片葳蕤纷披的草木，还有几根散落的兽骨。但是太静、太寂寥了。于是你说着几世几劫前的一个女人的传说，一个已经消失的世界的故事。他像是听着，又像是没听。他在冥想中走进了另一个世界。那是一个只有他自己才能理解的世界。你们谁也不打搅谁。只是互相做个伴。如此，一年年打发着寂寞的岁月。大山在风化，又在生长，你们没有注意到。草木已是几度枯荣，你们不知晓。转眼间，世上又是几世几劫了。而你们还在那里坐着没动……

……四、三、二——飞！

那个不可思议的时刻，终于到来了。

石印先生嘴唇嚅动了一下，两眼放出奇异的光彩。那张苍老而有棱角的脸，一下子变得生动起来。他有点坐卧不宁了，两只粗糙有力的大手搓着，一副心驰神往的神态。

远处的塔身已融进黄昏。这时，正有一群小动物，从塔顶的一个洞穴里飞出来，扑进朦胧的夜色中。先是一只、二只、三只……接着鱼贯而出，成群结队，铺天盖地。飞离塔身，飞过水泽，飞在老城上空，飞往新城的方向……此刻，正是百兽入穴，百鸟入林的时候。但它们却飞出来了。这是些丑陋的灰黑的小动物。非兽非鸟，形体如鼠，却有一对阔大的肉翅。会飞，但没有羽毛。急急的。惶惶的。掠过头顶，起一股阴惨惨的风："吱吱吱！……吱吱！……"让人如临冥界。天地之间一切树木、楼房、街道、匆匆行走的人，霎时都成了幻影。再也不是真实的存在物。

　　石印先生像被摄去了魂魄。随着小动物的飞动，游移着昏黄的眼珠。他知道，这只是一瞬间。是白天和黑夜交合的瞬间。只在这个时刻，它们才突然出现。然后又很快消失，幽灵般不知去向。好像，它们肩负着某种使命。当它们重新消失的时候，你蓦地发现，白天已经离去，黑夜已经到来。这一切都极其自然。白天和黑夜之间并没有隔着什么。当两个世界相撞的时候，既无雷鸣，也无火光。过程在无声无息中悄然完成了。像两个巨大的棉垛的相撞，像漫天的毛毛细雨渗入土地，像男人和女人的轻轻的温柔的抚摸。但接着一切都变了。他在不知不觉中到了另一个世界。你无法抗拒，也不想抗拒。你好像已经感到，冥冥中有一种不可知的力量，在操纵这一切。可是你身不由己地向前走去，带着白天的疲惫、焦灼、伤痕、欲望、希冀等种种情状，来到这个黑洞洞的世界里栖息、入梦、做爱。你仿佛仍在寻找着什么，你一会儿走进一个无边无际的沙漠，一时又进入一片广袤的树林。这里静极了，有岩石，有山泉，有鸟鸣……你整个身心一下子松弛下来。你在一片铺满落叶的地方躺下。你微微闭上眼。似乎看到一只可爱的小松鼠正冲你伸头探脑，你慈爱地笑了，顷刻之间，一切烦恼化为乌有。于是你不再焦灼，不再疲惫，身体和心灵的伤痕慢慢愈合。你淡忘了你曾苦苦追求的什么。由此，世界变得静谧而安详了。就像整整一个冬天，冰雪覆盖着大地，生命进入冬眠期。这是一段漫长的日子。在这段日子里，黑暗笼罩了一切。你已经失去意识，生和死已没有明确的界限。你在生死之间徜徉。你坐在生死之间的界碑上，看到生，也看到死。生和死都一目了然，生和死都不再神秘。于是你顿然领悟了什么，仍复坦然睡去……不知过了多久。终于，地气回升，冰雪消融。漫长的冬天过去了。你伸个懒腰，从沉沉睡梦中醒来。无边的黑夜正悄然退去。这时，黑夜和白天又一次交合。那些丑陋的小动物也又一次突然出现在天地之间。抖动着阔大的肉翅，匆匆飞动着，把人们引渡到黎明。当你惺忪着睡眼，走出屋门，打个呵欠，发现天已大亮的时候，它们又倏忽不见了……

一滴涎水顺着石印先生的嘴角往下淌，拉得老长。他张大了嘴巴，没有觉察。冉老太看见了，突然抽风似的叫起来："嘴！……嘴！……"

## 老狼

新城是凸，老城是凹。

那个长胡子犯人说，凸是阳，凹是阴。譬如男女，譬如天地，譬如昼夜，譬如晴雨……万物负阴而抱阳。一阴一阳之谓道。长胡子原先是个阴阳先生。通周易，演八卦，常在江湖上晃荡。他说他能知生死，卜未来。后来被抓进监狱。刑满释放时，他不愿出去。他说我啥都不会，只会干这个。干了还得抓，大家都不愉快。何必呢？于是留在劳改农场放羊。挥一根鞭子，走来走去。挺舒服。宋源每次去劳改农场，总要去看他，听他海吹一通。他听不甚懂。但听得津津有味。办案之余，宋源爱和犯人聊大天。一手端烟斗，一手抠脚丫子，听他们胡说八道。听得开心了便哈哈大笑。很多犯人都有些旁门左道，表现出过人的聪明。这些家伙既是渣滓，又是天才。宋源挺佩服他们的。那个六指手是个孤儿，从十二岁就偷。扒术高超。他和你迎面走过，根本没贴你身子，可你兜里钱不知啥时已到他手里。宋源让他表演过，眼睁睁让他偷去一块表。偷得宋源一愣一愣的。神了。他说他是跟一个老太婆学的。那个老太婆新中国成立前是天津的一个高级扒手，新中国成立后不干了，隐居在黄河故道。她收养了六指手。以后老太婆老得不能动了，六指手就养着她，直到送终。还有那个撬锁犯，平日作案只带一根铁丝。不管什么锁，一捅就开。捕获他时上了铐子。一路押到监狱。看守人员要为他取铐。他笑嘻嘻一抖手腕，铐子"哗啦"脱落下来："——给！"他早弄开了。铁丝也没用。宋源又让他当场表演。果然。玩魔术似的。宋源哈哈大笑。

但有时候，宋源听得极不开心。脸便阴阴的。那个杀人女犯，才二十来岁。背着丈夫和人通奸。丈夫明知，却捉不住。这女人鬼得很。她对丈夫说，我恶心你，就喜欢那个男人。你捉不住的。丈夫说，我非捉住你不可。女人笑了，说这样吧。咱俩打个赌。三天之内，我要和他睡一觉。你捉住了，我就改。哪怕你是一头猪，一条狗，我也认命了。你要捉不住，我就去嫁他。丈夫同意了。找一根铁丝拧住她手腕，另一头拧在自己手腕上。白天干活牵着上地，晚上睡觉牵着上床，两天两夜相安无事。第三天夜里，女人一起床，丈夫醒了，你干啥去？女人说我撒尿，不行吗？丈夫摸摸铁丝，系着呢。去吧！大睁眼躺床上。一根铁丝连着床上床下，他很放心。女人摸索着下了床，丈夫说，你别笑。快天亮了。我看你没戏唱啦。女人说，就是呢，戏快唱完啦。你看他在这里蹲着呢。丈夫折身起床，点上灯一看，果然那男人在床前蹲着呢。丈夫骇然。怒极。一斧头把那男人砍了。女人愣一愣神，夺过斧头，把丈夫也砍了。然后，她来投案。她给公安局长宋源说，她挺后悔的。她本来不打算杀死丈夫。如果那时候丈夫说，罢罢，我管不住你，你跟他去吧。我会心软。把那个男人打发走，说一句你别再来了，下辈子再嫁你吧。局长你不知道，我这人吃软不吃硬。又太聪明。丈夫越是管我，我越恼火，烦心，变着法儿捉弄他。他疑心太重。看我长得俊，又爱打扮，爱笑。老怕我不正经，让人勾了去。在外头和男人说笑几句，回到家就盘问半天。其实，那时候我没那事，硬是让我丈夫管出外心来了。终于有一天，我给他说，你不是要管吗？从明儿起，我要偷人了。真的！有本事你就管吧。后来，他越发管得严，几乎天天揍我一顿。可他管不住。一个女人要偷男人，丈夫怎么能管得住呢？……那天夜里，本来不该出事的。我们都说好了。可他没忍住，一斧子把那个男人砍了。我心一横，把丈夫也砍了。两个男人都毁了。宋源眯起小黑豆眼，说你八成得判死刑。女人又笑了，说那当然。他俩都死了，我还活啥趣呀？说着又叹一口气，其实我丈夫蛮疼我的。他爱我爱得太深，所以才管得太严。看起来，男人和女人都不得爱得太深。太深了会自私，会生事……

后来，那女人果然被枪毙了。满县城的人都跑出去看热闹。说那女流氓挂一脸泪花子还在笑。叫人纳闷。于是有人愤然，又哭又笑算什么呀？流氓！

宋源没去刑场。他说牙痛。捂着腮帮子回家了。

宋源是个捉摸不透的人。

这人奇丑。左脸颊一块巴掌大的猪毛黑痣。左眼又圆又小，像一粒籽粒饱满的黑豆。眼珠一转，滴溜溜打滑。贼亮。老像在窥探人的秘密。据说，他破案主要靠这只眼。而右半个脸，光景就完全不一样了。胖乎乎的，红润润的。右眼细长，老是眯缝着笑意。单看左半个脸，你会以为是大白天撞上鬼爹爹了。吓得人汗毛直竖。单看右半个脸，他又简直是个慈祥的庄稼老汉。你说他在发怒，你说这人阴狠，对的；你说这人挺和善，随和得很，也对。你怎么说都对，你怎么说都不对。因为你永远弄不清他哪半边脸代表他的真实内心。

县里局长们在一起开会，常常互相打诨。宋源又最爱恶作剧，对头很多，也就常被袭击。

"老宋，听说上海有美容院，你就不能去一趟，把个熊脸整治整治？"

"咋整治？"

"比如，腚帮上那块皮是不是细嫩一点。割下一块，把你脸上那块猪毛黑痣换下来，不就美了吗？"那人连说带比画。

宋源翻翻白眼，不置可否，另一位局长立刻摇头否决了："不行不行！那么一调换，脸不是脸，腚不是腚，才招人嫌呢！"

于是一阵开怀大笑。

逢这种场合，县委书记孙宏文便会紧蹙眉头。孙宏文当书记已有多年，白净面皮，文质彬彬。讲话极有条理。做报告一般讲三个大问题，第一个大问题分三个小问题；第一个小问题分三点，第一点分三小点；第一小点A、B、C……不用说，他是个文明人。对这些粗俗的玩笑，实在不堪忍受。但这群半老不少的局长们没多少文化，到一块便混闹一通，常使他的讲话都无法正常进行。他总怀疑他们在藐视他。尤其宋源更让他不舒服。但他不敢管他。准确地说，他怕他。在全县所有的人中，宋源是唯一见过毛主席的人。他十三岁去延安，一路讨饭去的。后来在中央干过警卫。孙宏文怎么敢得罪他呢。

宋源阴阳怪气，是个难对付的角色。

但宋源确有奇才，连孙宏文也不得不承认。

他从新中国成立就干公安局长。是周围各县公安战线有名的

"老狼"。各县公安局长没人喊他的名字。要么"猪脸",要么"老狼"。他经办的案子无数,破案率几乎百分之百。全县的犯罪分子都怕他。也都服他。

一次办案归来,已过半夜。他没有回家,让看守打开一间牢房,又重新锁上,和几个盗窃犯同住一室。犯人说,局长,你咋睡俺屋来了?宋源说,我老婆关门了,别搅了她的梦。他极小心地疼爱那个女人。他女人是县剧团的演员,比他小八岁。那个漂亮的女演员当年怎么被他划拉去的,一直让人费解。就凭他张脸?啧!几个盗窃犯便起哄,局长,这不公平!你就不怕搅了俺们的梦?宋源眯起右边那个和善的眼笑了,这样吧,赶明儿我请客,一人一包烟!行了吧?然后脸一沉,记住!别他妈的说出是我给的,犯监规呢!

宋源没有想到,有一天,他会真的成了囚犯。

那一年冬天,奇寒。

他躺在一间小黑屋里。身上一阵阵发冷。外头正下着雪。雪粒打得窗户沙沙响。这间小屋原是公安局食堂的柴房,平日放些碎木、刨花和煤炭。现在成了他的囚室。遍体伤口不知是封冻了,还是结痂了,反正周身皮紧。像束一身冰凉的铁衣,动弹不得。他感到自己的心在冷却,身子在变僵。他不知自己还能不能活到天亮。

那个头儿说,你是隐藏在公安战线上的一条老狼,长期专无产阶级的政。宋源笑了,一指监狱,你敢把大门打开,把犯人放出来?去呀!你不说关的都是无产阶级吗?一个耳光,宋源倒了。宋源是很容易被打倒的。他个儿太小。宋源爬起来,吐出一口血条子,又站住了。然后又有很多人发言。很多。有社会上的,也有公安局的。有人说,宋源你心慈手软,整天和犯人鬼混在一起,敌我不分。宋源说,公安局长不和犯人混在一起,就没事干了。又有人说,你包庇犯人!

宋源说，我包庇谁啦？哪个该判刑的没有判刑，哪个该枪毙的没有枪毙？又有人说，几乎每次枪毙犯人，你都借故不去，什么道理？宋源说，战争年代，我亲手打死的人多啦，不想看稀罕。……宋源是三斤鸭子二斤嘴，不服软。当然免不了皮肉之苦。棍棒、拳脚，一顿暴打。斗一次打一次。宋源再不吭声。他糊涂了。那只善于洞察一切的小黑豆眼，转来转去，也没闹明白究竟是怎么回事。

这夜三更天，他被门外的一阵厮打声惊醒。好像有人倒地。接着小黑屋的门被撞开了。他微微睁开眼，一阵冷风扑进来。借着雪光，看到一群蒙面汉子。手里都拿着棍棒。今儿完啦，他想。但没有动。他已经动不了啦。可这群蒙面汉并没有揍他，只迅疾把他背起，冲出小黑屋。怎么，要把老子活埋去吗？这冰天雪地，坑也不好挖呀。没人告诉他要去哪里。他被一直背出公安局大门。依稀觉得有个值岗的战士脱下一件大衣，给他盖在背上。他被一直背出城去。一辆马车正等在雪地里。他被放上去，严严地捂上棉被。一声鞭响，马车飞奔起来。他觉得自己飘然如赴仙境，不久就睡着了。睡得好沉、好香。他已经好久没这样睡过了。

宋源被拉到距县城八十里外的一个小村。这村子在老黄河沿上，极为偏僻。他醒来时，已是第二天下午。床前站着一片人。门外还蹲着几个。轻声地说话，轻声地咳嗽。他睁开眼，环顾一圈。大部分人似曾相识。在哪里见过？……哦……噢！我操！他骂起来，是你们一群王八蛋！他记起来了。站在他面前的，有一半以上是劳改释放分子！当初，他们几乎全是经宋源抓获的罪犯。其中有六指手、撬锁犯，还有那几个曾和他同睡过一个晚上的盗窃犯。后来判刑、劳改、释放。这次，他们经过精心策划，合伙救了他。他们看宋源醒了，都嘿嘿笑，一群大孩子一样。宋源厉声说，把我送回去！——不！宋局长。他们……会打死你的！接着，一群蓬头垢面的男人都哭泣起来。

当初，俺们……在监牢里，也没……遭这打呀，呜呜！……宋源火暴暴地看着他们，忽然眼圈儿红了。

这是他十几年来第一次流泪。

他们坚决地剥夺了他的自由。宋源一身是伤，想动也动不了。他们为他端吃端喝，洗伤换药。笨手笨脚的。他们的家分散在全县，是怎么串通起来的呢？这些狗日的东西！

宋源神秘地失踪了三个月。等他伤好回来时，县城对当权派的批斗已经降格。大家忙着打派仗去了。后来，他只说被一群农民抢走了，没有说出真情。他觉得没有必要。

宋源不傻。


## 黑洞

宋源一脸疲倦地走出县委招待所，穿过宽敞的新城大街，信步往老城走去。

街两旁贴满了标语。夜色笼罩着看不清字迹。但他知道那上头写着什么。马路上碰到一些人，都在仓皇赶路，像有谁在后头追赶。

没有人认出他来。

他看到几个工作队员也正往老城走去，游游荡荡。便有意放慢了脚步，远远地落在后头。他想一个人清净一点，放松放松神经。

集训已经十天。县委书记孙宏文一再强调，这次工作队下乡，不要心慈手软。要像当年打鬼子那样，向资本主义大举反攻。

一千五百名工作队员，组成一百五十个工作队，分赴各公社，一竿子插到大队。一旦下去，那阵势将如排山倒海。在给省地委的汇报中，孙宏文称这次行动为"平原决战"。省地委办公室很快又以简报的形式，印发了这个汇报材料。并且都加了编者按，称赞这次行动是一次"壮举"，"何其好啊"，等等，等等。

这几天集训，全部军事化。为了增加气氛，从工作队员中找出一个退伍号兵。天还黑黑的，起床号就响了。激越、嘹亮，方圆十几里都能听到。不仅工作队员闻号即起，连全城的居民也有了一种紧张感。那种已经遥远的战争年代的记忆又回来了。起床号响过不久，上操号又响了。接着，大街上一队队的工作队员开始跑步。

地动山摇。小城整个在晃荡。

工作队员中，少数是机关干部。大部分是从农村抽调的知青、民兵和退伍军人。机关干部又分两类，一类是吃香的，一类是不吃香的。吃香的是下乡镀金，回来提拔重用。不吃香的是趁机调离单位，下乡惩罚，回来后随便给你安个地方纳闷去。各人属哪类，心里都有数。宋源尤其有数。"文化大革命"后，孙宏文仍是县委书记，宋源仍是公安局长。所不同的是孙书记比从前活跃多了。讲话时插科打诨，谈笑风生，左右逢源，讲到得意处，哈哈大笑。而一向喜欢混闹的宋源，却变得沉默寡言，一副迷茫痴呆相。

宋源被抽派去工作队。公安局的工作暂由别人主持。今天下午集训结束，孙宏文把他请到办公室，倒茶，拿烟。然后亦庄亦谐地说："啊哈老宋来，这次要靠你打冲锋啦！你要去的河夹湾是个'花村'，娘儿们往你身上靠，几届工作队都栽了。这回就看你的啦！哈哈！……"

宋源漫不经心地吸着烟。眼望窗外，没有吭声。他知道孙宏文并不全是在吓唬他。河夹湾的情况，他大体知道一些。那是个孤零零的大村。周围全是些横七竖八的河汊子。一到那里，顿时感到满目凄凉。村庄古堡一样遗落在茫茫无际的废黄河滩上。几只老鸦蹲在村头的枯树上惨叫。空旷、死寂。黄昏，一缕炊烟从颓败的古堡中升起，你才猛然发现这里还有人类生存。一到雨季，就与世隔绝了。一年里大约有八个月，外头的人进不去，里头的人出不来。遍地都是水洼和泥淖，荒原上偶有一片凸出的草岗，会聚几百只兔子，对着水洼子发呆。这时，常有河夹湾的人出来打兔子。不是用枪，而是用棍子，一棍一个。不大会打一串，挑回去架在火上烤着吃。但不是自己吃，而是大家都吃。傍晚，一堆篝火，烈焰熊熊，围住一圈男女老少。野兔烤得焦黄流油，异香扑鼻。烤好了，先分给老人和孩子。剩余的由年轻人争抢。一窝蜂扑上去，姑娘和小伙子嬉笑打闹，滚成一团。小伙子们光着脊背，滚一身炭火，烧几个燎泡，却刺激得神经愈加兴奋，哇哇大叫着往上蹿。姑娘们也全没有斯文，和小伙子搅在一起，十分骁勇。本来就破烂的衣衫，被扯得稀烂……

　　河夹湾像一个被文明社会遗弃的原始部落，在贫穷和野性中生生不息。但这里人不仅骁勇，而且善良。日本人投降那年，宋源离开延安，被派回家乡打游击。那时，他才十八九岁。以"黑面神枪"威震敌胆。腰里常插两把盒子枪，侦察敌情，入城出寨，神出鬼没。日本人几次悬赏捉拿他。他数次在河夹湾隐身。其中一次是负伤，被一个捡柴的姑娘背回村子，一住两个多月，和全村人都混得熟了。他被河夹湾的百姓视为英雄。伤好离开那晚，河夹湾专门举办了一次篝火宴会欢送他。据说，那是河夹湾历史上最盛大最隆重的一次篝火宴会。几百男女老少围住一片烈火。火道中架起一排排野兔子，烧得吱吱冒油。半边天都映红了。宴会开始，几位长者以水代酒，捧起大碗献给宋源。宋源泪花闪闪，双手接过，咕咚咕咚一气饮尽。然后抢烤兔开始。最肥最大的烤兔在火场核心，必须穿过火道，不怕烤燎，才能到手。当然只有最勇敢的小伙子才能抢到。一声令下，一片呐喊，宋源和一群脱得袒胸露臂的小伙子，油光光扑进烈火中。从这头进去，从那头出来，一阵飞跑。偌大一片火场，毕毕剥剥，人影攒动。周围掌声、笑声、呐喊声，势如狂潮。姑娘们已在火场边缘各自抢到烤兔，欢笑着退出来。小伙子们仍在火场核心东奔西突，不断从火架上摘取烤兔，看谁抢得最多。宋源最后一个窜出火场，两手拎八只烤兔，赢得头彩，四周一片欢呼。看宋源时，身上已烤成紫铜色，却无燎泡火伤，可见其身手矫健！宋源把手中烤兔逐一分给老人和孩子们，手上还剩一只最肥最大的烤兔。正要再分时，那位敬酒的老人抓住他双肩摇了几摇，朗声大笑了："后生！河夹湾的姑娘，你就没看中一个吗？"宋源脸红了，举目四望，火场外十几步远的地方，正有一位长辫子姑娘向他含情凝目。正是救他的那位捡柴姑娘。这两个月，宋源一直住在她家，彼此早已心心相通。那姑娘看宋源还愣在那里，突然飞奔过来，从宋源手里抢过烤兔，转身逃向野外。长者在宋源肩上狠拍一掌："还不快追！"宋源心头一热，撒腿追去。身后一阵大笑。

　　那是宋源第一次接触女人。那晚，在一片荒岗上，宋源搂着姑娘激动地说："等日本人投降了，我就来娶你！""咋！为啥要娶俺？"姑娘笑着摇摇头，然后说，"我救你，把身子给你，是因为我敬慕你，并不想要你娶俺。你是公家人，天南海北地跑，俺可不愿扯你的后腿。咱的情分到今晚就算结了。你能记住河夹湾这一夜，俺就知足啦！"宋源一时语塞。姑娘说得很冷静，不像耍逗。他没想到在这种事上，河夹湾的人会如此豁达超然。一时有些懊悔，不觉渐渐把手松开了。姑娘拍拍身上的土，又拉起宋源，为他打落满身的草屑，咯咯笑了："走吧！痴情公子。你还有大事要干哪！想俺的时候再来，俺会像今晚一样。"说着，扑上去在宋源腮上亲了一口，又猛推一把，转身跑回去了。宋源痴痴地站在荒岗上，望着河夹湾的方向。流出一脸泪水。

　　当年秋天，日本人投降后，宋源再去河夹湾探望，那姑娘已嫁人了。果然没有等他。有情耶？无情耶？

之后二十多年，宋源再没去过那里。但河夹湾留给他的印象却是那样美好，温馨。至今，谁也不知道宋源在河夹湾有过这么一段风流史。那姑娘从来没有找过他。河夹湾的百姓也没谁求他办过什么事。这么多年，他们究竟是怎么生活的呢？据说，那里在搞资本主义。但不知怎么搞法？县和公社曾三次派工作队去，三次都被女人拖下水，最后被轰赶出来。就是说，他们在用女人做陷阱。

在宋源的记忆中，河夹湾的女人是无私、纯朴而坦荡的。只讲奉献，不求报答。现在怎么会变得这样狡猾和阴毒呢？她们究竟是河夹湾的骄傲，还是河夹湾的耻辱？

不管孙宏文是什么用心，宋源还是决意去那里看一看。

宋源一路走到小香港，站住了。

小香港是老城的一条旧街。南端通往新城，北端进入老城腹地。常有些卖私货的在这里出现。卖私货的多是老城居民。也有乡下的农民。住在新城的人多是新中国成立后入城的。多数是干部、家属、机关人员和从乡下招来的工人。他们不大看得起老城的人。认为老城是藏污纳垢之地。什么街霸、流氓、遗老遗少，甚至还有暗娼，都在老城。就是一个最普通的老城市民，如果细究起来，也可能会有一段不干净的历史。比如，给旧衙门当过看门人，做过几年旧警察，日本人在时当过更夫，国民党在时当过旧政府的茶炉工，等等。揪住这些事，足以让他们抬不起头来。

其实，老城的居民从骨子里更看不起新城的人。他们称新城人是乡下人。他们才来了几天！见识过什么？而老城居民已在城里住了多少代。老城的房子虽然破旧，可那是自己的。新城人有自己的房子吗？虽说那楼房很新很高，却没有一砖一瓦属于自己。住房要拿房钱！老城的房子破旧吗？可是你看墙基，那是一排城墙砖；你看那两块门石，方方正正，上头雕有白虎青龙；你看那檩条，是真正的黑槐或者楠木。你以为那房屋要倒吗？可你扛几膀子试试！而真正值钱的货色还在屋里。你不经意走进某一老城居民的家，时不时会发现屋里摆着传了多少代的条几、八仙桌、太师椅、龙凤床。这些古旧家具，全是用生漆漆成。上百年乃至数百年下来，仍然光亮照人。那上头的雕刻图案之精致，足以让你咋舌。八仙桌上那把陈年黑砂壶，断了半个嘴。但你别瞧不起它。夏天用它冲茶，不仅凉得快，而且茶叶隔夜不馊。壶周围放几个细瓷茶碗，虽说有了裂纹，却是地道的景德镇老货。条几上的几只香炉是不用了，但作为摆设，仍有它不可估量的价值。因为说不定那是一组真正的宣德炉。在条几的靠墙处，有一台蒙上灰尘的歙砚。那个放着户口簿和豆腐票的旧木匣子里，说不定藏有一对金手镯。你把目光再拉开一点，揉揉眼向老屋四角打量。也许会发现一只断了半条腿的鼎，裂开一道纹的瓮，或者一口保存完好的明代瓷坛。你揭开瓷坛，发现里头腌着一坛青辣椒。在一个破旧的柜子里，更有一堆叫不上名字的古董。于是你逐一拿出来，放在当门光线亮的地方察看，一一向主人讨教。那个留着长胡子的老头儿笑而不答，却在手心上画出几个字：鬲、鍪、觥、卣、罂……然后看住你。一副神秘而略带嘲谑的笑容。于是你红了脸，只好摇摇头，表示惭愧。因为你大部分都读不上来。接着，你带一身尴尬告别主人，走出屋门，这才注意到窗前一棵很大的石榴树，于是你突发奇想，那树根下是不是会埋着一坛白花花的银角子呢？但你到底有些不服气，出了这家，又走进那家。那是一个多少年靠捡破烂为生的老太太家。孤零零一个人，已经老得不能动弹。正坐在屋当门打盹。你悄手悄脚在她杂乱的小院里察看，却突然发现在一堆瓦砾中，有不少是秦砖汉瓦！于是你逃也似的跑出来，一直到大街上才长出一口气。我的天！

这些，新城的人有吗？他们足够骄傲的了！

当老城那些摇着蒲扇的老太，以及端着紫砂壶的老头，坐在嘎吱嘎吱响的藤椅上在街口乘凉的时候，你看到的是优越和居高临下的和气，是保养得极好的富态相。他们谈话的题目和新城人大相径庭。新城人经常谈论的是工作、学习、提拔、形势、国家最新大事，偶尔也会谈到白菜、萝卜之类。而老城居民，包括这些乘凉的老头和老太们，却爱谈人参、母鸡汤、莲子、蜂糕，等等。尽管他们也并不常吃，或者是早已没再吃过。但他们却可以以此为话题，抱怨点什么，怀念点什么。还有，就是左邻右舍，画眉和民国年间的事。有时也会说到冉老太和三春楼，以及那个少言寡语的挑水夫石印先生，白马黑马的故事，等等，等等。

新城和老城以各自不同的色彩并存，有各自不同的生活形态，并在小香港交汇。小香港是新城人为老城这条旧街起的名字。其实，新城人没有谁见过香港。但他们依稀知道那是个充满香风毒雾的花花世界。这条旧街远不够那个水平。却毕竟是新旧城最热闹的一条街。县志记载，自宋代以来，这条青石小街就是最繁华的地方。

这里有各种小商店，小摊贩，小吃小喝，小打小闹。比如，你想买一枚大衣上的大圆排扣——有几年，不知为什么市面上会缺这东西，走遍全城所有的百货店、百货楼，都没有这样型号的。这时，你不妨到小香港碰碰运气。嗨！那个老太太设的小摊上居然真有！多少钱一枚？一块二。乖乖！你伸伸舌头，拿起又放下。但接着你又拿起来。大衣上少个排扣，毕竟不好看。办公室那个漂亮的女同事已经嘲笑你几次了。她老说你穿着不讲究，不整齐。于是你狠狠心只好买了。你继续在小香港游荡，忽然发现在另一个老太太的小摊上挂着一串像口罩样的东西，洁白的、粉红的、鹅黄的……两边有或宽或窄的带子。看得出做工精细，是真正的手工艺品。可那样子又不像口罩。

于是你好奇地伸过头去，用手极小心地拨拉了一下，轻轻捏住一只。手感极好，滑溜溜、软绵绵的。老太太转回头，看你呆头呆脑的样子，一把打掉你的手："别乱摸！那是姑娘家用的东西……"老太太刻薄地训斥了一通。你羞得无地自容，没听完便落荒而逃。回到新城，你好几天心神不宁。又窝囊，又新鲜。

现在，宋源站在十字路口，往里打量，却感到这条青石小街空荡得凄惨。这几天工作队云集县城，把什么人都惊散了。现在，他想吃点什么。他爱吃。一向把吃看成一件重要的事。可眼前卖啥的都没有。他茫然地继续搜索着。

忽然，宋源那只圆圆的小黑豆眼一亮。他发现交通岗楼后头那片隐蔽处，一群人正围着打旋。私货，肯定是私货！他心中一喜，疾步抢上去，一股很好闻的膻味迎面扑来，是熟羊肉！他闻着了。可是人太多，在那里旋涡似的打转，吵吵嚷嚷。他决定往里挤。这时候，谁也看不清他是谁。交通警早已下班了。大家正挤成团叫骂着，不会有人认出他是公安局长。认出了又怎样？公安局长就不能嘴馋吗？岂有此理！

为了到时候简化程序，他急忙先掏出一张十元的票子，瞅准一个人缝，一头撞进去。不好！他撞到一个人的脊梁上了。头上感觉到的全是骨头。他疼得一咧嘴，正要拐个弯再挤，前头那人骂起来，一边骂，一边往后退，双手高高地捧一包熟羊肉。这家伙大块头，把身子拧了几拧，退出人墙外，赶紧蹲到岗楼对过的墙角下，摊开那包熟羊肉，搓搓手，并不急着吃。他只用眼角斜着。一只手慢慢伸进怀里，摸出一个酒瓶。"咔嚓！"咬开盖，猛抬头，咕噜咕噜连灌几口。然后把酒瓶往地上一蹾。卷卷袖口，伸出两个指头捏起一块肉，反正看了看。有二两重。他把肉捏得很高，肩膀使劲往下沉，把头翻转了，一张大嘴便斜上去，要吃天的样子。然后，两个指头一松，把肉丢进

蝙蝠　329

那个黑窟窿里。脖子一拧,脑袋唰地又转回原处。两腮立刻爆满了。他蹲在地上,一边咀嚼,一边用极富优越感的神态,悠悠然观看着仍在拥挤吵骂的一群。就像一头大吃大嚼的黑熊居高临下欣赏一群争抢骨头的饿狼。

宋源被黑熊一路拥出来,身不由己地往外倒退。他的瘦小的身架,实在不足以和黑熊抗衡。黑熊末了那一撅腚,把他顶出三四步远,重重地摔在岗楼上。他疼得咬牙切齿,急忙奋力站好了,又往前挤。他左冲右突,忙了一头臭汗。刚刚挨到里圈,可是晚了。羊肉卖光了。

一片人悻悻地骂着,喘息着,舍不得立刻散去。

"还有吗?"

"跟你家买去也行!"

没人搭腔。卖羊肉的汉子忙忙地收起摊子,沿青石小街逃也似的往老城深处去了。

他必须速战速决,尽快溜掉。否则被抓住了,钱要没收的。他很会选择时机,透着老城人的精明。这会儿,恰是"三打"办公室的人正在吃饭,尚未出动的时候。他当然不会久留,何况满城都是工作队。

人们终于极不情愿地走散了。

宋源还呆站着。他感到很沮丧。背上还隐隐作痛。他伸手揉了揉。瞟了一眼黑熊。那汉子还没有吃完。吃得呱唧呱唧响。一股很好闻的羊膻味伴着酒味,不断飘过来。那汉子的嘴简直是个无底洞。

宋源认出来了。那汉子是个外号叫大狗熊的搬运工人。这小子有点傻,却力大无比。四十多岁了,还是光棍一条。挣了钱便海吃海喝。去年公安局抓了个女流氓,供出大狗熊来。公安局把大狗熊传去核对:

"有这回事吗?"

大狗熊忸怩了一下，回说："有！有！"

"你知道这是犯法吗？"公安人员严厉地问。

"犯——法？"大狗熊一伸脖子，"犯啥法？老子交了钱的！不信问那女人，一回十块，当场点清。龟孙子才欠她的钱！"令公安人员目瞪口呆。

宋源离开街口，慢慢往西走。他的家在老城旧衙门那里。他准备回家了。今夜在家住一宿，天明就要下乡。他很失望，也很感慨。他无精打采地走着，渐渐接近旧衙门了。就在他转身往巷口拐弯时，忽听有人在低声喊："老宋……宋局长！"

宋源猛醒。扭脸看见对面的巷口，有个贼样的人贴墙根站着。胳膊上挎一个篮子。谁呢？他往前凑了凑。突然高兴地跳起来，窜过街去了。一下扑到那人的篮子上按住："窦老五！有狗肉？"

窦老五一把扯住宋源的胳膊，又往巷口深处走了几步，这才放下篮子，猛掀白纱布，立刻香气扑鼻。"宋局长，我最近下乡，偷买了几条狗，天天晚上在这里等你，咋不见影儿呢？"他并不知道宋源已十天没回家了。窦老五是西关有名的狗屠。手艺已经传了十几辈子。窦家的狗肉香而不腻，酥而不散，色香味俱佳。据说清代以来，就是这县城一绝。煮狗肉的老汤是传了数辈子的。宋源是他二十多年的老主顾了，也算得一个朋友。这几年不准做生意，可窦老五常偷着干。一来手痒，二来熬不住老主顾们暗中撺掇。老主顾见了面就低声问："老窦，弄个狗吃咋样？"窦老五一看他们馋得那个样就心疼："妈的，老子破上游他一街，也给你们宰一个！"买狗要去乡下，天黑回城，偷偷干。一夜煮好。不能公开卖。他也不愿公开卖。他已经不指望干这个赚钱。只挎个篮子，用干净的白纱布盖好，给几个老主顾送去。他常常不要钱。这种时候，他充满了对自己职业的怀念和对老主顾们的怜悯。他常骂人。不知骂谁。他骂人爱用狗身上的零件。

　　宋源蹲下，使劲嗅着香味，激动得直搓手。窦老五先扯下一块足有二两，送他手上："尝尝！"宋源想推辞："不忙，称了再吃！"窦老五一瞪眼："咋！才几天不见就生分啦？"宋源忙笑笑："好好好！好香……哎！老窦，听说前几天，把你的老汤子泼了？"窦老五一听这话，勾动肝火："泼是泼了。那是锅里的。高汤在坛里藏着呢！要不哪会有这味。这些狗杂毛！"停了停又说，"我说老宋，别怪我守着和尚骂秃子，眼时当官的不长眼！逮住老百姓穷摆弄。这几天我下乡买狗，见老百姓正慌呢，藏猪藏羊刨树，说是工作队又要来了，那个怕劲，像来了日本人要下乡扫荡似的。嘿，可怜！"

　　宋源停止了咀嚼。嘴里的狗肉也不那么香了。停了一会，他突然说："我这几天就在工作队集训。明天就下乡了。"

　　窦老五一惊，在黑暗中愣愣地看了宋源一阵，终于没说什么。他低下头撕扯着狗肉，默默地包了一大包，放到宋源手上："喏！算送你啦。"带一股子气。

　　宋源闷头接过。从怀里摸出十块钱，小心往篮子里一放，站起身走了。窦老五一愣，捡起钱追上去。只一步，又站住。反身把钱摔进篮子，挎起篮子走了。嘴里骂了一句狗什么，很难听。

　　宋源听到了，没回头。

　　他手托狗肉，走进街对面那条巷子。很黑很深的一条巷子。

# "中国作家"赵本夫

**吴俊**

若以文学的两大宗小说和诗歌而论,在中国近二十多年来的文学地图上,江苏堪称当今中国文学的王者之地。除了北京因属"首善之区",具有制度性的资源配置优势而居于其他省份不可相比的先天有利地位外,江苏(即使只以南京、苏州两市为限)的文学成就显然是名副其实地独占魁首的。二十世纪八十年代,江苏的文学地位或许还不能说是一枝独秀,与之比肩而立的至少还有四川、湖南、陕西等省,但自九十年代以来,风流云散,各地的文学声势都不同程度地露出了颓相,这时再看江苏,便不能不惊觉它的鹤立鸡群。江苏文脉的绵长深厚,正在始终地显露其本性的王者之相,这可以说是中国现当代文学中值得关注的一种地域文学现象。

江苏文学的王气以南京为最盛。才人代出的南京作家构成了江苏文学王者气象的标志。其中,赵本夫就是这样一位南京作家和江苏文学的突出代表。他是一位能够参与奠定南京和江苏文学在中国当代文学格局中独一无二地位的作家,同时当然也是中国当代文学中最独特和最出色的小说家之一。从张胜友、何镇邦、吴泰昌、白烨、陈思和、王干、李星、季红真先生等人的讨论中,可见我这样说并不算得溢美之词。正如大家的基本共识和评价一样,我对赵本夫小说所体现出的强烈的现实关怀精神和坚定的理想诉求意识,不仅寄予高度的敬意,而且也认为应予充分的文学评价,因为在当代尤其是当下的中国文学中,我们最缺乏的就是这样具有真诚和崇高的思想追求与价值体现的杰出作家,此其一。第二,我同样认同的是大家对赵本夫在短篇小说创作上所达到的造诣及其对中国当代小说成就所做出的突出和独特的贡献的评价。尤其是在新时期以来的中国小说创作方面,赵本夫是可以被视为"短篇巨子"的少数几位作家之一。他的短篇小说创作足以代表中国当代文学中的一种高峰水平,且具鲜明和少见的个人特色与独创性。和各位大致相同的看法我不再多做重复,以下仅就赵本夫的小说在传承、发展中国文学本土传统及其在当代的崭新创造和贡献方面略谈几句个人的粗浅体会。希望无损于赵本夫小说的真髓,顺便也是请教于各位的意思。

诸位的研究,都不约而同地提到过赵本夫小说在利用中国古代小说资源特别是笔记和传奇方面的创造性,对此我也深有同感。按照我的理解,我觉得赵本夫的小说从古代笔记中借鉴的主要是小说的文体形态,而从传奇中汲取的则主要是小说的故事形态。我做这样的区分,主要是想说明赵本夫小说传承本土传统文学资源方面的具体特点,并由此探讨他在当代的独创性发展和贡献。

笔记体小说是有可能含有一种内在的叙述矛盾或对立性文学因素的。一方面,笔记小说崇尚的是简约,在有限的文字和篇幅中诱导想象的可能,暗示故事以外的意蕴。另一方面,中国文学中的教化传统也深刻影响到笔记小说的叙事方式,即它仍有顽强的"说理""点题"的写作惯性,特别是在许多笔记小说的结尾处,作者总爱把故事所说之理要说透。这种教化的特性使小说多少都蒙上了一层寓言的色彩。因此,这两个方面——可以称之为开放性和封闭性——在笔记体小说中是处于矛盾或对立地位的。那么,对于这种困难(即其矛盾性或对立性)的克服,就将成为现代的笔记体小说(风格)作家面临的考验。仅从小说的文体形态而言,赵本夫的小说显然化解并逾越了笔记体小说的这种(现在看来是属于)传统的难题。也就是说,他一方面拓展了笔记体小说的想象空间,另一方面他在笔记的"文体制度"之内坚持了"叙事"的原则("将叙事进行到底"),这使他的小说获得了现代的品格。特别是对后一方面,我想以鲁迅的《狂人日记》来做例对照。《狂人日记》的正文(白话)部分,在文体上属于典型的西洋(短篇)小说范式,以往的中国小说没有这种写法的。但是,如果完整地来看这篇小说,即注意到白话正文前的文言引子部分,则我们就能认识到《狂人日记》的文体仍具有十分鲜明的中国(传统)小说的特点。鲁迅在《狂人日记》中叙述的并非是"一截故事的片段",而是"完整的人生"。《狂人日记》的故事仍是中国式的有头有尾的小说写法。赵本夫的小说与此有异曲同工之处。笔记体并没有阻挡他故事(叙事)的完整性,他在笔记的"文体制度"内接续了中国小说的传统,同时,中国传统小说(叙事)的文体完整性也并不能淹没他的小说"正文"即"一截故事的片段"。就此而言,我认为赵本夫堪称现代小说家而又擅用本土传统文学资源融成新制的一位"中国"作家。(注:阎晶明在后来的发言中,从"时间"的设置上探讨赵本夫小说的特点,指出其形为短篇而实含长篇的架构,这一发现在我看来,应该也与赵本夫兼容了中国传统小说与西洋近现代小说的崭新创制有关。)从这一角度来说,赵本夫也可称为一位典型的"文体作家"。

再说赵本夫小说的传奇性(故事形态)特点。从中国文学史上我们可以了解,(唐宋)传奇上接(魏晋)志怪而来,又下开(明清)小说之风。传奇正是中国小说发展、过渡中的一道重要津梁。传奇是"志人"即讲人事的,但志怪的遗绪使它讲的多是非常态、超日常的人间故事,并不受经验中的人间生活所束缚。待到明清小说,传奇或中国叙事文学才真正全面地转入人间的日常、世俗生活形态。这种故事形态的阶段性特点,在历史上并没有特别的深意,只是文学发展中的一种自然演变轨迹而已。但是,到了现当代作家的手中,传奇(故事形态)的使用,则显然不会是无意为之的,其中必有作家的动机性因素在起支配影响。首先,最能理解的用意是增加小说的可读性。但我认为这并非是赵本夫小说的主要着眼点。如前所说,赵本夫是一位具有强烈的现实关怀和坚定的理想诉求的作家。在中国古代的小说资源中,"志非常之人"的传奇故事形态,可以说是最适宜表达文学的现实关怀和理想诉求的一种写作范式或文学形态。正因为是传奇,所以它在表达生活逻辑和超常想象两方面都理所当然地获得了最大的自由度。我以为这才是赵本夫充分利用传奇故事形态并加以创新发挥的主要原因。当然,要达到同样的文学目标,途径非仅传奇一种。但赵本夫选择传奇,无疑可使我们认为是由他的"中国文学素质"所决定的。而且,作为现代小说,要在传奇的故事形态中建立生活的逻辑或现实的逻辑,显然要比复制或再现生活、现实的逻辑来创作现实主义类型的作品更具有挑战性。一方面是虚构的适度,能使人由虚见实,另一方面则是经验的制约,要使人有超越的想象和凌空蹈虚的阅读(审美)期待。在这两方面,赵本夫的小说都有近乎完美的作品。但是同时,传奇因此也是一把双刃剑,使用不当,最易招致损害的就是小说(文学)表达的现实可信度。正是在这方面,我觉得赵本夫小说中还存在着某种"传奇性过度"的毛病。在现实性、生活化的故事中,过度依赖传奇的叙事方式,犹如在戏剧中过度使用"巧合"来做情节发展或连接的推动力一样,都会使人对作品产生不信任感。所以,在传奇文学或戏剧中,故事的契机都应该获得生活经验的支持,否则,现代小说就会退回到古代传奇、现代戏剧就会退回到古希腊戏剧的时代了,非借助"神力"便无法充分可信地完成现实人间的故事演绎。

最后我想说的是,赵本夫是一位执着表现并追求人性之美的当代作家。虽然我对他并无起码的个人了解,但他的作品给了我这种强烈至极的印象。这种文学品质,准确说是道德品质和思想品质,我在当代作家中并没有发现多少。而且——我想强调说,这是他在文学中最为坚持的一种品质,哪怕是在"失败"的作品中。刚才大家说赵本夫是一位坚持自我的作家,我想说这就是他要坚持的最大自我,这种自我也使他始终都能够做到"坚持"。前面我曾一再提及的赵本夫创作中的现实关怀精神和理想诉求意识,与他的这种自我坚持其实也正同出一源。我想也可以认为,赵本夫的文学追求和品格,体现的实际上是他以文学的方式所做的对于现实和生活的个人承担。在我的观念中,一个文学者是"必须"要对现实和生活做出其个人承担的。他(她)的写作"应该"就是对自己所做的承担的承诺。在我们评价一个写作者的文学贡献时,有时似乎是对其纯粹的文学形态的评价,但实际上,对于作者的内心关切和价值立场等动机性因素的辨析与考虑,也在根本性地影响着我们的具体判断。赵本夫的创作不仅直面了现实和生活对我们(也是对文学)的挑战,而且,他的文学实践也自觉且充分地回应了这种挑战。特别是,他是以自己的思想意志、他的独特的个人风格,顽强地构建了他的回应和承担挑战的文学世界。由此可以认为赵本夫是一位对于文学和对于我们的当代生活都有着强烈使命意识的作家。他是一个有着明确且坚定的价值倾向的作家,在相当程度上我认为他的写作是源于他的"思想",而"生活"则为他提供了写作的底子。从中大概也可以找到赵本夫为什么写作这样一个问题的答案。执着于表现人性之美的文学,并非是抽象或廉价地对我们的生活做出失之空泛、软弱的美丽说辞,重要的是,我们不仅要对人性之美有真正的信仰,而且,我们也确实感受到了人性之美的真实的力量。这一切,在我看来都是赵本夫小说的鲜明印记,也是他的小说在整个当代中国文学中所表现出的非常难能可贵的杰出品质。

(作者为著名评论家,南大教授、博导。本文刊发于《当代作家评论》2006年2期)

# 赵本夫主要作品目录

**短篇**

《卖驴》——《钟山》1981年2期发表,《小说选刊》1981年7期转载;获1981年全国优秀短篇小说奖

《狐仙择偶记》——《雨花》1981年9期发表,《小说选刊》1981年11期转载,《作品与争鸣》1981年2期转载,《新华文摘》1982年1期转载

《斗羊》——《雨花》1982年7期发表

《西瓜熟了》——《新创作》1982年9(10)期

《雪里》——《北方文学》1982年10期

《进城》——《中国青年》1982年11期

《水蜜杏》——《上海文学》1982年12期

《饭馆奇事》——《恳春泥》1983年6期

《绝药》——《青春丛刊》1983年1期(创刊号)

《多得了五元钱》——发表《人民文学》1983年10期

《寨堡》——发表《钟山》1983年6期

《祖先的坟》——发表《延河》1984年9期,《小说选刊》1984年11期转载

《墨荷》——发表《大风》1984年2期

《七个和一个》——发表《金城》1985总第34期,《小说选刊》1985年3期转载

《紫云》——发表《上海文学》1985年2期

《棋友》——发表《山西文学》1985年3期

《羊脂玉》——发表《作家》1985年2期

《绝唱》——《现代作家》1985年3期,《小说选刊》1985年5期,《名家欣赏》1985年5期转载

《登山》——《太湖》1986年1期

《土地》——《飞天》1986年3期

《枯塘纪事》——《青海湖》1986年3期,《小说选刊》1986年6期转载

《苏中对》——《山东文学》1986年6期

《远行》——《上海文学》1987年10期

《月光》——《上海文学》1987年10期

《雪夜》——《上海文学》1987年10期,《小说选刊》1987年11、12期

《铁门》——《天津文学》1988年5期

《铁笔》——《天津文学》1988年5期

《无门城》——《小说月刊》1988年9期

《老槐》——《天津文学》1993年10期

《空穴》——《金潮》1994年2期,《小说月报》1994年7期转载

《安岗之梦》——《太湖》1997年

《天下无贼》——《作家》1998年5期,《小说月报》1998年7

期转载，《新华文摘》1998年转载

《夏日》——《时代文学》1998年4期

《收发员马万里的一天》——《上海文学》2000年2期

《寻找月亮》——《作家》2000年11期，《小说月报》2000年12期转载，《小说选刊》2000年12期转载

《著名的阴谋》——《佛山文艺》2001年4期，《今古奇观》2001转载

《鞋匠与市长》——《中国作家》2001年12期，《中华文学选刊》2002年2期转载

《逃兵曹子乐》——《人民文学》2001年3期，《中华文学选刊》2001年5期转载

《名人张山》——《绿洲》2002年1期，《小说月报》2002年4期转载

《带蜥蜴的钥匙》——《红岩》2002年4期，《小说精选》2002年9期转载

《即将消失的村庄》——《时代文学》2003年2期

《斩首》——《上海文学》2004年2期

《石人》——《上海文学》2005年8期

《守桥人》——《红豆》2008年9期，《小说选刊》2008年第10期转载

## 中篇

《古黄河滩上》——《钟山》1982年1期

《在寂静的河道上》——《文学青年》1984年5(6)期

《村鬼》——《十月》1985年第一期

《那——原始的音符》——《清明》1985年5期

《杂木林的呼唤》——《花城》1985年第6期

《仇恨的魅力》——《花城》1986年3期

《涸辙》——《钟山》1987年6期

《蝙蝠》——《花城》1988年3期

《营生》——《小说家》1989年2期

《走出蓝水河》——《钟山》1989年3期

《陆地的围困》——《作家》1990年1期

《碎瓦》——《钟山》1992年6期，《中篇小说选刊》1993年2期转载

《到远方去》——《钟山》1994年2期

**长篇**

《寨堡》——中国文联出版公司1985年6月出版

《刀客和女人》——北京十月出版社1986年12月出版

《混沌世界》——中国文联出版公司1987年3月出版

《逝水》——作家出版社1995年11月出版

《黑蚂蚁蓝眼睛》——春风文艺出版社1997年11月出版

《天地月亮地》——春风文艺出版社1997年11月出版

《木城的驴子》——《小说月报·原创版》2007年第6期

《无土时代》——人民文学出版社2008年1月出版

《地母》三部曲——人民文学出版社2009年1月出版

《天漏邑》——人民文学出版社2017年1月出版

《荒漠里有一条鱼》——即将由百花文艺出版社出版

**中短篇小说集**

《走出蓝水河》——百花文艺出版社1996年11月出版

《绝唱》——江苏文艺出版社1998年8月出版

《仇恨的魅力》——江苏文艺出版社1998年8月出版

《隐士》——江苏文艺出版社1998年8月出版

《刀客与女人》——江苏文艺出版社1998年8月出版

《空穴》——北京出版社1999年1月出版

《天下无贼》——人民文学出版社2004年10日出版

《天下无贼》（插图本）——广西人民出版社2004年12月出版

《天下无贼》（日译本）——日本株式会社语研出版社2005年6月出版

《鞋匠与市长》（日译本）——日本株式会社语研出版社2007年3月出版

《碎瓦》（日译本）——日本勉诚出版社2020年3月出版

《斩首》——春风文艺出版社2007年10月出版

本书具有让您"时间花得少，阅读体验好"的方法

# 获取专属于您的《蝙蝠》阅读服务方案

▶ 建议配合二维码一起使用本书 ◀

本书配有三大个性化阅读服务方案，
您可根据自己的阅读需求，选择适合您的阅读服务方案：

| 阅读服务方案 | 阅读时长指数 | 为您提供的资源类型 | 帮助您达到以下阅读目的 |
|---|---|---|---|
| 1. 高效阅读 | 阅读频次 较低　每次时长 较短<br>总共耗费时长 ■■ | 技巧类、总结类 | 帮您快速掌握《蝙蝠》故事梗概。 |
| 2. 轻松阅读 | 阅读频次 较高　每次时长 适中<br>总共耗费时长 ■■■ | 基础类 | 享受时光，让您轻松了解《蝙蝠》。 |
| 3. 深度阅读 | 阅读频次 较高　每次时长 较长<br>总共耗费时长 ■■■■ | 拓展类、拔高类 | 阅读更多同类延伸作品。 |

针对您选择的阅读服务方案，您会获得以下权益：

### 立刻获得的主要权益

**专享本书社群服务**
提供创造价值与私密的深度共读服务
群内分享阅读干货，发起话题探讨

**1套本书配套资料包**
由出版社独家提供
辅助您阅读本书内容

**1套阅读工具**
辅助您高效阅读本书
终身拥有

### 每周获得的主要权益

**配套线上读书活动**
16周群内分享阅读干货，发起话题探讨
每周1~3次

**精选书单推荐**
16周精选文学社科热门书单推荐
每周1次

### 长期获得的主要权益

▶ 专属热点资讯　　16周社科文学类资讯推送
▶ 线下读书活动推荐　精选活动，扩充知识开拓视野　不少于1次（不定期）
▶ 抢兑礼品　　　　不定期免费抽取实物大礼

**微信扫码**

❶鉴于版本更新，相关入口存在随官方配套升级而调整，敬请包涵。